知念実希人

レゾンデートル

実業之日本社

実業之日本社文庫

目次

プロローグ

坂本光男

「さっさと来いって言ってんだろ！」

坂本光男《さかもとみつお》がリードを力まかせに引くと、電柱のにおいを嗅いでいたこげ茶色の小さな犬は、か細い悲鳴を上げながら横倒しになる。舌打ちしながらつま先で軽く蹴ると、犬は力なく立ち上がり、主人の足元によりそった。

最初っからそうすりゃいいんだよ。坂本は古傷の痛む左足を引きずって歩きはじめる。冷たい夜風が体にこたえる。右足親指がむずがゆい。痛風発作の予兆だ。

「お酒はひかえてバランスのいい食生活を心がけてくださいね」、近所の医者の説教する顔が脳裏に浮かび、坂本をさらにいらつかせていく。

なにがバランスのいい食生活だ。ふと視線をさげた坂本は、足元で自分を見上げる小さな生物の頭を踏み砕いてやりたいという暗い衝動にかられた。右足を軽く持ち上げると、犬は大きな黒目で不思議そうに坂本を見上げた。

視線がからんだ。坂本は舌打ちとともに、持ち上げた足をゆっくりと地面に下ろす。親指に軽い痛みが走る。痛風の気配はさらに濃くなっている。

この犬は殺せない。そんなことをすれば、自分は孤独になってしまう。誰ともかかわらずに生きていく苦痛は、六十年以上の人生で味わいつくしてきていた。

「ちくしょうが、ふざけやがって！」坂本は足元にあった石を蹴る。

胸に湧き続けるとらえどころのない強い怒り。その源がなんであるのか、坂本自身にも分からなかった。自分を受け入れない社会に対する怒り、自分をこのように育てた両親に対する怒り、そしてただ無為に人生の大半を浪費してしまった自分自身に対する怒り。それらが混ざり合い、混沌《こんとん》となって坂本を蝕《むしば》み続けている。

三十年ほど前、坂本は一度だけ、その体からにじみ出るほどの憎悪を一つの対象にぶつけてみた。しかしその結果得たものは、さらなる恐怖でしかなかった。すべてに耐えながら生きるしかない、坂本はその日に悟り、そしてあきらめた。

街灯の少ない路地では、暗闇がわがもの顔ではばをきかせている。

さっさと帰ろう。身震いしながら、坂本は親指のうずく足を踏み出した。

「坂本光男さん……」

名を呼ばれ、坂本は気だるげにふり返った。街灯と街灯の間、闇がたゆたった空間に男が立っていた。

「あんだよ、おまえは？」坂本は威嚇《いかく》するように言う。

「またうるさい記者どもか？」

半年ほど前から、坂本をマスコミの人間がひんぱんに訪ねるようになっていた。きっかけは坂本がかけた一本の電話だった。いまの生活が、自分の人生がなにか変わるのではないか？　窒息してしまいそうな日常に、なにか少しだけでも変化が生じるのではないか？　その一心での行動だったが、その結果は想像をはるかに超えるものだった。

最近になってやっと静かになってきたっていうのに。足の親指がさらに痛む。

「いつまでもつきまといやがって。プライバシーの侵害だ。警察呼ぶぞ、オウ」

にじり寄っていくが、男は無反応だった。気持ちが昂《たかぶ》っていく。混沌とした怒りのはけ口がいま、目の前にある。坂本が衝動に任せて手を伸ばした瞬間、街灯の光が煌《きら》めいた。男のえりをつかもうとした手が空を切る。

坂本は「え？」と呆《ほう》けた声を上げて、手を顔の前にかざす。右手の人差し指から小指までが途中でとぎれていた。なにが起こったか分からないうちに、温かい液体が右手全体を濡《ぬ》らしはじめる。同時に、激痛が脳天まで突き抜けた。痛みと恐怖がのどの奥から悲鳴をかけ上がらせる。しかしその悲鳴が口から飛び出すことはなかった。

街灯の光が再度ゆれる。真一文字に、坂本の首の高さで。

大きく裂かれた気管から、悲鳴が壊れたラッパのような音となって漏れ出す。噴水のように首から血を噴き出しながら、坂本は糸の切れたあやつり人形のように崩れ落ちる。

倒れた体の下からアスファルトの上に、紅《あか》い血が広がっていった。

光を失いつつある坂本の目に、悲しげな表情で顔を懸命に舐《な》める小さな犬が映る。

ああ、やっぱりおまえだけはいつも俺のそばにいてくれるんだな。早く家に帰ろう。

今日はうまいエサを食わしてやるからな。

まるで幕が下りるかのように、意識に黒いかすみがかかっていき、そして唐突に、すべてが闇の中へと落下していった。

第一章　否認

1　岬雄貴

白い、どこまでも白い点。その小さなドットは、岬雄貴《みさきゆうき》の視線をブラックホールのごとく吸い寄せた。上下の歯がカチカチと音を立てはじめる。

シャーカッセンの無機質な白い光に照らし出されたＣＴフィルム。放射線により輪切りに映しだされた、上腹部のほぼ右半分を占める巨大な臓器、肝臓の表面近くに、その『点』は存在した。まるで巨大なクジラの腹に張りつく、小さなコバンザメのように。

「……肝転移、リバメタしてる」

柴田真琴《しばたまこと》は薄く紅色のルージュを塗った唇を噛《か》み、切れ長の目をそらした。

病棟の隅にある病状説明室。殺風景な小さな部屋に、鉛のような重い沈黙が降りる。呼吸をすることさえはばかられるような沈黙を先に破ったのは、雄貴だった。

「ほ、放射線科は？　転移巣なんかじゃなくて、なにかほかの……」

懸命に、ただ懸命にこの残酷な現実を否定しようと、雄貴はあえぐように声を出す。視覚から遠近感が消え失《う》せ、モノトーンのCT画像が襲いかかってくるようだった。

「放射線科のドクター数人にも確認した。でも全員……メタで間違いないって」

涼やかで気に入っていたはずの真琴の声が、いまは地の底から響いてくるような気がした。真琴の口から出た言葉は、まさに死刑判決そのものだった。裁判官などではなく、もっと人知の及ばない存在、『運命』または『神』と呼ばれる存在からの死刑判決。

「そ、そんな。俺はまだ三十二だぞ。なんでそんな、うそだろ、待ってくれよ。ちょっと胃の調子がおかしかっただけなのに、なんで……」

震え声を絞り出すが、真琴は答えることなくうつむくだけだった。かつての恋人の痛みをこらえるような表情を眺めながら、雄貴は十日前の出来事を思い出す。


午前の手術を終えた雄貴は、術着の上に白衣を羽織り、内視鏡室に向かっていた。

「えっと、柴田先生はまだいる？」

内視鏡室のドアを開け看護師に声をかけると、彼女は「あっちで記録を書いてますよ」と部屋の奥の衝立《ついたて》を指す。

「あれ、雄貴？　どうかしたの？　今日の検査に雄貴の患者いたっけ？」

声を聞きつけたのか、衝立から真琴は顔を覗《のぞ》かせた。

「ああ、ちがうんだ。俺の患者の検査結果を訊《き》きに来たわけじゃない」

「ん、じゃあなんの用？　相談したい症例でもあるの？」

「いや、時間があったら俺の胃カメラやってくれないかと思ってな。なんか最近、胃が痛いんだよ。なかなか治らなくて。ちょっと覗いてくれないか」

一ヵ月ほど前から、その部分に軽い鈍痛が続いていた。薬を飲んでいるのだが、痛みは少しずつ、しかし確実に悪化していた。

「なに情けないこと言ってるの。昔は馬鹿みたいに食べても平気だったじゃない。それでもわが剣道部の元主将なわけ？」

「何年前の話だよ。最近はほとんど運動してないんだ。しょうがないだろ」

「たしかに、雄貴もけっこうおなかが出てきたからね。東医体で優勝したときはかっこう良かったのに、時間って残酷よね」

真琴は芝居がかった仕草で頭を左右に振った。

「そこまで腹は出てねえよ。真琴だって不規則な生活だろ、肌荒れは大丈夫か？」

「余計なお世話。外科医よりは健康的な生活送っていると思うけどね。胃カメラね。いいわよ、覗くだけならすぐだし。これ打ちこんだらすぐにやってあげる」

「ああ、助かる」雄貴は白衣を脱ぐと、検査用のベッドに横たわった。

検査結果を打ちこみ終えた真琴は、「よし、お終《しま》い」と椅子から立ち上がり、大きく伸びをすると、保管庫の中に並べられた内視鏡をみつくろっていく。

「経鼻《けいび》にしてみる？　評判いいよ。二週間前に入ったばっかりの最新機器」

真琴は通常のものよりも管が一回り細い内視鏡《ないしきょう》を手にした。経鼻内視鏡、患者の負担が少なく、検査中の会話も可能なものだ。

「なんだよ俺は実験台か？　まあ無理に頼んでいるんだし、それでいいよ」

「了解、モルモット君。このあとまだ仕事でしょ。鎮静剤は使わないわよ。少し苦しくてもがまんしてね。すいませーん、ちょっとついてもらっていい？」

真琴は看護師に声をかけながら、内視鏡の管に麻酔薬のゼリーを塗ると、プラスチックグローブに包まれた手でファイバーを持ち、雄貴の顔に近づけた。

鼻腔《びくう》に細い管が侵入した瞬間、軽い不快感に雄貴は顔をしかめる。鼻から流れこんだ麻酔薬の苦みが、口の中に広がっていく。

鼻歌を口ずさみながら、真琴は両手を複雑に動かし内視鏡を操っていった。

「はい噴門《ふんもん》抜けた。けっこうきれいな胃じゃ……」

軽口を叩《たた》いていた真琴の言葉が突然とぎれる。真琴の隣で助手を務めていた看護師ののどから、小さく悲鳴のような声が漏れた。

「どうかしたのか？」

内視鏡を挿入された状態での声は、ややくぐもっていた。

「いえ……、ちょっと潰瘍《かいよう》が。……バイオプシーするわね」

「生検？　いいよめんどうくさい。癌《がん》って訳じゃないいんだろ」

部屋の空気が硬直した。真琴と看護師がまるで氷像と化したかのように固まる。雄貴は軽く首を回した。うしろに置かれたモニター画面を見るために。

真琴の「だめっ！」と叫ぶ制止の声が響いた瞬間、雄貴の網膜にその画像が焼きついた。

巨大な潰瘍。十二指腸へと続く幽門《ゆうもん》を中心に、所々に赤黒い出血をにじませながら広範囲にわたって広がるそれは、まるで溶岩が流れ出す噴火口のように見えた。

進行胃癌。おそらくはもっとも予後の悪いBorrmann 4型。外科医としての雄貴の経験が、瞬時に診断を下した。

なんだこの画像は？　前の患者の映像が残っているのか？　問いただそうとした雄貴が体を動かした時、その動きに合わせモニターの画像がゆれた。

雄貴の口から「は？」と呆けた声がこぼれる。いま生じた現象が意味することを脳が理解した瞬間、激しい吐き気と呼吸困難が襲いかかってくる。

パニックにおちいった雄貴は鼻から伸びるファイバースコープを両手でつかむと、無我夢中で体内から引きずり出そうとした。しかし、キシロカインゼリーで摩擦係数が低くなっている管は、溶けかけた氷のように滑り、うまくつかめなかった。

「落ち着いて！　いま抜くから！」

真琴は叫ぶと、慌てて内視鏡を操作した。ヘビのように滑らかに、細い管が鼻から滑り出た。雄貴はベッドの上で体を丸め、何度も咳《せ》きこんだ。

「い、いまのは？」

荒い息の隙間をぬって、絞り出すように雄貴は言った。

「……まずバイオプシー、あと造影CTとPETで全身の検査よ」

目を伏せた真琴は、問いには答えることなく硬い声でつぶやいたのだった。

「バイオプシーの病理結果も出てる。……これ」

硬い口調のまま、真琴はCTを見つめ続ける雄貴の前に、一枚の紙をさし出した。

『クロマチン増大を認める、きわめて異型性の強い未分化細胞が見うけられる poorly differented adeno-carcinoma（低分化型腺癌《せんがん》）』

低分化型腺癌。それは腫瘍《しゅよう》の悪性度がきわめて高いことを意味している。しかし肝転移の衝撃で麻痺《まひ》した脳には、紙の上に記された診断の意味がうまく浸透していかない。

「低……分化……」かすれ声がのどから漏れる。

「……硬癌、スキルスよ」

「スキルス……」

三半規管が反乱でもおこしたように、目の前の風景がぐるぐると回る。

「オ、オペは……」

そう声に出した瞬間、真琴の顔が大きくゆがんだ。その表情を見て、わずかながら冷静さを取り戻す。なんて馬鹿なことを言っているんだ、俺は。

「できるわけ……ないな。stage Ⅳ……、手術不能だよな」

自分の専門領域でこんな初歩的な判断すらできないとは。羞恥心が頬を熱くする。

胃癌の多臓器への転移、それは病状がもっとも進んだstage Ⅳまで進行していることを意味していた。この状態で根治《こんち》手術はできない。手術をしても、すでに血流に乗って全身にばら撒《ま》かれたであろう癌細胞を取り除くことはできず、ただむだに体を傷つけ、体力と残された時間を奪い取るだけだ。

「あと、一年は……きついか？　半年ってところか？」

自分の声が、誰か他人がしゃべっているかのように遠くから聞こえた。

「オペは無理だけど、ケモなら……」ゆがんだ表情のまま、真琴が声を絞り出す。

「ケモ？　どんな抗癌剤を使うんだよ？　腺癌だぜ。どうせほとんど効かねえよ」

「……なにか、新しい抗癌剤の組み合わせとかないか文献を調べてみる」

「それで、効果あったとして、どれくらいなんだよ？」

「効いたら何ヵ月か延命効果が……」真琴はふたたび下唇を強く噛んだ。

「そんな教科書みたいな答えいらない。どうせ大して効かないんだろ。スキルスなんてオペできない時点で負けなんだよ！」

雄貴は両手で顔面を覆う。部屋に粘着質な沈黙が満ちていく。数十秒後、雄貴は「悪い」と声を絞り出した。

「ううん……いいの」

真琴は蚊の鳴くような声で言う。部屋の中に再び沈黙が満ちていく。

「ご親戚は？」真琴がぽつりと言った。

「親戚？」

「そう、このことを伝えておかないといけない人とかいないの？」

「そんなの……いないよ」

両親は八年前、大学生だった一人息子の雄貴を遺《のこ》し、交通事故で他界した。それ以来、親戚づきあいというものをしたことがない。

「それじゃあ、雄貴にだけ説明すればいいのね。とりあえず、入院の手続きしましょう。ケモするなら早い方がいいし」

「ちょっと待ってくれ。そんな急に言われても困るんだよ。頼む、少し考えさせてくれ。これからどうするか。……治療をどうするのか。いまは……なにがなんだか分からなくて、少し落ち着いて考えないと。……いいだろ、まだほとんど症状も出てないんだ。そんなにすぐに治療しなくても」

雄貴は頭を抱え机に突っ伏した。この現実からどうにかして逃げ出したかった。

「ごめん。そうだよね。……どれくらい時間が必要？」

「一週間……いや二週間くれ、頼む」顔を伏せたまま雄貴は声を絞り出す。

「……じゃあ、二週間後の私の外来、予約を入れておく。その時に相談で……いい？」

「ああ……それでいい」

椅子を引き、力の入らない足で立ち上がる。一瞬ふらついた雄貴を、慌てて真琴が支えた。雄貴はうつろな目で真琴を見る。

「なにか困ったら、なにかつらいことあったら、いつでも連絡して。私にできることならなんでもするから」

少しハスキーな声。かつてベッドで聞いたその声にも、いまはなにも感じることができなかった。

死神が時限爆弾のスイッチを入れる音が聞こえた気がした。

2　南波沙耶

「ほーら、スカートあげてみようよ。そうそう、いいね。表情は挑発する感じでさ」

カメラのシャッターが切られ、フラッシュが網膜を真っ白に染め上げる。

馬鹿らしい。ピンク色のソファーの上で不自然に短いスカートのすそを気にしながら、南波沙耶《なんばさや》はレンズごしに粘着質な視線を送ってくるこの小汚い部屋の住人、佐川陽介《さがわようすけ》を睨《にら》んだ。

「いいね、その表情。あと足をもうちょっと開かなきゃパンティーが見えないよ」

なにがパンティーだ、この変態中年め。沙耶は薄い桜色の唇の間から、小さなため息をもらす。こんなとこでなにやってるんだろ、……私。

「ああ、ちゃんとカメラ見て。視線はこっちこっち」佐川が抗議の声を上げる。

「もう十分撮ったでしょ、いい加減にしてよ」

沙耶はソファーから降りると、スカートをつけたままジーンズをはきはじめる。

「ああ、ちょっと沙耶ちゃん。まだこれからじゃん。ちょっと待ってよ、ね。次は最後のじゃまな布も取っちゃってさー。ね、もう少しだけ」

中年男の猫なで声に鳥肌が立つ。沙耶は無言でシャツの上にカットソーを着る。

「沙耶ちゃーん、無視しないでよ。ね、スカート脱いじゃおうよ、お願い。パンティーはちょっとしか撮らないからさ」

「うるさいな。脱がないって最初っから言ってるでしょ！」

「そんなつれないこと言わないでさ。ね、一万円上乗せするからさ。大丈夫。ちゃんと雑誌とかのる時は、顔、分からないように修正するから」

佐川の声がさらに粘度を増していく。みぞおちあたりがむかついてきた。

「いい加減にしなよ。沙耶が嫌がってるじゃん。雑誌とかそういう問題じゃなくて、あんたになんか見せたくないの。調子乗ってないでさっさとバイト代払いな」

沙耶が佐川をどなりつけようとした瞬間、カーペットの上にあぐらをかいて漫画を読んでいた上松恵美《うえまつえみ》が立ち上がり、沙耶の心を代弁した。きれいに染め上げた金髪のソバージュ、赤で統一された露出度の高いタンクトップにミニスカート。一七〇センチ近い長身から、アイシャドウで濃くふち取られた目が佐川を睨む。

「そんなに怒んないでよ、恵美ちゃん。分かった分かった、今日はあきらめます。けど沙耶ちゃん、考えておいてよ。バイト代一万アップだよ」

「しつこいって言ってるでしょ。さっさとバイト代、二人で四万。それにあたしは脱いでるでしょ。あたしには上乗せないわけ？」

「だって恵美ちゃん、たしかもう二十三でしょ。沙耶ちゃんはまだ十八じゃん。やっぱり未成年の方が価値がね。それに沙耶ちゃん、いなかっぽいというか、まだ東京に毒されていないというか、なんかマニア心をくすぐるんだよね」

財布から紙幣を取り出しながら、佐川は卑屈に笑う。『いなかっぽい』と評された沙耶のいらだちは、さらに強いものになっていく。

どうせ私は恵美みたいにきれいじゃないわよ。

「この犯罪者が」紙幣をひったくるように受け取って、恵美が吐き捨てた。

「うわっ、怖っ。今度は恵美ちゃん抜きで二人っきりで撮影しようよ、ね、沙耶ちゃん」

身を縮めながら、佐川はジーンズをはいた沙耶を名残惜《なごり》しそうにふり返った。

「絶対いや！」

沙耶は二重の大きな目を細めて、生ゴミを見るような視線を佐川に送った。

「魂胆が見え見えなんだよ、この馬鹿が」

恵美が背後から佐川の尻を軽く蹴る。小柄な佐川はそれだけでよろよろとバランスを崩し、膝をついた。

「なにするんだよ。ひどいなぁ」

「エロ投稿雑誌の写真しか撮れないカメラマンが沙耶を口説こうなんて、百年早いんだよ。あんた、ちょっと鏡をみなよ」

「百年経《た》ったって絶対に嫌」

「二人だってその雑誌にのって金稼いでるんじゃん。持ちつ持たれつでしょ」

佐川がすねた子供のように口をとがらすと、恵美は大きく舌を鳴らした。

「うっさいわね。あんたみたいなダメ中年と一緒にしないでよ」

「ダメ中年って。僕だっていつまでもこんなことしてる気はないんだよ。お金が入ったら自分のスタジオを経営して……」

「あんたがそんな金、貯《た》められるわけないでしょ。なに夢を見てるのよ」

「あはははは、そう思うでしょ？」

佐川は突然肩をゆすって甲高い笑い声を上げはじめた。その声を聞くだけで、怒りに近い感情が胸にわき上がってくる。

「なに笑っているのよ、気持ち悪い」

「あてがあるんだよ、あてが。めちゃくちゃ大きな仕事もらったんだよ。それさえうまくいけば、すぐにでも開業資金が手に入るよ。こんな仕事ともおさらばさ」

「あっそ、そりゃよかったわね。そんなに羽振りがいいなら、モデル代もっと上げてよ」

「モデル代はもともと一人二万の約束でしょ。契約は契約だよ」

「はっ、もともと期待なんかしてないよ。どうせ大きな仕事っていうのもでまかせでしょ。あんたがそんな大物じゃないことぐらい分かってるよ」

「うそなんかじゃない！」佐川の青白い顔が紅潮していく。

「じゃあその証拠に、あたしたちのバイト代ぐらい上げてくれてもいいでしょ」

恵美の挑発に、佐川は赤い顔のまま腕を組む。たっぷり一分ほど考えこんだあと、佐川は「よし、分かった」と顔を上げた。

「なに、バイト代は上げてくれるの？」恵美は唇のはしをつり上げる。

「バイト代上げない。約束だからね。そのかわりにほかの仕事やってもらうよ。ほかの子にやってもらおうと思っていたんだけど、君たちでもいいや」

「かわりの仕事って？　AVとかふざけたこと言うんじゃないでしょうね？」

「ちがうよ、ちがう。預かってほしいものがあるんだ。ちょっと待っていてね」

佐川は一度奥の部屋に引っこむと、すぐに戻ってきた。

「これこれ、これを預かって」

さし出された佐川の右手には、ペンダントが握られていた。銀のチェーンに、直径五センチほどの瑪瑙《めのう》が台座にはまってぶら下がっている。

「なにこれ、ペンダント？　これを預かればいいわけ？」

ペンダントを受け取った恵美は、さまざまな角度からまじまじと見る。

「そうそう、大切なものだから絶対なくさないでね。二、三週間後に連絡して返してもらうからさ。そうしたら三、いや五万円払うよ」

「……どういうことよ。これ預かるだけで五万円なんて。そんなうまい話あるわけないじゃない。なんかやばい仕事じゃないの？　どっかからか盗んだものだとか」

「ちゃんと買ったものだよ。昔、女の子にプレゼントしようとして買ったの。ちょっと事情があって、少しの間それ、手元に置いておきたくないの。恵美ちゃんなら一応信用できるし、ちょっと預かっててよ。五万だよ、五万。いい仕事でしょ」

目を細めて問いつめる恵美に、佐川は涼しい顔で答える。

「本当にやばいものじゃないんでしょうね？」恵美は佐川を疑わしげに睨む。

「大丈夫、大丈夫、いくらなんでもたかが瑪瑙だよ、そんな値段しないでしょ。そうだ、なんだったらその証拠に、一度返してもらったあと、そのペンダントあげるよ」

「は？　なに言ってるの？」

「そんなに貴重なペンダントじゃないんだよ。あまりいい思い出もないし。……その子、せっかく買ったプレゼントだったのに、受け取ってくれなかったんだよね」

「だったらなおさら、なんでそれを預かるだけで五万円も払うのよ？」

「だから、ちょっと複雑な事情があるんだよ。それを聞かないのもバイト代のうちなの。

「そんなに嫌ならいいよ、ほかの子に頼むからさ」

　佐川は恵美の手からペンダントを取ろうと手をのばす。恵美はすばやくその手をさけて、ペンダントを持つ手を頭上にかかげた。

「なんだよ。やらないんじゃないの？」

「やらないとは言ってないでしょ」

「じゃあ一体どっちなわけ。やるの、やらないの？」

「……分かった、やるよ。ちゃんと五万円、約束どおり払いなよ」

「もちろん。じゃあ契約成立だね。絶対になくさないようにしてね。できればずっと着けといて。約束だよ」

「分かってるわよ。沙耶、行こう」

「えー、沙耶ちゃん、もう行っちゃうの？　さびしいなぁ」

　間のびした気色悪い声を出す佐川を無視して、沙耶は恵美とともに玄関へと向かった。できるだけ早く佐川の顔が見えないところまで行きたかった。

　自分がこれだけ佐川を嫌悪する理由に、沙耶はずっと前から気がついていた。佐川は似ているのだ、あの男に。佐川を見るたびに、あの粘つく視線を浴びるたびに、故郷を捨てるきっかけになった男のことをぼんやりと思い出してしまう。

　早く忘れたいのに。沙耶は激しく頭を振ると、玄関の扉を開いた。

「はい、それじゃあ沙耶の取り分、二万ね」

マンションをあとにして駅への道を歩き出すと、恵美はポケットから紙幣をつかみ出し、そのうち二枚を沙耶にさし出した。

「ねえ、やっぱり私が半分もらうの悪いよ。これだけでいい」

沙耶はさし出された紙幣のうち一枚を受け取り、残りを恵美の手の中に残した。

「はぁ、なに言ってるわけ?」

「だってさ、恵美のつてで稼いでるんだし。それに私はちょっときわどい服着て太もも出すだけだけど、恵美は……脱いでるじゃない。やっぱり半分もらうって……」

「なに言ってるのあんたは。最初っから半分の約束だったでしょ」

「でも……」

「でもじゃないの。たしかにあたしは脱いでるけど、あのばかも言ってたでしょ。あたしみたいなけばい女より、あんたみたいなちょっと清純派の方が価値があるのよ。それ考えればどっこいどっこいでしょ。それでもいらないって言うなら、この一万円捨てるわよ。お互い生活苦しいんだから、そんなもったいないことさせないでよ」

「……うん、ありがと」

沙耶は笑顔を浮かべると、恵美の手から紙幣を取った。

「べつに感謝されるすじあいのものでもないけどね。あのさ、何度も言うけど、沙耶はやっぱりもう少しずうずうしくなりなって。そんなんじゃ、食い物にされるよ」

「いいじゃない。その時は恵美が守ってよ」沙耶は恵美の腕に自分の両腕を絡めた。

「はぁ？　なんであたしなわけ？　そういうのは彼氏に頼みなさい」

恵美は笑いながら、空いている手で軽く沙耶をこづいた。

「そんなのいないもん。それに恵美の方が頼りになりそうだし」

「あたしレズっけはないわよ。あ、そういえばさ、これのことだけど」

恵美はポケットから預かったペンダントを取り出した。

「悪いんだけどさ、沙耶がこれ預かってくんない？」

「えっ？　私が？」

「うん、いいでしょ？　あたしずぼらだからさ、どっかでなくしちゃいそうで怖いんだよね。それにこういう可愛《かわい》らしいアクセサリー、あたしには似合わないしさ」

「うん、……べつにいいけど」

「ありがと、助かるよ。バイト代は全部沙耶のものでいいからさ」

「えっ、そんな、悪いよ。これも半々にしようよ」

「なんで？　あたしはなにもしないじゃない。沙耶が全部もらうのは当然でしょ。虎穴《こけつ》に入らずんば虎児《こじ》を得ずって言うでしょ」

ようやく恵美の真意に気がついた。恵美は私が生活を切りつめて、必死で貯金しているのを知っている。だから、このわりのいい仕事を任せて援助しようとしているのだ。

佐川にしつこいぐらいに危険がないかをきいていたのも、私のためだったにちがいない。

「恵美、その格言、ちょっと意味がちがう気がする」

「うるさいな、細かいこと言わないの」

沙耶は微笑《ほほえ》むと、もう一度恵美の腕にしがみついた。


沙耶が恵美に会ったのは一年ほど前、家出同然に東京に出てきてすぐのころだった。そのころの沙耶は、なけなしの金でネットカフェなどに泊まりながら、日雇いのバイトをくり返していた。しかし、それで得られる賃金はこの都会で生きていくためにはあまりにも不十分で、次第にその日の宿や食べ物にも困るようになっていた。このままだと身体《からだ》を売るしかなくなってしまう。そんな危機感を抱きはじめていたころ、運よく入ることができたデパートの地下食品売り場でのバイトの昼休み、コンビニエンスストアで買った菓子パンをバッグから取り出していた沙耶は、自分と同様にバイトとして派遣されてきていた、一分のすきもなく染め上げた金髪を揺らす長身の女に声をかけられた。

「ねえ、ちょっとあんた」

射貫《いぬ》くような視線、美人だがどこか険のある顔、そして鮮やかな金色に輝く髪。なにか彼女の気に障ることでもしてしまったのか？　沙耶は無意識に体を小さくした。しかし女のグロスで光る薄い唇から出た言葉は、沙耶が予想したたぐいのものではなかった。

「あんた一人？　そうなら、一緒に飯食わない？」

東京に来てからほとんど他人との繋《つな》がりを持てずにいた沙耶は、少々威圧感の強い外見に圧倒されながらも、思わず頷《うなず》いていた。それが恵美との出会いだった。

近づきがたい雰囲気とは裏腹に、恵美は食事時間であることを忘れたかのように、矢継ぎ早に話し続けた。その話にあいづちを打つだけでも、沙耶は菓子パンを頬張るすきをなかなか見出《みいだ》せないほどだった。その数十分で恵美と交わした会話は、沙耶が東京に来てから他人と交わした会話の合計よりもはるかに多く、そしてそれは、沙耶が久々に味わう温かみを持っていた。

休み時間が終わるまでの間に、沙耶はいつの間にか、現在の自分が置かれた状況を恵美に語りはじめていた。恵美はその話に頷きながら真剣に聞き入ってくれた。

夕方にバイトが終わると、生活用具のすべてが入っているショルダーバッグを肩にかつぎ、宿を探しに向かおうとしていた沙耶に、恵美が声をかけてきた。

「あんた、下着はいっぱい持ってる？」

わけが分からず固まっている沙耶の手をつかみ、引きずるようにして電車に乗せると、恵美はなんの説明もないまま、歌舞伎町《かぶきちょう》の雑居ビルが連なる一角に連れていった。

古びたビルの地下へと延びる薄暗い階段を恵美は「この奥よ」と指さした。あまりにも怪しい雰囲気に、すきをついてどうにか逃げ出した方が良いのか迷ったが、そのすきを探す間もなく恵美に手を引かれてしまった。薄暗い階段を下り、古ぼけた扉をくぐって中に入った瞬間、沙耶の恐怖は頂点に達した。

それほど広くないその空間には、まるでアーチを描くかのように、セーラー服やブレザーが天井近くまで並べられ、左右に配置された商品棚には、あきらかに未成年と分かる少女の写真がついた下着や、ロリータもののアダルトビデオなど、いかがわしいものが所せましと陳列してあった。

ここから逃げなくては。沙耶の本能がアラームを大音量で鳴らした。

「恵美ちゃん久しぶり。あれ、どうしたのその娘《こ》？」

走り出そうと足に力を入れた瞬間、不意に店の奥から声がかけられた。反射的に沙耶は声がした方向を見た。髪を茶色く染めた小太りの男が、人なつっこいと表現するにはやや脂ぎりすぎている笑顔を向けてきていた。

「久しぶり。全然客入っていないけど大丈夫なの？」

「最近はこんなもん。ほとんどみんなネットで買うようになったから。店には売りに来る娘の方が多いくらい」

「そうそう、あたしたちも売りに来たの。この子の下着、高く買ってよ。なかなか可愛いでしょ、この子。写真は目線つきね」

突然指さされた沙耶は逃げ出すことも忘れ、呆然《ぼうぜん》と恵美の顔を見つめた。そこでやっと、沙耶は自分が連れてこられた店がどのようなものなのかを理解した。

とりあえず身の危険はなさそうだと安心しつつも、下着を売るという行為に対する嫌悪感で顔の筋肉をゆがめる沙耶に、恵美は囁いた。

「金ないんだろ？　これくらいがまんしな。体売るよりはずっとましだろ」

結局、恵美に押し切られるように、沙耶は持っていた下着の大半を売ることで、五万円の金を手に入れ、当面の生活費の心配をしなくて済むようになった。そしてその日から、沙耶は恵美とひんぱんに連絡を取るようになった。

「住所がないと、まともなバイトとかできないでしょうが」

恵美はそう言って、沙耶を自分の家の近くの、保証人の必要ないマンスリーマンションへ連れて行き、ワンルームの部屋を契約させた。恵美の言うとおり、住所を履歴書に書けるようになってから、それまですべて面接で落とされていた定期のバイト、ファミリーレストランのウェイトレスの仕事を得ることができ、生活は格段に安定感を増した。

沙耶と恵美はお互いの家を行き来するようになり、その関係は、いつの間にか親友と呼べるものになっていった。

「沙耶ってさ、なんで東京出てきたわけ？　なんかやりたいことあるの？　なんて言うか……『夢』みたいなやつ」

ある日、大量のアルコール飲料とともに沙耶の部屋を訪れていた恵美が、酒臭い息を吐きながらそんなことをきいてきた。

「……歌」

沙耶は数秒の躊躇《ちゅうちょ》のあと、ぽつりとつぶやいた。頬が恵美に強引に飲まされたアルコール以外の理由で赤みがかっていく。

「歌？　なにそれ。アイドルになりたいってこと？」

「ちがうちがう、そういうんじゃなくて」

「なんだちがうのか、沙耶だって素材はかなりいいもの持っているんだから、しっかり化粧して化ければ、アイドルぐらいなれそうなもんなのに」

「ずっと歌好きだったから。ちゃんと勉強して、自分で曲つくって、人前で歌えるようになりたいなって思って。東京ならそういう学校もいっぱいあるし」

「ふーん、……なんかいいね、そういうのさ」恵美の口調からはからかいの色が消える。

「けど、やっぱり無理かも……」

「なんでよ？　夢なんでしょ。無理なんてことないよ」

「だって、そういう学校って入学金とか授業料とかでけっこうお金かかるの。いまの生活じゃあ貯金なんてできないしさ」

「お金……か」恵美はなにか考えこむように黙りこんだ。

「どうかした？」

「……あたしさ、ちょっとわりのいいバイト知ってるんだよね」

こうして沙耶は恵美とともに、投稿雑誌のモデルの仕事をはじめ、徐々に夢に向かって資金を貯めはじめていた。たしかにいかがわしい仕事だが、恵美が選んだのだ、危険はない。そう信じきっていた。なんの根拠もなく……。

3　松田公三

「全然だめですね、松田《まつだ》さん」

　隣に立つ石川良太《いしかわりょうた》の言葉を無視し、松田公三《こうぞう》は塀に寄りかかったまま、くわえていた煙草《たばこ》をアスファルトの上に吐き捨てる。すべてが気に入らなかった。なんの収穫もない地取り捜査、そんな自分を尻目に重要証言を集めるライバルの同僚、すぐ弱音を吐く所轄の若い刑事、つい数日前に決意した禁煙をすでにあきらめている自分、そしてなにより、世間で『ジャック』とかいう、ふざけた名で呼ばれている、気障《きざ》な殺人鬼が。

　ジャックによる最初の事件が発生してから、すでに半年近くの時間が経過している。この間に十人を超える人間が、その兇刃《きょうじん》に命を奪われていた。被害者どうしに繋がりはない。ただ一つのことを除いては。

　連続通り魔事件といってもいい卑劣な犯罪、しかし世間の一部では、この犯人を英雄視する声が上がっている。ジャックに命を奪われた被害者たちの唯一の共通点、それは全員がなんらかの犯罪に関与していたということだった。

　麻薬のディーラー、クラスメートを苛烈《かれつ》ないじめで自殺に追いこんだ少年、乳児の世話をせず餓死させた母親、多数の収賄容疑で公判中の元県議会議員、果ては広域指定暴力団の幹部まで。そのほとんどが、証拠不十分で裁きを受けなかった者、または心神喪失、未成年などの理由で重い判決を科せられなかった者たちだった。

世間の人々が感じている矛盾、それを刃《やいば》に乗せジャックは正義を行っている。

インターネットの中ではそうした発言が多く見られ、それは口に出さずとも、同じように考えている国民が多数存在しているということだ。

馬鹿どもが。松田は箱から乱暴に煙草を一本取り出し、火をつける。なにが正義の味方だ。アニメの見過ぎだ。悪人なら殺していい？　ふざけたことぬかすな。

紫煙を肺いっぱいに吸いこむ。肺胞の毛細血管から血中に溶けこんだニコチンが、脳細胞の過敏性をわずかながらやわらげてくれた。

西武新宿線《せいぶしんじゅく》の中井《なかい》駅から、商店街を抜けて十分ほど歩いた住宅地。一戸建ての家が密集し、細い通りが迷路のように入り組んでいる。

三日前の午後十時ごろ、この場所で四十二歳の男が殺害された。中学校の体育教師で、二年前、顧問を務める柔道部の練習中に起きた事件で、最近マスコミに取り上げられていた。

男は真夏の合宿中、疲労で座りこんでいた部員を見て「サボっている」と激怒し、無理やり引き立たせ、何度も畳にたたきつけた。意識朦朧《もうろう》状態だった部員は受け身を取りそこねて頭頂部から落下、頸椎《けいつい》を脱臼し呼吸が停止した。その後、他の生徒が異常に気づき救急搬送されたが、被害者の部員は低酸素脳症により昏睡状態になり、現在も意識が戻っていない。

当初学校は、部活中の事故であると主張し、通常の稽古の中で起こったことだと説明、警察も動かなかった。しかし部員からと思われる匿名の情報で、事故が起こった時の状況を知った両親が警察やマスコミに働きかけ、世間で大きな関心をよんでいた。

殺人事件の第一発見者は、帰宅途中のサラリーマンだった。一杯ひっかけて上機嫌で自宅に帰る途中、血の海の中に筋肉質の男が倒れている光景に出くわしたのだ。血中のアルコールも一気に蒸発したことだろう。

すぐに機動捜査隊が到着して確認したところ、死体の頸部《けいぶ》が、頸椎《けいつい》が露出するほど深く切り裂かれていた。その時点で捜査にあたった警察関係者の誰もが、ジャックの影を感じていた。それが正しいことはすぐに証明された。遺体のそばの生け垣からトランプのスペードのジャックが見つかり、そしてその表面には鮮やかな赤色の太字で、くせの強い『R』の文字が記されていた。そのトランプのカードはそれまでのすべての犯行現場でも見つかっていた、いわばジャックの犯行声明だった。

ジャックにR、言わんとするところはあきらかだ。

Jack the Ripper、切り裂きジャック。十九世紀末のロンドンに現れた伝説の殺人鬼。

捜査本部では誰からともなく今回の連続殺人事件の犯人を『ジャック』と呼ぶようになり、マスコミを通して、いつの間にか世間一般にまでその名称は浸透していた。

松田は『ジャック』という呼び名を嫌っていた。そんなふうに呼べば、この自己顕示欲の強い犯人は喜ぶに決まっている。喜び勇んで次の獲物を物色するのだ。

なぜこの殺人狂を追い詰められない？　松田はがりがりと、頭髪がややさびしくなりつつある頭をかいた。白いふけが舞い落ちる。

十人以上の者たちを兇刃にかけられながら、警察はいまだに犯人の影さえも踏めていない。どんな慎重な犯人でも、数件も犯行を重ねれば、強大無比な日本の警察力の前にその姿がじわじわとあきらかになっていくものだ。しかしジャックの犯人像はいまだ深い霧の中で、そのシルエットさえ見出せていなかった。

「石川ぁ！」松田は所在なさげに隣に立つ所轄の刑事をどなりつける。

「は、はい」

「ぼーっとしてるんじゃねえ、地取り続けるぞ。捜査会議までに、ちったあ報告できるような情報見つけるんだよ」

「はい、分かりました！」

どこの誰だかしらねえが、絶対にとっ捕まえて、絞首台に送ってやる。拳を握りしめた松田は大股に歩きはじめた。

4　岬雄貴

いまは何時だろう？　霧がかかったような頭を軽くふりながら、雄貴は壁時計を見る。

針は一時をさしているが、午前一時なのか午後一時なのかさえ分からない。カーテンの隙間から見える外に暗闇が漂っていることに気づき、ようやく午前一時だと分かる。

どうでもいいか。雄貴はカーペットにあぐらをかきながら、ビール缶に手を伸ばした。ガラス製の背の低いテーブルの上には、様々なアルコール飲料の容器が置かれている。

手にした缶の軽さに顔をしかめつつ、雄貴はビールを一気にのどの奥に流しこんだ。温《ぬる》くなり炭酸も抜けた液体が、べとつくような苦味を残して胃の中に落ちて行く。しかし、口腔にまとわりつくように残る苦味もまったく気にならなかった。味などどうでもいい、ただアルコールが必要だった。頭の働きを麻痺させておくためのアルコールが。酔いが醒《さ》めたら、また『あれ』がやってくる。心を腐らせる漆黒の感情。自分の存在が間もなく『無』になるということに対する本能の拒絶。それはただ単に『恐怖』という言葉で表わすことができるほど生易しいものではなかった。

二週間ほど前、真琴から告知を受けたその日、病状説明室をあとにした雄貴はふわふわと体の中心が定まらない心地《ここち》のまま医局長を訪ね、事情を説明して休職を取った。そして病院を出ると、その足で大塚《おおつか》の自宅マンションに戻り、冷蔵庫の中に冷やしてあったビール缶の中身を片っ端から腹の中に流しこんでいった。

それからというもの、酒を飲んでは眠り、目が覚めるとまた酒を飲むという生活をくり返している。食事も満足にとらず、外出するのは家に置いてある酒を飲みつくして、近所のコンビニエンスストアへアルコールを補充しに行く時ぐらいだった。

これは現実なのだろうか？　この二週間、頭の中でくり返し続けた疑問を反芻《はんすう》する。シャーカッセンの人工的な白い光に照らされたCTフィルムを見てからこのかた、世界は白く濁っていた。アルコールのせいではない。アルコールが切れた時でさえ、まるで白内障にでもなったかのように、世界にかすみがかかって見える。

自らの命があと数ヵ月で尽きる。その事実を脳が、心が拒絶し、現実との間に薄い膜を作っていた。

空になったビール缶をテーブルの上に横にして置く。これで買いためていた酒はすべて飲んでしまった。虚《うつ》ろな目で空き缶をながめていると、不意に強い吐き気が襲ってきた。

トイレへ向かおうと慌てて立ち上がるが、目の前の光景がぐらりとゆれ尻もちをついてしまう。這《は》ってなんとかトイレまでたどり着いた雄貴は、便器に顔を突っこむ。口を開けると、せきが切れたかのように、薄く黄色い液体がのどの奥から噴き出した。のどが焼ける、痛みにも似た苦味が口の中に広がっていく。

胃の中が空になっても、雄貴は便器と顔をつきあわせ数回えずいた。すべて吐ききったにもかかわらず、嘔気《おうき》は治まらない。荒い息をつきながら便器の中に広がる吐瀉物《としゃぶつ》を見た雄貴は、黄色い液体の中に小さな赤黒い塊が混じっていることに気づいた。

心臓が氷の手にわしづかみにされる。癌細胞に侵された潰瘍部からの出血。腹の中に自分を殺す怪物が巣くっている。そのまぎれもない事実をつきつけられる。

「ちくしょう！」

雄貴は拳を固く握り、壁を力いっぱい殴りつける。それ以外にこのやり場のない怒りをぶつけるすべがなかった。鈍い音とともに壁がゆれる。拳頭《けんとう》の皮膚が破れ、血がにじむ。痛みで頭にかかっていたかすみが晴れはじめる。

後悔するが、もう遅かった。胸の中に小さく生じた恐怖が、腹に巣くう癌細胞のように細胞分裂をくり返し、爆発的に増殖していく。

なんでこんなことになったんだ？　雄貴はモルタル製のトイレの床に膝を抱えて座りこむと、全身をガタガタと震わせはじめた。人生は順調に進んできているはずだった。外科医としてのキャリアは七年を超え、手術の腕も上がってきていた。

雄貴は座りこんだまま虚空を見つめる。これまでの自分の人生が頭の中を流れていく。

中学受験で中高一貫の進学校に合格し、その後、福島で小さな外科病院を開業していた父の期待にこたえて、東京の青陵《せいりょう》医科大学に進学した。初期研修を終え、入局先を選ぶとき、仕事がきつく最近の医学生に敬遠されがちな外科を選んだのも、いまは他の医師に任せてある父の病院を、将来受け継ぐ可能性があると考えたからだった。

よりよい将来のため。人生の選択は常に『将来の幸せ』に向かって方向づけられていた。しかし、その『将来』が消えてしまった。まるで線路が途中で切れてしまったかのように。求めていた終着駅、そこにたどり着くことはもはやできない。

「俺の人生なんだったんだよ！」

雄貴は叫ぶ。言葉の最後の部分には嗚咽《おえつ》が混じり、大きく咳きこんだ。涙がとめどなく流れ、鼻水がのどの奥に流れこんでくる。もうすぐ『無』になる。学生時代から剣道で鍛えた体も、必死に身につけた医師としての技能も、そして自分の存在自体も。

足元が崩れ去り、宙空に放り出されたかのような感覚に襲われる。

酒がたりない。アルコールだ、アルコールで思考を麻痺させなければ。雄貴はトイレの壁に手をつきながら立ち上がった。

血管の中に水銀が流れているかのように、体は重かった。

Tシャツにジーンズ姿で外へ出た雄貴は、まだ八月だというのに秋の気配を感じさせる夜風に身を震わせた。冷気でさらに頭が冴《さ》えていく。一刻も早く酒を飲まなくては。

コンビニエンスストアは歩いて十分程度の場所にある。駐輪場には愛車の大型バイク、ホンダCBR1000も停《と》めてあったが、いまの状態ではバイクに乗れないと判断する程度の理性は残っていた。

寒さに背を丸めると、雄貴はとぼとぼと歩きはじめた。


「いらしゃせ」

外国人らしき店員がやる気のない声をかけてくる。コンビニエンスストアにたどり着いた雄貴は、バスケットをつかみ取り、アルコールを求め奥へと進んだ。

ガラス製の冷蔵商品棚の扉を開き、中に置いてあるビールやサワーの缶を、手あたりしだいバスケットの中に放りこむ。隣で清涼飲料水のペットボトルを見つくろっていた若いカップルが露骨に顔をしかめ、そそくさと離れていった。

この二週間、髭《ひげ》もそっていなければ、ろくに風呂にも入っていない。はたから見ればホームレスのようだろう。しかし他人の目を気にする余裕などなかった。冷蔵商品棚を離れ、雄貴はウイスキーやワインの瓶を物色しはじめる。

「だぁから、おまえはだめなんだよ！」

がなりたてるような大声とともに自動ドアが開いた。ウイスキーの瓶を手にとっていた雄貴は、ちらりと声の方向に視線を送る。

ライダースーツに身を包んだ二人組の若い男が、大声で笑いながら店内に踏みこんできていた。先に立って歩く大柄な男は短髪を赤く染め、周りを威嚇するように胸を張りながら、笑い声をあげている。年齢は二十歳前後といったところか。

そのあとに続く小柄な男は、媚びるような笑みを浮かべながら赤髪の男と話していた。髪は銀髪にしているつもりなのだろうが、染めてから時間がたっているのか、くすんだその色は白髪にしか見えなかった。

「兄ちゃん、セブンスター二つな」

赤髪の男は強盗でもするかのようにカウンターに肘を置く。店員は無表情でカウンターの奥の棚から煙草を二パック取り出し、レジを打ちはじめた。突然店員の胸倉を赤髪の男がつかみ、引きつけた。小柄な店員は腕力に抵抗できず、上体をカウンター上に引きずり出される。

「客にはもっと愛想よくしろよ、コラ！」

額がふれるほど店員に顔を近づけ、赤髪はすごむ。店員は口をパクパクと動かすが声が出てこなかった。

「なんだよ、日本語しゃべれねえのかよこいつ」

つばでも吐き捨てるかのように言い放つと、赤髪の男は店員の胸倉を離し、カウンターの上に載っている煙草をつかみとった。

「慰謝料だ。もらってくぜ。文句はねえよな」

赤髪は大声で笑うと店の外へ悠然と歩いていった。そのあとを銀髪の男がついて行く。店員はなにも言えずにうつむくだけだった。

雄貴は一連の騒動が終わるのを見届けると、ふたたび酒の物色に戻る。二週間前までならば義憤にかられていたかもしれない。しかし、いまはそんな気力も余裕も残ってはいなかった。雄貴はバスケットがいっぱいになるまで、無心で酒をあさり続けた。

「兄ちゃん、すげえな、それ」

精算を終え、両手に酒の詰まったレジ袋を持って出ると、ついさっき店内で騒ぎをおこしていた赤髪の男が声をかけてきた。大型バイクのかたわらでアスファルトに直接すわりこみ、奪ったばかりの煙草をふかしている。

雄貴は男を一瞥《いちべつ》してふたたび歩きはじめる。余計なことに関わっている余裕はなかった。胸の中では心をむしばむ黒い感情が徐々に巨大化してきている。

「無視すんなよ！」

雄貴の反応が気にさわったのか、赤髪の男は声を荒らげ立ち上がり、近づいてきた。でかいな。雄貴は目の前に立ちはだかる男を見上げた。身長は一九〇センチ近くあるだろう、体重は三桁に達しているかもしれない。しかし恐怖は感じなかった。二週間も死の恐怖にさいなまれてきた心は、新しく恐怖を覚えるキャパシティを残していなかった。ただ自分の行動を邪魔する男たちに対するいらだちだけが胸に湧く。

「どいてくれ」雄貴は感情のこもらない砂のような声で言った。

「ああ？　なんだてめえ、その態度は！」

激高した赤髪の男は、雄貴の胸倉をつかみ上げる。つかまれたＴシャツが悲鳴のような音をたてて首元から少し破れる。唐突に胸に激しい怒りをおぼえた。

こんな男がこれから何十年もこの世に存在し続け、自分はもうすぐこの世界から消え去ってしまう。必死に努力を積み重ね、医師として何人もの命を救ってきた自分が。

「なんで俺が……」雄貴はＴシャツをつかんでいる男の手を乱暴に払った。

「っ、やろう！」

払われた右手で拳を作ると、赤髪の男はそのまま拳を雄貴の顔面に向かって振った。

剣道で鍛えた動体視力が、近づいてくる拳を捉える。あまりにも簡単に暴力に訴えようとする男の行動に驚きつつも、回避行動を取ろうとする。しかし、アルコールにひたされ続けた神経系は、脳髄の命令をすばやく筋肉に伝えることができなくなっていた。ただ立ちつくす雄貴の網膜いっぱいに、拳が映しだされる。

左のこめかみに強い衝撃を感じて、一瞬意識がブラックアウトする。もともと平衡感覚のくるっていた体は、勢いよくアスファルトの上に倒れふした。レジ袋から酒瓶が散乱し、そのうちのいくつかが割れて、あたりにアルコール臭を充満させる。

拍動するような頭痛を感じながら、雄貴は起きあがろうとした。その腹に赤髪のつま先がめりこむ。無防備な腹部に伝わった衝撃で胃がひしゃげ、苦い胃液が口の中に逆流する。痛みでうまく呼吸ができない。雄貴は顔をあげ、赤髪の男を睨んだ。

「なんか文句でもあんのかよ？」

「……なんで俺なんだ。なんで……おまえらみたいなやつらじゃなくて俺なんだよ」

切れ切れに声を出す。抑えきれない怒りが、憎悪が、言霊《ことだま》となり声帯を震わせる。刃物のような雄貴の視線に、一瞬赤髪の男はひるみ、動きを止めた。

「知るかボケ、なに言ってやがる！」

気圧《けお》された自分を鼓舞するかのように、ひときわ大きな咆哮《ほうこう》を上げ、赤髪は雄貴のあごを蹴りあげた。雄貴の口に鉄の味が広がる。

「なにぼーっと見てやがるんだ、てめえもやるんだよ！」

赤髪は銀髪の男をどなりつける。赤髪がよほど恐ろしいのか、銀髪は全身を電気が走ったかのように硬直させると、慌てて倒れこんだ雄貴のかたわらに近づき蹴りを放った。顔、首、胸、腹、そして四肢を、二人がかりの暴力が蹂躙《じゅうりん》していく。

雄貴は薄れゆく意識の中、とまどいを覚えていた。いつの間にか胸の中で、怒り、憎悪とはまったく違った感情が生まれはじめていた。

なぜ？　あまりにもこの状況にそぐわない感情が体を支配していく。もはやその増殖をおさえることはできなかった。感情が音となり、のどからつき抜けていく。

「はは、ははははははっ。あはははははっ」

雄貴は笑った。口からとめどもなく笑い声が吐き出されていく。蹴られた腹筋がジンジンと痛むが、それでも笑いの発作を抑えることはできなかった。

「……な、なんだよこいつ」

男たちはあまりにも突飛な雄貴の行動に、蹴りの雨を止め、目を見開く。

雄貴は息苦しさを覚えるほど笑い転げながら、腫れて半分ふさがった目で、自分をサッカーボールのように蹴り続けた男たちの顔を見つめた。

絶対にその顔を忘れないように、脳のしわの間にその映像を焼きつける。

「こいつ……頭おかしいぜ。おい、行くぞ」

赤髪の男はバイクまであとずさり、それにまたがった。銀髪の男も赤髪にならう。

心の中で憎悪の炎が燃え上がるのを感じると同時に、雄貴は二人に感謝の念さえ覚えていた。爆音をたてながらバイクで走り去る二人の背中に、雄貴は胸の中で語りかけた。ありがとう。本当にありがとう。生きる目的をくれて。

いたるところが軋《きし》み、悲鳴を上げる体を起こすと、雄貴は酒瓶の入ったレジ袋に目をくれることもなく、ふらふらと歩きはじめた。もうアルコールは必要ない。体中の痛みと夜の冷気でかすみが晴れきった頭から、恐怖はいつの間にか去っていた。

5 柴田真琴

足が重い……。街灯が灯《とも》りはじめた通りを、真琴は枷《かせ》でもつけられているかのような足取りで歩く。湿度の高い空気が肌に張りつくようだった。

雄貴に癌を告知してから、すでに一ヵ月半の時間がたっていた。

予約しておいた外来に、雄貴は姿を見せなかった。それからはいくどとなく、それこそ数えきれないほど連絡を取ろうとしたが、雄貴は電話にもメールにもこたえることはなかった。

患者が外来からドロップアウトする、それはよくあることだ。治療を受けなければ命にかかわるような患者であっても例外ではない。そんなときも当然、医師は患者に治療を強制はできない。患者には治療を受ける権利もあれば、逆に治療を受けない権利もある。最終的に患者の健康の責任を負うのは医師ではない、患者自身だ。医師は手助けをするだけ。真琴はそのことをよく理解していた。いや、していたつもりだった。しかし雄貴が外来にあらわれなかったとき、ただ傍観していることができなかった。

真琴はうつむき、アスファルトの歩道を見ながら学生時代を回想する。

教育熱心な両親のすすめで、小学生のころから近所の剣道道場に通い、小学校を卒業するころには小さな市民大会で上位に入賞するほどになっていた。

中学、高校も剣道部に入部し、都大会で上位にくいこんだ。だから、青陵医大に入学し剣道部に入った真琴は確信していた。相手が男でも、医学部などに自分より腕が立つ者などいないだろうと。そんな自信を打ち砕いたのが、岬雄貴という男だった。

入部して数回目の練習ではじめて雄貴と稽古をした真琴は、まるで金縛りにあったかのように動くことができなくなった。打ちこもうとしても先《せん》の先《せん》を取られてしまう。がむしゃらに動けば後《ご》の先《せん》を取られ打ちこまれる。それはそれまでに対戦したどんな相手からも受けたことのない威圧感だった。

「岬君って何年ぐらい剣道やってるの？」

稽古が終わったあと、面をはずしながら、真琴は雄貴にたずねた。

「ん？　三年ぐらいかな、高校で誘われてはじめた」

手拭いで汗を拭きながらなにげなく発した雄貴の答えに、真琴は衝撃を受けた。雄貴が達している領域が、わずか三年で到達できるものだとはとうてい思えなかった。

天賦《てんぷ》の才能。自分が持ち得なかったものを身につけている男をまのあたりにして、真琴は悔しさを感じるとともに心が高揚していくのを感じた。

それから約一年、同級生、そして部活仲間として接しているうちに、いつの間にか雄貴を、目で追うようになっていた。そんなある日、練習後の帰り道、雄貴と二人で歩いていた真琴は、自分でも驚くほどごく自然に人生で初めての告白をしていた。

「ねえ、……私たちつきあうっていうのはどうかな？」

雄貴はその告白に最初少し驚きの表情を見せ、数秒間まばたきをくり返したあと、少し照れくさそうに手をさしのべて言った。「俺で良ければ、よろしく」と。

学生生活中、二人の交際は順調に続いた。しかし医師国家試験に合格し、別々の科をこころざしたころから、その関係はしだいにほころびを見せはじめた。

研修医として二十四時間、昼夜の区別もなく馬車馬のように働く毎日。学生というなんの責任もない気楽な立場から、突然患者の命の責任を負う立場へと追いやられ、相手のことを思いやる余裕さえ失った二人は、ささいなことでけんかをくり返した。

学生時代にもたびたびけんかはしたが、毎日顔をあわせ話をするうちに、それらは自然と解決していた。しかし研修医という、医療システムの最下層で丁稚《でっち》のような生活を送る二人には、ゆっくりと話をする時間さえなかった。結局、一年目の研修が終わるころ、二人は話し合い、これ以上交際を続けていくことは困難だという結論を出した。

それから約六年。いまでは、雄貴は数少ない腹を割って話せる親友になっていた。わかれたことが間違いだったとは思っていない。あのとき、もしわかれていなければ、二人の間には修復しがたいみぞが残り、友人としてつきあっていくことすらできなくなっていたかもしれない。しかし真琴は雄貴と接するとき、まだ未練を感じている自分に気がついていた。ただ、それを口に出すには、友人として過ごした時間が長過ぎた。

このままでいい、真琴はそう自分に言い聞かせ、雄貴と微妙な、それでいて安定した距離をとりながら接していた。

雄貴に癌を告知したあの日までは。


マンションのエントランスを抜け、エレベーターで五階へとあがる。ここにくるのは雄貴とわかれて以来になる。

なにを話せばいいのだろう？　雄貴の住む部屋の前まで来て、真琴はたちどまった。

なにかしたくてここまで来たが、一体なにができるというのだろう？

stage Ⅳのスキルス性胃癌。若年者の癌は進行が早いことが多い。おそらく雄貴の腫瘍はどんな治療を行っても、その貪欲な成長をとめることをしないだろう。

なにもできない。医師としてできることはなにもない。でも……

真琴は迷いをふり払うように頭を振ると、わずかに震える手でインターホンを押した。

ピンポーンという軽い音が、蛍光灯に白く照らされた廊下に響いた。

十数秒後、ドアごしに近づいてくる足音が聞こえてきた。心臓の鼓動が速くなってい
く。頭の中で何度も、かけるべき言葉をシミュレートする。

「はいはい、ちょっと待ってくれよ」

部屋の中から聞こえてきた声に拍子ぬけする。想像していたような暗く沈んだ雰囲気
は、その声からは微塵《みじん》も感じられなかった。勢いよくドアが開く。部屋の中から雄貴の
顔とともに、けたたましいロックミュージックが飛びだしてきた。

「おお、真琴じゃないか。どうしたんだよ、こんなとこまで」

「うん……ちょっと様子を見に。雄貴、私の外来に来なかったじゃない」

不自然に明るい声に圧倒されつつ、真琴はいいわけをするかのように答えた。

「外来？　ああ外来な。悪い、忘れてた」

「忘れてた？」あまりにも軽い言葉に、真琴の声が高くなる。

「そんなに怒るなよ。悪かったって。それより上がっていくか？　せっかく来たんだ
し」

言うなり雄貴は返事も聞かずに背を向ける。Tシャツに包まれた背中を見て、真琴は
違和感を感じた。白いTシャツには、地図のように大きな汗の染みがにじんでいた。

大音量で満たされたリビングルームに入って、真琴は目を丸くした。

「コーヒーいれるから、ソファーにでもすわっていてくれ」

オーディオセットの音量をしぼる雄貴の足元にはダンベルが置かれていた。それだけ

ではない。十五畳程度のリビングルームには、いたる所にトレーニング機器が散乱していた。ゴムチューブ、素振り用の木刀、はては本格的なルームランナーまである。

「なに？　このトレーニング用具は？」

「なにって、見たまんまだよ。体動かしてたんだ。ちょっと汗かいたな」

雄貴はぬれたTシャツに手をかけると、勢いよく脱いだ。あらわになった裸の上半身に、真琴の視線は縫いつけられた。

肩から首にかけて盛り上がった僧帽筋《そうぼうきん》、血管が浮き出て丸太のように太い上腕、巨大な広背筋が逆三角のシルエットをつくっている。皮膚の上から筋繊維が追えるほど脂肪がそぎ落とされた体。毎日のように剣道の稽古をしていた学生時代でも、雄貴はこれほどまでの体をしていなかった。

「なによ……その体」

「ああ、鍛えたんだよ、この一ヵ月な」雄貴はやけに楽しげに言う。

「鍛えたって……」混乱し、なにをたずねればいいか分からなかった。

新しいTシャツに着替えると、雄貴はなに気なく素振り用の木刀を手にとる。竹刀《しない》でも振るかのように軽々と重い木刀が振られた。空気を切り裂く音が真琴の耳に届く。

「たった一ヵ月で、そんな体になるわけないでしょ。それに、なんのために……」

「コーヒー」

「えっ？」

「コーヒーだよ。インスタントだけどいいよな。いまつくるから待っていてくれ」

雄貴は真琴の質問には答えず、木刀を放るとキッチンに消えていった。木刀がフローリングの上でバウンドする。

真琴は倒れこむようにソファーに腰をおろした。なんだろうあのテンションは？　無理に明るくふるまっているのとはちがう。癌の告知を受けたあとに無理やり陽気になる患者は何人も見てきた。しかし雄貴の態度はそれとはあきらかに一線を画していた。無理やりではない、しかしどこか空虚なにおいを感じる。

キッチンから音を外した鼻歌が聞こえてきた。ふと真琴はテーブルに薬のＰＴＰシートがいくつも置かれていることに気づき、手を伸ばした。

それは強力な抗不安薬だった。効果の持続時間は短いが、強い抗不安作用を持つ薬だ。やっぱり薬が必要なんだ。じゃあ、あの態度も薬のせい？　薬をテーブルの上に戻そうとした真琴の手が停止する。何度かまばたきをくり返すと、真琴は身を乗り出して両手でせわしなく薬の山を探りはじめた。

肝保護薬、甲状腺ホルモン剤、蛋白《たんぱく》同化ステロイド薬、精神賦活《ふかつ》薬《やく》。

それらはどれもシートの中身が減っていて、使用された形跡がある。しかしそのどれ一つとして、いまの雄貴に必要な薬とは思えなかった。

真琴の脳裏に脂肪がそぎ落とされ、筋肉の盛り上がった雄貴の体が浮かぶ。

甲状腺ホルモンで代謝をあげ、蛋白同化ステロイドで筋肉の成長を促進する。肝保護薬はステロイドによる肝障害を防ぐため。そして妙な陽気さ、それが抗不安薬でなく精神賦活薬によるものだとしたら。

「なに見てるんだ？」

不意に声をかけられ、真琴はびくりと体を硬直させた。いつのまにか、両手にコーヒーカップを持った雄貴がすぐ背後に立っていた。

「これ……、まさか飲んでいるの？」真琴は薬の山を指さした。

「ああ、そうだよ」雄貴はコーヒーカップをテーブルの上に置く。

「そうだよって、これ。……なに考えてるの？」

「ああ、ちょっと体を鍛えるためにな」

雄貴の口調はあくまで軽い。精神賦活薬のなかには、覚醒剤に類似した作用を持つものもある。それを飲めば疲労も感じにくく、感情も高揚してくる。真琴は雄貴の場違いな、それでいてどこか空虚な明るさが、薬によるものであることを確信していた。

「精神賦活薬を飲むなんて、それにアナボリックステロイドまで……」

「冷蔵庫の中には成長ホルモンもあるぞ。けっこう高かったけどな」

「一体、なにしてるの？　……なんでこんなこと」

「やんなきゃいけないことがあるんだよ」雄貴の声のトーンがわずかに低くなる。

「やらなきゃいけないことって？」震える声で真琴はたずねる。

「真琴には関係ないさ」

雄貴はフローリングの木刀を拾い、ふたたび素振りを開始した。空気が震える。

「けっこういい振りしてるだろ？　現役のときと遜色ないと思わないか？」

「そんなこと言ってる場合じゃないでしょ。こんな薬飲んでたら大変なことに……」

「それで？」

雄貴の口調が一変する。部屋の中の温度が一気に低下したように感じた。ふり返った雄貴の顔からは薄っぺらい笑みがはぎ取られ、暗い双眸《そうぼう》は底なし沼のようだった。

「それでって……」

「副作用が出たからなんなんだ？　心房細動を起こそうがホルモンバランスが崩壊しようが関係ないだろ。俺はどうせもうすぐ……消えるんだ」

雄貴は真琴に背を向けると、手にしていた木刀を乱暴にフローリングの床にたたきつけた。木と木がぶつかり合う鈍い音が部屋に響く。

真琴はうまく力の入らない足でふらふらと立ちあがると、背を向ける雄貴へと近づく。なにを言えばいいか分からないまま、雄貴の肩に手を置いた。

「そんなこと言わないでよ。お願いだからちゃんと治療受けて。私ができることならなんでもするから。……お願い」

こんなにも近くにいるのに、はるか遠くに呼びかけているような気がする。

雄貴はふり返りざま、肩に置かれた真琴の手をつかんだ。万力で締め上げられているかのような痛みに、真琴の表情がゆがむ。

「なんでもするんだな。それなら、……放っておいてくれ！」

雄貴は食いしばった歯の奥から、絞り出すような声をあげる。

「放っておいて、俺の好きなようにさせてくれ！　こうしなきゃ、どうしていいか分からないんだよ。俺の人生なんだったんだよ！　もうなにがなんだか……」

最後の言葉は小さくかすれ、真琴の耳には届かなくなっていた。ついさっきまで大きく感じられた雄貴の肩が、やけに小さくしぼんで見えた。雄貴は真琴の手を離すと、小さく「帰ってくれ」とつぶやいた。

「分かった、帰る。……ごめんね」

真琴はうつむくと、雄貴に背を向け、力ない足取りで玄関に向かって歩く。

「もし」ふり返ることなく真琴は口を開く。「もし、なにか私にできることあったら、……いつでも連絡して」

雄貴はなにも答えない。真琴は緩慢な足取りでドアを開き外へと出た。

早秋の冷たい夜風が、心から熱を奪っていった。

6　益田勉

スピーカーから流れる大音量のＢＧＭが臓腑《ぞうふ》を揺らす。

「ちくしょう！」

益田勉《ますだつとむ》はいらだたしげにシューティングゲームの筐体《きょうたい》を両手でたたくと、赤く染められた髪をくしゃくしゃとかき乱した。画面には『GAME　OVER』の文字が躍る。

「これ、両替してこい」

益田はかたわらに座るくすんだ銀髪をした男、真鍋文也《まなべふみや》に、財布から取り出した千円札を押しつける。真鍋はいつもの媚びるような笑みを浮かべて紙幣を受け取ると、ゲームセンターの中を小走りに駆けていった。

真鍋を見送りながら、益田はセブンスターを一本取り出して火をつけ、店内を見回す。視線が合った数人が、益田を見て慌てて視線を外した。見慣れた光景だった。プロレスラーと見間違われるような益田の体躯《たいく》を見れば、大抵の相手が同じ反応を見せる。

数日前から耳に入りはじめた噂《うわさ》が、益田をいらつかせていた。いわく、大型バイクに乗った若い男が池袋《いけぶくろ》駅の周辺で不良狩りをしている。それ自体はそれほど珍しい話ではない。不良どうしのけんかなど、この街ではありふれている。問題なのは相手をたたきのめしたあとの男の行動だった。襲われた男たちの話によると、その男は金をまきあげるわけでもなく、ただ一つの質問をしていた。

「スズキのバイクに乗った赤髪の大男と、くすんだ銀髪の小男の二人組を知っているか？」と。それが自分たちのことをしめしているのはあきらかだった。

「あいつやばいよ、益田ちゃん。ちょっとの間この辺に来ない方がいいよ」

昨日、パチンコ店から出てきた益田にそう忠告してきた男には、益田は体重を乗せたパンチを腹にたたきこむことで礼をした。

「ふざけんじゃねえ。……んなことできるわきゃねえだろ」

小声でひとりごつ。この界隈《かいわい》で、益田はそれなりに名を知られていた。それもすべて益田の恵まれた体格からくる腕っ節の強さによるものだった。

自分には学も人望も根性さえもない。高校を中退し、就いた仕事も数ヵ月と持たずに辞めた益田に天が唯一授けたもの、それが常人離れした体格と腕力だった。

自分を探しまわっている男がいることは、すでに噂になっている。ここで姿を消せば、逃げたとみなされる。暴力により尊敬を集めている自分にとって、それは致命的な傷になる。この街でのアイデンティティーを失う。職場にも、学校にも、家庭にさえも居場所を見つけることができなかった益田にとって、それはほぼ『死』と同義だった。

ちくしょう、一体誰だっていうんだ。益田は拳を固めて筐体に打ちつける。自分を狙う正体不明の男に対する殺意が、胸の中で膨らんでいく。

益田はジャケットの上から懐に触れる。合皮を通して硬い感触がてのひらに伝わってきた。毛羽立った精神がかすかに癒される。自分を狙う男の存在を知ってからというもの、益田は常に懐の中にあるものを持ち歩いていた。

息を吐いて昂った心を落ち着ける。これは慎重に使わなければならない。もしこれを使うなら、絶対に他人の目が届かないような場所でなければ。

「ツトムちゃん、くずしてきたぜ」

わざとらしく息をはずませ戻ってきた真鍋の声で、現実に引き戻された益田は顔を上げる。体が大きく震えた。

動きを止めた益田を、真鍋が「ツトムちゃん？」と、不思議そうに見つめてくる。しかし益田は真鍋を一顧だにせず、その肩ごし、ゲームセンターの出入り口に立つ男を見つめていた。薄手の革ジャンをはおったその男は、薄暗いゲームセンターの店内にもかかわらずサングラスをかけ、こちらを向いていた。益田は殺気をこめた目で男を睨みつける。しかし男はまったく顔を動かすことなくその視線を受け止めた。

こいつだ。幾度もの修羅場で研ぎ澄まされた嗅覚が、男が敵であることを告げていた。男はかすかに口元に笑みを浮かべると、ゆっくりとふり返り、外へと続く階段へと向かっていった。益田は椅子を引き、立ち上がる。

「えっ、ツトムちゃん？　どうしたんだよ。せっかく両替してきたのに……」

背中で真鍋の声を聞きながら、益田は喧噪《けんそう》の中、大股に歩を進めていった。

7　岬雄貴

「どっかで会ったか？」赤髪の男が声をかけてくる。

ゲームセンターの裏手、暗く人通りの少ない細い通りで、雄貴は二人の男と対峙《たいじ》していた。赤髪と銀髪の二人組。一ヵ月以上の間、夢にまで見た男たちだった。

自分をみつけ追ってきた二人をこの路地へと誘いこんだ雄貴は、口を開くことなくサングラスごしに冷たい視線を送り続ける。

「てめえ！　なにスカしてやがんだよ！」赤髪の後ろに立つ銀髪がすごむ。「おまえが最近俺たちを狙ってたやつだろ！　あ？　なんとか言えよコラ！」

銀髪が叫ぶ間、赤髪は無言のまま観察するような目でこちらを見ていた。

……場慣れしているな。雄貴は乾いた唇を舐める。

「おまえが行け」

後ろにいる銀髪に、赤髪の男は静かに言った。銀髪は「えっ？」と呆けた声を出す。

「おまえが行け。なんでもいいからあいつに一発入れてこい。分かったな」

「えっ、ツトムちゃん、そんな……」

「いけ」赤髪は銀髪に一瞥もくれることなくくり返した。

銀髪を先にけしかけてこっちの力をはかるつもりか。

そんなに見たいなら、見せてやるよ。この一ヵ月、おまえたちのためだけに鍛えぬいた成果を。雄貴は唇にかすかな笑みを浮かべながら、革ジャンのポケットに右手をしのばせる。

「無理だって。けんかならツトムちゃんの出番だろ。こんなのずるいじゃんか……」

「……いいから行けよ。それとも先に俺がボコにしてやろうか」

銀髪はのどの奥から小さな悲鳴をあげた。慌てて赤髪に背を向けると、落ち着かない様子で腰を引きながら雄貴と対峙する。雄貴はポケットに手を突っこんだまま、微動だにしなかった。

赤髪が再び「行け」と命じる。覚悟を決めたのか、銀髪はかすかに震える手をジーンズのポケットに突っこみ、その中から小ぶりのナイフを取り出すと、もたつきながら折りたたまれている刃を出す。

「てめえ、やる気か、おう！　刺すぞ、本気で刺しちまうからな」

銀髪の男は大声で吠《ほ》える。あきらかに虚勢と分かる声で。その背中に赤髪が、「さっさと行けよ」と非情なげきを飛ばす。銀髪はナイフを構えて走り出した。

いまにも転びそうな足運びで近づいてくる銀髪が間合いに入った瞬間、雄貴はポケットからそれを抜いた。銀色の軌跡が銀髪のナイフを持った右手に打ちこまれ、その返す刀で側頭部へと走っていく。

ナイフが、それに続いて脱力した銀髪の男の体がアスファルトで跳ねた。

雄貴はコキリと首を鳴らすと、口を半開きにして自分を見ている赤髪の男に向きなおる。赤髪の視線は雄貴の右手に注がれていた。伸縮する鋼鉄製の警棒を持つ右手に。

コンパクトに収納でき、軽量で、しかも十分な攻撃力がある。剣道家である雄貴にとって、サバイバルショップで見つけたこの警棒は、おあつらえ向きの武器だった。

雄貴はだらりと右腕を下げたまま一歩足を踏み出すと、赤髪の体が大きく震えた。

さて、それじゃあはじめるか。わき上がってくる興奮を抑えながら、赤髪に向かって走ろうとした瞬間、雄貴は腰に衝撃を覚えた。腰と尻になにかがまとわりついてくる。

視線を落とすと、警棒の一撃で倒れていた銀髪が、一時的な脳震盪《のうしんとう》から回復したのか、うつろな表情をさらしながら雄貴の腰にしがみついていた。

振り払おうとするが、思いのほか銀髪の力が強く、引きはがせない。

「よくやった。そのまま離すんじゃねえぞ」赤髪の声が路地に反響する。

しまった、この状態で襲いかかられたらやばい。雄貴は慌てて顔を上げる。しかし雄貴の予想に反して、赤髪は身をひるがえして走り去っていく。

「池袋と大塚の間にある線路わきの公園だ、そこで待ってるからな！」

どなりながら赤髪は路地から姿を消した。

わざわざ場所を指定した？　逃げるつもりじゃないのか？　赤髪の行動に困惑しつつ、雄貴は警棒の柄《つか》を銀髪の頭頂部にふり下ろす。鈍い音が暗い路地に響いた。

路肩に停めたホンダＣＢＲ１０００から降り、雄貴はあたりを警戒しながら、ゆっくりと公園の入り口へ進んでいく。路地裏で銀髪を殴り倒してから二十分ほどが経っている。日付も変わろうという時刻、あたりに人通りはほとんどない。

公園の中に入ると、弱い光を放つ街灯の下、巨大な人影が見えた。雄貴は手をポケットの中に入れると、散歩をするような足どりで進んでいく。

「遅かったな」雄貴に向かって赤髪が言った。「てっきり来ないかと思ったぜ」

赤髪の挑発に答えることなく、雄貴はすばやくあたりを見回す。公園に自分たち以外の人影は見当たらなかった。

雄貴は拍子抜けする。てっきり仲間を呼んでまちぶせするためにこの場所を指定したのだと思っていた。しかし、周囲を見るかぎり杞憂《きゆう》だったようだ。

公園と歩道とは背の高い植えこみで仕切られていて、もう片側にはフェンスを挟んで山手線《やまのて》の線路が広がっている。外から公園の中を覗き見ることはできない。さっきの路地よりさらに人目につきにくい場所だろう。

なぜわざわざこの場所に移動した？　雄貴は警戒しつつ、手首のスナップをきかせ右手を振った。軽快な音とともに、警棒が五十センチほどに伸びる。

まあいい、目の前の男がなにを考えていようと、たたきのめすだけだ。

袋だたきにされてから、ずっと胸の奥底に灯り続け、生きる糧にまでなっていた怒りの炎が一際強く燃え上がる。あともう少しで、一ヵ月もの間熟成させ続けた感情を吐きだすことができる。男の頭蓋骨に警棒の一撃を打ちこむことができる。甘い予感が雄貴の脳をしびれさせる。

「おまえ、誰なんだよ？」低い声で赤髪がたずねてくる。

「……覚えてないか。そうだな、覚えてないよな」

「ああ？　なに言ってやがる？」

雄貴はサングラスをはずして素顔を晒《さら》すが、赤髪は眉間にしわを寄せるだけだった。

「……コンビニ」雄貴は声でつぶやく。

「あ？　なんだって？」

「どうでもいいさ、そんなこと。それより……はじめようぜ」

雄貴はサングラスをかけると、大股で間合いを詰めていく。しかし、お互いの攻撃が届く距離になる寸前、赤髪は突然、背を向けて走り出した。

いまさら逃げられるとでも思ってるのかよ。雄貴は地面を蹴って走り出す。見る見る巨大な背中が近づいてくる。

すぐ背後まで近づいた雄貴が、男の後頭部に向けて警棒を大きくふり上げた瞬間、赤髪の男が勢いよくふり返り、雄貴の顔の前に手を突き出した。そこには小型のスプレー缶が握られていた。『護身用防犯スプレー』。缶にプリントされたその文字が網膜に大きく映し出されると同時に、ノズルから勢いよく霧状の物質が吐き出される。

声にならない悲鳴をあげ、手を顔に持っていく。足が縺《もつ》れ体が勢いよく倒れていく。目と鼻に走る激痛に受身を取る余裕すらなかった。側頭部を激しく地面に打ちつける。

倒れた雄貴は顔をおさえたまま、転げまわって悶絶《もんぜつ》する。目、鼻、口、顔面のあらゆる粘膜が焼けているかのようだった。涙と鼻水がのどの奥に流れこみ、呼吸ができない。

「効くだろ。唐辛子のエキスだってよ」

頭上から声が降ってくる。顔を上げるが、視界は涙でかすみ、巨大な人影がぼんやりと見えるだけだった。

あごに衝撃が走る。仰向《あおむ》けに倒れてはじめて、雄貴は蹴り上げられたことに気がつく。倒れた雄貴にさらに追撃が降りかかってくる。視力を奪われた雄貴はただ体を丸めて、蹴りの雨に耐えるしかなかった。一ヵ月前の屈辱の記憶がよみがってくる。

一分ほどで攻撃は止《や》み、荒い息づかいが聞こえてくる。

「スプレーなんてだめなんだよ。こんなもの使ったら卑怯者《ひきょうもの》だって言われちまう……」

シルエットだけがぼんやりと見える赤髪の男は、ぼそぼそとつぶやき続ける。

「てめえが悪いんだぞ。こんなもん使わせるから。てめえさえいなくなれば、……誰もスプレーのことなんて分からねえ」

男の声が妖しい熱を帯びはじめるにつれ、ぼやけていた視界が徐々に輪郭を取り戻してきた。赤髪の男が右手を大きくふり上げていた。男の手で銀色の光が煌めく。その意味を理解する前に体が動いた。

ふり下ろされた物体が首筋にふれる寸前、雄貴は右手に持った警棒で、それをはじいた。耳障りな金属音が公園内に響く。軌道がそれた銀色の物体が手の甲をかすめる。鋭い痛みが走った。まだ不鮮明な視界に、薄く削《そ》がれ、血がにじみだしている手が映る。

雄貴は息を呑《の》む。目の前の大男は、スプレーを使ったということを隠すためだけに、自分を殺そうとしている。

「おとなしく死にやがれ！」

咆哮を上げながら、赤髪の男がふたたびナイフをふり上げる姿を、雄貴の目はだいぶ鮮明にとらえられるようになっていた。まだ鼻の奥が痛むが、サングラスのおかげで直撃をまぬがれた目は回復しつつある。

再度ふり下ろされたナイフの切っ先を、雄貴は立ち上がりざま体を開き、入り身をすることでかわした。勢いよくふり下ろした斬撃をすかされ、赤髪はたたらを踏む。慌ててふり返る赤髪の鼻っ柱に、雄貴は警棒で渾身《こんしん》の一撃を打ちこんだ。

骨と鋼がぶつかる鈍い音が鼓膜を揺らす。赤髪は鼻から血を噴きながら、巨体をかたむけていく。雄貴は追撃をかけようと一歩踏みこんだ。しかし、倒れかけながらも、赤髪はこちらを見ることもせず、無造作に右手を振ってきた。

攻撃のため前方に体重をかけていた雄貴は、予想外の斬撃を避けることができなかった。刃が雄貴の右腕を革ジャンの上から薙《な》ぐ。鋭い痛みが走り、雄貴は反射的に右腕を押さえる。警棒が手からこぼれ落ち、地面で軽い音をたててバウンドした。

その音を合図にしたように、倒れかけていた赤髪はバランスを立て直すと、ナイフを大上段に振りかぶった。

警棒をひろう余裕はない。ナイフがみたびふり下ろされる寸前、雄貴は必死に赤髪の右手首を両手でつかみ、攻撃を止めようとする。しかし、赤髪は構わず体重を浴びせかけてきた。巨体の体重を正面から受けとめ、雄貴はバランスを崩す。二人は縺れるように倒れていった。

地面に背をつけた雄貴にのしかかりながら、赤髪はナイフを持った手に体重をかけてきた。雄貴は赤髪の右手をつかむ両手に必死に力をこめる。しかし、いかにこの一ヵ月鍛えぬいてきたとはいっても、腕力は相手のほうが上だった。刃は少しずつ、しかし確実に、あえぐ雄貴の首に近づいていく。

赤髪の顔にサディスティックな笑みが浮かんだ。暗い欲望が燃えるその双眸に、雄貴は自分の姿が映し出されているのを見る。全身に冷たい戦慄が走る。

『死』、この一ヵ月間、目の前の男に対する怒りを燃やし続けることで、必死に目をそらしてきた怪物が、眼前にあらわとなる。

死にたくない。生物としてのもっとも根源的な欲求が全身を支配する。

赤髪は下半身を高くあげ、さらに腕に体重を乗せてきた。刃が首の皮膚に触れそうなほどまで近づく。赤髪の下半身と雄貴の足の間に空間ができた。刃がのどに達しようかという瞬間、雄貴はその空間に勢いよく膝を打ちこんだ。

膝頭に柔らかく不快な感触を感じると同時に、低いうめき声をあげる赤髪の腕から力が抜けた。雄貴は巴投《ともえな》げの要領で頭ごしに男を投げ捨てた。巨体が弧をえがいて回転する。背中から強烈に地面にたたきつけられた赤髪は、苦しげに数回咳きこんだ。

「この野郎……！　ぶっ殺してやる」

空気を震わす怒声を上げながら、赤髪の男が身をおこすが、何も握っていない自分の手を見て顔をひきつらせる。雄貴と赤髪が同時に、三メートルほど先に落ちているナイフに気づいた。二人は這うようにして走ると、体をぶつけ合いながらナイフへと手を伸ばす。

　赤髪がナイフに触れるよりわずかに早く、雄貴の手がナイフの柄をつかんだ。しかし次の瞬間、赤髪は両手で雄貴の首をつかみ、体をつり上げようとする。万力のような力がのどを絞めあげる。雄貴の両足が地面から離れた。

「死ね、死ね、死ね、死ね……」

　目を血走らせた赤髪の男は、呪文のようにつぶやきながらさらに両手に力をこめる。雄貴の視界が白く染まっていった。『死』の気配をすぐ背後に感じる。雄貴は必死にナイフを持つ手を振りあげた。もう視界にはなにも映っていなかった。

　弱々しく呻《うめ》きながら、雄貴は肩から手先までをしならせて、勢いよくナイフをふり下ろした。軽い、どこか粘性のある手ごたえが腕に走る。それと同時に、のどにかかっていた圧力がとけた。その場に崩れおちた雄貴は、懸命に酸素をむさぼった。

　頭上から、温かい液体が降りそそいできて、雄貴は顔を上げる。

　目の前に赤髪の男がうつろな目を見開きながら立っていた。首筋を押さえた両手の隙間からは、とめどなく赤黒い液体があふれてきている。

　切り倒された大木のように、男の巨体が傾き、そして顔から地面に衝突していく。倒れた男の体の下から、液体が地面の上に広がっていく。

　顔に飛び散った血を拭くことも忘れ、雄貴は腰を抜かしながら男からずりずりと離れていく。雄貴は荒い息をつき、視線をゆっくりと、もはやピクリともしない赤髪の男から自分の右手へと移動させる。

そこには血にぬれた刃が、街灯の光に紅く妖しく映しだされていた。

第二章　怒り

1　J

一分の隙もなくスーツを着こみ、薄手の革手袋をした男は歩を進めていく。すぐわきの公園は、制服私服いり混じった警察官たちであふれている。

昨夜この公園で、チンピラが殺された。首を鋭利な刃物で切り裂かれて。

理想的だ。男は刃物のように薄い唇に笑みを湛《たた》える。

手袋をはめた手で背広の内ポケットを探ると、男はアルミニウム製のカードケースを取り出す。男の顔から笑みが消え去った。背後に人がいないことを確認しつつ、ケースの中のものを一枚抜きとる。

野次馬の一人というように、周りに張られた立ち入り禁止のテープの少し外側を、公園に視線を向けながら歩く。公園のはしまできたところで男はごく自然にしゃがみこみ、片膝を立てて革靴の靴紐《くつひも》を結びなおすふりをする。数十センチ先には、車道と公園を分ける背の高い植えこみが広がっている。手入れが不十分で、うっそうと葉が茂っている植えこみのおかげで、公園内から男の姿は完全に隠されていた。

男はすばやく手首のスナップを利かせると、手にしていた一枚のカードを植えこみの中に滑らせた。カードは枝の隙間を縫うように飛び、茂みの奥で着地する。男はそれを見届けると立ち上がり、ゆっくりと歩きだした。

ここでやるべきことは終わった。もうすぐあのカードを、目を皿にした警察官が見つけるだろう。まだ仕事は残っている。急がなくては。

これから向かうべき場所は、街でたむろする若者たちへの聞き込みと独自の情報網で、すでに調べ上げていた。あとは警察に先んじるだけだ。男は路地へと姿を消す。

植えこみには『R』と赤く記されたクラブのジャックが、無表情に横たわっていた。


平和台《へいわだい》駅からたっぷり二十分は歩いた細い路地の奥で、築三十年を超えるその木造二階建てアパートは、みすぼらしい姿をさらしていた。

男はスーツの内ポケットからサングラスとマスクを取り出して装着し、さびの目立つ鉄製の階段を上がっていく。一段上がるたびに耳障りな音が足元から響いた。

ゴミ袋が散乱する廊下を進み、目的の部屋の前に立つと、焦げ茶色に変色したインターホンを押すが、チャイム音は響かなかった。男は表情を動かすことなく、革手袋に包まれた右手をふり上げ、勢いよく扉にたたきつけた。ガンガンという音が廊下に響く。たっぷり一分は乱暴なノックを続けたところで、ようやく扉のノブが回った。

「うるせえな、誰だよ」

小さく開いた扉の隙間から、頭髪をくすんだ銀色に染め上げた若い男が顔を覗《のぞ》かせる。眠っていたのか、頭には強い寝癖がつき、左目の上には青黒い痣《あざ》が広がっていた。「真鍋文也さんですね」ドアの隙間に革靴をねじこみ、顔からマスクをはぎ取る。

「そうだけど……誰だよおっさん？」

不機嫌を隠そうともしない真鍋の前で、男は胸ポケットから黒い手帳を取り出す。

「警視庁の者です。失礼ですが少々うかがいたいことがあるのですが」

「け、警察……」真鍋は警察手帳が本物かどうかも確認せず、目を見開いた。

あまりにも簡単に自分を警官だと信用した真鍋に、男はサングラスの奥から冷たい視線を浴びせかける。

「益田勉さんをご存じですね？」

「ツトムちゃん……？」

「昨日も一緒にいらっしゃいましたね？」

「なんで……そんなこと聞くんだよ？　どうでもいいだろ」

「昨日も一緒にいらっしゃいましたね？」男は同じ質問をくり返す。

「なんだよ、そんなこと誰が言ってたんだよ？　知らねえよ、あんたには関係ないだろ！」

　男は扉に手をかけて力任せに開くと、真鍋の胸を押して部屋の中に入る。細身の真鍋は軽い突きにもかかわらず、よろけて尻もちをついた。腰を抜かしながら見上げてくる真鍋の目には、虚勢のかけらも残っていなかった。

「静かにしていただいてもよろしいですか？」男は真鍋を睥睨《へいげい》しながら声を低くする。

「あ、あんた本当に警官かよ？　そんな変なグラサンかけた警官なんて……」

「静かにしていただいてもよろしいですか？」

　甲高い声で騒ぐ真鍋に、男は再び言った。真鍋の表情が恐怖にゆがむ。

「い、いたよ。一緒にいたよ。けど途中でわかれちゃって、そのあとのことは知らねえよ。ツトムちゃんがなにやったか知らねえけど、俺は関係ないんだよ」

「益田勉さんは亡くなりましたよ」

「……えっ？」真鍋の口があんぐりと開く。

「池袋の公園で死体が発見されました」

「う、うそだろ……、そんな……」

「あなたは昨日、益田さんと二人でいた。第一容疑者、ということになりますね」

「な、なに言ってるんだよ。待ってくれよ。俺じゃねえ。俺はなにもやってねえよ」

　真鍋は男の足元にすがりつく。男は軽く足を振り、真鍋を蹴りはがした。

　あの死体は一撃でのどを切り裂かれていた。それが真鍋などにできる芸当ではないことは、誰よりも男が知っていた。

「では、誰がやったと？」

「なんか黒い服着て、夜中なのにグラサンかけたやつだよ。あんたみたいなグラサン。昨日の夜、ゲーセンで絡まれたんだ。最近俺たちを狙ってたやつだよ、間違いないって。そいつ、路地入ったらいきなり警棒で俺のこと殴って来たんだよ。見てくれよこれ」

真鍋は左手で髪をかきあげ、額から側頭部に伸びるあざをゆびさす。

「それにあいつ、頭の前に俺の手首思いっきり打ちやがった。手が全然動かねえし、昨日からこれがずきずき痛くて眠れねえんだよ」

かかげられた右手は手首が大きく腫れあがり、左手の倍ほどの太さとなっていた。素晴らしい。男は胸の中で賞賛の声を上げる。腫れぐあいから見ておそらく尺骨《しゃっこつ》が砕けている。よほどの威力と角度で打ちこまなければこうはならない。

「その男が、益田さんを殺したとおっしゃるんですか？」

「そうだよ、絶対だって」

「男の特徴をなにか覚えていますか？」

「そんなの必要ねえよ」真鍋は唇のはしをつり上げた。

「どういうことです？」

「そいつが誰だかすぐに分かるってことだよ。あいつの財布、俺が持ってんだよ。あいつ財布を……落として、そう、落としていきやがった。まぬけなやつだろ」

「……拝見してもよろしいでしょうか？」

「あ、……ああ」

真鍋は早足で部屋の中に戻ると、すぐに黒い革製の財布を持って来た。

男は手渡された財布を無造作に開く。数枚の紙幣、レシートの束、キャッシュカード、スマートフォン番号も記されている名刺……。中身を一つ一つ確認していく。その中から一枚のカードを抜き取る。運転免許証。男は耐えきれず小さく笑みをつくった。まさかこうもたやすくたどり着けるとは。普通自動車と大型二輪を許可されたその免許証には、彫りの深く、少し垂れぎみの目が特徴的な男の顔が写しだされていた。

岬雄貴　三十二歳、住所は東京都豊島区《としまく》。ここからそれほど遠くない。

「な、すっげえだろ？　こいつだよ。この男がツトムちゃん殺したんだよ」

真鍋はまるでテストで満点をとった子供のように、得意げにはしゃぎだす。

「このことは誰にも言っていませんか？」男は静かにたずねる。

「えっ？」

「この財布のことは、私以外の誰にもしゃべっていませんか？」

「あ、ああ、誰にも言ってないよ」真鍋はおびえた表情で何度も頷《うなず》いた。

「そうですか……」

男は免許証を左手に持ちかえると、スーツの懐に右手をしのばせる。柔らかく、そこにあるものを摑《つか》むと、勢いよく腰を捻《ひね》った。腰の加速が腕そして手首へと伝わっていく。

銀色の軌跡が煌《きら》めきながら、真鍋の左の首筋を通過した。

男はすばやく、真鍋の右側へと移動する。

「なら、あなたにはもう用はありません。お疲れ様でした」

真鍋は呆《ほう》けたように男を見つめた。その刹那、首筋から噴水のように真紅の鮮血が噴き出した。染みの目立つ、くすんだ黄色に変色していた玄関の壁が、打ちつけられた動脈血で深紅に染めあげられていく。

真鍋は自分の身になにが起こったのか正確に理解した様子もなく、うつろな目で男を見たまま膝から崩れ落ちた。

男は右手に持ったナイフを軽く振り、血払いをしてから服の中へと戻すと、腰を曲げ左手に持った免許証を足元の血の池にひたした。免許証の写真が紅く染められていく。

血にぬれた免許証をハンカチで包むと、かわりに懐からカードを取り出し、倒れ伏す真鍋のかたわらに放った。『R』と赤く記されたダイヤのジャックが、散った桜の花弁のように、ひらひらと舞い落ちていく。

さて、そろそろ戻らなければ夕方の会議に間に合わない。

男はなにか遺留品を残していないか、周辺に視線を送る。

すでに命の灯が消えた真鍋の体の上に、男の視線がとどまることはなかった。

2　岬雄貴

気持ちが悪い……。胃が小刻みに痙攣《けいれん》しているような、身の置き所のない吐き気が雄貴を悩ませ続けていた。

昨日からずっと、鼻の奥に残る不快な匂いと、口の中の鉄の味が消えない。

大男が首筋から血を噴き出しながら倒れる光景が、何度も脳裏にフラッシュバックする。柔らかなバターにナイフを入れたかのような、粘りつく、それでいて剣術家としての心の琴線《きんせん》にどこか危うく触れてしまう感覚が右手に残っている。

人を殺した。一人の人間の人生にピリオドを打った。

医師として過ごした数年間で、四桁に達する人の死に接してきた。外科医として数え切れないほど、メスで人の腹を開けてきた。しかしそんな経験はなんの関係もなかった。

自らの身を守るためとはいえ、人を殺してしまったんだ。

身を守るため？　本当にそうか？　本当はあの男を殺したかったんじゃないか？

人殺し……。ふたたび胃の痙攣が激しくなり、強い嘔気《おうき》が腹の奥から突き上がる。雄貴は口を両手で強く押さえた。

「どうすんだよ……」

雄貴は視線を机に向ける。鍵をかけた抽斗《ひきだし》には、昨夜、男の首にふり下ろした大ぶりなサバイバルナイフが入っている。捨てることもできず持って帰って来てしまった。犯行の決定的な証拠、それが家の中にある。しかしそれをどうやって処分すればいいか、まったく分からなかった。

自首すれば……。あの男が先にナイフを振り回したんだ。しかも自分は首を絞められて、意識を失いかけていた。正当防衛になるかもしれない。

そう考えた瞬間、忘れかけていた残酷な現実が、雄貴を奈落の底につき落とした。

癌《がん》。自首し、逮捕されて、そのあとどうなる？　取り調べと裁判でどれほどかかる？　自分に残された時間は、それを待てるほど長くない。裁判が結審する前に癌死する。最後の時間を拘置所で拘束されてすごす。そんなこと、耐えられるわけがない。

捕まるわけにはいかない。逃げきらなくては。しかし、逃げきれる可能性などほとんどないことは自覚していた。昨夜いつの間にか、財布をなくしてしまっていたのだ。

いつ？　決まっている、あのときだ。銀髪の男がしがみついてきたとき。偶然かそれとも狙ったのか分からないが、あのときに財布を奪われたにちがいない。すぐにでも捜査の手は伸びてくる。逃げ場などどこにもない。

唐突に、大音量でスマートフォンがロックナンバーの着信音を流しはじめた。脳裏に『警察』という単語がよぎり、体がこわばる。おそるおそる液晶画面を見ると、そこには『公衆電話』の文字が点滅していた。

警察が公衆電話から連絡をしてくることなどあるだろうか？　あるかもしれないし、

そもそも電話などしてくるわけがないとも思う。演算能力の衰えた脳細胞は、その判断をくだすことはできなかった。

ロックナンバーが雄貴を責め立てる。雄貴はおそるおそるスマートフォンを手にとり、一瞬の躊躇《ちゅうちょ》のあと、通話ボタンを押しこんだ。

『岬雄貴さんですね』

低い男の声が名を呼ぶ。おそらくは中年の男の声、やはり警察なのか？

「はい……岬ですけど、どなたですか？」

『安心なさってください。警察はあなたが犯人だとは思っていませんよ』

心の内を読んだかのように男は言った。しかし、その言葉は雄貴を安心させるどころか、心拍数を限界まで上昇させた。この男、俺がなにをしたかを知っている？

「誰だ、おまえ？」声が裏返る。

『どうぞ興奮なさらずに。いい話があるんです』

「いい……話……？」

『ドアを開けて、廊下を見てください』

「廊下？　なんの話だ？」

『早くしてください』

まったく体温を感じさせない、プラスチックのような声。雄貴は催眠術にでもかけられたかのように、スマートフォンを手にふらふらと玄関へと向かう。ドアを開くとそこに、一辺三十センチほどの段ボール箱が、捨てられているようにぽつんと置かれていた。

『箱を見つけましたか?』男は見透かしたように言う。

「……ああ」

『部屋の中に持っていって、開けてください』

「あ、……ああ」

言われるままに箱をつかみ、部屋の中へと持っていって開けようとしたが、ガムテープで頑丈に目張りされていて、素手では開けられそうにない。雄貴は台所へと向かい、そこに置いてあった果物ナイフを手にした。瞬間、ふたたび首から血を噴いて倒れていく男の映像がフラッシュバックする。雄貴は吐き気をこらえながらリビングへと戻る。

『開けました?』電話からふたたび男の声が問いかけてくる。

「待ってくれ、ガムテープが固くて」

『慎重に開けてください』

完全に主導権を奪われていた。自分が昨夜したことを知られている。ただ操り人形のように男の言葉にしたがうしかなかった。

言われた通り箱の継ぎ目にそって慎重にナイフの刃を滑らせていく。箱を固く閉じていたテープが裂かれ、箱が開いた。雄貴は目を大きく見開く。

箱の中には見慣れた物体が置かれていた。使いこまれた黒い牛革製の財布、学生時代に真琴がプレゼントしてくれたものだ。手を伸ばし財布をつかみとると、その下に小さな金属製のカードケースと茶封筒が置かれていた。財布の中身を確認する。紙幣、キャッシュカード、クレジットカード、名刺、病院の職員証、すべてなくしたときのままの状態ではいっていた。

『中を見ました？』男がふたたび電話でたずねてくる。

「俺の財布だ。金も取られてない……」

『免許証だけは預からせていただきました。再交付してもらってください』

雄貴は「なっ？」と声を上げて確認する。たしかに運転免許証だけがなかった。

「なんで免許証を……」

『カードケースの中身は見ましたか？』単調な声が雄貴の問いをさえぎる。

「いや……」

『では開けてください』

雄貴は黒っぽいカードケースに震える手を伸ばし、ふたを開く。

「トランプ？」

そこには数枚のトランプが入っていた。一番上はスペードのジャック。その表面には赤黒い、まるで静脈血のような禍々《まがまが》しい色で、『R』と大きく記してある。

「……なんだよこれ？」

声がかすれる。アルファベットが書きこまれているカード、ただそれだけの物だというのに、そのカードはえもいわれぬ不吉な気配をまとっていた。

『インターネットは使えますか？　ネットニュースを見てください』

「ネットニュース？」

混乱したまま、雄貴は操られるように窓際に置かれている机に近づくと、ノートパソコンの電源を入れ、マウスを操作してネットニュースのページを開く。

『「切り裂きジャックふたたび？」という見出しを開いてください』

雄貴は液晶画面に視線を落とす。ニュースの項目に、男の言う見出しがあった。

切り裂きジャック？　半年近く自警団きどりで犯罪者を殺し続けている連続殺人鬼となんの関係が？　カーソルをその見出しの上に置きクリックする。すぐに画面が詳しい記事の内容へと変わっていく。

『切り裂きジャックふたたび？

本日未明、豊島区の公園内で、若い男性が死亡しているのが通行人によって発見された。所持品より遺体は杉並《すぎなみ》区に住む益田勉さん（21）であることが確認された。遺体の頸部《けいぶ》は鋭利な刃物で深く切り裂かれており、警視庁は殺人事件と断定。今年に入って都内で犯罪歴のある人間や、暴力団関係者などを刃物を用いて殺害している、通称「ジャック」と呼ばれている犯人の犯行と手口がきわめて似ていることから、それとの関連も含め慎重に捜査を行っている。』

画面に映し出されたニュースを読みはじめた雄貴の、マウスの上に置かれた指先にかすかに震えが生じた。そしてその震えは、視線が文字をおっていくにつれ、水面を波紋が走るように指から腕、体幹、そして全身へと広がっていく。

「な、なんで……？」

『私がジャックです』男はなんの気負いもなく言った。

「う、うそだ……」

『私があなたを助けました』

「なにを言って……」

『箱に入れていたトランプのカード。私は殺害現場にあのカードを置きます。警察はまだ公表していません。犯人が名乗り出たときに、本物かどうか判断するためでしょう』

雄貴は机の上に置かれたトランプのカードに視線を落とした。無表情なジャックの横顔が、このうえなく気味悪く映る。

『今朝、現場の公園に一枚置いてきました。これで警察は私の犯行だと考えるはず』

これはなにかの冗談か？　激しいめまいが襲い掛かってくる。電話の向こうの男が、日本中を震撼《しんかん》させている連続殺人鬼。そんなことが実際にあるわけがない。

『最後です。封筒を開けてください』

もう男の言葉に抵抗するだけの気力は残っていなかった。命じられるままにふらふらと箱に近づき、封筒を取り出す。

Ａ４ほどの大きさの茶封筒。雄貴は素手で乱暴に上部を破り、机の上で逆さまにして振る。中から数枚の写真とホッチキスで閉じられた紙の束がこぼれ出した。

紙の束を手に取り、パラパラとめくる。なにかの資料のようだった。途中に地図や誰かの経歴らしきものが交ざっている。次に雄貴は写真をとり上げて眺める。

「……誰だよ、これは」手に持った若い男の写真を見ながら、雄貴はつぶやいた。

『あなたには、私の相棒になってもらいます』

無機質だった男の声に初めて、感情の動きが混じる。

「俺に……なにをやらせるつもりだ？」

『写真の男を殺してください』

平淡な声で男は言った。まるで「ハエを殺せ」と言うのと同じような気軽さで。

「ふ、ふ……ふざけるな！」舌がこわばり、上手《うま》く喋《しゃべ》れなくなる。

『ふざけてなどいませんよ』

「ふざけるな！　ふざけるんじゃねえ！　そんなことできるわけないだろうが！」

裸で氷点下に放り出されたかのような寒気に襲われる。上下の歯がカチカチと音を立てはじめる。

『……あなたはもう殺した』

静かな言葉が雄貴を刺した。心にひびが入る音が聞こえた気がした。

『もう戻れない。人を殺すとはそういうことですよ』

男は静かに、非情に、事実を告げた。底なし沼にずぶずぶと沈んでいくような気分を味わいながら、雄貴はこわばった舌を無理やり動かす。

「……断ったら……どうなる？」

『あなたは殺人犯として逮捕されます。よくて無期、場合によっては極刑だ』

「……けんかで一人殺しただけじゃ……死刑にはならない」

『銀髪の男も始末しました。あなたの財布から抜き取った免許証に、あの男の血液をつけてあります。もし断れば、これを警察に送りつけます』

もはや驚くことすらできなかった。虚構の世界に迷いこんでしまったかのように、現実感が消え失《う》せていた。

「なんで……、なんで俺なんだ……？　ほかにも殺人事件なら何件も起こっているだろ？　なんで俺を……？　俺は殺すつもりなんてなかった。ただ勢いで……」

『まず犯人が特定されるよりも早く私が現場に向かい、捜査を混乱させたうえで犯人にたどり着かなければなりませんでした。それが、かなり難しかった。あなたを選んだのはこの点においては偶然と言っていい』

まるで数学の問題を解くように、理路整然と男は語りはじめる。

『捜査を混乱させるため、私と同様の方法で人を殺害することができる必要がありました。これは剣術の経験がなければ困難です。また冷静に、確実に仕事をこなすことができるだけの知性も要求される。これらの条件に当てはまる人物はきわめて稀《まれ》でした』

雄貴は全神経を聴力に集中させて男の話を聞く。

『そしてなにより、私利私欲のため人を殺すような男では相棒にならない』

「……俺がなんで、私利私欲で殺したんじゃないって言い切れる。俺はあいつらに……ただやり返したかったんだ。復讐《ふくしゅう》のためにやったんだよ！」

『私欲と復讐はちがう』

男の口調が一瞬強くなった気がした。しかしそれも刹那のことで、すぐに平淡な感情のこもらない声が続いた。

『あなたは私に似ています』

「俺は医者だ。おまえみたいな殺人鬼と一緒にするんじゃねえ！」

『同じですよ』男は雄貴の怒声に反応することなく静かに言った。『私が殺す理由、それは医者が患者を治すことと変わりません』

「な、なにを言って……」

『私が殺してきた人間が、どのようなやつらだったか知っていますか？』

「……いや、それほどは」

『切り裂きジャック』について知っていることは、犯罪者をナイフで殺害する連続殺人鬼だということぐらいだった。

『害虫です。自分の欲望のために、ほかの者に平気で危害をくわえていく連中です』

「だからって……殺すなんて」雄貴はふるえる声で言う。

『ではどうします？』

「それは、警察が……」

『警察？　彼らは無力だ。日本中に暴力団が存在し、繁華街では中高生がドラッグを吸っている。一度逮捕された者も数年刑務所で過ごせばふたたび社会の中に入りこみ、さらに巧妙に犯罪をやってのける。警察は規則に縛られ、やつらを駆除できない。そして被害にあうのは善良な市民です』

雄貴は言葉がつげなくなる。男の口にしていることはあきらかに間違っている。そう思っているにもかかわらず、反論の言葉が出てこない。

『一人の人間を殺して十人の人間が救われるなら、その一人を殺しますか？』

「そ、そんな……」

そんな質問に意味はない。そう答えるつもりだった。この質問が他の状況で問われたものなら、馬鹿げた質問だと一笑に付しただろう。しかし、はぐらかすことはできなかった。なぜか乾いたスポンジが水を吸うように、男の言葉は胸に染みいってきた。

癌により、生きる意味を失った胸に。

『私は殺します』男ははっきりと言い放った。『喜んで自らの手を汚しましょう。それによって救われる者がいるならその価値がある。善良な市民のために害虫どもを殺す、それが私の正義で、私の存在理由』

「存在理由……」

雄貴はおうむ返しにつぶやく。その単語が心を激しく揺さぶった。いま、何よりも求めているもの。生きる意味。この世界に存在する意義。

『それで、返事を聞かせてもらえますか？』

「あんたは、なんで……こんなことをしているんだ？」

時間を稼ぐように男に質問をぶつける。

『答える必要はないでしょう。返事を聞かせてください。殺人者として絞首台に乗るか、それとも、私とともに「正義」を行うか』

雄貴は電話を握ったまま、空いている手で顔面に爪をたてた。こめかみの皮膚を爪が破る。鋭い痛みが、いまにも発狂しそうな精神の暴走をなんとか防いだ。

選択肢など残されていなかった。男の誘いを拒否すれば、拘置所での獄死が待っているだけだ。しかし、だからといって人を殺すなんて……。

身を焼くような葛藤が雄貴を責め立てた。

『正義』『存在理由』……。男の言葉が何度も頭の中で反響し、思考を麻痺《まひ》させる。

雄貴は目をつむり、口を開くことなく思考を巡らす。時計の針がときを刻む音だけが部屋の中に響く。

一分、二分、三分……。その間、男もなにも言わず返答を待っていた。

永遠とも思える沈黙のあと、雄貴は囁《ささや》くように言葉を発した。

「……写真の男を……やれば良いんだな？」

電話ごしに男が笑ったような気配が伝わってくる。

『詳細は同封した書類に書いてあります、二週間以内にやってください。そうしなければ免許証を警察に送らせていただきます』

その言葉を残して回線は切断される。スマートフォンを耳に当てたまま、雄貴は焦点の合わない視線を、机の上に無造作に置かれたトランプに注いだ。

無表情な横顔をさらしたジャックが一瞬、醜悪な笑みを浮かべたような気がした。

3 松田公三

「そいつの特徴は覚えているか？」

体中に鎖やらリングやらをつけている男に、松田公三は質問をぶつける。年齢は二十歳前後といったところか。なにを考えているのか、唇や鼻にまでピアスがはめられている。松田の知る限り、鼻輪をつけるのは人間ではなく家畜のはずだ。

「暗かったからはっきりしないけど若かったよ。まあ俺よりは年食ってると思うけどさ」

舌を巻くような聞き取りにくい声で男は答える。服装といい、態度といい、口調といい、すべてが気にさわる男だ。松田は嫌悪感を顔に出さないように必死に努力する。ようやく捕まえた貴重な情報源を、ここで逃がすわけにはいかなかった。

三日前、池袋の公園で、ジャックの犯行と思われる若い男の他殺体が見つかった。いつもどおり首筋をかき切られ、現場からはトランプが見つかった。さらにその二日後、つまり昨日には被害者のつれが、自宅のアパートで殺されているのが発見されていた。殺された二人が、池袋駅の周りの繁華街をふらふらしていたチンピラだったこともあり、松田と石川は昨日から、繁華街にたむろしている若者に聞き込みを行っていた。

松田はこの聞き込みに乗り気でなかった。これまで何百人、いや下手《へた》をすれば四桁に達する人数に聞き込みを行っていたが、ジャックに関する有力な情報はなに一つ得られていない。今回もどうせ無駄骨に決まっている、そう思っていた。しかし聞き込みをはじめて十人ほどのところで石川が声をかけたこの鎖男は、石川が質問をはじめると得意げな顔で「それって、益田と真鍋のことだろ？　俺、犯人知ってるぜ」と言いだした。馬鹿なことをと思ったが、男が二人の被害者の名を知っていたことが気になり、松田は石川を押しのけ、話を聞きはじめていた。

鎖男が言うには、事件が起こる一週間ほど前から、池袋周辺で不良が何人も一人の男に襲われていたということだった。

「ホンダのＣＢＲ１０００に乗ってるやつだ。俺もやられちまったんだよ」

鎖男がなぜか誇らしげに指さした側頭部は紫色に変色し、大きく腫れあがっていた。

「殴られて動けなくなった俺にさ、そいつがきいてくるんだよ。『スズキのバイクに乗った、赤髪のでかい男と銀髪の小男の二人連れ知らないか？』ってよ。俺はすぐに益田と真鍋だって分かったね。だからあいつらがよく行くゲーセンを教えてやったんだ」

「身長とか体格はどうだった？」松田は質問を続ける。

「俺と同じぐらいだったから一七五センチぐらいじゃねえかな。そんなでかい感じじゃなかったけど、すげえガタイしてたぜ」

「すげえガタイ？」

「なんか筋肉で引き締まってるんだよ。見た瞬間に、あ、こいつヤベエなって感じ」

「その男は一人だったのか？　素手で殴ってきたのか？」

「一人だったよ。素手？　ちげえよ。棒を持っていたよ、棒。なんていうの？　金属でできてて、にゅって伸びるやつ」

「警棒だな。なるほどな、それで殴られたってわけか」

「そうだよ。そいつメチャクチャ動き速いの。動いたと思ったらいつの間にか殴られてさ。棒を振ったのなんて全然見えねえでやんの」

松田はその後も細部にわたって鎖男に話を聞いたが、それ以上の情報を得ることはできず、かわりに、愚にもつかない眉つばものの武勇伝を聞かされる羽目になった。

「松田さん、いまの男の話どう思います？」

連絡先をひかえ、鎖男を解放してすぐに、石川がたずねてくる。

「どう思うってなんだよ？　質問する前に自分の意見を言え」

「いえ、それほど重要な情報ではないと思ったんですけど。あの頭の悪そうな男がてきとうに吹いてるだけのような……」

「つまりあの鎖野郎の言っていることは全部でまかせだってことか？」

「そういうわけじゃないんですけど。ただ、あいつ話を大きくしてるだけで、本当は単なるガキ同士の揉《も》め事だったんじゃないかなと思いまして」

その可能性は当然考えていた。しかし勘がそれを否定していた。

「あいつが言っていたやつは、ジャックの犯人像とあまりにもかけ離れていますよ。いままでトランプ以外にはなんの遺留品も残していない、目撃情報も皆無の神出鬼没の殺人鬼が、そんな目立つことをするわけがないと思います。本当にあの鎖男の言ったようなやつがいるとしても、それはジャックとは別口ですよ」

松田は無精髭《ぶしょうひげ》におおわれたあごを軽く引いた。なるほど理にはかなっている。石川の言っていることは八割方間違っていないだろう。ただ惜しいかな、石川には刑事としての経験が圧倒的に不足している。長年現場を這《は》いずり回った刑事だけが身につける、動物的嗅覚がまだ備わってはいない。

「なあ石川……」松田は低い声でつぶやく。「今回の殺し、本当にジャックのヤマか？」

「は？　なにを言っているんですか？」

大前提に対する質問に、石川の表情に疑問の色が浮かぶ。

「まあ聞けよ。普通はな、こういう事件のホシは途中でやり方を大きく変えたりしねえ。ジャックに関して言えば悪人、まあやつが勝手に決めた悪人をナイフでぶっ殺す、そして現場に気取ったカードを置いて悦に入るってことだ」

「はあ、それなら今回も……」石川が反論しようとする。

「いいから最後まで聞けよ。まず、おかしいのはガイシャだ。いままでジャックが殺《や》ってきたのは、マルボウの幹部、人を殺したのに少年法や心神喪失で大した刑を受けなかったやつら、ほかにはガイシャが泣き寝入りして不起訴になった強姦魔《ごうかん》、年寄りを食い物にしていた詐欺グループのリーダー。ある意味大物だ。なのに今回の被害者はどうだ。たしかに迷惑なやつらだが、夜の街にははいて捨てるほどいる小物だろ」

池袋で発見された益田とその友人の真鍋は、数年前に傷害事件で補導された経歴はあったが、そのほかにこれといった犯罪歴はなかった。強いていえば毎晩のように爆音を立ててバイクを飛ばしていたため、近所から苦情が出ていたぐらいだ。

「はあ、たしかに……」歯切れ悪く石川はあいづちを打つ。

「それにだ、平和台のヤマ、あれもおかしいんだよ。いままでのヤマ全部が屋外だったのが、急にガイシャの家の中でやりやがった」

「はあ、まあ……けどあのトランプはどうなります？」

石川はもはや疑念のこもった視線を隠そうともしていない。松田がいま言ったことは、捜査会議でも当然のように話題になった。しかしそれを吹き飛ばすかのように、事件をジャックの犯行と断定させるものが現場に残されていた。『R』と記されたトランプのジャックだ。鑑識の科学捜査によって、そのカードの表に書かれた『R』の文字が、それ以前の事件のカードと同じ人物により書かれたものであることが断定されている。

「あの鎖男が言っていたこと覚えているか？」松田は話題を変える。

「は？　なんのことですか？」

「あいつを襲ったっていう男が使った武器だよ。警棒だ、警棒」

「ああ、確かそんなこと言ってましたね。それがなにか？」

「益田と真鍋の解剖の結果忘れたのか。真鍋には側頭部の打撲、右腕の骨折、益田にも顔面にひどい打撲。二人とも棒で殴られたあとが残っていただろうが」

「え、それじゃあ……、あの骨折はさっきのやつが言っていた男が？」

松田の言葉に石川がようやく目を剝《む》いた。

「その可能性もあるってこったな」

「じゃあ、やっぱりあの鎖男が見たのはジャック……」

「なに言ってんだ、そんなわけねえだろ」

「えっ？　それじゃあどういうことに」混乱の表情をつくる石川に、松田は視線を送る。

「俺はな、はなから今回の事件がジャックの野郎がやったのか怪しいと思っているんだよ。たしかにいままでの事件と手口が似てはいるが、本質はまったくの別物だ」

「けど、それじゃあ、あのトランプが……」

「そうだな、そいつがジャックとどんな関係があるのかは、とっ捕まえてからじっくりきくとするか」

日に焼けた松田の顔面に、じわじわと肉食獣の笑みが広がっていった。

4　岬雄貴

終電の時間はとうに過ぎているというのに、歌舞伎町の混沌《こんとん》として肌にまとわりつくような妖しい空気は、微塵《みじん》も薄れてはいなかった。

雄貴は客待ちで列をつくるタクシーの隙間をバイクですり抜けていくと、靖国《やすくに》通りの路肩に車体を寄せキーを抜いた。臀部《でんぶ》に伝わっていたエンジンの息づかいが消える。

愛車から降り、フルフェイスヘルメットのシールド越しにあたりをながめる。ガードレールを越えた先には、原色のネオンがまたたいている。

ヘルメットを脱ぐことなく、雄貴はガードレールを緩慢にまたぐと、かつてコマ劇場があった広場へ続く通りへと進んでいく。夜の風が肌寒い。厚手のジーンズをはき、革ジャンを羽織り、さらに顔全体を覆うヘルメットと革の手袋までしているというのに、なぜか骨の髄にまで寒さが染みこんでくる。上下の歯がカチカチと衝突し、密閉されたヘルメットの中に大きく響いた。

「もう戻れない」ジャックの言葉が、耳に蘇《よみがえ》る。そう、もうあと戻りなどできないところまで来てしまったのだ。何度も自分に言い聞かせながら、雄貴は歓楽街の中心部へと足を進めていった。

歌舞伎町の奥へと続くメインストリート。道の両側には風俗店や飲み屋が入った雑居ビルが立ち並ぶ。さすがにもう日付も変わっている時間だけあって、呼びこみの姿は少なくなっているが、それでも通りにはまだ多くの人がいた。

水商売らしき女、その女を連れて鼻の下を伸ばしている中年の男、酔いつぶれた友人を介抱する大学生の集団、黒いスーツを身にまとったホストらしき男たち。どこか怪しく、非現実的で、それでいてなぜか魅力を感じてしまう不思議な空気が漂っている。フルフェイスヘルメットをつけたまま闊歩《かっぽ》する姿は、普通の場所では奇異の目で見られるだろう。しかし、良くも悪くも懐の深いこの街では、石ころのように目立たなかった。

歌舞伎町の中心街を横切った雄貴は、路地へと入っていく。数分も歩くとまぶしいほどだったネオンの光もほとんど見えなくなり、人通りもまばらになる。目的地が近づいている。心拍数は上がっていき、足は重くなる。背中を冷たい汗が伝っていく。

息を乱しつつ、複雑な路地を抜けていく。事前に地図で道は確認してあった。五分ほど歩くと、二車線の車道がある広い通りへと出た。

目的の場所だ。雄貴はヘルメットのシールド越しに左右を見渡した。

二十メートルほど先の路肩に、白い軽自動車が停《と》まっていた。あれに間違いない。胸に手を置き、心臓の狂ったような拍動を押さえつけるようにしながら、雄貴は浅く短い呼吸をくり返し、車へと近づいて行った。

息苦しい。窮屈なヘルメットを脱ぎたいという衝動に襲われるが、雄貴は唇を嚙《か》んでその衝動を抑えこむ。どこで誰が見ているかも分からないのだ。

車のそばまで近づいた雄貴は中を覗きこんだ。運転席のシートを倒して、一人の男が目を閉じていた。この数日間、写真で何度も何度もくり返し見た顔だった。

皆本信彦《みなもとのぶひこ》、三十三歳。この界隈《かいわい》で麻薬を売りさばくディーラーの元締めで、自らもこの場所で、主に未成年、歌舞伎町で夜遊びをしている中高生を相手に商売をしていると、ジャックから渡された資料に書かれていた男。

最初は格安でドラッグを渡し、中毒にして、あとから値段をつり上げる。代金を払えない者に対して、男には犯罪を、女には売春を斡旋《あっせん》していた。ある意味よく練りこまれたビジネスプランだ。それだけに被害者も多いのだろう。

雄貴は車に近づくと、薄い革製のライダーグローブをはめた手で、おそるおそる運転席の窓をノックする。皆本は薄目を開けて雄貴を見た。車の窓が開いていく。

「なにか御用ですか？」

皆本の口調はまるで、下手な役者がせりふを棒読みするかのようだった。

「こんなところで……寝ていると風邪《かぜ》をひきますよ」

雄貴も似たり寄ったりの棒読みの口調で答える。

「誰がそんなことを言っていましたか？」

「佐藤《さとう》さんが言っていました」

雄貴が言葉を終えると、皆本はにやりと笑顔を作り、車のドアを開けて降りてきた。

ジャックから渡された資料にのっていた、この滑稽な合言葉は正しかったらしい。

「あんた初めてだよな。どっから聞いてきた？」

「どこだっていいだろ」

「ああ、どこだっていい。金さえ払えばな。こっちだ。ついてこいよ」

皆本は手招きをすると、大股で歩きはじめる。皆本のうしろを歩き、その背中を見ながら、雄貴は革ジャンの懐に手をしのばせた。グローブごしに、てのひらに吸いつくようにフィットする硬い感覚を感じる。めまいがするほどの緊張感に、かすかに妖しい期待感が混ざっていることに気づき、雄貴は二、三度激しく頭を振った。

二人は連れだって細い路地へと入っていく。時々、皆本が尾行を確かめるようにふり返った。歩いている間、雄貴がフルフェイスヘルメットをかぶったままでいることを、皆本は気にするそぶりを見せなかった。顔を隠して買いに来る者も多いのだろう。

ドラッグは警官に職務質問をされても証拠が見つからないように、ほかの場所に隠してある。この点もジャックの資料に書いてあったとおりだった。網目のような路地を少し歩いたところで、皆本はビルとビルの間の小さな隙間へ滑りこんだ。雄貴もあとに続く。二人並んで歩くのは難しいほどの狭い空間。段ボールや廃材などが散乱しており、通りの街灯の光はほとんど届かない。雄貴はヘルメットのアイシールドを持ち上げた。

「で、なにが欲しいんだよ」

段ボールの前でしゃがんで、その隙間を探りながら、皆本がたずねてくる。

「あ、ああ……大麻だ、あるか？」

そこまで考えていなかった雄貴は、どもりながら答える。

「大麻ぁ？　クサかよ。男ならもっとキマるやつやれよ。おすすめのものがあるぜ。こいつキメたらもう天国いきだぜ。よし、今日はサービスだ。こいつを一回分おまけにつけてやるよ。こいつを飲んで女とヤってみなよ。もう病みつきだぜ」

皆本は立ち上がると、雄貴の目の前にブラックライトに浮かび上がりそうなほど鮮やかな青色の錠剤が入った小さなビニール製の袋をかかげた。

「……最近子供に流行《はや》ってるやつか」

「お、詳しいじゃねえか。俺の独占販売の特別製だ。いいから一度試してみなって」

皆本は上機嫌に錠剤の入った袋を揺らす。

「……いらねえよ」

「なんだよ、ヤる相手がいねえのか？　ならそっちの方も手配してやろうか？　格安にしとくぜ。なんなら、ちょっと値は張るけど、女子高生でも呼んでやろうか？」

「……そんなことまでしてるのか？」

「あいつら金持ってねえのに、このクスリが欲しくてしょうがねえからな。俺が仕事やってるんだよ。俺は儲《もう》かる、あいつらはクスリがもらえる。あんたみたいなロリコンは満足する。良いことずくめだろ」

そこまで言うと、皆本は醜悪な笑みを顔に貼りつけながら肩を震わせた。

「このクスリさえもらえれば、あいつらなんだってやるぜ」

雄貴は無言で皆本を睨《にら》み続ける。その視線に気づいたのか、皆本はばつが悪そうに首をすくめた。

「……まあ、興味ねえならかまわないよ。で、葉っぱはどれだけ買うんだ」

皆本が再びしゃがみこむのを見て、雄貴はジャケットの内側に手を入れる。硬い感触がグローブを通して伝わってくる。雄貴は皆本に気づかれないようゆっくりと、ジャケットの裏地をポケット状にし、そこに針金で固定した鞘《さや》からナイフを抜く。

「おい、だからどれくらい欲しいんだよ？」

皆本はふり返ってたずねてくる。その目が大きく見開かれた。雄貴はサバイバルナイフを皆本の無防備な首筋にふり下ろす。

「ひぃっ」

皆本が上げた甲高い悲鳴に、雄貴の手がわずかにぶれる。研ぎ澄まされた鋼鉄の刃は皆本の首筋に当たるが、心に生まれた動揺によってその鋭さが奪われた斬撃では、頸動脈まで切り裂くことはできなかった。

皆本は言葉にならない声を上げながら、その場にしりもちをつく。その首筋からは、静脈特有のだらだらとこぼれるような出血がみられた。

　荒い息をつきながら、雄貴は雨に降られた子犬のようにがたがたと全身を震わせる皆本を見下ろした。皆本が武勇伝よろしく、自慢げに覚醒剤づけにした子供のことを話したとき、怒りと嫌悪感とが混ざって化学反応を起こし、強い殺意となって胸を満たした。しかし、皆本が哀れを誘う悲鳴を上げた瞬間、殺意は一瞬で霧散した。

震える皆本を見下ろしながら、雄貴は金縛りにあったかのように動けなくなる。ジャックと接触を持ってからというもの、目をそらし続けてきた『人間を殺す』というリアルが、神経を冒していく。

耳元で声が聞こえた気がした。ジャックのものとも、自分のものともつかない声が。

『殺せ、殺さないと、おまえは残りの人生を狭い拘置所で過ごすことになるんだ』

雄貴はフルフェイスヘルメットをかぶった頭を激しく振った。

いや、ちがう。俺は自分のためにこの男を殺そうとしているんじゃない。

この男を殺すことで、これから犠牲になるであろう子供たちを救うことができる。そのためにこの男は殺さなければならないんだ。そう、これは……正義なんだ。

正義、正義、正義、正義、せいぎ、せいぎ、セイギ……。

『正義』という実体のない言葉が脳内でくり返されるたび、過熱した脳にふたたび麻酔がかかっていく。殺意よりも深く、そしてどこか心地《ここち》よい高揚感をともなった麻酔が。

迷いが、罪悪感が少しずつ希釈されていく。雄貴はナイフを握る手に力をこめた。

皆本がジャケットのポケットへと血で濡《ぬ》れた手を入れた。金属の突起がついたテレビのリモコンのような物体を取り出すと、雄貴に向けて構える。

皆本の親指が、その物体の腹にあるボタンを押しこむ。次の瞬間、先端についた二つの金属の間に、極小の稲妻が走った。目映《まばゆ》い光が暗い路地を一瞬白く染める。

スタンガンか。雄貴は口角を上げる。相手が反撃してくれるのはありがたかった。無抵抗で命乞いをする男を斬るよりはるかにたやすい。膝を軽く曲げ、臨戦態勢をとる。

自らを奮い立たせるかのように奇声を上げながら、皆本は両手に持ったスタンガンを突き出して飛びかかってきた。しかし、鍛え上げられた雄貴の動体視力には、無駄の多い皆本の動きは止まっているかのように見えた。

雄貴は迫り来る電極を体を開いて右にかわすと、抜き胴の要領で皆本とすれちがいつつナイフを振った。剣道をはじめてから何万回もくり返した動き。小脳に染みついたその動きに、今度は雑念がまぎれることはなかった。刃が当たる瞬間、手首のスナップを利かせて剣速をさらに加速させる。ほとんど抵抗なく、刃は皆本の左の首筋を通過した。

皆本は飛びこんだ勢いのままに顔面から地面に倒れ伏す。首筋から噴き出した血液が、ビルの側壁に激しくたたきつけられた。力なく腹ばいに横たわる皆本は一、二度小さく痙攣し、すぐに動かなくなる。

雄貴はふり返って、命の灯が消えようとしている皆本を見た。心臓の鼓動に合わせて勢いよく噴き出していた出血の勢いが弱くなっていき、ついにはだらだらとしたたり落ちるだけになる。

雄貴は手を顔の高さまで持ってくる。指に、てのひらに、腕に、肩に、そして心に、人間の命を刈り取った感触が刻みこまれている。精神を腐らせるような感触、しかしその一方で剣術家としての心の琴線を妖しくくすぐる感触。

暗順応した目が刃に付着した血液をとらえた瞬間、全身に鳥肌が立つ。

赤髪の男のときのような、とっさの行動ではなかった。純然たる殺意を持って皆本の首筋をナイフで薙《な》いだ。一線を越えてしまった。本当の意味で殺人者になってしまった。

「もう戻れない」電話で聞いたジャックの声がくり返し脳裏に蘇る。

俺は正しいことをしたんだ。そう、正しいことをした。そうに決まっている。

呪文のように、心の中で繰り返し、理性に麻酔をかけ続ける。そうしないと、精神が腐り落ちてしまいそうだった。

雄貴は荒い息をつきながら、サバイバルナイフを振って血払いをすると、すばやく鞘に入れ、ジーンズに差しこむ。革ジャンの胸ポケットからジャックのカードを取り出し、投げ捨てるように皆本のかたわらに放った。返り血もほとんど浴びていない。遺体もこの場所では、おそらく朝になるまで見つからないだろう。

なにか遺留品を残したりはしていないか確認したあと、ふらふらとおぼつかない足取りで、雄貴は路地をあとにした。

「これで……いいんだ」

半開きの唇からこぼれだした力ない独白は、秋風にはかなくかき消されていった。

5　J

薄暗い自室の中、パイプ椅子に座りデスクライトに照らされた夕刊の紙面を眺めながら、男は刃物のように薄い唇にかすかな笑みを浮かべる。見出しには『新宿路上で男性の遺体　連続殺人か？』と見出しが躍っていた。

岬雄貴、あの男が昨夜、指示通りに『仕事』をやり遂げた。そして思惑通りに、警察はジャックによる犯行だと考えて捜査をしている。見込んだ通り、あの男は使える。うまくあの男を操作していけば、今後警察の捜査を混乱させることができるだろう。

几帳面《きちょうめん》に新聞を折りたたんで机の上に置くと、男は狭い部屋の中を見回した。シングルベッドに机と椅子の他は、家具らしい家具は見あたらない異常なほどに殺風景な部屋。

男は机の上に置かれていた革手袋をはめると、机の抽斗を開け、中からA4サイズの茶封筒を取り出す。封筒には定規で引いたような角張った文字で住所と、『岬雄貴様』と宛名が書かれていた。

あの男が使えると分かった以上、最大限活用させてもらおう。そして最後には……。

ふと男は視界のはしに異変を感じ、天井を見上げた。目の前にきらきらといくつもの光のラインが走る。目の前を色とりどりのレーザーが走るような幻想的な光景。しかし、それは男にとって忌《い》むべきものだった。

年に数回起こる偏頭痛、その前駆症状。男の片頬が引きつる。奥歯に力をこめた瞬間、右の側頭部を中心に、脳髄を刃物でえぐられるような激痛が走った。

年少のころから悩まされ続けて来たこの頭痛、しかし男が本当に忌み嫌っているのは頭が割れるようなこの疼痛《とうつう》ではなく、この後にきまって生じる随伴症状だった。

予想したとおり、それはすぐに起こった。目の前に巨大なスクリーンが現れたかのように、過去の記憶が現実の光景と重なって鮮明にフラッシュバックする。

陰鬱《いんうつ》でサディスティックな笑みを浮かべた中年男が拳を振るってきた。頭痛と相まって、男は実際に殴られているような心地になる。

もはや網膜に映っている部屋の映像よりも、脳裏に映し出されている過去の光景の方が、男にはリアルに感じられた。食いしばった奥歯が軋《きし》みをあげる。

記憶の中の男は再び拳を振りあげる。醜悪な笑みを浮かべる中年男の顔には、見覚えがあった。そう、この男は似ているのだ、毎日鏡の中に見る顔に。

激痛に耐えながら、男はのどの奥から忍び笑いを漏らす。似ていて当然だ。実の父なのだから。男は細く息を吐いて精神を落ち着かせていく。その間も記憶の中の父は、拳を振るい続けた。

物心ついたころから、ことあるごとに父に殴られた。いつも深夜まで飲み歩いていた父は、泣いて制止する母をふり払い、幼かった息子を痛めつけた。悦楽のために。

男は父親を恐れていた。いつも父の機嫌を損ねぬよう、顔色をうかがいながら生きてきた。しかしときが経《た》つにつれ、男はみずからの胸の中で、恐怖を糧として『殺意』という異形の大樹が育っていることに気づいていた。

高校に入り、身長が父を越えたころ、男は毎日のように父親を残忍に殺害する妄想にふけるようになり、実感するようになった。自分の中に父から受け継いだおぞましい血が流れていることを。

そのころには、父親は自分よりも体格で勝るようになった息子には手を上げなくなっていた。しかし、かわりに父の破壊衝動の矛先は、母に向けられるようになった。

体中にあざを作りながらも、母は息子が殴られなくなったことを喜んでくれた。目の周りを痛々しい皮下出血で染めながらも笑みを浮かべる母を日々見るうちに、男の脳内で繰り返される父の殺害シーンはリアリティーを増していき、胸中の殺意は気を抜けば皮膚を突き破って体からほとばしりそうなまでに膨れあがっていった。

何度も実行に移そうとした父親の殺害、それを思いとどまらせたのは、そばにいてくれた少女だった。脳裏に向日葵《ひまわり》のように朗らかな笑顔が浮かんだ瞬間、ナイフでえぐられているようだった頭痛が溶けるように消えていく。しかし、そのかわりに胸骨の奥に鋭い痛みが走った。

少女がいたからこそ、男はみずからの胸に巣くう闇を押さえることができた。

男は信じていた。少女といれば、いつの日か胸の闇も消えてなくなるだろうと。

しかし、彼女はある日唐突に消えてしまった。まるで、その存在が幻であったかのように。だから……。

「だから……私は父を殺した……」

男は記憶の中の父と瓜二つ《うりふた》の笑みを浮かべると、封筒を抽斗の中へとしまった。

6 南波沙耶

重いため息をついて、沙耶は古ぼけた電子ピアノの鍵盤の上から白い指を下ろした。

今日は久しぶりにバイトも入っていなかった。一日中作曲に費やせると思って朝からピアノに向かったが、なんのインスピレーションも湧いてこない。立ち上がった沙耶は、倒れこむようにベッドに体を投げ出す。時計の針は午後七時に近づきつつあった。

「調子悪いなぁ」

つぶやきながら沙耶は枕に顔をうずめる。せっかくの休みだというのに、無為に一日を過ごしてしまった。今日何度目かのため息が、枕の柔らかい生地に吸いこまれていった。なんとなしに枕元のリモコンをつかみ、古びたテレビの電源をオンにする。

『ニュースを続けます、中東で活発になっている……』

スーツを着たアナウンサーが、抑揚のない口調でニュースを読み上げている。沙耶はリモコンを操作してチャンネルを流していくが、たいして魅力を感じさせない番組ばかりだった。リモコンを枕元に戻して画面から目を離し、ふたたび枕に顔を押しつける。疲れているのか眠気が襲ってくる。

『本日午後……男性の遺体が……拳銃で撃たれ……縛られたあとがあり……警察は殺人事件として……自称カメラマンの佐川陽介さん……』

一瞬にして眠気が吹き飛ぶ。沙耶は顔を跳ね上げた。『佐川陽介』、ニュースでその名が流れた気がした。聞き間違い？

『続きまして、次のニュースです』

画面の中のアナウンサーは無表情に次のニュースを読みはじめる。沙耶はリモコンをつかむと急いでチャンネルを替えていく。数回画面が切り替わったところで、民放のニュース番組が画面の下方に『埼玉の山林で男性の射殺体発見』とテロップを出していた。

『本日朝八時ごろ、埼玉県上尾《あげお》市の山林で散歩中の住民が男性の遺体を発見、警察に通報しました。遺体は拳銃のようなもので撃たれており、またロープで縛られた形跡も見られました。警察は遺体の男性を東京都世田谷《せたがや》区に住む自称カメラマンの佐川陽介さん四十二歳であると断定。殺人事件として、佐川さんがなんらかのトラブルに巻きこまれていなかったかなど、慎重に捜査を進めています』

画面の右上に、白黒で小さく顔写真が映しだされる。腫れぼったい目の太った男。それは間違いなく、いつも卑猥《ひわい》な笑みを浮かべながら自分を撮影していた男だった。

佐川が死んだ。殺された。驚きはしたが、その一方で妙に納得していた。うさんくさい男だった。いかがわしい雑誌の撮影以外にも、なにか裏の仕事に手を出していたのかもしれない。そういえば最後に会ったとき、大きな仕事に関わっているとか言っていた。

テレビ画面はいつの間にか天気予報へと切り替わっている。

沙耶は気象予報士が『これから夜遅くにかけて局地的に激しい雨が……』としゃべっているのを呆然《ぼうぜん》と見つづける。知り合いが死んだというのに、なんの感情もわいてこない自分に戸惑っていた。

たしかに佐川は嫌いだった。生理的な嫌悪を感じていた。だからと言って、言葉を交わしたことのある人間が死ねば、もう少しなにか思うところがあってもいいのではないか。しかし沙耶はなにも感じることができなかった。画面ごしに伝えられた情報は現実感がなく、無味無臭で、まるでドラマの中で起こったことのようだった。

佐川にあの男の影を感じることがなければ、もう少し悲しめていたのだろうか？

そうかもしれない。あの男と似ていることは、佐川の責任ではないというのに。

なんか冷たいな、私。胸の奥がもやもやしてくる。気分が晴れない。

そういえば、恵美はこのことを知っているのだろうか？　知らなかったとしたら教えておいた方がいいかもしれない。沙耶はハンドバッグの中からピンク色のスマートフォンを取り出すが、親友の番号を画面に出したところで手を止める。

そうだ、恵美の家に行って直接伝えよう。途中のスーパーで買い物をして、夕食でもつくってあげて話をしよう。いつも夕飯は遅い時間にコンビニ弁当を食べている恵美は、ときどき食事をつくってあげると、すごく喜んでくれる。そうだ、それが良い。

沙耶はテレビの電源を落とすと、ベッドから勢いよく飛び起き、服を着替えはじめた。


買い過ぎたかもしれない。スーパーの袋の重みに顔をしかめながら、沙耶は歩く。カレーの材料だけのつもりが、いつの間にか恵美のためのビールや、自分用のスナック菓子まで買い物かごに入れていた。やりくりが苦しいというのに、予想以上の出費だ。

街灯のあかりを通してかすかに見える空は、厚い雲に覆われている。予報どおりに、いまにもひと雨降りだしそうだ。傘は持っていない。

恵美のアパートまであと五分程度、それまでもってくれるかな？　沙耶は足を早める。

ジーンズのポケットで、スマートフォンが音を立てた。契約してからそれほど経っていない電話番号を知っている相手は限られている。たぶん恵美だ。沙耶は電話を取り出すと、相手を確認することなく通話ボタンを押した。

電話からは案の定、『沙耶……』という恵美の声が聞こえてきた。

「恵美。ちょうど良かった、いま電話しようと思ってたの。もうバイト終わった？」

『うん……、あの、沙耶。いまって、家？』恵美は探るように言う。

「実は恵美の家に向かってる途中。ねえ、ご飯まだでしょ。久しぶりに作ってあげるよ、カレーライス。好きだったよね？　恵美はいまどこにいるの？　もう家？」

『えっ、ああ、……うん、家。家にいるよ』恵美の声は変わらず歯切れが悪い。

「どうかしたの？　なにか元気ないみたいだけど」

『そんなことないよ。そっか……いまうちに向かってるんだね。あのさ……悪いんだけど、この前、佐川から預かったペンダント、持って来てくれないかな？』

「ペンダント？　ちょうどいまつけてるよ。なにか必要だった？」

沙耶は首から下げられた瑪瑙《めのう》のペンダントに触れる。

『うん、ちょっとさ、……佐川から返してくれってさっき言われて』

恵美の言葉に沙耶は眉をひそめる。佐川？　さっきニュースで佐川は死んでしまったと言っていた。その佐川が？　「さっき」って一体いつの話だろう？

「あのさ、ニュースで……なんか佐川が死んだって言ってたんだけど、恵美、知ってた？」

『あ、……ううん、知らなかった』

一瞬の沈黙のあと、恵美は声のトーンを変えることなく答えた。やっぱりなにかおかしい。いくら嫌なやつだって、急に死んだと知ればもっと驚いていいはずだ。

「恵美、体調悪いの？　なんか声に元気ないし……」

『ちょっと仕事が忙しくて……』

恵美が弱々しく答えたとき、電話の奥からかすかに男の声が聞こえた気がした。

「あれ？　部屋に誰かいるの？」

『そんなことないよ、あたししかいないいよ』

「本当？　もしかして彼氏とか来てる？　お邪魔なら今日はいいよ」

『ちがうよ、男なんかいないって。たぶん、テレビ、テレビの音だよ』

恵美が早口で言う。やはりなにか様子がおかしい気がする。

「そう、とりあえず部屋行くね。あと五分ぐらいで着くから」

『うん、待ってるから……早くして』

「じゃあ、走っていくから三分ぐらいで着くかも。思いっきり美味《おい》しいもの作るから待っててね」

返事はなかった。

「恵美、聞こえてる？」

『沙耶……』ようやく答えた恵美の声は、強い決意を孕《はら》んでいた。

「なに？　どうかしたの？」

『沙耶逃げて！　うちに来ちゃダメ！　沙耶まで殺されちゃう！　早く逃げ……』

突然、叫び声が聞こえたかと思うと、それをかき消すかのように、耳がおかしくなりそうなほどの炸裂音《さくれつ》が響いた。反射的に沙耶は耳から電話を遠ざける。

なに、いまの……？　おそるおそるスマートフォンをふたたび耳に近づける。回線はまだ繋《つな》がっていた。恵美の声にかわって、男の声が遠くから聞こえてくる。

『あー、マジで……たんですか……いい女なのに……えねえ』

『出る……を捕まえる。その電……切っとけ』

切れ切れの声を最後に回線が切断される。プープーという軽い電子音が聞こえてくる。

うそ？　何なの？　沙耶は混乱してきょろきょろとあたりを見回す。

どうしよう？　警察に電話する？　いや、そんな必要ない、恵美の冗談に決まっている。警察なんかに電話すればいい笑いものだ。それに警察とはあまり関わりたくない。

とりあえず……家に戻ろう。沙耶はいま来た道を早足で戻りはじめた。心臓の鼓動が加速していく。鼻先に小さな水滴が落ちてきた。

大粒の雨が、アスファルトの上に小さな染みをつくっていく。自宅まではまだ五分ほどかかる。沙耶は買い物袋を道端のごみ捨て場に投げ捨て走り出した。

早く部屋に帰らないと。早く、早く、早く……。

何度も足を縺《もつ》れさせ、転びかけながら、沙耶は走る。久しぶりに全力で走ったせいで両足が痛む。息苦しい。大粒の雨が沙耶の全身に容赦なく打ちつけた。

細い路地を駆け抜けて、ようやくマンションが見えてきた。

あと少し、あと少しで着く。そう思ったとき、白いバンが前方から走ってきた。路肩によって車をやり過ごそうとした沙耶の数メートル前でそのバンは急停車した。運転席のドアと後部のスライドドアが勢いよく開き、車から二人の男が降りてくる。男たちの姿を見た瞬間、沙耶の体は天敵に狙われた小動物のように金縛りにあった。

一人は年齢二十歳前後、ジーンズにシャツというラフな服装で、髪は下品な金色に染められている。もう一人は三十代後半ぐらい、身長は一九〇センチ以上あるだろう。あまり似合っていないグレーのスーツが筋肉で盛り上がっている。頭は剃《そ》りあげているのか、完全なスキンヘッドだった。彼らが纏《まと》っている空気は、どう好意的にとらえても、まともな世界で生きている人間のものではなかった。金髪の男は舐《な》めるように沙耶を見る。まるで体を撫《な》でまわされているような嫌悪感に、沙耶は身をすくめる。

「ああ、こいつだ。間違いねえ」

金髪の男はジーンズのポケットから一枚の写真を取り出すと、大股で近づいてきた。

「なあ、あんた沙耶ちゃんだろ？　これ、おまえだろ？」

金髪の男は沙耶に近づくと、目の前に写真をかかげる。そこには笑顔でVサインを向けている沙耶と恵美が写っていた。恵美の部屋の写真立てに入っていたものだった。

「兄貴、見つけましたよ。こいつです」

金髪はふり返る。スキンヘッドの男に向かって言ったのかと思ったが、すぐにそれが間違いだと気づく。バンの開いたドアから、ゆっくりと細身の男が降りてきた。年齢は三十代前半ぐらいだろうか、糊《のり》のきいたブラックスーツをきれいに着こなしていた。ブラックスーツの男はゆっくりとした動作で沙耶に顔を向けた。

怖い。男の立ち居ふるまいは、ほかの二人とくらべ洗練されていたが、その視線に射《い》貫《ぬ》かれた瞬間、沙耶は腰が抜けそうなほどの恐怖を感じた。

冗談じゃなかった。恵美の言葉は冗談なんかじゃなかったんだ。必死に否定し続けた現実が目の前に突きつけられる。目から涙がわき上がる。

「……攫《さら》え」ブラックスーツの男がぼそりとつぶやく。

「はいはい」金髪はいやらしい笑顔を向け、沙耶の手首をつかんだ。

「いやっ！」沙耶は反射的に身をよじる。

抵抗を楽しむかのように、金髪は笑みを浮かべる。手首をつかむ力がさらに強くなる。

大声で助けを呼ぼうと息を吸った瞬間、巨大な掌《てのひら》が沙耶の顔をつかんだ。悲鳴はのどの奥で霧散する。いつの間にか、スキンヘッドの男がすぐそばまで来て、無造作に沙耶の顔をわしづかみにしていた。骨が軋むほどの力が顔の両側から加えられる。口と鼻が覆われ、息ができない。意識が遠のいていく。もはや抵抗する気力も残されていなかった。沙耶は二人の男にバンへと引きずられていく。

なんでこんなことになったの？　このまま殺されるの？

『逃げて！』恵美の悲痛な声が頭の中で響いた。恵美は私を呼び寄せるように脅されていたんだ。そして命をかけて、私を逃がそうとしてくれた。それなのに……。

朦朧《もうろう》とした意識の中、恵美の笑顔が頭をかすめる。沙耶は最後の力を振り絞って両手足を思い切り振りまわした。

「あっ、てめえ」

完全に脱力していた少女が急に暴れ出し、虚をつかれたのか、沙耶を拘束していた男たちの手から一瞬力が抜けた。四肢を振り回し、男たちから逃れた沙耶は、全力で走りだす。しかしそれが限界だった。すぐに足が縺れ、水たまりに倒れこんだ。立ち上がろうとしたところを、追いついてきた金髪に首筋をつかまれ、顔を水たまりの中にたたきつけられる。

「ふざけたことすんじゃねえよ、このガキが！」

顔の半分が水没する。口と鼻に雨水が浸入してくる。死の恐怖が襲いかかってくる。

突然、顔を押さえつけていた力が抜けた。沙耶は顔を上げると、何度も咳きこむ。

「なに見てんだよ、てめえ」

金髪が言う。視線を持ち上げると、いつの間にか、目の前に大型バイクが停まっていた。沙耶はバイクに乗っている男を見た。中肉中背で革ジャンを羽織り、フルフェイスヘルメットをかぶっている。

「なに見てんだって言ってるんだよ！」

金髪がふたたび怒鳴るが、男は動じる様子もみせず、エンジンをかけたままのバイクから降りた。

「……助けてほしいか？」ヘルメット越しのくぐもった声が聞こえてくる。

「えっ？」

「助けてほしいのか？」バイクの男は同じ質問をくり返す。

「は、はい、助けて」沙耶は震える声で必死に懇願した。

「てめえ、なに言ってやがるんだ！　さっさと消えねえとぶっ殺すぞ！」

金髪が絶叫する。いつの間にかその隣にスキンヘッドが並び、さらにすぐうしろにブラックスーツの男が近づいていた。絶望が沙耶の心を侵《おか》していく。

三人相手にかなうわけがない。しかもスキンヘッドの男は、バイクの男より二回りも大きい。一対一だとしても相手になるとはとうてい思えなかった。

バイクの男が時間をかせいでくれている間に、どこかに逃げこまないと。沙耶が逃げ出そうと立ち上がりかけたとき、バイクの男が動いた。幅跳びでもするかのごとく金髪の男に向けて飛びかかる。

次の瞬間、金髪の男は糸が切れた操り人形のように力なく崩れ落ち、動かなくなる。

沙耶はなにが起こったのか理解できず、体を起こしかけた体勢のまま固まる。

気づくと、バイクの男の右手に、銀色の棒のようなものが握られていた。

あれで殴ったの？　でも、全然見えなかった。

一瞬で仲間を倒されたことで警戒心を強くしたのか、スキンヘッドはバイクの男から少し距離を取ると、両手を顔の前で構え、拳を握った。バイクの男は警棒を持った右手をだらりと下げたまま、構えらしい構えをとらない。ヘルメットのせいで相手を見ているのかどうかさえ定かではなかった。

スキンヘッドが飛びこみざまに左拳を振るう。巨体からは想像もつかない、すばやい動きだった。バイクの男は上体をそらすようにして、紙一重でパンチをかわす。その動きを予想していたかのように、スキンヘッドは体重を乗せた右拳を男の顔面に向けてふり下ろした。ヘルメットごと頭を破壊できそうな一撃だった。

拳が頭部を直撃するかと思われた寸前、バイクの男はまるで自分からパンチにあたりに行くかのように体重を前方にかけ、滑るように体を開いた。

拳とヘルメットがこすれる音が雨音の中、沙耶の耳に届いた。

渾身《こんしん》の一撃を紙一重ですかされたスキンヘッドは、大きく体勢を崩す。たたらを踏むように二、三歩足を送り、慌てて体勢を立て直しながらバイクの男の方をふり返ろうとした。しかし、すでに遅かった。

ふり返るスキンヘッドの側頭部に、バイクの男の情け容赦ない一撃がふり下ろされた。骨と重い金属が衝突する鈍い音が通りに響いた。

両膝をつくスキンヘッド。しかし金髪とはちがい、完全に意識を失うことはなかった。伸ばした右手でいつの間にか警棒を握っている。しかし、バイクの男は警棒での綱引きには応じなかった。あっけなく警棒から手を離すと、膝立ちのスキンヘッドのあごを無造作に蹴りあげる。口から唾液と血液をまき散らしながらスキンヘッドが倒れていく姿が、沙耶にはスローモーションで見えた気がした。

一分もたたないうちに二人の仲間が倒されるのをまのあたりにしながら、ブラックスーツの男はほとんど表情を動かすことがなかった。サラリーマンが名刺でも取り出すような落ち着いた動作で、バイクの男の背後から近づきつつ、背広の中に右手を入れる。

黒く無骨な鉄の塊が懐から姿を現した。拳銃。

「危ない！　うしろ！」

沙耶が叫ぶ。その声に、アスファルトの上に落ちた警棒を拾おうとしていたバイクの男は、素早く背後をふり返る。銃声が轟《とどろ》くのと、銀色の光がまたたくのはほぼ同時だった。宙に赤い飛沫《しぶき》が舞う。

撃たれた。そう思って目を閉じると固くて重いものが地面に落ちる音がした。

おそるおそる沙耶は目を開く。そこで見た光景は、想像とはまったく異なったものだった。ブラックスーツの男が右腕を押さえて膝をついていた。腕を押さえる手の隙間からは、真っ赤な血が雨と混ざってしたたり落ちている。そしてブラックスーツの男を見下ろして立つバイクの男、その手には、雨の中でも禍々しく光る、大ぶりなナイフが握られていた。

バイクの男は足元に転がる拳銃をすばやく蹴り飛ばした。アスファルトの上を拳銃が滑って行く。わずかな距離をはさんで、二人の男は視線をぶつけ続けた。

「どうする？　殺《や》るのか」淡々とブラックスーツの男は言う。「殺るなら早くしろ」

「いや、……やめとくよ」

そう言うと、バイクの男はスキンヘッドにやったように、ブラックスーツのあごを蹴り上げた。ブラックスーツの男は勢いよく水たまりへと倒れていく。

動かなくなった三人に一瞥《いちべつ》をくれると、バイクの男は手にしたナイフを慣れた仕草で革ジャンの中にしまい、警棒を拾うと、バイクにまたがろうとする。その瞬間、沙耶の金縛りが解けた。バイクに走り寄り、すがりつくように男の革ジャンのすそをつかむ。

「お願い！　私も乗せて」

置いて行かれたら男たちに捕まる、捕まって殺される。

アイシールドの奥から、男の視線が沙耶を射る。

数秒の沈黙。しかし沙耶はそれがまるで永遠のように感じた。

「……乗れ」耳をすまさなければ聞こえないほど小さな声で、バイクの男は言った。

沙耶は飛びつくようにバイクのうしろに乗ると、男の体に両手を回してしがみついた。

エンジンが咆哮《ほうこう》をあげ、吹き飛ばされそうなほどの加速でバイクは発進する。沙耶は必死で両手に力を入れた。

助かったんだ。もう大丈夫なんだ。緊張がゆるむと同時に鼻の奥が熱くなってきた。目からとめどなく涙があふれてくる。声を殺すことができない。沙耶はしがみついている背中に顔をうずめた。

雨でぬれていたが、温かく、そして広い背中だった。

7　岬雄貴

俺は一体なにをしているのだろう？　カーペットに正座して、バスタオルで髪を拭いている少女を見ながら、雄貴は自分に問いかけていた。

ポニーテールになっていた栗色《くりいろ》の柔らかそうな髪は解かれ、肩の高さでゆれている。大きな目が印象的な顔は、よく見るとなかなかに整っているが、それ以上にどこかあか抜けない印象を受けてしまう。

大学生ぐらいか？　雄貴は目の間を乱暴にもむ。

今回ジャックの共犯としての二回目の『仕事』を終え、家に帰る途中だった。

今回ジャックに指示されたターゲットは、越谷市に住む六十代の男だった。その男は二十年ほど前より、個人で知的障害のある子供向けの学習塾を経営していたのだが、去年その生徒に対する性的暴行容疑で逮捕されていた。しかし、被害者である児童の証言があいまいなこと、そして被害児童の親と示談が成立していることなどから、司法は男が常習犯の可能性が高いにもかかわらず、執行猶予つきの判決しか下すことができなかった。

雄貴は男が日課の散歩中に休憩する寂れた公園の公衆便所の裏で待ち伏せをした。公園にやって来た男がベンチに腰を下ろしたのを確認すると、その背後にしのび寄り、うしろから抱きかかえるようにして、肋骨《ろっこつ》の隙間から心臓を一突きにした。

二回目の『仕事』は一回目と比較して、格段にスムーズに進んだ。しかし、大通りを避け裏道を通っている途中、男たちに拉致されかけている少女を見かけ、ほとんど考えることもせず助けてしまった。直前に『仕事』で使ったナイフまで使って。

あのとき、安全を考えるなら、見て見ぬふりをするべきだったのかもしれない。しかし、それはできなかった。『正義のため』と自らに言い聞かせ人を殺しているにもかかわらず、目の前で行われている犯罪を見逃すなどという自己矛盾が許されるはずもなかった。

雄貴は頭皮に爪をたて、頭をかく。助けるまでは良い。問題はそのあとの行動だ。

なぜ俺はこの少女を連れてきてしまったのだろう？　あのヤクザ風の男たちをたたきのめすだけで十分だったはずだ。しかし、革ジャンのすそをつかむ少女の悲哀に満ちた視線に射貫かれ、思わず後部座席に乗せてしまっていた。

「あの……」少女は髪をふきながらおずおずと口を開いた。

「なんだ？」雄貴は無愛想に答える。

「ありがとうございます。助けてくれて……」

「気にするな、単なる気まぐれだ」

「沙耶」少女は小さい声でつぶやく。「名前。私、沙耶。南波沙耶っていいます」

「そうか……」

雄貴はそれ以上なにも言わなかった。少女がなにを望んでいるかに気づきながら。

「あの、名前は……」

「なんで教える必要があるんだ？」

冷たく言い放つ。少女の顔が悲しげにゆがんだ。

「服が乾いたら出ていってくれ。傘と交通費ぐらいはやる」

雄貴の言葉に少女は唇を強く嚙んで、それから遠慮がちに口を開いた。

「あの、お願い。少しだけ……ここに置いてもらえないですか？」

「だめだ」

雄貴は間髪いれずに答える。これ以上やっかいごとを抱えこむのはごめんだった。

「お願い、あいつら私のこと狙って拉致しようとしてたの。マンションに帰っても待ち伏せしてるかも」

少女は捨てられた子犬のような目で雄貴を見る。

「それなら警察に行け。保護してもらえるだろ」

少女のまなざしに心がわずかにゆれつつ、雄貴は意識して言葉の温度を下げる。

「警察は……だめなの」

「なんでだめなんだ？」

「新潟に……いなかに連れ戻されちゃう……」消え入りそうな声で少女は言う。

「なんだ、家出してきたのか？　いい機会だ。親に謝って家に戻して……」

「親なんかいない！」

少女は突然叫んだ。しかし風船がしぼむように、すぐにその声は小さくなる。

「……あんな親、もう親じゃないの」

「親なんか……いないとか、そういうことか？」

少女は力なく首を横にふるふると振った。

「父さんは生まれてから一度も会ったことないし、母さんとずっと一緒に暮らしてたんだけど、三年前……」

「亡くなったのか？」雄貴は声の硬度を下げる。

「うん……癌だったの。卵巣の……。お母さん、どんどんやせていって、それで……」

『癌』という言葉に、雄貴の心は激しく揺さぶられる。

「そのあと、母さんの妹っていう人のところに引き取られたけど、そこの人たちすごく迷惑そうで、それに母さんの悪口ばっかり言うし。いろいろ嫌なことがあって……」

「東京に出てきたんだな？」

「……はい」少女はカーペットの上に正座したまま弱々しく頷いた。

「それでも……東京にいるよりは戻った方がいい。なにがあったか知らないけれど、狙われているんだろ？」

「絶対嫌！　あそこだけは嫌！　あの人たち、私の名前も知ってたの、もしかしたら私の故郷の住所も知ってるかも。恵美には教えてあったし……」

少女はうつむいたまま、髪を振り乱すように勢いよく頭を振った。予想以上に激しいその反応に、雄貴はかすかに眉根を寄せる。

「なにがあったか知らんが、いくらなんでも、そこまではしないだろ」

「あの人たち、恵美を……私の友達を殺したの！」

少女は勢いよく顔を上げた。二重の大きい目から、大粒の涙がこぼれおちる。

「殺した？　なにかの間違いじゃないのか？」

「間違いなんかじゃない。恵美は私と電話しながら殺されたの。『あなたまで殺されるから逃げて』って言って……」

少女はふたたび顔を伏せると、声を殺しながら嗚咽《おえつ》をもらした。泣いている少女をどう扱っていいか分からず、雄貴はとまどって頭をかく。

「どうしても……警察は嫌なのか？」

「どうせあの人たちなんて、私なんか守ってくれない」少女は声を詰まらせる。

雄貴は腕を組んで考えこんだ。少女の言っていることにも一理あった。たしかに警察が二十四時間、少女を守ってくれることはないだろう。このまま隠れていた方が安全という可能性は十分にある。しかし少女を保護すれば、『仕事』のことを気づかれる可能性もある。悩む雄貴を少女はうつむいたまま、上目づかいに見つめてきた。

粘度の高い時間が流れていく。数分の沈黙のあと、雄貴は口を開いた。

「どうしても故郷に帰るのはいやなのか？　それでも一番安全なのは、たぶん故郷だぞ」

「いや！　絶対いやです！」

強い拒絶に、軽い違和感を覚えつつ、雄貴は天井をあおいで息を吐く。

「料理はできるか？」

「えっ？　料理？　はい。料理ならけっこう得意ですけど……」

「それなら飯を作ってくれ」

「え？　それって……」

「そのかわり、少しの間なら家にいてもいい。奥につかってない小さな部屋がある。その部屋をつかってくれ。鍵もかかる。布団は来客用のがあるから、それを使いな」

雄貴は物置と化していた奥の部屋を指さしながら、そっけなく言った。一度助けてしまったのだ、ここで見捨てるくらいなら最初から助けるべきではなかったのだ。

雄貴は自分に言い聞かせる。この大都会に一人取り残され、身を隠さなければならなくなった少女と、癌にむしばまれた体で、殺人鬼の共犯として世間の目を避けながら闇の中で生きる自分の孤独を重ね合わせたことから、必死に目をそらしながら。

「うん、ありがとう。本当にありがとう」

少女は、沙耶は初めて笑顔を浮かべた。春のこもれ日のような笑顔だった。

8　南波沙耶

「あの……」沙耶は目の前でハンバーグを口に運んでいる男に声をかけた。

岬雄貴は口の中に入っているハンバーグを噛みながら沙耶を見る。

「ごはん……美味《おい》しいですか？」

「……ああ、うまいよ」

それだけ言うと、雄貴は難しい顔をしながら咀嚼《そしゃく》を続ける。

口に合わなかったのかな？　それともこういう人なの？　眉間にしわを寄せながら食事をする雄貴の姿は、おいしいものを食べているとはとても思えなかった。

居心地の悪さをおぼえつつ、沙耶は上目遣いに雄貴を見る。

昨日、この家に置いてもらえることになったときは、助かったことを無邪気に喜んだ。しかし、与えられた部屋で一人になったとたん、恐怖が襲い掛かってきた。自分のような若い女が、男の家に転がり込むことがどういうことなのか沙耶は気づいた。雄貴に身体《からだ》を求められるのだろうと怯《おび》え、昨夜は布団に入った。緊張で目が冴《さ》えて、ほとんど眠れなかった。しかし予想に反して、彼が部屋に侵入してくることはなかった。

朝になって睡眠不足の頭を振りながらおそるおそる部屋から出た沙耶は、「ついて来い」と言う雄貴のバイクのうしろに乗せられ、池袋のデパートへと連れて行かれた。外出するのが怖かったが、同じ東京と言っても住んでいた足立《あだち》区と池袋ではそれなりに距離がある。それに人があふれかえる東京で、どこにいるか分からない人間を見つけることなど不可能だと自分に言い聞かせ、おとなしく雄貴にしたがった。

デパートに着くと、雄貴は突然財布から一万円札を十枚取り出し、「これで必要なものを買え」と言って押しつけてきた。驚いて断ろうとしたが、「念のため銀行のカードは使わないでおけ、追われているんだろ？」と言われて、そのまま押しつけられた。

受け取った十万円で沙耶は必要最低限の衣料品や日用雑貨、そして約束どおりに料理を作るための食材を買った。スマートフォンもこれまでのものを使っていると危険ということで昼食をとったあと、雄貴が自分の名義で新しく契約してくれた。マンションに戻った沙耶は、助けてもらった感謝の気持ちを精一杯あらわそうと、夕飯に一番の得意料理を作ったのだが……。

今日一日、行動をともにしたが、この岬雄貴という男性がどういう人物なのかまだ分からなかった。

「ねえ、……あの、雄貴さんってなにしている人なんですか？」

沙耶はとりあえずなにか話題を探そうと、目の前の無口な男に話しかける。

「なにって？」雄貴はハンバーグを咀嚼しながらつぶやく。

「あの、仕事とかそういうの。……どんな仕事しているんだろうなって思って」

そっけない答えに沙耶は一瞬ひるむが、気をとり直して会話の糸口を探っていく。

「仕事、仕事ね……」雄貴は唇の片側をつり上げた。「いまは無職だ。まあ、ニートってやつかな」

暗い口調が、それ以上この話題に触れない方がいいことを沙耶に教える。

「昨日のあれ……すごかったですね、なにかスポーツでもしてたんですか？」

話題がとぎれないよう、沙耶は必死で頭のアクセルを踏み続ける。

「……剣道をやってた」

「剣道、やっぱり。何年ぐらいやっていたんですか？」

「十年ぐらいだな」

「そうなんですか……すごいですね。あのナイフ、あれって大きくてびっくりしちゃった。それにあの銀色の棒ってなんなんです？」

一瞬、つけ合わせのニンジンを口に運んでいた雄貴の箸が止まった。

「……ナイフはバイクの修理に必要なんだ。警棒は暴走族に絡まれたときのためだ」

そういうものなんだ。バイクに対して知識のない沙耶は納得する。

「そうなんですか。あ、そうだ。雄貴さん音楽は好きですか？　私ずっとシンガーソングライター目指してて、それで、そういう勉強したくて東京に出てきたんです。東京なら音楽学校いっぱいあるでしょ。いまはまだまだだけど、お金貯《た》まったら絶対学校に入って、しっかり音楽の勉強するつもりなんです」

ハンバーグを崩しながら「そうか」とあいづちをうつ雄貴の前で、沙耶は肩を落とした。

だめだ、どうやっても会話が続かない。

「あの、……テレビとかつけてもいいですか？」

雄貴は「ああ……」と、テーブルに置かれたリモコンを渡してくる。沙耶はそれを受け取り、テレビの電源を入れた。画面に映った風景を見た瞬間、心臓が大きく跳ねた。

箸が手からこぼれ落ち、皿に当たって軽い音を響かせる。

テレビに映し出されていたのは、沙耶のよく知る場所だった。何度も遊びに行った場所。親友が住む少々古ぼけたアパート。恵美のアパートがその画面の中にあった。沙耶の視線は画面に縫いつけられる。見たくない、それなのに視線を外すことができない。頭ががんがんと痛む。

アパートを遠目に映した画面の中には、レポーターらしき化粧のきつい女性がマイクを片手に立っていた。スタジオから声がかけられたのか、女性は原稿に視線を落としながら口を開いた。

『はい、こちら現場です。本日午後、このアパートの二階で、飲食店勤務、上松恵美さん二十三歳が死亡しているのが発見されました。上松さんは死後一日から二日ほど経っており、椅子に縛られた状態で、顔に打撲のあとが見られ、胸部には二発、拳銃のようなもので撃たれた傷があったとのことです。警察は殺人事件と断定し捜査本部を設置、上松さんの交友関係を中心に捜査を行っています。近所の住民によると昨日の夜七時ごろ、部屋で争うような物音や、銃声らしき音を聞いたという証言もあり……』

沙耶はテーブルの上に置かれていたリモコンをつかむと、テレビの電源を切った。

恵美、恵美、恵美……。東京で初めてできた親友。沙耶は昨日から意識的に恵美のことを考えないようにしていた。考えなければ、どこかで恵美がまだ元気に生きているような気がした。なんて身勝手なのだろう。沙耶は血がにじむほど強く唇を噛む。

「……昨日言っていた友達か？」雄貴が声をかけてくる。

「……うん」

無言で頷くと、頭の上に大きくて温かい感触がふわりと降ってきた。顔を上げる。涙でかすんだ視界の中で、雄貴が少し困ったような、それでいて優しさを含んだ表情で沙耶を見ていた。

なんだ、そんな優しい顔できるんじゃない。そういうのはもっと早く見せてよ。こんなときに急に優しくなるなんてずるいよ。こらえようとしていた涙が止《と》め処《ど》なく溢《あふ》れ出す。しゃくりあげるような嗚咽が止まらない。

私、この人の前で泣いてばっかりだな。そんなことを考えながら、沙耶は声を殺すことをあきらめた。


「落ち着いたか？」

雄貴が柔らかく訊《たず》ねてくる。沙耶はうつむいたまま小さく頷いた。

何分ぐらい泣いていたのだろう。少なくとも十五分は泣き続けていた。その間、雄貴はずっと無言で頭を撫でてくれた。

沙耶はテーブルの上に置かれたティッシュの箱から、数枚を取り出し、目の周りをふいて、鼻をかむ。悲しみは弱まってはいない。けれど少し気分は落ち着いていた。

「……ありがとうございます」

沙耶は顔を上げることなく鼻声で言う。泣きはらした顔を見せるのは抵抗があった。

雄貴は「気にしなくていい」とそっけなくいう。ついさっきまでは鼻についた態度だったが、なぜかいまはまったく気にならなかった。無口かもしれないけど、きっと基本的にはいい人なんだ。うまくやればこれから仲良くやっていけるかもしれない。「人間関係最初が大事」、恵美がよく言っていた言葉が耳に蘇る。

そうだ、私は東京に出てきたときの私じゃないんだ。恵美と一緒にいて私は成長させてもらった。いまここで成長したところを見せないと。

沙耶は軽く両手で自分の頬を張ると、「ねえ！」と顔を勢いよくあげた。以前、恵美に教えてもらった「空元気も元気のうち」というアドバイスを心の中でくり返す。

「な、なんだよ？」沙耶の豹変《ひょうへん》に驚いたのか、雄貴は少しのけ反った。

「雄貴さんって何歳なんですか？」

「……どうでもいいだろ、そんなこと」

「どうでもよくないですよ。雄貴さんには迷惑かも知れないけど、これから同居するんだから、お互いのことはよく知らなきゃ。せっかくなんだから仲良くやっていきましょう。ちなみに私は十八歳、誕生日は十一月八日ね、血液型はA型」

沈んでいた少女が突然ハイテンションになったことをいぶかしむように、雄貴の眉が寄せられた。しかし沙耶は気にせずにしゃべり続ける。

「じゃあ年齢を私が当ててみる。当たってたら教えてください。外見は若そうに見えるけど、なんか雰囲気が若者って感じじゃないし、実はけっこういってるかな……」

雄貴の眉間のしわが深くなる。

「ズバリ三十五歳でどう？　けっこういい線いってるでしょ？」

沙耶はわざと自分の予想よりかなり高めに言う。

「……そんなにいってない」雄貴は渋柿でも食べたかのような表情になる。

「えっ、本当？　じゃあいくつなんですか？」

「三十二だ」すねた子供のような口調で雄貴は言った。

「本当に？　あやしいなあ。少しさばよんでません？　証拠はある？」

「……免許証がある」

「えっ、見せて、見せて」

わざとらしいほど明るい声に、雄貴はしぶしぶといった感じで、ジーンズのポケットに入っていた財布の中から運転免許証を取り出して沙耶に手渡す。

「なんだ、写真全然変わらないですね。いまのまんま。つまらない」

「ちょっと前に撮影したやつだ。変わらなくて当たり前だろ」

雄貴は沙耶の手から免許証を取り上げる。ぶっきらぼうな口調は変わらないが、口数がだんだん増えてきていた。いい調子だ。沙耶はさらに話題を探していく。

「ねえ、ちょっと気になっていたんだけど、雄貴さんって女性に興味がない人なの？」

「はぁ？　なんの話だ」雄貴の表情が複雑にゆがんだ。

「え、だって……。全然私に興味ないっていうか、……手を出そうとしなかったから」

「当たり前だ。いなか臭いガキに手なんか出すか！」

「いなか臭いガキぃ？」

自分が気にしていることを指摘され、沙耶は目を剝く。

「なによ、三十路《みそじ》こえたおっさんのくせして！」

「お、おっさん……」

二人は数秒睨み合うと、しめし合わせたかのように視線を外した。ふたたびリビングに沈黙が満ちるが、その重量はなぜかついさっきのものと比べると、沙耶には格段に軽く感じた。沙耶は横目で雄貴を見ながら沈黙を破る。

「それじゃあさ、雄貴さんって彼女いるの？」

「……どうでもいいだろ」

「どうでもよくないよ。だってここに居候するのに、彼女がいたら悪いじゃない。変な誤解されちゃうし。嫌だよ、そんなことで恨まれたりするの」

「そんなのはいない」

「そうなんだ。よく見るとけっこうかっこ良いような気がしないでもないのに」

雄貴は何とも複雑な表情を浮かべる。

「あ、あとニートってうそでしょ？」

たたみかけるように沙耶は言う。くだらない口げんかが、いつの間にかスムーズな会話になっている。あとはこのままの勢いで押しとおしていこう。

「なんでそう思うんだ？」

「ニートがこんな家住めるわけないもん。それに、外見だってそれなりにおしゃれだし。ね、教えてよ。本当はなにしてるの？」

「……医者だよ。外科医だ。青陵医大に勤めてる」

雄貴は沙耶から目をそらしながら言う。

「え、……うそ。お医者さんなの？　それじゃあ忙しいんじゃないの？」

「いまは休職中だよ。……ちょっと事情があってな」

雄貴の顔に暗い影が落ちる。どうやらその『事情』についてはあまりきかない方がよさそうだ。沙耶は雄貴の表情を読み取って話題を変える。

「あとさ、私、雄貴さんのこと呼び捨てでいいかな。なんか『さん』づけって他人行儀でしょ。これから一緒に暮らしていくんだから、もっと仲良くなりたいし」

「好きにしてくれ」

雄貴はなにかをあきらめたかのように、ため息をついて肩をすくめた。

「それじゃあ、よろしく。雄貴。私のこともちゃんと名前で『沙耶』って呼んでね」

沙耶は芝居がかった仕草で雄貴に手をさし出す。雄貴はこれ見よがしにもう一回大きくため息をつくと、かすかに苦笑しながらその手を握ってきた。想像以上に分厚く、硬く、そして温かい手の感触に、薄い胸の奥で心臓がトクンと音をたてる。

恵美、私この人と上手くやっていけるかも。

沙耶は力いっぱい雄貴の手を握り返した。

9　松田公三

「……ありました。これですね」

駐輪場に停めてあるホンダCBR1000の前で、石川が疲れ果てた声を出す。

この数日間、池袋での鎖男の証言をもとに、松田と石川は池袋周辺でのホンダCBR1000の所有者をしらみ潰しにあたっていた。しかし、人気の型なのか所有者が多く、その一人一人に会うのは想像以上に困難だった。いままでに会えた所有者は、鎖男の証言からは大きくかけ離れた人物ばかりだった。

「こいつの持ち主は？」

「このマンションに住んでる男で、岬雄貴、三十二歳です、特に前科はありません」

「職業は？」

「そこまでは情報はありません。すみません」

「いちいち謝るな。行くぞ！」

松田は底のすり減った革靴を大きく鳴らしながら、マンションのエントランスへと入って行った。五階までエレベーターで上がり、二人は廊下を目的の部屋まで歩く。

資料と表札を見比べながら石川が「ここですね」とドアを指さす。松田は無言であごをしゃくると、石川は指をインターホンへと伸ばす。ピンポーンという軽い音が響いた。

二人はインターホンをながめながら待つ。しかし返事は聞こえない。

「平日の昼ですからね。どうします、出直しますか？」

石川の問いを黙殺しつつ、松田は目を細め扉の中心にはめこまれているドアスコープへと視線を注いだ。一瞬魚眼レンズの表面に光が揺れた気がする。

「失礼します。警視庁の者ですが、捜査にご協力ください」

扉ごしに人の気配を感じ取った松田は、すかさず腹の底からだみ声を吐き出す。

「……少し待ってください。着替えてきます」扉の奥から若い男の声が聞こえてくる。

「どうぞ、待ってますよ。ゆっくりね」

松田は口角を皮肉っぽく上げた。


数分後、気の短い松田がいらつきはじめたころ、ようやく扉が開いた。少々垂れぎみの目に、するどい眼光をたたえた若い男がそこに立っていた。

「岬雄貴さんですね？」

「はい」男は警戒心を露《あら》わにしつつ、あごを引く。

「お邪魔してすいませんねぇ」

松田は前に出ると、自然に爪先を開かれた扉のストッパーになる位置に置いた。

「それでなんのご用ですか？」岬雄貴は露骨に迷惑気な声を出す。

「下の駐輪場に置いてあるホンダCBR１０００、あなたのですよね？」

「ええ、俺のバイクです。それがどうかしましたか？」

「いえ、いま追っている事件で、同じ型式のバイクの目撃情報があったものですから、ちょっと持ち主の方に話を聞いて回っているんですよ」

愛想よく言いながら、松田は粘着質な視線を岬に注ぎ続ける。

「よくあるバイクですからね」

「ええ、ですから、これがかなり大変な作業でしてね、お時間取らせないようにちゃちゃっとやりますんで、ご協力お願いしますよ。早速ですが、九月二十七日の夜十一時から日付が変わるころどこにいましたか？」

松田はなんの前置きもすることなく、不意打ちの質問を岬にぶつけて虚を突く。

「急にそう言われても……。その日、なにかあったんですか？」

岬は軽く首を捻ると、逆に松田に質問を返してきた。その反応はごく自然なものだった。あまりにも自然すぎる反応に、松田は目を細める。

「池袋で若者が斬り殺されたんですよ。のど元をズバッとね」

松田は親指を首に持っていくと、かき切るように横に動かした。

「ああ、その事件ですか。ニュースで見ましたよ」

「ところで、失礼ですけど、今日、お仕事は？」松田は唐突に話題を変える。

「……当直明けでしてね。今日は朝まで仕事をして、それでおしまいです」

「当直というと、警備とかのお仕事ですかね？」

「いえ、医師……医者です」

「医師……医者ですか？」

「ええ」あいかわらず不機嫌を隠そうともしない表情のまま、岬は答える。

「お医者さんっていうことは、病院は……」

「青陵医大の本院です。外科講座で助手をやっています」

「外科医……ですか。えっと、青陵医大ね」

松田はポケットから取り出した手帳に文字を書きなぐった。

「もういいですか？　さっき言ったように、当直で疲れているものですから」

岬はドアを閉めようとする。しかし、置かれた松田の足が、ドアの動きを止めた。岬の視線が鋭さを増すが、気づかないふりをして松田は岬の肩ごしに部屋の中を覗いた。

さっきから気になっていたことがあった。廊下の奥で身を隠すようにしながら、こちらをうかがっている人影がある。松田は目を細め、その人影に焦点を合わせる。

女、それもかなり若い。少女と言ってもいい年ごろだ。

「部屋の中にいる女性はどなたですか？　奥さんにしてはずいぶんお若いようですが」

「……いとこですよ。母方の。浪人中で、こちらの予備校に通っていて、うちの余っている部屋を使ってもらっています」

「ああなるほど、いとこですか。それは失礼いたしました」

「まだなにかご質問でも？」岬はドアノブをつかむ。

「いえ、とても参考になりました。あ、念のため、さっき言った九月二十七日のこと、分かりましたらこちらに連絡いただけますか」

松田は名刺入れを取り出し、その中の一枚を押しつけるように岬に渡すと、右手をさし出した。岬は一瞬躊躇を見せた後、しぶしぶといった様子でその手を握った。

「ご協力感謝します」

扉が閉まると松田は顔に張り付けていた笑みを引っ込め、エレベーターへと向かう。開いたエレベーターの扉の中に進んでいく松田のあとを、慌てて石川が追ってきた。

「……今回もはずれですかね。医者っていうんじゃ、ちょっとちがいますよね」

エレベーターで一階まで下りると、石川が話しかけてくる。

「お前の目は節穴かよ」

「と言いますと？　なにかあの男におかしなところがありましたか？」

「あの野郎、落ち着き過ぎだ。べつになにも後ろ暗くないやつだってな、警視庁の刑事がたずねてきたら、それなりに動揺するのが普通だ。けれどあいつはなんの反応も示さなかった。俺たちが来るのを予想していたみたいにな」

「はあ……」石川は気のない返事をする。

「特にな、殺人事件の捜査だって言ったときもまったく反応しなかっただろ。最初からそのことを知っていやがったのかもな」

「けど、事件の関係者なら、刑事が訪ねてきたら動揺するもんじゃないですか?」

「普通のやつならな。ただな、とんでもねえ修羅場くぐってきたやつは、感情を完全に隠せるようになったりするもんなんだよ」

「修羅場……ですか?」

「ああ、自分が死にかけたり……あとは人を殺したり」

「けれど、だからって医者が人殺しなんて……」

「なあ、石川。最近の外科医ってやつは、メスの素振りでもするようになったのか?」

「はい?」怪訝《けげん》そうな表情で石川が訊《き》き返す。

「あの男の手、剣ダコだらけだ。日常的に木刀振ってないとああはならねえよ」

松田は岬と握手を交わした右手を握りこむと、分厚い唇の端をつり上げた。

「そういや本場の切り裂きジャックも、外科医だったって説があるな」

10 岬雄貴

もう、三回目か……。小脇にフルフェイスヘルメットを抱えながら、薄暗い街灯の下、歩みを進めていた。

都心から私鉄で一時間以上、さらに駅から歩いて二十分、小さな一戸建てが数十メートルごとに点在する、どこか『ゴーストタウン』という言葉を連想させるようなさびれた街だった。ここが三回目の『仕事』の場所だった。

三十メートルほど先には、背中を丸めた冴えない中年の男が、しわの寄ったスーツに身を包んでひょこひょこと歩いていた。見通しの良いこの場所なら見失うことはない。雄貴は十分に距離を取りながら、男のあとをつけていく。

バイクは近くの空き地に停めてあった。徒歩の人間を尾行するのに、大型バイクは目立ちすぎる。雄貴は標的の男が毎日使う駅の近くで張りこんで、そこから男をつけていた。男は雄貴にまったく気づくことなく道を進んでいく。人は見かけによらないな。男を観察しながら、雄貴はジャックから郵送されてきた資料を思い起こした。

鎌田貞夫《かまたさだお》、四十二歳。くたびれた中間管理職のサラリーマンにしか見えない男。しかし、ジャックから知らされたその正体は、たちの悪い闇金のトップだった。

スマートフォンを窓口にし、電話をすればすぐにどこにでもかけつけて金を貸す。そして、法外の金利を吹っかけて、無知な犠牲者たちの骨の髄まで食いつくす。返済の催促にはためらいなく暴力を使い、当然バックには暴力団もついていた。

二回目、三回目のジャックからの『指令』は、東京都品川《しながわ》区の消印が押された小包で郵送されてきた。小包の中には、例のごとくターゲットの写真とその氏名、住所から経歴、犯罪に関しての詳細、日常の生活リズム、何時に出勤し何時に帰宅するか、いつまでに『仕事』を行うか、はてはどこで襲うのが一番望ましいのかまでが詳しく記載された資料が入っていた。まさに至れり尽くせりだ。

雄貴はその『指令』から、ジャックへとつながる手掛かりがないかと探っていたが、なに一つ見つけることはできなかった。警視庁が威信をかけて追いながらいまだに正体がつかめていない殺人鬼。素人《しろうと》の雄貴がそう簡単に尻尾《しっぽ》をつかめるわけもなかった。

夜の風は冷たいが、それでも体の隅々まで熱された血液が行き渡っているかのように体内は温かく感じた。『仕事』も三回目、慣れがこれまで感じていた恐怖やためらいを薄め、かわりに高揚感が体内に満ちている。

雄貴は『仕事』に前向きになっている自分に気づいていた。いつしか『仕事』に使命感を感じるようになっていた。

毎日毎日くり返し続けた自己の正当化がじわじわと罪悪感を薄め、それに反比例して陶酔感を強めてくれていた。悪人を殺し、人々を救う。それは残されたわずかな時間をかけるに足る、高尚な行為だとすら感じはじめていた。

もしかしたら、いまも毎日のように内服し続けている強力な抗不安薬の作用によって、自己暗示にかかり易《やす》い状態になっているのかもしれない。しかし、雄貴はその状態を好ましくさえ感じていた。いまは思い出したくないことがらから目をそらし、高揚感の海にたゆたうことができている。

もうすぐ鎌田が家に着く。周りには他の家がなく、孤立したような一戸建て。『仕事』には最適な場所だ。

雄貴は鎌田に気づかれないように、慎重にフルフェイスヘルメットをかぶると、ゆっくりと、しかし確実に距離を詰めはじめた。二人の距離が十メートルほどに縮まる。いつ鎌田が尾行に気がついてもおかしくない。気がつかれたら一気に行く。雄貴は懐に手をしのばせ、サバイバルナイフの柄《つか》を握りしめる。手の汗腺から汗が噴き出す。革製のライダーグローブが汗を吸い取り、手が滑るのを防いでくれた。


鎌田はふり返ることなく歩き続け、とうとう自宅の門扉に着いた。

土地が安いだけあって、家自体はかなり大きかった。雄貴にとって好都合なことに家の塀は高く、通りから中を見ることは困難だ。塀の中で『仕事』をすれば死体の発見が遅くなり、それだけ安全に逃亡することができるだろう。

鎌田が門の中に入った瞬間、すぐうしろまで迫っていた雄貴は、閉まりかけた門扉の隙間に体をねじこんだ。門扉を閉めようとしていた鎌田を突き飛ばす。鎌田はよろよろと二、三歩よろけ、あとずさりをした。

突然自分を突き飛ばし、敷地内に侵入してきたフルフェイスヘルメット姿の男を見て、鎌田は「はぁ？」と間の抜けた声を出す。同時に、雄貴は上着の中から右手を抜いた。

居合よろしく、鞘から抜く勢いを減速させることなく鎌田の首筋にナイフを打ちこむと、すぐに体をひるがえし、返り血を浴びない位置へと移動する。

鎌田は状況を理解する間もなく、その体を重力に任せ倒れていった。切り裂かれた傷口からは心臓の鼓動に合わせ、噴水のように鮮血が一定のリズムで噴き出す。しわの寄ったスーツが赤く染められていく。

フルフェイスヘルメットの中で、雄貴は細く息を吐く。これで赤髪の男から数えて四人目。すべての動作がまるで清流のようにスムーズにとどこおりなく行われた。実際に人を斬ることで、剣術家としての腕がはからずも上達している。その実感が妖しく心をくすぐる。

雄貴は鎌田を見下ろす。傷口からの血液の量はすでに少なくなっていた。雄貴は血のついたサバイバルナイフを鞘におさめ、胸ポケットからカードケースを取り出す。三枚目のジャックのカード。今度はハートだった。雄貴は空中を滑らすようにそのカードを投げた。カードは血溜《ちだ》まりの上に落ちていく。これで『仕事』は終わった。

雄貴はなにか遺留品を残していないか軽くあたりを確認してから、門扉に手をかけた。その瞬間、鍵をまわす音が鼓膜を震わせた。心臓が大きく跳ねあがる。

「お父さん？」

玄関扉が開く。高校生ぐらいの少女がドアから顔を覗かせた。玄関灯が照らし出す少女の細い目や丸い鼻に、鎌田の面影が見てとれる。おそらくは娘だろう。

「……えっ？」

少女の半開きになった口から呆けた声がもれ出す。見開いた目を、まず倒れ伏す父親に向け、続いてフルフェイスヘルメット姿で立ちつくす雄貴へと移動させる。少女はふらふらとした足取りで、玄関先に倒れ伏す父親へと近づいて行く。

鎌田のそばにひざまずいた少女は、「……お父さん？」と鎌田へ手を伸ばす。次の瞬間、少女は熱湯にでも触れたかのように手を引っこめた。純白の玄関灯のあかりが、少女のてのひらにべっとりとついた鮮血を、不自然なほど鮮やかな朱色に映しだしていた。

少女は不思議そうに、凶暴な色に染め上げられた自らの掌を眺める。やがて彼女の顔が複雑に蠕動《ぜんどう》しはじめた。悲鳴を上げるために口が大きく開けられていく。

顔を上げた少女の目が雄貴をとらえた。少女の体が硬直する。大きく開いた口からは、絶叫のかわりに「ひっ」という空気を飲みこむ音が聞こえた。

雄貴を見たまま、少女はすとんとその場にしりもちをつくと、両手で頭を覆う。

「いやっ！　やめて！　殺さないで！」

殺す？　なにを言っているんだ？　呆然と立ちつくしたまま、少女の言動に眉間にしわを寄せた雄貴の視界の右上方で、紅《あか》い光が揺らめいた。その光源へと雄貴は視線を移動させる。そこには大上段にかかげられた血にぬれたナイフが、蛍光灯のあかりを紅く乱反射させていた。心臓が痛みを感じるほどに大きく跳ねた。背骨が凍りつく。

俺はなにをしようとしていたんだ？　雄貴は慌ててナイフを下げる。

少女は雄貴に背中を見せ、這うようにして家へと向かった。玄関扉の取っ手をつかもうとしているが、手についた父親の血で滑るのか、なかなか扉は開かなかった。

「お母さん、お母さん……」

うわ言のように母親を呼びながら、少女はようやく開いた扉の中へと消えて行った。

その瞬間、雄貴は我に返る。ナイフを懐にしまうと、両足に力を入れ、全力で地面を蹴った。

バイクを停めてある場所まで五百メートルほど、すぐに着く。そこからバイクを飛ばせば、警察が検問を張る前に逃走できるはずだ。雄貴は必死に両足を動かし続けた。

二分ほど全力疾走してバイクへとたどり着いた雄貴は、荒い息をつく。心臓の鼓動が限界を知らせるように、胸骨を内側からたたく。窮屈なフルフェイスヘルメットを脱いで、冷えた空気を思い切り肺に取りこみたかった。しかし、万が一、どこかに目撃者がいたり防犯カメラがあったらと考えると、それもできなかった。

雄貴はポケットから震える手でキーを取りだし、バイクにまたがろうとする。その瞬間、恐怖にゆがんだ鎌田の娘の顔が脳裏にフラッシュバックした。

雄貴は歯を食いしばると、ヘルメットの上から自らの側頭部を殴りつける。ヘルメット内に鈍い音が響き、拳がじんじんと痛んだ。

あのとき、俺はなにをしようとしていた？　答えはあきらかだった。

無意識に俺はあの少女を斬ろうとした。殺そうとした。少女が悲鳴を上げようとしたというだけの理由で。

無意識？　本当にそうか？　少女が悲鳴を上げていれば、あたりの住民が異変に気づいたかもしれない。そうなれば、目撃されるリスクがかなり高くなったはずだ。

そうだ、俺は自分の安全のために少女を殺そうとしたのだ。

『正義のため』『未来の被害者のため』……。

ジャックと接触を持ってから、ずっとくり返し続けた大義名分が、心の中でがらがらと、もろく崩れ去っていく。

年端もいかない少女を殺そうとした。あのとき、我に返らなければ、俺は父親の血にまみれたナイフの刃で、なんの罪もない少女を切り裂いていたかもしれない。

殺人鬼……。自らに対する嫌悪と恐怖が急速に膨らんでいく。

頭蓋の中では、ジャックに指示されて自分がこれまで犯してきた三つの殺人の光景が混ぜ合わさり、雄貴の精神をついばんでいく。

ジャックの共犯となってから、いや、癌を告知されてから、精神を残酷な事実から守るために現実世界との間に何重にも張り巡らした膜が、一気に剝ぎ取られていく。

俺はなんてことをしたんだ？　三人、いや赤髪の男も入れれば四人もの人間の命を奪った。そしてそのことに誇りさえ感じはじめていた。激しい震えが全身に走る。

久しぶりに直接触れた現実は、ヤスリのように心をこすり、傷つけていく。

唐突に激しい痛みがみぞおちに走った。のどの奥から熱いものがせりあがってくる。

痛い、まるで焼けた石でも飲みこんでしまったかのように。

雄貴は無意識のうちに、痛みの強い場所を服の上から押さえる。指先に硬いものが触れた。右の肋骨下、肝臓よりも少し下の位置にある小さな塊。こんなところに硬く触れる臓器などないはずだ。ふたたび背筋に悪寒が走る。

癌腫。癌細胞の塊が、皮膚の上から触れることができるほどに成長している。

この数ヵ月、ずっと忘れていた、いや、ごまかしていた恐怖が、ふたたび全身を支配しようとしていた。

だめだ、いまはだめだ。いまは逃げなくては。雄貴は軋みをあげるほど奥歯を食いしばり、バイクにまたがった。


もうさすがに沙耶は寝ているだろう。雄貴は音をたてないように気をつけながら玄関のドアを開け、ふらふらとした足取りで部屋の中に入った。

今日は地方の学会に顔を出すので、帰りは深夜になると、沙耶には前もって伝えてあった。静かにリビングを横切り、自分の部屋に入る。

革ジャケットを脱ぎ、肺の中に溜まった空気を大きく吐き出す。沙耶と同居をはじめてから今回が初めての『仕事』だった。返り血などは浴びていないが、それでも『仕事』のあとすぐに沙耶と顔を合わせることは避けたかった。

バイクを飛ばしている間に、腹の痛みはかなり弱くなってきてはいた。しかし、それはあくまで体を折るほどではないというだけで、疼痛は続いている。この痛みが通常の鎮痛剤でおさまるとは思えなかった。雄貴はベッドのわきの机の抽斗を開ける。中には薬が乱雑に詰めこまれている。雄貴はかき分けるようにして必要な薬を取り出す。

ペンタゾシン。麻薬に近い、強力な鎮痛薬。

錠剤をシートから一錠押し出し、口の中に放りこむ。唾液と一緒にのどの奥に押しこむと、雄貴はベッドに腰かけた。薬が効くまで三十分程度は必要だ。少なくともその間はこの疼痛に耐えなければならない。唇を噛みながら上体を丸くする。

癌はゆっくりと、しかし確実に体内で育っている。そのことをまざまざと思い知らされていた。少なくとも二、三ヵ月前には、体表から触れるような腫瘍塊《しゅようかい》はなかった。このまま癌細胞が成長を続ければ、この痛みもさらに強くなってくるだろう。

必死に目をそらしていた、死に対する恐怖。そして、この数週間で自分がしたことに対する悔恨が雄貴を責めたてる。腹の痛みよりはるかに強い苦痛が雄貴に襲いかかる。

なにもかも忘れたい、忘れて逃げ去りたい。

雄貴は膝を抱きかかえるように丸くなりながら歯を食いしばり、目を閉じた。


どのくらいの時間が経ったのだろう？　腹の痛みは大分治まってきた。雄貴は腕時計を見る。深夜二時を回っている。薬をのんでから四十分ほど経過していた。雄貴はベッドから立ち上がり、おぼつかない足取りで部屋を出た。

のどが渇いていた。口の中が唾液で粘つく。

リビングを横切り、キッチンに向かう。沙耶が来てからキッチンは見違えるようになった。以前は散乱していた食器が、いまはモデルルームのように整理されている。冷蔵庫を開けて、中に入っていた緑茶のペットボトルに直接口をつけのどに流しこむ。乾いた地面に雨がしみこむように、体に水分が浸透していく。

ふと、庫内灯の白い光が、鎌田の家の玄関先に灯《とも》っていた蛍光灯の光と重なった。瞬間、「殺さないで！」と叫ぶ少女の顔が頭蓋の中で弾《はじ》けた。

雄貴はペットボトルを落とし、頭を抱えこむ。血がにじむほどに強く、頭皮に爪をたてる。どうにかしてこの記憶を頭からえぐり出してしまいたかった。四人もの人間の命を奪った自分にとって、それがどれほど身勝手な願いか理解しながら。

早く寝よう。眠ればなにも考えずにすむ。雄貴はうつむき、中身のこぼれたペットボトルを放置したまま冷蔵庫を閉じると、自室へと向かう。

薄暗いリビングを横切った時、ダイニングテーブルになにか置かれていることに気がついた。近づいてみると、テーブルの上にはラッピングされたカレーライスが置かれ、くせのある丸字で書かれたメモが貼られていた。雄貴は手を伸ばしメモを取る。

『遅いみたいなんで先にねます　チンして食べてね』

「……気にしなくていいって言っておいたのに」

つぶやいた瞬間、急激に、忘れていた空腹を腹が訴えはじめる。さっきまでの腹痛を考えれば、食事はしない方が良いのかもしれない、しかし雄貴はあふれ上がってくる飢餓感に抵抗することができなかった。

皿を手に取り、緑茶で床がぬれたキッチンへ行くと、カレーを電子レンジで温める。

レンジが動きはじめると、食欲を誘う香りがあたりに漂い、鼻孔を刺激した。

温め終えた雄貴はリビングに戻り、スプーンですくった湯気の立つカレーライスを口に運ぶ。スパイスの効いた温かい味が口の中に広がる。腹の痛みのことなどとうに思考の外に弾き飛ばされていた。雄貴は夢中でカレーを食べ続けた。一口食べる度に、カレーの温かさが、冷たく固まり血を流していた心を、解かし、癒していく。

なぜか視界がにじんでいき、目の前にあるはずのカレーがぼやけていった。

自分でも驚くほどのスピードで大盛りのカレーをたいらげた雄貴は、ぱんぱんに張った腹をさすって一息つくと、米粒一つ残っていない皿を流しへ持っていき、きれいに洗う。

雄貴は横目で、少し前まで物置だった部屋を見る。一人暮らしが長いためか当初、同居人が住んでいるということに違和感を覚えていた。他人との共同生活がわずらわしかった。しかし、いまはこの家に他人がいることに感謝さえしている。

まるで十年来の知己のように気さくに話しかけてくる沙耶のペースにはまり、いつの間にか自分も、気の置けない友人と話すように接するようになっていた。

彼女とくだらないことをしゃべっている間は、錯覚でも自分が完全に孤独ではないと感じることができる。この世界に拒絶された者同士が、傷をなめ合っているに過ぎないのかもしれないが、それでもかまわなかった。

自然と苦笑が浮かぶ。台風のように生活を遠慮なくかき乱す少女に、この二週間振り回されっ放しだ。居候をはじめて三日後の朝、朝食を食べ終えた沙耶はきょろきょろとリビングに視線を走らせると、いきなり「やっぱりこの部屋、なんか汚い」と言いだして、徹底的な大掃除をはじめた。最近着ていなかった服、使わなくなっていた電子機器、埃《ほこり》をかぶった雑誌、もう使っていないありとあらゆるものを、沙耶は雄貴の許可も得ず、容赦なく捨てていった。それが一段落すると、目を丸くしている雄貴に指示して家具を動かしては、その裏まで雑巾をかけはじめた。ソファーの下にまぎれこんでいた成人男性向けの雑誌を見つけた沙耶に睨まれたりしつつ、雄貴は慣れ親しんだ生活空間が蹂躙《じゅうりん》されていくのを呆然とながめていることしかできなかった。さらに、ボタンが外れている雄貴の服なども片っ端から直していったうえ、「これをいつも持ち歩いて、ボタンが取れたらその場で直して」と掌に収まるサイズのソーイングセットまで押し付けてきた。

雄貴は大きく息を吐く。最近、癌のことを考えずにすんでいたのは、沙耶に振り回されて、思考を深める余裕がなかったせいもあるのかもしれない。

沙耶が無理をして過剰に明るくふるまっていることに、雄貴は気づいていた。親友を殺されたショックから立ち直ってはいないのだろう。時々思い出したように暗い表情を浮かべている。しかしそれでも気丈に明るくふるまう少女に、知らず知らずのうちに癒されていたのかもしれない。

唐突にポケットの中でスマートフォンが震えた。素早く手にとった電話の液晶画面には『非通知設定』の文字が浮かぶ。悪い予感がした。

「……もしもし」雄貴は声をひそめ電話に出る。

『お久しぶりです』電話から温度を感じさせない声が聞こえてきた。

特徴的な口調が声の主を知らせた。雄貴は小走りでリビングを横切って自室へと入り、中から錠を下ろす。これで沙耶の部屋まで声が届くことはないだろう。

「……ジャックか。なんの用だ？」

雄貴は警戒心を隠すことなく言う。最初に電話で話して以来、ジャックからの電話での連絡はこれが初めてだった。

『お知らせすることがあります』

「知らせること？」

『ええ。五日後、水曜日の昼間、アリバイを作ってください』

「……アリバイ？」

『どんな方法でも構いません。誰か知人と昼間に会っておいてください。十二時から十五時の間ぐらいでいいでしょう』

「……それは、その間にあんたが『仕事』をするっていうことか？」

『そう考えてもらってかまいません』

「なんで俺に教える？　俺にアリバイを作らせて、あんたになんの得があるんだ」

『あなたは優秀です』

「なにを……？」唐突なジャックの賞賛に雄貴は混乱する。

『鎌田を始末しましたね。手口も素晴らしい。あなたのおかげで警察の捜査も混乱し、私も仕事がし易くなりました』

ジャックの口調には熱がこもっていた。本気で言っている、雄貴はそう直感する。

「俺は……鎌田の娘に目撃された……」

『問題ありません。顔は隠していたんでしょう？　子供が極限状態で詳しい特徴を覚えているわけがない。少々のアクシデントも上手く対応できていますよ』

雄貴は驚く。鎌田を殺してからまだ数時間しか経っていない。それなのにジャックはすでに事件の顚末《てんまつ》を知っている。一体どうやって？

「優秀な相棒だから……警察の捜査から守ってくれるっていうわけか？」

『ええ、そのとおりです』

「なんでそこまでするんだ？　俺なんて、都合良く使える手駒なんだろ？」

『何度も言うように、あなたは私の相棒ですよ』

「……本気で言ってるのか？」

『ええ。あなたの仕事は素晴らしかった。ただ弱みを握られて動くだけの駒では、あれほどの働きはできない』

ジャックの言っていることは正しかった。たしかに脅されてジャックの共犯として行動するうちに、積極的に『仕事』を行うようになっていた。ジャックの「悪人を殺し人々を救う」という言葉をくり返しているうちに、その破壊的な思想は、生きる目的を失った雄貴の心に入りこみ、壊れそうな精神を支える支柱にまでなってしまっていた。

十人の人間を救うために、自らの手を汚して一人の悪人を殺す。ジャックはそれを『正義』だと言った。雄貴の打ちのめされていた精神もその言葉を受け入れてしまった。

しかし、その一人が殺されるべき悪人だとは誰が決めるんだ？

頭の中で、まるで第三者の目で見たかのように、鎌田の娘にナイフを振りあげる自分の姿が映しだされる。血にぬれたナイフをかかげる自分の、アイシールドが持ち上げられたフルフェイスヘルメットの目元から覗く顔には、目をそらしたくなるほどに醜悪な笑みが浮かんでいた。

鎌田はたしかに悪人だった。しかしその悪人にも家族がいた。俺は鎌田の娘から父親を奪い、心に一生消えない傷をつけ、さらに彼女まで手にかけようとしてしまった。

これが正義？　ちがう。こんなものただの……快楽殺人ではないか。

「なあ、あんたは……なんでこんなことをやっているんだ？」

少し間をおくと、雄貴はもっとも問いたかった質問をジャックにぶつけた。前回はこの問いにジャックが答えることはなかった。しかしいまなら、『仕事』を三回もこなし、信頼を得たいまなら聞くことができるかもしれない。

『……理由が必要ですか？』

押し殺した声には、激しい怒りが滲《にじ》んでいた。

ほとんど感情の起伏というものを見せなかったジャックの変化に、雄貴はとまどう。

『ダニどもを殺すのに、理由が必要ですか？』

「いや……」雄貴はあいまいに言葉をにごす。

『やつらに生きる権利などない。時効も、少年法も、心神喪失も、証拠不十分も、なにも関係ない。ダニどもはその罪を命をもって償うべきだ。それが正義だ』

ジャックの口調が変化していることに気づく。抑えきれない陶酔を含んだものへと。

胸の内が冷めていく。人々のためだ、正義だと大義名分を並べてはいるが、その実、この男は殺人を愉《たの》しんでいる。人を殺すことに悦楽を感じている。それを耳ざわりのいい言葉のオブラートにくるんで、あたかも正しいことを行っているかのように自分自身をだましているのだ。狂った快楽殺人者、それがジャックの正体。

「俺たちが……殺したやつらにだって、家族がいたかもしれない」

『それがどうしました？　そんなことはなにも関係ないでしょう？』

「そうだな、関係ないな……」

雄貴はつぶやく。鎌田の娘の悲鳴が、耳元で聞こえた気がした。

『五日後の昼です。忘れないでください。次の獲物についてはまた郵送します』

「ああ、分かった」

雄貴はおざなりに答える。もうこれ以上ジャックと会話をする気はなかった。回線が切れる。雄貴はベッドに腰かけ目を閉じた。

俺はなにをやっていたのだろう？　ふらふらとジャックの言葉に惹《ひ》かれ、三人もの人間を殺した。しかも、高揚感を感じながら。俺もジャックと同類だ。

すべてが悪い夢であってくれればどれだけ良いだろう。無意識に右手がみぞおちに伸びる。指先が腹の中の固い塊に触れた。夢なんかじゃない、すべて現実だ。癌も、自分が犯した殺人も。

他人に危害を加えていたやつらと、そいつらを殺した自分。そこになんのちがいがあるというのだ。やつらを殺すことで同じところまで堕《お》ちてしまった。

雄貴はベッドにうつぶせになり、枕に顔を埋《うず》める。

これからどうすればいい？　自らの行動を客観的に見てしまった。もはや『仕事』はできない。しかし、『仕事』を拒否すれば、すぐにジャックは自分をスケープゴートに仕立て上げるだろう。そして欲望のままに人を殺し続ける。

相棒などと言っても、実際は自分が使い勝手のいい駒に過ぎないことを、雄貴は分かっていた。雄貴は体を回転させ、仰向《あおむ》けになる。答えは一つしかなかった。

ジャックの正体をつきとめる。

そうすればこの袋小路の状況を打開し、ジャックを止められるかもしれない。

警察組織をもってしても、いまだ謎のままのジャックの正体。しかし雄貴はその手掛かりをつかんでいた。ついさっきジャックと交わした会話の中から。

あの殺人鬼を止めることができるのは、自分しかいない。それが贖罪《しょくざい》などにはならないことは分かっている。もうすぐ自分は苦しみながら癌死するだろう。いや、その前にジャックの兇刃《きょうじん》に倒れる可能性だってある。どちらにしろもうすぐ命を失う。自業自得だ。しかしそれまでにジャックを止める。それが自分に課せられた義務に違いない。あの殺人鬼に協力してしまった自分の義務。

雄貴は天井を見つめながら決意を固めた。それすらも、死の恐怖から目をそらすための誤魔化しであることを、かすかに自覚しながら。

11 南波沙耶

誕生日は嫌いだ。パスタの茹で具合を確認しながら沙耶は思う。

十一月八日、今日は沙耶の十九回目の誕生日だった。

十九歳。普通なら心待ちにするはずのこの日、しかし自分は誰にも祝われることなく、ここで大量のパスタを茹でている。

そう、誰にも祝われなかった……。去年も、一昨年も、その前も……。

誕生日は沙耶にとってただ虚《むな》しいだけの行事だった。沙耶のことをうとましく思っていた叔母《おば》家族、学校を休みがちだった沙耶をのけ者にしてきた同級生たち。誰一人として沙耶の誕生日に気づくことなどなかった。ただ自分の年齢が一つ増える日。母親が亡くなってから誕生日とは、それだけの意味しか持たなかった。

恵美になら祝ってもらえるはずだった。しかし、その親友も亡くなってしまった。いまだ夜に布団に入ると、恵美の顔がまぶたの裏にちらつき、涙があふれていた。悲しみは時間が癒してくれると言う。いつか忘れてしまえると。しかしこの胸が張り裂けるような悲しみを味わい続けるより、恵美との大切な思い出を忘れ去る方が辛《つら》かった。

物思いにふけっていた沙耶は、鍋が噴きこぼれる音で我に返る。慌てて火を弱め、パスタを一本鍋から取り出し噛んでみる。アルデンテにするつもりが、いつの間にか腰が弱くなっていた。

ああ、茹で過ぎてしまった。沙耶はため息まじりに湯切りをして、パスタを作っておいたミートソースとからませた。できはいまいちだが、いまさら作り直す気にもなれない。沙耶は皿にパスタを盛ると、自分の部屋にいる雄貴を呼んだ。

「美味しい？」

沙耶は訊ねると、雄貴は「ああ、美味《うま》いよ」と、気のない返事をしてくる。

「……なら、もっと美味しそうに食べてよね」

「なんか言ったか？」

「なんでもない！」沙耶は雄貴から視線を外すと、サラダを頬ばる。

ものの数分でパスタを平らげると、雄貴は皿を流しへと運んでいく。皿を洗う音がキッチンから聞こえてくる。せっかく頑張って作っているんだから、もうちょっと味わって食べたらどうなのよ。沙耶はパスタを口に押し込む。

だめだ。今日はどうにもいらついてしまう。早く食べ終えて部屋に戻ろう。

ふと沙耶は、皿を洗い終えたはずの雄貴がなかなかキッチンから出てこないことに気づいた。冷蔵庫を開け、中を探っているような気配を感じる。

なにをしているのだろう？　沙耶は首を伸ばしキッチンの方を見る。雄貴は右手に小さな箱を、左手に皿とフォークを持って出てきた。

「なにそれ？」

「いいから早く食べろよ。準備するから」

雄貴が箱を開ける。中からイチゴの載った小さいホールケーキが姿を見せる。

「どうしたの、これ？」

「買ってきたんだよ。誕生日だろ」

「うそっ！」

「なんだよ。せっかく買ってきたのに、いらなかったのか？」

雄貴の不満気な言葉に、沙耶はぶんぶんと左右に激しく頭を振った。

「ほら、食べ終わったらロウソクつけるから、早く食べろよ」

　雄貴はポケットからライターを取り出す。沙耶は慌てて残っているパスタを口に詰めこむと、「食べた」と宣誓するように右手を挙げ、皿をわきにどける。

「見りゃ分かるよ。それじゃあつけるぞ」

　雄貴はケーキの上のロウソクに火をともすと、部屋のあかりを消す。オレンジ色の暖かい光が二人の顔を照らした。

　闇に浮かぶ光をながめながら、沙耶は幼かったころのことを思い出した。母親と二人で祝った誕生日のことを。ロウソクの炎が宝石のように輝いていた。

「ほら、吹き消せよ」

「歌は？」沙耶はロウソクのあかりに照らされる雄貴の顔を覗きこむ。

「歌？」

「そう、ハッピーバースデーの歌。歌って」

「歌は下手だ」雄貴は心の底から嫌そうな顔を作る。

「いいじゃない下手でも。それじゃあ私が歌うから、一緒に歌ってよ。ほら、ハッピバースデー、トゥー、ミー」

　沙耶は強引に歌いはじめる。しぶしぶという感じで雄貴は小さくデュエットをはじめた。雄貴の歌はたしかに上手いとは言い難かった。それでも沙耶の耳にはこのうえなく心地よかった。

　歌が終わる。沙耶は口をすぼめると勢いよく息を吹いた。オレンジ色の宝石は飛び散って消えていく。

沙耶の網膜には、千のかけらに散った炎がキラキラと残像を残していた。


「プレゼントだ」

切り分けたケーキを食べ終えると、雄貴は部屋から持ってきた大きな包みを、無造作に沙耶に渡した。

「え、ほんとに。開けてもいい？」

包装紙をていねいに取り去ることももどかしかった。沙耶は破り捨てるかのようにプレゼントの包みを開けていく。箱を開け、中身があらわになると、沙耶は「わぁ」と声を上げた。小さな白い電子ピアノが箱の中に収められていた。

「音楽好きなんだろ、だからこれにした」

「ありがとう。凄《すご》くうれしい。本当にありがとう。大切にする」

「そうか、気に入ったならよかったよ」雄貴はかすかにはにかんだ。

「私、こんな誕生日はじめて。母さんが死んでから、一回も祝ってもらったことなかったの。だから、すごくうれしい」

「そうか」

雄貴は沙耶の頭を軽くなでる。沙耶は頭の上にある雄貴の手に自分の手を重ねた。温かい手だった。最初に頭を触られたときのように、身が固くなることはなかった。

「あの……」

沙耶は上目づかいに雄貴を見る。

「私、助けてもらって、居候させてもらって、そのうえこんなことまでしてもらったのに……なにもできなくて、ごめん」

「なんだ急に。飯つくっているだろ。それで十分だよ」

沙耶は雄貴の顔を見る。二人の目が合う。なぜか恥ずかしくなって沙耶は視線を外した。初めて胸の中に芽生えてきた感情にとまどっていた。

男なんか嫌いなはずなのに……。

腕の中にある電子ピアノがほのかに温かく感じる。自分でも不思議なほど、雄貴からのプレゼントはうれしく感じた。

雄貴には命を救ってもらったうえ、こんなことまでしてもらった。私は雄貴になにをすればいいんだろう？

心臓の鼓動が加速していく。

ゴクリと音をたててつばを飲みこむと、沙耶は小さく口を開いた。

「あの、もし、雄貴が私のこと、その……抱きたいとか思っていたら。私、その……いいよ。べつに、初めてってわけじゃないし。私、そのくらいしかできることないから」

言い終えて沙耶は顔が火照っていくのを感じた。雄貴の顔が直視できない。

沙耶は顔を伏せ、体を固くして雄貴の言葉を待った。

「……べつにそんな目的で助けたわけじゃない」

「あ、ごめん。べつにそういうつもりじゃ」沙耶は狼狽《ろうばい》する。

「いちいち謝るなって。べつに怒っちゃいない」

よく観察すると、雄貴の表情は不機嫌というよりも、困っているように見えた。沙耶は安堵《あんど》しながらも、心のすみでわずかながら残念がっている自分がいるような気がして、顔の熱がさらに上がっていく。

「……なににしろ、プレゼント気に入って良かったよ。最初はペンダントとかにしようかとも思ったけれど、よく考えたら、いつもつけてるペンダントがあったからな」

いごこちの悪い空気を振り払うかのように、雄貴は沙耶の胸元に光る瑪瑙のペンダントを指さす。

「あ、これのこと？　これね、なんて言うか、恵美の形見みたいな物なの」

「恵美って、殺された友達か？」

「うん」沙耶はペンダントを手に取ってながめる。

「佐川っていうやつから恵美が預かったの。そういえば佐川も殺されたんだっけ」

「……殺された？」雄貴の声が低くなる。

「そう、知り合いの変なカメラマン。うさんくさいやつだったから、なにかやばいことしてたんだと思う。あの日、恵美の家に行く前にそんなニュースをやってた」

「……その男と友達、二人とも殺されたって言うのか」

「う、うん」沙耶は首をすくめるように頷く。

「ちょっとそれ見せてくれ」雄貴は沙耶の手からペンダントを取って観察をはじめる。

「あ、大切なものなんだからあんまり乱暴に扱わないで」

「ここに傷があるな」雄貴は瑪瑙の側面にある小さな傷を指さした。

「うん、新品じゃないんだし、傷ぐらいあるんじゃない」

「いや、こんなに硬いものにそう簡単に傷はつかないだろ。たぶんわざと……」

雄貴はぶつぶつとつぶやくと、テーブルの皿の上からフォークを取り上げると、迷いなくその歯先を瑪瑙と台座の間にさし入れた。

「ちょ、ちょっと！」

沙耶は慌てて止めようとするが、それより早く雄貴の手首が返り、瑪瑙は勢いよく台座から飛び出した。フローリングの上を瑪瑙がコロコロと転がっていく。沙耶はそれに飛びついた。

「なんてことするのよ！」床に四つんばいになったまま、沙耶は雄貴を睨む。

沙耶の抗議を気にするそぶりも見せず、雄貴はペンダントの台座を見ながら「あった……」とつぶやいた。沙耶は立ち上がり雄貴の手元を覗きこむ。小さな台座の中に青い長方形の薄いカードがはまっていた。

「それって、ＳＤカード？」

「あの男たち……これを狙っていたんじゃないか？」

「え？　どういうこと？」

「つまり、おまえの知り合い二人は、同じやつらに殺されたかもしれないんだよ」

雄貴は低い声でつぶやきながら、台座の中からＳＤカードを取り出した。


パソコンを操作する雄貴のとなりで、沙耶は混乱する頭を必死に整理していた。

これまで恵美と佐川の死を結びつけて考えたことなどなかった。佐川の死はテレビ画面というフィルターを通した実感のない出来事、その一方で恵美の死はどこまでもリアルな事件で、二つの事件を同列に並べ関連づけるなど、思いもよらなかった。

恵美が殺されたのは、悪ぶって裏の世界を興味本位で覗き、なにか知ってはいけないことを知ったためだと思っていた。だからこそ、親友の自分にも情報が漏れていると思われ、拉致されかけたのだと。しかし雄貴は、佐川が渡してきたペンダントに仕込まれた記憶媒体があの男たちの目的だという。そういえばたしかに、最後の電話で恵美はペンダントを持ってくるように言わされていた。

「入れるぞ」

雄貴がパソコンにＳＤカードを差しこむ。『マイコンピュータ』から『ＳＤカード』を開き、その中のフォルダを調べていく。画面上には『1』『2』とだけ記された二つのフォルダが表示された。雄貴はマウスを操作して、『1』のフォルダを開ける。

「……画像みたいだな。写真が何枚か記録されている」

「佐川はカメラマン……自称カメラマンだったから。なにが写っているの？」

「順番に見ていくか」

雄貴はパソコンの画面全体に画像を映し出していく。最初の画像は、書類を接写したもののようだった。画像の中心に一行だけ文字が並んでいる。

『A32　A69　B8　B17　DR13　DR16』

「なにこれ？　なにかの暗号？」

画像に現れた文字を読みながら沙耶はいぶかしげに言う。

「さあ、俺にも分からん。暗号……そうかもな」

雄貴は次の画像をクリックする。

「なんだ？　これ」

雄貴は画面に現れた画像を見て声を上げた。そこにはパイプ椅子に腰を曲げて座る中年男が映し出されていた。酒を飲んだのか、顔が赤く、目は眠気に耐えているようにうつろだった。場所はコンクリートむき出しの殺風景な部屋で、男の奥にもピントがずれてはいるが、数人の男が椅子に座り、同じ方向を向いているように見えた。隠し撮りされたものらしく、写真は足元から見上げるような角度で撮ってある。

「知っている男か？」

雄貴は沙耶にたずねる。沙耶は左右に首を振った。穴があくほどに画面を凝視するが、記憶の中に引っかかるものはなかった。

「どこなんだろ、ここ?」沙耶は目を細めて画像を見る。

「飲食店にしては殺風景だな。いるのは男だけ……。なにか風俗関係の店か?」

「ねえ、そこに張り紙がある。なにか読めない?」

沙耶は画面の右奥の壁を指さした。そこには、煙草《たばこ》のやにで茶色く変色した紙に、細かい文字が書かれていた。雄貴が拡大していくと文字が浮かび上がっていく。

『出会い喫茶のシステムについて』

張り紙には一番上に大きくそう記されていた。

「出会い喫茶ってなに?」沙耶は張り紙の文字を見ながら言う。

「たしか、援助交際の斡旋《あっせん》所みたいなものなんじゃないか。こいつらの見ている方に女の部屋があるんだろ」

「ふーん、詳しいんだね」

「……前にニュースで特集を組んでた。それを見ただけだ」

湿度の高い沙耶の視線を浴びながら、雄貴は次の画像を表示させる。今度の画像は外のようだった。沙耶も画面に見入る。

前の画像の中年男が女と腕を組み、ネオンの光る夜道を歩いている。しかも一緒に歩いている長い黒髪の女が着ているのはあきらかにセーラー服で、その横顔は少々大人びてはいるものの、まだ幼さの残る少女のものだ。それはどう見ても、女子高生と中年男の援助交際を思わせる光景だった。

「池袋だな」雄貴はつぶやく。

「池袋？」

「この画像の場所だよ。この街並みに見覚えがある。池袋西口の繁華街だ」

雄貴は次々と画像をクリックしていく。そのあとの画像はすべてが、中年男とセーラー服の少女のものだった。繁華街を抜け、ホテル街へと入り、そして最後には二人が連れ立ってブティックホテルの中に入っていく光景までが鮮明にとらえられている。

「これで、このフォルダに入っていたデータは全部だ」

「なにこれ？　これって単なる援助交際の隠し撮りじゃない」

「そうみたいだな。まあ、最初の暗号の意味はよく分からないけどな」

「こんなのをあいつら必死になって奪おうとしていたわけ？　こんなもののために恵美は殺されたの？」

「興奮するなって。それも一つの可能性っていうだけだ。そうだな、この中年男が自分の援助交際をネタに脅されて、それを隠すためにヤクザを雇ってペンダントを取り戻そうと……。いや、あり得ないか。援助交際を隠すために二人も殺すなんて」

「もう一つは？　そっちの方にはなにが入っているの？」

沙耶はマウスをもぎ取りそうな勢いで、『2』のフォルダをゆびさした。

「こっちも見てみるか」

雄貴はマウスを操作し『2』を開こうとする。その手が止まった。

「……ロックがかかってる。パスワードが必要みたいだ」

画面上にフォルダを開けるためのパスワードを要求するウィンドウが表示されていた。

「パスワード？　こっちにだけ？」

「こっちの方には、よっぽど重要な情報でも入っているのかもな？」

雄貴はパソコンからSDカードを取り出し、ふたたび台座の中に収めると、「それでどうする？」と、瑪瑙のはずれたペンダントを沙耶に返してくる。

「どうするって？」沙耶は受け取った台座に、瑪瑙をはめなおした。

「そのSDカードだよ。警察にでも持っていくか？　殺人事件の重要な証拠だ。警察ならパスワードを解けるかもしれないぞ。あの暗号もな」

「警察に、これ郵送で送ったりしたらだめかな」

「さあな。直接持っていって事情を説明すれば別だろうけど、郵送で送ったんじゃいたずらだと思われて、見てもらえない可能性の方が高いんじゃないか」

「……だよね」

「べつに急ぐことじゃない。よく考えてくれ。ただ間違っても、自分で調べようなんてするなよ。どんな危険があるか、分からないからな」

「……うん」

頷きながらも、沙耶は胸の中でまったく違うことを考えていた。

瑪瑙を強く握りしめながら、沙耶は体温が上がっていくのを感じていた。

12　柴田真琴

「それじゃあ失礼します。先生ありがとうございました」

「はい、お大事に」

午前の外来最後の患者である老婦人に声をかけた真琴は、診察室の扉が閉まると「終わったー」と、大きく伸びをした。

昨日は当直だった。運が悪いことに病棟で急変が続いたため、すでに三十時間以上ほとんど眠っていない。とりあえず昼食を食べて、医局で少し仮眠を取ろう。

「あの、柴田先生……」若い看護師がおずおずと声をかけてくる。「もう一人患者さんが、どうしても柴田先生に診てもらいたいって……」

「えー？」思わず子供のような声を出してしまい、真琴は顔を赤らめる。「予約の患者さんじゃないんでしょ？　私、いまから病棟回らないといけないし、それに当直明けでちょっときついの。悪いけど午後の予約外担当の先生に回して」

「いえ、けど柴田先生をご指名で……」

「だめ。申し訳ないけど、そこで甘い顔したらどんどん要求が大きくなってくるから。

ルールだからって言ってちゃんと納得してもらって」

「柴田先生、柴田先生」

ため息をつく真琴の背後から、外来看護師長が声をかけてきた。真琴が「はい、なんですか？」と首をひねると、師長は耳に口を近づけてくる。

「なに？　内緒話？」

「岬先生です」師長は声をひそめる。

予想もしなかった言葉に、眠気が完全に消し飛んだ。

「だから、先生に診てもらいたいって患者さん、岬先生のことなんですよ。この子新入りだから、岬先生のこと知らなくて」

「雄貴が……」

「ほかの患者さんならともかく、岬先生でしょ。柴田先生に伝えなくちゃいけないなと思ったんです。ごめんなさいね」

「う、ううん。ありがとうございます」

「診察、なさいますよね？」

「ええ、もちろん。えっと、八番診察室に入れてもらっていいですか」

「いいですけど、いますぐですか？　外来前に診察室のベッドで仮眠取ったでしょ。寝癖ついてますよ。あと化粧もちょっと乱れているし。そのままで大丈夫ですか？」

「えっ、えっ？」

真琴は白衣のポケットからコンパクトを取り出し、自分の顔を映す。鏡の中には目の下の濃いくまが目立つ、疲れ果てた表情の女がいた。

「ちょっと化粧なおしてきます。ちょっと雄……岬先生には待ってもらって」

「はいはい、それじゃあ十五分後に診察室に入ってもらいますね。大丈夫、予約外で来たんだし、待ってくれますよ」

師長は母親のような笑顔を真琴に向けた。


「久しぶり。急に来て悪かったな」

診察室に入るなり、雄貴はなにを話していいか分からずとまどっていた真琴に向かって声をかける。そのあまりに自然な態度に、身構えていた真琴は拍子抜けする。

「ううん、べつにそれはいいんだけど、なにかあった？」

こんなにも早く、雄貴の体になにか大きな異常が生じたのだろうか？　しかし、心配をよそに、患者用の椅子に腰を下ろす雄貴の様子からは、特に辛そうな様子はうかがえなかった。

「いや、少し落ち着いてきてな。診察ぐらいは受けておいた方がいいかと思ったんだ」

わずかに視線を外す雄貴を見て、彼がなにか隠し事をしていると直感する。

「なにか……症状はある？　倦怠感《けんたいかん》とか、痛みとか？」

診察用のベッドに横たわるように手で促しながら、真琴は問診をはじめる。

「いや、みぞおちは疼《うず》くけれど、がまんできないほどじゃない。食欲は少し落ちてきたかな。けどたぶん、体の問題というより精神的なものだよ」

「そう……」真琴はあいまいにあいづちを打つ。

抑鬱《よくうつ》状態は、末期癌患者の多くに生じる。ただ、軽く気分が沈むという症状の者から、自殺を図る者まで、その重症度には個人差が大きい。むりやりでも笑顔がでるだけ、雄貴の症状はまだ軽い方なのだろう。

「メンタルの薬とかは使ってないの？」

「いや、ちょっと前まで使っていたんだけど、いまはやめてる。俺は効きやすいみたいで……すこし思考が鈍るっていうか、頭にかすみがかかったような感じになっちまうんだよ。なにか現実感がなくなって、自分がなにしているか分からないというか……」

「雄貴って単純なところがあるからね」

真琴は軽口をたたくとベッドに近づく。雄貴は両膝を軽く曲げ、ベルトをゆるめて胸腹部を露出した。六つに割れた腹筋、大きく盛り上がった大胸筋があらわになった。

少なくとも表面上は、癌細胞が雄貴の体をむしばんでいないことに安堵しながらも、暗澹《あんたん》たる気持ちになる。雄貴はまだあの常軌を逸したトレーニングを続けているのだろうか？　真琴は聴診器で一通り腹部の聴診を終えると、両手を重ねるようにして雄貴の腹部に置く。

「痛ければ言って」

下腹部から触診をはじめる。手をだんだんと上にずらしていき、みぞおちの右に達したとき、雄貴の顔がゆがんだ。押しこんだ真琴の右手の指先に、皮膚と腹筋を通して硬いものがふれる。

「痛い？」

「ああ、少しな。そこに……あるだろ？」

真琴は「……うん」と小さく頷く。指先がとらえている小さな塊、それは雄貴の体の中で爆発的に増殖している癌細胞そのものだった。こんな小さな物が元恋人の、親友の命を奪おうとしている。真琴はどうにかして、その塊を握りつぶしてしまいたかった。

「雄貴、時間ある？　採血とＣＴ、それにエコーをしたいんだけど」

真琴は雄貴の腹部から手を離し、ベッドに背を向ける。自分がどんな表情をしているか分からなかった。少なくとも雄貴にいまの顔を見られたくはない。

「時間はあるけどな。採血はともかく、ＣＴとエコーは予約検査だろ」

「それぐらい頼みこんであげる。逃がしたら雄貴、今度はいつ来るか分からないし」

「ああ……そうだな。悪いけど、じゃあ頼むよ」

雄貴は自然に微笑んで、素直に検査に応じた。

「まあ……予想の範囲内ってとこかな」

シャーカッセンにかけられたCTをながめながら、雄貴はつぶやくように言う。真琴はその言葉に答えることはできず、下唇を噛んだ。雄貴の外見からはたしかに、病状が進行しているようには見えなかった。しかし、それがあくまで外見上だけのものであることを、診察後に行った検査がことごとくあきらかにしていった。

CTでは、三ヵ月前には豆粒のようだった肝臓表面近くの転移巣が、直径三センチほどの大きさにまで成長していた。そのうえ肝臓の内部にも、ばら撒《ま》かれたように小さな腫瘍が造影剤で白く増強され映し出されている。また腹膜の表面に数個の腫瘍らしき塊が散らばっていた。

「まったく、よく育ったもんだな」弱々しく雄貴が一人ごつ。

「……雄貴」

真琴は雄貴の名を呼んだが、それ以上言葉を継ぐことができなかった。なんと言葉をかけるべきなのだろう？　医師としてこのような状況には何度も向かい合ってきたはずなのに、頭の中をどれだけ探しても、言葉を見つけることができない。

「あと三、四ヵ月ってとこかな。まあ読み通りだ」雄貴は淡々と言う。

「まだ、そうときまったわけじゃ……」

「いいんだ。そんな顔するなよ」

力ない笑顔を作りながら、雄貴は自分のCT画像をながめた。雄貴の表情に、以前あった理不尽な現実に対する怒りは見られない。しかしそのかわりに、その横顔には、すべてをあきらめたような暗い影がさしていた。

すべてを受け入れ穏やかになったわけではないだろう。怒り、苦しむことに疲れ果ててしまったのかもしれない。ただ雄貴の横顔が作り出す暗い影は、真琴がいままで見てきたどんな癌患者とも違って見えた。どんな患者よりも深い影。

この三ヵ月、雄貴は一体どのような経験をしてきたのだろう？

「ねえ」

雄貴が「ん？」とCT画像から視線を外し、真琴を見る。その悲しげな深い目に吸いこまれていくような錯覚を真琴は覚えた。

「あの、よければ今度、ご飯でも作りに行こうか？」

「ん、あー」急に雄貴の表情が俗っぽいものへと変わる。

「あ……迷惑ならいいよ。あまりいいもの食べてないかもって思っただけで……」

「いや、すごくありがたいんだけどな。実はいま、家に……その、なんだ、居候がいるんだ。そいつが食事を作ってくれてる」

「……女の人、なんだ」

はっきりしない雄貴の態度で、それと気づく。それはいいことだ。このつらい時期に少しでも支えになってくれる人がいることは、雄貴にとって望ましいことにちがいない。

真琴は笑顔を作ろうとする。なぜかうまくいかなかった。胸の奥が痛くなる。

「ちがうって、真琴が想像しているような関係じゃないんだ。なんというか、飯つくってもらうかわりに一部屋貸しているだけで。口やかましいやつで……」

「いいから。そんなむきになって否定しなくてもいいって」

真琴はふたたび笑顔をつくる。今度はなんとかうまくいった。

一瞬会話がとぎれる。いましかない。真琴は雄貴が外来に現れてから、何度も口にしようとしてタイミングをはかっていた言葉を発する。

「ねえ、雄貴。しつこいかもしれないけど……治療は……」

たしかに効果は薄いかもしれない。場合によっては強い副作用に襲われるかもしれない。たとえ効果があったとしても、せいぜい数ヵ月の延命がやっとだろう。しかし、それでも真琴は雄貴に治療を受けてほしかった。雄貴のためにできることを見つけたかった。

「……ありがとうな」雄貴は正面から真琴を見つめた。

「ありがとうって、なにが?」

「俺なんかのこと心配してくれてさ。この前はあたり散らして本当に悪かった」

「そんな……。気にしないでよ」

真琴は慌てて両手を胸の前で振った。

「本当に感謝してる。けれど、やっぱりケモはやらない。まだやらなきゃいけないことが残っているんだ。抗癌剤の導入のために入院する時間が惜しいんだよ」

「でも……」

真琴は食い下がった。医師としてではなく、雄貴の友人として、元恋人としてそれを受け入れることができなかった。なんて身勝手なのだろう。患者がすべてを理解して、そのうえで下した決定に口を出すなんて。医師失格かもしれない。

「あと少ししたら、いろいろ症状出てくるだろうな……」

ひとりごとなのか、それとも真琴に向けてなのか。雄貴は天気の話でもするかのような口調で言った。

「……うん」真琴は小さく頷く。

「まあ、肝にメタしてるから最終的には肝不全かな。それならあまり痛くないからましか。ただ肝性脳症でドロドロになって、わけ分かんなくなるのも嫌だな」

真琴は何と答えていいのか分からなかった。

普通なら「そんな悲観的にならないで」「症状は人それぞれですから」などとごまかすこともできる。しかし相手は外科医だ。外科学は癌との戦い、雄貴は自分よりはるかに多くの癌症例を診てきただろう。悩む真琴に雄貴が「なあ」と声をかけてくる。

「なに？」

「入院が必要な状態になったら、真琴が主治医になってくれるか？」

「当然じゃない。外来主治医なんだから、責任持って診てあげるわよ」

「そうか……ありがとう。これで今日来たかいがあったよ」

「なに、そんなこと心配してたの？」

「ああ、この前のことで愛想つかされたかと思ってな」

「あいかわらず、変なとこで心配性よね」

「しょうがないだろ、ターミナルケアはどうしても真琴にやってほしいんだよ」

「……なんで……私なの？」

「自分を看取《みと》ってくれる医者だ。一番信頼できるやつに頼みたいだろ」

雄貴の言葉が全身の細胞に染みわたっていく。こんな自分を、エゴで雄貴に治療を押しつけようとしているような自分を、雄貴は『一番信頼できる』と思ってくれている。

不意に真琴は、目頭が熱くなっていくのを感じた。

医師になって七年以上、人の死に接しすぎ、もはやそこに特別な感情を抱くことはなくなった。死というものが日常の一部と化してしまっていた。そのはずなのに……。

「なあ、真琴。これからは……週一回ぐらい外来通ってもいいか？」

「もちろん」声が震えることはなんとか避けられた。

「月曜と、水曜だったよな？　真琴の外来は」

「うん、もしよかったら。外来の終わりに近い時間に来てくれる？　予約患者が終わってからゆっくり診るから」

「ありがとう。なんか、気を使わせて悪いな。じゃあ、たぶんまた来週」

「……うん、それじゃあ。無理は、しないでね」

真琴は雄貴を送るために立ち上がり、ドアの近くまで移動する。

「またな」

雄貴は陰のある笑顔を見せると、廊下へと姿を消した。ドアが重い音をたてて閉じる。

真琴は急いでドアに近づき、中から錠をかけた。ドアに背中をもたせかけ、ずるずるとずり落ちていく。床に腰がつくと、真琴は膝を抱えて体を小さく丸めた。なんとか、雄貴の前で泣くことだけは避けられた。真琴は肩を震わせながら、廊下に聞こえないよう、声を押し殺して泣く。

胸の奥底でくすぶっていた雄貴への想いが、小さな炎をともすのを真琴は感じた。

13　宇佐見正人

キーボードを打つ手を止めると、宇佐見正人《うさみまさと》は両手で頭を押さえた。頭全体が締めつけられるように痛む。持病の筋緊張性頭痛だ。

記者の職業病といえるこの頭痛、この数週間は特に回数が多くなってきている。原因はあきらかだった。宇佐見はちらりとその原因に視線を向ける。資料の山ごしに、四十代の若さで見事に禿《は》げあがった編集長の頭頂部が見えた。最近雑誌の売り上げが落ちてきている。それに反比例するように、編集長の小言とプレッシャーは増してきていた。

そのストレスは、五十歳を来年にひかえた宇佐見の精神を確実にむしばんでいる。

半年前から、宇佐見は『ジャック』と呼ばれる連続殺人犯の記事を専門に書いてきた。姿を見せず、悪人を一刀のもとに斬りふせる殺人者。

恐怖、畏怖、嫌悪、軽蔑、尊敬、賞賛、ジャックの犯行に、この国の国民は多種多様な反応を見せ、評価を下し、そしてそのエネルギーは直接週刊誌の売り上げに反映された。

最初の二、三ヵ月は、ジャックの記事が載るだけで雑誌の売り上げは五割増あたりまえという状況が続いた。しかし生物は、どんな刺激も与えられ続ければいつかは慣れる。喜びも、悲しみも、痛みも、快楽も。ジャックの情報についてもそれは同じだった。最初の犯行から四ヵ月もたつと、ジャック事件の神通力は春の雪のようにあっさりと消え失せた。いまだ犯人が逮捕されず、犯行が続いているにもかかわらず、もはやまるで過去の事件のように扱われはじめている。ジャック事件の熱が冷めるのに合わせて、編集部の中で一番の、そしておそらくは世界で一番のジャックの専門記者と化していた宇佐見へのあつかいも、冷たいものへと変わっていった。

そろそろジャックを追うのも潮時か？　宇佐見は最近ボリュームが減ってきた白髪まじりの頭をかく。しかし、出世に目もくれず、ひたすら事件を追って出版社をわたり歩いてきた宇佐見にとって、ジャック事件はこれまでになく刺激的な事件だった。アメリカ型のシリアルキリングが、この日本でいままさに起こっている。大学時代、犯罪心理学を専攻していた宇佐見はこの事件に、そして犯人に激しく魅入られていた。

「宇佐見さん、お電話ですよ。三番で取ってください」

バイトの女子大生が宇佐見に声をかけてくる。

「誰から？」

「さあ、知りません」

それをきくのが電話番の仕事だろ！　一瞬どなりそうになるが、頭痛がひどくなる予感がして、宇佐見は黙って受話器を取り、『3』のボタンを押す。

『「週刊今昔《こんじゃく》」の宇佐見さん？』若い男の声が聞こえてくる
「そうですけど、あなたは？」

『いい情報があるんです』男は宇佐見の質問に答えずに言った。

「いい情報？」

苦笑が浮かぶ。記者生活も三十年近くになるが、いまだかつて電話で『いい情報』が飛びこんできたことなど一度たりともなかった。こんな形で手に入れられる情報など、ガセネタと相場が決まっている。ネタは自分の足で手に入れる。それが信条だった。

『そう、それを教えます。そのかわりにあなたに調べて欲しいことがあるんです』

「悪いけどね、そういうのは受けつけてないんですよ。なんだったらネットに投稿したらどうかな。好きなやつが飛びついてきますよ」

宇佐見の言葉に、電話の向こうの男は黙った。

「じゃあそういうことで」宇佐見は受話器を置こうとする。

『明日ジャックが殺す』

男がぼそりとつぶやくように言った。『ジャック』という単語に宇佐見の手が止まる。受話器を耳に当て、声を低くする。

「いま、なんて?」

『明日、ジャックが人を殺すって言っているんです。たぶん昼ごろ』

宇佐見は舌うちをする。これで何人目だ? ジャックの記事を書くようになってから、何度もこの手の電話がかかってきた。自らがジャックだと名乗り、こちらの興味を惹こうとしてくる。

本物のジャックはこんな馬鹿げたことはしない。宇佐見は電話の相手にわざと聞こえるようにもう一度舌を鳴らす。

ジャックの取材をするなかで、宇佐見は自分の中でジャック像を練り上げていた。冷静沈着にして残酷無比。狂人にはちがいないが、自分が狂っていることを冷静に分析し、激情に流されることなく犯行を重ねる男。私はジャックに惚《ほ》れているのかもしれない。宇佐見は最近、そんなことを思うようにまでなっていた。

「つまり、あなたは自分がジャックだって言いたいんですね?」

いらだちを隠そうともせず、宇佐見は言う。『ジャック』という一言で、一瞬話を聞いてしまった自分にも腹が立った。

『ちがいますよ。俺はジャックなんかじゃありません』

男ははっきりとした声で言った。宇佐見は鼻の付け根にしわを寄せる。

「ジャックじゃないと？」

『ええ。俺はジャックなんかじゃない』

男の声には嫌悪感がにじんでいた。こんなことは初めてだった。これまで自称『情報提供者』のほとんどが、喜々として自らがジャックだと名乗ったというのに。

「……なんにしろ、それなら警察に通報したらどうですかね？　私みたいなしがない記者じゃなくて。もしそれが本当なら、ジャックを逮捕できるかもしれないですしね」

『……明日、また電話します』

一瞬の沈黙のあと、そう言い残すと唐突に回線が切断された。

いったいなにが言いたかったんだ？　宇佐見は受話器を見ながら首をひねる。普通ならこちらの気を惹くために、興奮しながら大ぼらを吹き続けるものだ。

まあいい、たちの悪いいたずらにはちがいない。宇佐見はパソコン画面に意識を戻す。やるべき仕事が残っている。頭からは、すぐに電話のことは消え去っていった。


「まだか……」

正体不明の男からの電話があった翌日の深夜、宇佐見は一人編集部に残っていた。間もなく日付が変わろうかという時間、宇佐見のほかに編集部には人影はなかった。宇佐見は乱暴に頭をかきながら、机の上に置かれた電話をにらみ続ける。

今日の昼過ぎ、ジャックが殺った。被害者は女子中高生に客を取らせていた売春クラブの元締め。少女たちの多くは覚醒剤《かくせいざい》を打たれ、監禁状態で売春を強要されていた。

実際にクラブを経営していた男は警視庁によって逮捕されていたし、中高生を薬物中毒にして、そのルートに少女を供給していた男は、すでに一ヵ月以上前に歌舞伎町の路地裏で、これもジャックに惨殺されていた。しかし、暴力団の幹部でもあるその元締めはうまく自らの関与の証拠を消し、逮捕されることなく野放しになっていた。

その元締めが白昼、ゴルフ練習場の駐車場で斬殺された。毎週水曜の昼過ぎに、事件現場となった小さな練習場に行くのが習慣だったらしい。すでに警察はジャックの犯行と断定して捜査をはじめている。

男の予告は実現した。それだけなら偶然ということも考えられる。しかし、問題は犯行時間だった。昼過ぎという時間。これまでのジャックの犯行の多くは、陽《ひ》が落ちてから深夜にかけて行われていた。陽が昇っているうちに行われたと思われる犯行は、これまでわずか二件だけ。今回が三件目だった。電話の男はその時間までも予告していた。

宇佐見は待った。ただひたすらに電話を見つめながら。

日付が変わる寸前、とうとう電話は根負けしたかのように、フロアに呼び出し音を響かせはじめた。宇佐見は襲いかかるように受話器に手を伸ばす。

「はい、『週刊今昔』編集部」声をひそめ宇佐見は電話に答える。

『……宇佐見さんですか?』昨日の男の声だった。

乾いた唇を舌でぬらしながら、宇佐見は「そうだ」と答える。

『言ったとおりだったでしょう。これで、信じる気になりましたか?』

「……君は、誰なんだ? なんで今日、ジャックが殺《や》るって知ってた?」

『あなたに会いたいんですよ』問いに答えることなく男は言う。

「私に、なんで?」

『あなたと取引したい。知っている情報を教えるかわりに、あなたも情報を渡す』

頭の中ですばやく損得勘定が計算されていく。相手の正体は不明だ。最悪の場合、ジャック本人、何人もの人間を殺している殺人鬼が、自分の命を狙っている可能性だって否定できない。しかしその一方で、スクープを手に入れるまたとないチャンスにもちがいなかった。

『どうします? べつにあなたじゃなくてもいいんだ。嫌なら他に話を持っていく』

その言葉はまさに殺し文句だった。スクープを逃すだけでなく、ライバルに横からさらわれていく。そんなことは絶対に許せない。宇佐見は覚悟を決める。大丈夫、相手がジャックだったとしても、私は悪人じゃない。殺されるなんてことはないはずだ。

「乗った。分かった、その話乗ろう。知りたいのはどんな情報なんだ?」

『あなたが集めたジャックの情報をすべて見たい。特に被害者たちについて詳しく』

「それと引き換えに、君はなにを教えてくれるんだ? 分かってるでしょう。私が必死で這いずりまわって手に入れた情報なんだ。簡単には渡せない」

『ギブアンドテイクってことですね』

「そうだ。いまだって善良な市民としては、警察に通報するのが本当だ。けど、私はそれをしない。なんでだと思います？」

『あなたは善良な一市民じゃない。スクープが欲しくて、そのためにはなんでもするジャーナリストだ。そういうことでしょう？』

「分かってるじゃないですか。それなら話が早い。まずこっちの質問に答えてください。君は本当にジャックじゃないんですね？」

『ええ、俺はジャックなんかじゃない』

「じゃあなんで今日……もう昨日か、ジャックが殺るって知ってたんです？」

宇佐見は慎重にさぐりを入れていく。

『答えられません』

「いやいやいや、それじゃあ取引にならない。私が集めたジャックの情報を見たければ、それに見合った情報をもらわないと」

『警察はどうやって、ジャックの犯行だと判断していると思います？』

「え？　なんの話を……」唐突に変わった話題に宇佐見は眉をひそめる。

『殺人があったとき、警察はすぐにジャックの犯行か、そうじゃないか判断を下しているでしょう？　どうしてそんなことができるんだと思いますか？』

「それは、殺し方とか、その場の状況で……」

『ちがいますよ』自信なさげな宇佐見の言葉に、かぶせるように男は言う。「ジャックが毎回現場に残しているものがあるんですよ。警察は発表していないけれど」

「残してるもの!? なんなんだ、それは!?」宇佐見の嗅覚が、スクープの匂いを感じ取る。

『トランプ。トランプの札のジャックに、赤い文字で『R』と書かれている』

「『R』、ジャック……。なるほど、ジャック・ザ・リパー、そっから『ジャック』って名前はきてたっていうわけか」

『悪くない情報でしょう。あなたの持っている情報も見せてもらいますよ』

「ちょっと待ってくれ。いまのが本当だって証拠は？　悪いけど、ジャックの情報は私のすべてなんだ。あなたの話の裏を取るまで、そう簡単には渡せない」

『ジャーナリストでしょう。裏は自分で取ってくださいよ。まさかそんなこともできないなんて言うんじゃないでしょうね』

「もちろんできる。ただすぐってわけにはいかない。二、三日はかかるよ」

『……分かった。三日で確認してください。本当だって分かったら、あなたの持っているジャックの資料をコピーして俺と会ってください』

「ああ、もちろん」

異論などあるはずもなかった。もしトランプの件が本当なら、電話の相手はとんでもないスクープを持っている。どんな危険を冒しても会う価値がある。

『会う時間と場所を前もって伝えておきます。それに……もう一つだけ、あなたに調べておいてほしいことがあるんです。メモをお願いします』

男は嚙んで含めるように、宇佐見に要求を話しはじめた。

14 岬雄貴

日曜の竹下《たけした》通りは、少女たちであふれかえり、まるで満員電車のように混み合っていた。通りの両脇には、男性アイドルのブロマイドやグッズを売る店がところ狭しと並んでいる。この街の雰囲気に少しでも溶けこめるようにと、できるだけ若く見える服装を心がけてはきたが、平均年齢が十代中ほどのこの街には、まったく同化することはできていなかった。色の濃いサングラスをかけた三十代の男に、すれちがう少女たちが訝《いぶか》しげな視線を送ってくる。

俺も歳《とし》だな。雄貴は苦笑を浮かべる。原宿《はらじゅく》に来るのなど、初めて上京した大学一年生以来だ。あれからもう十年以上たっている。まだ若いつもりでいたが、いつの間にかこの街に拒絶されるような年齢になっていた。

この十年、俺はなにをしてきたんだろう。雄貴は無意識にみぞおちに触れていた。腹の中にある腫瘍の圧倒的な存在感、それを前にすると、自分の人生など無意味だったのではないかという思いが湧いてくる。雄貴は人の流れに押し流されるように歩きながら、激しく頭を振った。いまはそんなことを考えるときではない。

　五分ほど歩くと、目的の喫茶店が見えてきた。全面ガラス張りの窓が通りに面しているしゃれた喫茶店。その客の大半は、ショッピングで歩き疲れた少女で占められている。

　雄貴は一度店の前を通り過ぎながら、店内の様子をうかがう。窓際の席に一人、あきらかに店の雰囲気から浮いている五十がらみの男が、パフェをほおばる姿があった。しわの寄ったグレーのスーツを崩して着こみ、ネクタイは締めていない。まるでリストラされたばかりのサラリーマンのような風体だ。その男の顔を雄貴は横目で確認する。ジャックの特集記事で見た、宇佐見正人の姿がそこにはあった。

　雄貴は通りのわきによると、軽く背伸びをして、喫茶店とその周辺をながめた。どこもかしこも少女たちで埋め尽くされている。男がいたとしてもほとんどが十代の、髪を明るい色に染めた少年たちだ。刑事らしき姿は見えない。もし宇佐見が警察に通報していたとしても、この周辺で刑事たちが張りこむのは困難なはずだ。雄貴はもう一度あたりを見回すと、人の流れをかき分けるようにしながら喫茶店へと向かった。


　喫茶店の店内に入った雄貴は声をかけようとするウェイトレスを無視して、無言のまま宇佐見の対面の席に腰を落とした。パフェをかきこんでいた宇佐見が顔を上げる。

「……君が、電話してきた男か？」

「刑事は隠れていないでしょうね？」

小さく頷きながら、雄貴は注意深く店内を見回す。

「見たら分かるだろう。こんな街でどうやって刑事が隠れるって言うんだ。目立ってしょうがない。君だって分かっててこんな店指定してきたんだろ。まったく恥ずかしいったらなかったよ。みんなじろじろ私のことを見て。動物園のパンダの気分だ」

「パンダならいいじゃないですか。大人気だ」

「上野《うえの》の檻《おり》の中にいるならね。こんな派手な子供ばっかりの場所じゃあ不審者あつかいだ。へたすりゃ通報されそうだったよ」

「それはご愁傷様」

「そういう君も、この町じゃあ、私と似たりよったりのえせパンダだよ」

「たしかに」雄貴は肩をすくめる。

まだ会って一、二分だというのに、雄貴は宇佐見が気に入りはじめていた。宇佐見の軽い口調に誘われるように軽口を返してしまったが、それほど悪い気分ではない。こうやって相手の警戒心を緩ませる能力も、記者には必要なのかもしれない。

雄貴はウェイトレスに、ブレンドコーヒーを注文した。

「それで、俺の言ったこと、信じる気になりましたか？」

雄貴はテーブルの上に置かれたＡ４サイズの茶封筒に視線を送る。その中にジャックの情報がつまっているにちがいなかった。

「そうじゃなきゃ、こんなとこ来ないよ」宇佐見は唇の端を上げる。「捜査本部の刑事にトランプのことをカマかけたら、『なんのことだ?』とか、しら切っていたけれど、あの顔は間違いなく、『なんでおまえがそんなこと知っている?』って言ってたね」

「それじゃあ、資料は見せてもらいますよ」

手を伸ばすと宇佐見はあっさりと封筒を渡してきた。雄貴は少々、拍子抜けする。

「なんだ、私がまだしぶるとでも思ってたのかい。警察に通報しないでここに来た時点で、私は君の共犯になってしまうんだよ、共犯に」

その言葉を聞いて、雄貴はすばやくジャケットの内ポケットに手を入れ、中に隠してある警棒の柄を握ると、あたりを見回す。

「ちがうって、勘違いするんじゃない。警察なんかいないって」

慌てて宇佐見は両手を振る。雄貴はそれでも注意深くあたりをうかがいながら、ジャケットから手を出した。

「まったく。その服の中になにを隠しているんだ。ああ、言わなくていい、べつに知りたくない。聞いたら後悔しそうな予感がする」

宇佐見がかぶりを振る前で、雄貴は封筒を開けると中身を取り出し、目を通しはじめた。宇佐見は喜々としてふたたびパフェの攻略を開始する。

雄貴は資料から目を上げ、巨大なパフェを幸せそうに口に運ぶ宇佐見を見る。

「そんなものばっかり食べてると、糖尿病になりますよ」

職業本能が働き、思わずアドバイスを送ると、宇佐見は露骨に顔をしかめた。

「ほっといてくれよ。医者でもあるまいし、私の主治医と同じ小言を言わないでくれ」

雄貴は唇と眉毛の片端をつり上げると、無言で肩をすくめた。


「これで全部ですか？」

小一時間資料を眺めた雄貴は、二杯目のパフェを攻略しようとしている宇佐見を見る。

「それで全部だよ。一応警察がジャックの犯行だって言ってるのは……ね」

「なにが言いたいんです？」含みのある宇佐見の口調に、雄貴はすっと目を細める。

「警察の発表じゃあ、その資料にある十六人がジャックに殺された被害者ってことになってる。けれど、その中に二人、納得いかないのがあるんだよ」

宇佐見はスプーンについたクリームを舐める。

「十一人目と十二人目だ。益田勉と真鍋文也、この二人だけどうしても納得いかない。ジャックの獲物っていえば、大物って相場が決まっていた。それに比べるとこの二人は、あきらかに小物だ。こんな若者までターゲットにしていたら、何人殺しても足りない。それにこの二人だけ、ほとんど続けざまに殺されてる。たしかにジャックの事件の間隔は一定じゃない、けれど二日連続でっていうのは異様だよ」

「それで……あなたはどう考えているんです？」

「分からないね。分かんないからこんなに苦労している」

パフェにスプーンをさす宇佐見を見ながら、雄貴は彼の勘の良さに感心する。ジャックに関してもっとも多く記事を書いているという単純な理由でこの男に接触したが、悪い選択ではなかったようだ。

「それより、これで全部じゃないでしょう？」

「この前、君に頼まれたことか？　大丈夫だよ。ちゃんと調べてあるって。それにしてもおかしな注文だな。なんでこんなこと知りたいんだい？」

宇佐見はビジネスバッグの中からもう一つ茶封筒を取り出した。

「これが見たけりゃほかの情報を、と言いたいとこだけれど、これは先に見せるよ。私のことを信用して、トランプの情報をくれた礼だ。ただ、勘違いはしないでくれよ。私と君は共犯の関係だ。お友達ってわけじゃない。ビジネスライクな関係。分かるね。私は君の知りたい情報を教える、そのかわり君は……」

「特ダネを教えろっていうわけですね」茶封筒をつかみながら雄貴は言った。

宇佐見は「分かっているじゃないか」と笑みを浮かべて、封筒から手を離した。

「……薄いな」

「君が思っている以上に少ないんだよ。時効成立後に犯人が分かった事件ってやつはな」

宇佐見は思わせぶりにスプーンを顔の前で振る。

「その中で犯人が殺されてる事件だろ。そんなのここ数年で一件しかなかったよ」

15 南波沙耶

狭い階段を上っていく。すれ違った中年男が、値踏みをするような湿った視線を送ってきた。沙耶は男に軽蔑を含んだ視線を返す。男はバツが悪そうに顔を伏せると、逃げるように早足で階段を下りていった。ため息をつきつつ、沙耶は階段を上がっていく。

上りきったところには、カフェの入り口のような、しゃれたつくりのドアがあった。『ストロベリークラブ』。ありきたりな名前。沙耶は大きく入り口の看板に記されたその名にげんなりする。これまで訪れたほかの店も似たりよったりの名前だった。

池袋の繁華街のはずれにある出会い喫茶。男女の自由な出会いをプロデュースなどと謳《うた》っているが、その実態は援助交際を希望する少女と、少女を金の力で買おうとする男たちの交渉の場でしかなかった。

沙耶はこの数日、ＳＤカードの中の写真に写っていた店を探し、池袋中を歩きまわっていた。雄貴も最近なにやら忙しそうにしていて、家を空けることが多い。おかげで、沙耶はきがねなく日中外出して、調査をすることができていた。

「いらっしゃい」威勢のいい声が、店内に入った沙耶にぶつけられる。「お、お嬢ちゃん見ない顔だね。もしかしてここ初めてかい」

沙耶はこくこくと首を上下に振った。

「じゃあ店のシステム、説明しないとね、基本的にうちは……」

ここ数日、何度も同じような話を聞かされた。店員の声を聞き流していると、背後で人の気配がした。ふり返ると二十歳前後のメガネをかけた若い男が、うかがうようにこちらを見ていた。安っぽいコートを羽織り、自信なさげな表情を浮かべている。肩につくほどに伸びた髪には、もう夕方だというのに寝癖がついていた。

「いらっしゃい！」

店員が男に声をかける。男は小さく頷くように頭を下げると。背中を丸めながら男性側の部屋の扉を開けた。開いた扉から中を覗きこんだ沙耶は、思わず声を出しそうになる。コンクリートむき出しの壁、安っぽい折りたたみのパイプ椅子とテーブル、そこは写真で見た部屋そのものだった。ここだ。ここに間違いない。

「ありがとうございました。なんとなく分かりましたから」

店員にそう言い残すと、沙耶は女性用の部屋の扉を開き、中へと入った。


殺風景な男性用の部屋と比較すると、赤と白で統一された部屋は、毒々しいまでに派手だった。原色の赤色の洪水に目がチカチカする。しかし、座り心地の良さそうなソファー、飲み放題のソフトドリンク、化粧用の鏡台までそろっていて、趣味の悪い色づかいに目をつぶれば、過ごしやすそうな空間だ。

男性側の部屋と接した壁には大きな鏡がはめこまれていた。それがマジックミラーになっていて、隣の部屋から男性客が女性を物色できるようになっているのだろう。

入り口に立ったまま部屋を見渡していた沙耶は、ふと自分に集まる視線を感じた。部屋の先客たち数人が敵意を含んだ視線を浴びせてきていた。

またか……。視線が合わないようにうつむきながら、沙耶は嘆息する。このての店を回って分かったことだが、利用する少女たちの間には強い縄張り意識があるようだ。自分たちと同年代の者がその縄張りの中に入ってくることを、極端に嫌う傾向がある。

写真に写っていた場所がこの店であることが分かった以上、話が聞きたいのは男性客でなく、この店に通っている少女たちだった。もし写真の男が常連客だったとしたら、男と話したり、場合によってはホテルに行ったことのある相手がいるかもしれない。できることなら、その少女を見つけたかった。

トラブルを起こさないようにしないと。沙耶は目立たないように手で顔を隠しながら、鏡の反対側にある小さなソファーへと向かった。鏡に近い方が人口密度が高く、もめ事が起こりやすい。そのうえ、男に指名されてしまう可能性も高い。沙耶はフリードリンクのウーロン茶の入った紙コップを持って、一人がけのソファーに腰かけ、部屋全体を見渡す。

この数日間の経験で、少女たち全員が売春を目的に来ているわけではないことを学んでいた。無料で使える居心地の良い休憩所として使用する、食事などをおごってもらう、店から連れ出されたときに手に入る交通費目当て、少女たちは個々にさまざまな目的を持ってこの場所にいる。沙耶はこの中で、誰が売春をしているのか知りたかった。売春をしているグループの中に、写真に写っていた少女がいる可能性が高い。

ウーロン茶をちびちびと舐めながら、沙耶は少女たちを観察し続ける。友人らしき仲間と雑談にふける者、スマートフォンをいじる者、雑誌や漫画を読む者、少女たちは思い思いの行動を取っている。

片っ端から声かけていくしかないのかな……、沙耶がそう思いかけたころ、部屋の中を見渡していた視線が急停止する。鏡近くの椅子に腰かけ、気だるそうな表情でファッション雑誌を読んでいる茶髪の少女。その少女がなぜか気になった。

沙耶は目を細め、少女にしては化粧の濃い顔を見つめる。その視線に気がついたのか、少女は顔を上げると、沙耶をにらみつけてきた。沙耶は慌てて目をふせる。少女は不愉快そうにグロスで光る唇をゆがめると、そっぽを向いて再び雑誌を読みはじめる。

少女の横顔を見た瞬間、「あっ……」と声が漏れる。沙耶は慌てて、バッグの中から数枚の写真を取り出す。その写真はＳＤカードに収められていた画像をプリントアウトしたものだった。

写真に写っているセーラー服姿の少女と雑誌を読む少女、黒髪と茶髪の違いはあれど、その横顔は完全に同じ顔だった。この少女こそ、写真の少女だ。

沙耶は立ち上がると、早足で部屋を横切り、茶髪の少女へと近づいて行く。

「……なによあんた？」

少女は雑誌から視線を外し、沙耶を睨《ね》め上げる。一分のすきもなく染め上げられた鮮やかな茶髪、目をふち取る濃いアイシャドー、グロスを塗った深紅にぬれる唇。たしかに美人なのかもしれないが、どこか退廃的な雰囲気がその全身からかもし出されていた。

沙耶は言葉に詰まる。数日間の努力のすえに、ようやく見つけた手がかりに興奮して思わず駆け寄ってしまったが、どうやって話を聞けばいいのか考えていなかった。

「ウザい。消えてよ」少女はハエでも追い払うように手を振る。

「悪いんだけど、訊きたいことがあるの。少し話聞いてくれない？」

できるだけ相手を刺激しないように気をつけながら沙耶は言う。

「うっせーな。目ざわりだからとっとと消えろよ」

「そんなこと言わないで、ちょっと話だけでも聞いてよ」

少女の迫力に一瞬気圧《けお》されながらも、沙耶は言葉を重ねる。ようやく見つけた手がかりを、そう簡単にあきらめられるわけがない。

「うっさい、消えろって言ってるだろ！」

「嫌よ。とりあえず話聞いて。そうじゃないと、ここから動かない」

敵意むき出しの態度に眉をひそめながらも、沙耶は強い意志をこめた口調で言った。

「目ざわりだって言うのが分からねえのかよ！」

大声を上げ立ち上がると、少女は沙耶のブラウスの胸倉をつかんだ。額がつくほどに顔を近づけてくる。突然の大声に、思い思いにくり広げられていた会話が完全に停止する。部屋のすべての視線が沙耶と茶髪の少女をとらえていた。

以前なら、ここで怖気《おじけ》づいてしまったかもしれない、しかし少女にすごまれても、沙耶は少しも恐怖を感じなかった。友人が殺され、自分も力ずくで拉致されかけた。その経験にくらべれば、こんな大勢の人間のいるところで、ちょっと粋がっただけの細腕の少女にからまれることなど、物の数ではなかった。

「大声出すと問題になるよ」沙耶は少女の耳元に口を近づけ囁く。「あっちの部屋の男たちだって見ているだろうし、騒ぎが大きくなって店員が出てくるかも」

少女の顔に一瞬、焦りが浮かぶ。

「ここで暴れて、出入り禁止なんてことになったら、困るのはあなたじゃないの？　ここがホームグラウンドだったりするんじゃないの？」

少女は憎々しげに沙耶を睨む。しかしそれ以上声をあげることはしなかった。

「……なにがききたいんだよ？」

すねたように小声で少女は言うと、つかんでいたブラウスを離した。

「ここじゃなんだし、ちょっと二人で外で話さない？　質問に答えてくれたら、お礼ならするよ。体売って稼ぐよりは楽でしょ」

脅された仕返しに、たっぷりの皮肉をこめて言いながら、沙耶は出口に向かって歩きだす。大きな舌打ちとともに少女もあとをついてきた。


「一体何なんだよ?」

店から出た瞬間、少女は道端につばを吐きながら言う。いつの間にか太陽は沈んでいた。街灯が二人の姿を照らす。

「この人、知ってるでしょ?」

沙耶はセカンドバッグから、数分前までいた店で撮られた男の写真を取り出し、少女に手渡した。めんどうそうに写真を受けとって少女は視線を落とす。興味なさげに細められていた少女の目が大きく見開かれた。

「教えて、この人のこと」

少女の顔の変化を見て、沙耶は勢いこんで言う。しかし少女はまるで質問が耳に入っていないかのように、写真を見つめ続けるだけだった。

しばらくして、少女はかすかに震える硬い声でつぶやいた。

「……知らないよ」少女は写真を沙耶に押し返す。

「うそつかないで」

「知らないって言ってるだろ」少女は逃げるように、身をひるがえした。

「それじゃあ、これはなんなの？」

沙耶は慌ててあとを追うと、少女と男が連れ立って歩いている写真を、彼女の顔の前にさし出す。少女は渋い表情を浮かべた。

「なんだよ、この写真まで持ってるわけ。なら最初から言ってよね。人が悪いなぁ」

「やっぱり、これあなたね。お願い、この人のこと教えて」

「あのさ……あんた、この人の家族かなんかなわけ？　……娘とか」

少女はうつむくと、どこかおびえるように沙耶の表情をうかがう。

「ううん、そういうわけじゃないけど……」

「なんだよ、ちがうのかよ。脅かすんじゃねえよ。関係ないなら引っこんでろ、馬鹿」

少女は吐き捨てつつ、安堵の表情を浮かべると、再び背を向けて足早に歩き出す。

「待って！」沙耶は少女の着ているセーターのすそを力いっぱいつかんだ。

「はなせよ！」

「絶対はなさない。あなたがこの人のこと教えてくれるまで」

「おめえ、こいつとは関係ないんだろ。なら首つっこむなよ」

「関係ある。私の親友が、たぶんその人がらみの事件に巻きこまれて殺されているの。だから、どんなことしてもあなたから話を聞く。絶対に逃がさない」

「殺され……」少女は顔をひきつらせ絶句する。

「あなたが逃げたら、そんなこと本当はしたくないんだけど、この画像をネットにばらまくわよ。そんなことさせないでよ。私はこの男の人のことを知って、友達の、大切な親友のかたきを討ちたいだけなんだから」

沙耶は少女の目を見つめると、ほとんど息を継ぐこともなく言い放つ。少女は毒々しいまでに紅い唇を嚙んだ。沙耶はセーターのすそをつかんだまま、彼女の次の言葉を待つ。少女は小さく舌打ちすると、軽く頭を左右に振った。

「ねえ、ウチさ、腹減ってるんだけど」

「え？」

「だからさ、腹減ってるの。誰か適当な男を捕まえて、飯おごらすつもりだったのに、あんたに邪魔されたわけ。とりあえず、どっか飯食えるところに連れてってよ」

「はあ、食った食った。ごちそうさん」

メニューの中で一番高いサーロインステーキセットをたいらげた茶髪の少女は、芝居じみた仕草で腹を撫でながら満足げに言う。

「高いご飯奢《おご》ったんだから、写真の男のこと教えてよ」

カレーライスを食べ終え、ドリンクバーのウーロン茶をすすっていた沙耶は、ため息交じりに言う。数十分前、沙耶は少女を出会い喫茶の近くにあったファミリーレストランへと連れてきていた。

「……あいつのなにが聞きたいんだよ？」少女の顔から潮が引くように笑みが消える。

「まずは、いまどこにいるのか知ってる？」

「……いないよ」

「いない？　分からないってこと？」

「分かってるさ。……いないんだよ」

「どういう意味？」まどろっこしい物言いに苛立《いらだ》ってしまう。

「だからさ、あいつはさ、もう……この世にいないんだよ」

「えっ？」

「ずっと前、今年の夏ごろに自殺したんだ。……首を吊ったんだよ、そいつ」

少女はふて腐れたように、ぶっきらぼうに言った。

「ちょ、ちょっと待ってよ。どういうこと？　この人一体誰なわけ？　なんで自殺なんか？　あなたとこの人、どういう関係なの？」

沙耶は混乱し、テーブルに両手をついて身を乗り出す。

「ちゃんと順を追って説明するから、落ち着きなよ。えっと、あいつの名前、なんだったっけかな？　なんか虫っぽい珍しい名前だったんだよ。なんか、バッタみたいなやつ。キリギリスじゃなくて……」

「もしかして、興梠《こおろぎ》じゃない？」

バッタの仲間で人の名前に近いものなど、それぐらいしか思いつかなかった。

「あ、そおそお、コオロギ。あんたよく分かったね。頭いいじゃん」

「どうも。それでその興梠っていう人とあなた、どういう知り合いなの？」

「べつに知り合いってわけじゃないよ。一回寝ただけ」

「寝たって……」

「寝たっていったら、ヤったに決まってるでしょ。セックスしたのよ」

「えっと、それは……お金もらってってこと？」

「当たり前でしょ。なんで、ただであんなおっさんに抱かれないといけないのよ」

「じゃあ……そのときのがあの写真ってこと？　あの髪が黒いロングだったころの」

「黒いロング？　ああ、ウィッグだよ。念のため、写真撮られるときは変装しとこうと思って。けど、顔まで分かるように撮るなんてさ、あいつ、約束ちがうじゃない」

「……それって、前もって写真撮られること知ってたみたいに聞こえるんだけど」

「もちろん知ってたよ。そうじゃなきゃ、わざわざ制服のままホテル行くなんて危ないことするわけないじゃん。下手したら補導されるよ。まあ、あのおっさんはテンパってて、そんなことまで気が回ってなかったみたいだけどね」

「どういうこと？　もっと分かりやすく説明して」

「だからちょっと複雑な話なんだよ。めんどうなんだよね、ここのところを詳しく説明すんのは。それに口止めもされてるしさ。そういえば、あんたさっき言ったよね……」

少女は意味ありげな視線を送ってくる。その視線の意味を理解した沙耶は、財布から一万円札を取り出して少女に渡した。音楽学校入学のための貯金を使うのはつらかったが、ようやく見つけた貴重な情報源をここで逃がすわけにはいかない。

「あんがと」少女は紙幣をスカートのポケットにねじこむ。

「いいから話を続けて」

「だからさ、あのコオロギっておっさんは最初からだまされていたんだよ」

「だまされてた？」

「そう、全部決まってたの。おっさんがあの店に来ることも。ウチを指名して、そのあとホテルに行くことも」

「どうやってそんなこと……」

「簡単だよ。ある男が、そのコオロギってやつをはめたいと思った」

「ある男って？」

「いいだろ、そこまで言わなくても。どうせ名前言っても分からないだろうし。まあ、さっきの店の常連で、よくウチを買ってくれた男だよ。そいつは昔、コオロギと高校の同級生だったんだって。それで自分は記者だって名乗って、取材したいってコオロギと会ったわけ。いくら同級生でも久しぶりに会ったんだから、最初は警戒されるじゃない。だからお礼払ったりしながら、何回か偽の取材したらしいよ。けっこう頭いいよね」

少女はつまらない映画のあらすじでも説明するかのように、淡々と言葉を重ねていく。

「それで何回か会って警戒心が解けたところで、飲みに誘うわけ。取材のお礼ってことでおごりでさ。お小遣い少ないコオロギは喜んでついていく。男はそんなコオロギをキャバクラに連れて行って、しこたま飲ませたとさ」

「……細かいとこまで知ってるんだね」

「あいつが何度も自慢げに言うんだもん、嫌だって覚えるよ。ホテルで一回戦終わると、ずっとその作戦の自慢話ばっかりしてさ。耳にたこできたよ」

少女の言う『あいつ』とは、興梠をだました男のことを言っているのだろう。

「えっと、どこまで話したっけ？　あんたが口はさむから……。そうそうキャバクラで飲ませて、酔い潰したことまでだよね。けどさ、キャバクラじゃ、どんなにきれいなお姉さんがいても、お触りもできないじゃない。お酒入って、いい女がいるのになにもできない。当然ムラムラくるでしょ。そこでそいつはコオロギに言ったわけ。『俺、いい店知ってるから、このあと行こうぜ』って」

「もしかして、さっきの？」

「勘がいいじゃん。あそこだよ、『ストロベリークラブ』。ここでウチが登場するわけさ。べろべろのコオロギを連れてきたそいつは、『かわいい女の子紹介するよ』とか言って、ウチを指名してコオロギと会わせたの。店のシステムも知らないし、酔ってわけわかんなくなってたコオロギはもうされるがまま」

そのときにすでに、一枚写真を撮られていたというわけだ。沙耶は納得する。

「当然ウチとそいつはグル。ウチは打ち合わせどおり、コオロギを誘惑する」

「誘惑……」

「そう誘惑。遊び慣れてないおっさんなんて簡単だったよ」

「どうやって、誘惑……だましたわけ？」

「ちょっと話したあと、急に泣くんだよ、もちろん演技だけどね。あいつ驚いてなにがあったかきいてくるわけ。そうしたらこう答えるの。『今日、好きな人にふられちゃって、それで自棄《やけ》になってこんなところに来ちゃった』ってさ。あいつ簡単にだまされて、必死になぐさめてくれたよ」

　少女は肩をすくめる。

「で、ころあい見はからって言うんだよ。『さびしいから、今夜おじさんがなぐさめてくれない？』って。あの人混乱しちゃって、もうワタワタしてるの」

　少女は淡々としゃべり続ける。

「だから最後に背中押してあげたの、『あたし十八歳だから、なにも問題ないよ』ってさ。そうしたら瞬殺。しょせん男なんてそんなもんだよね」

「あなた十八なの？」

「まさか、まだ十五だよ。だから問題ありまくりさ」

　沙耶は驚いて濃い化粧が塗られた少女の顔をまじまじと見る。写真では制服に身を包んでいたとはいえ、まさか十五とは思わなかった。

「なによ、気持ち悪いからじろじろ見ないでよ」

「ごめん、ちょっと驚いて」

「どうせ老けて見えるって言うんだろ？　わざとそういうふうに化粧してるんだよ。あんただって、ウチとそんなに変わらないのに、あんな店に来てたじゃん」

「……私は十九歳だけど」

「え、うそ？　あんた十九なの？　ガキっぽいから、ウチと同い年ぐらいだと思った」

「ほっといてよ」

「なに？　ロリコンのオヤジと援交するために、わざといけてないいなか娘みたいなかっこうしているとか？　ならばっちりだよ」

「そんなんじゃない！」

「え、じゃあ、素でそんななんだ。ダサっ」

沙耶は唇を嚙んで少女を睨みつける。

「悪かったって、そんな怒らないでよ。あんたさ、よく見ると素材は悪くないじゃん。一回ウチに化粧させてよ。見違えるぐらいイケてる、いい女に変身させてあげるからさ」

「いらない」

「そんなこと言わないでさあ。ウチにコーディネイトさせてよ。あんた、いじりがいありそうなんだよ。きっと彼氏もびっくりするよ」

「彼氏なんか……いないよ。そんなことより興梠って人のこと教えてよ。だまして店を出て、ホテル行ったわけでしょ。でもそれだとおかしいじゃない。なぐさめて欲しいとか自分から言ったのに、一緒にホテル行くのにお金もらったんでしょ」

「は？　なに言ってんの。コオロギから金なんてもらってないよ。そんなことしたらあいつ、ついてこなかったかもしれないじゃん」

「でもあなたさっき、『お金をもらった』って……」

「ああ、そのこと。ちがうよ。ウチはコオロギから金もらったわけじゃなくて、あいつからもらったの。コオロギのことウチに頼んだやつ。十万円もくれたんだ。まあ、それくらいくれないとわりに合わなかったけどね。あんなうまく演技して男をだますなんて、ほかの子じゃあちょっとできないよ」

　少女は誇らしげにセーターに包まれた胸を反らす。

「で、二人でホテル入るところを、あなたにお金払った男が撮影したっていうことね」

「まあ、そういうこと」

「なんのために、そいつはそんな写真撮ったの？」

「さあ、そこまで聞いてないよ。予想はつくけどね。女子高生とホテルに入る写真だよ。そんなのばらまかれたらどうなると思う？　逮捕だよ逮捕。会社だってクビになるだろうしさ。人生おしまい。まあ、どんな無理でもきいてくれるようになるんじゃない」

「会社！　そうだ。その人の会社とか覚えてない？」

「そんなことまで覚えてるわけないじゃん。名前だって忘れてたのに」

「なんでもいいの。なにか覚えてない？」

「えっとね……そうだ、たしか英語の仕事だったよ。ディーラーとか、コンサルティングとかそんな感じ」

「ディーラー……、コンサルティング……」

それらがどのような仕事なのかはっきりしないが、なんとなく金の匂いを感じる。金……、脅迫……。頭の中で仮説を構築しながら、沙耶はアイスティーをすする少女に視線を向ける。

「その興梠っていう人、死んだんだよね。それ、どうやって知ったの？　ニュース？」

「まさか。あんなしょぼくれたおっさんが自殺したって、ニュースになんかなるわけないじゃん。ちがうよ、あいつが教えてくれたの」

「あいつって、写真をとった男？」

「そう。それやってから一ヵ月後ぐらいにさ、あいつと今度は普通に援交したんだ。そのとき、一回終わったあとにあいつが、『そういえばこの前のやつ、首吊ったんだよ。ちょっと追いこみ過ぎたかなぁ』って言って笑ってんだよ」

少女の眉間に深いしわが寄る。言葉が弱々しく変化していく。

「ウチもいいお金もらえるからやったけどさ、まさか自殺するなんて思ってなくて……。そんなつもりじゃなかったんだよ。ちょっと軽い気持ちだったんだよ」

いいわけするようにつぶやきながら、少女は上目遣いに視線を向けてくる。沙耶は無言のまま、許しを請うような態度の少女から目を逸《そ》らした。
たしかに少女にはそこまで強い悪意はなかったのだろう。しかし、それでも興梠とい
う男の死に少女が関わったことはまぎれもない事実なのだ。それにそもそも、少女を許
す権利など自分にはない。
「ねえ、ウチさ、あのおじさんの家族とかに謝りに行った方が良いのかな？」
「だめよ、そんなこと！絶対に！」
沙耶は鋭い声で言う。家族に謝れば少女の気持ちは楽になるかもしれない。しかし、
その行動は家族を傷つけることにほかならない。
少女は下唇を強く噛んでうつむく。沙耶はこの少女がなぜ自分に、一連の事実を話す
気になったのか分かった気がした。事件のことを誰にも言えずに罪悪感を覚えていた少
女にとって、自分は良いはけ口だったのだろう。
「他には？」沙耶はわざと冷たい声でさらなる情報を要求する。
「あとはなにもないよ。それ以来、その写真撮った男と関わり合いになりたくなくて、
電話きても無視していたら、最近は連絡もなくなったし」
力なく言うと少女は黙りこむ。沙耶はこめかみに手を当てて思考を巡らせた。
ＳＤカードに収められていた写真が撮られた経緯、そしてそこに写っていた男の名字
を知ることができた。大きな進歩だ。
「ありがと、いろいろ教えてくれて」沙耶は、テーブルの上に置かれたレシートを取る。

「え、もう帰っちゃうわけ？」なぜか少女はすがるような視線を投げかけてきた。

「もうけっこういい時間でしょ。あなたも家に帰りなよ。家族が心配するでしょ」

掛時計を見ると、午後八時を過ぎていた。雄貴にはこの店に入る前に、帰りが少し遅くなることをメールしているが、あまりに遅いと心配をかけるかもしれない。

「ウチを心配する家族なんて……誰もいないよ」

消え入りそうな声で少女は言う。立ち上がりかけていた沙耶は動きを止めた。

「ご両親は？」

「親は離婚して、母さんに引き取られたんだけど、あいつ、男遊びに夢中で、ウチのことなんか気にもしてないよ」

「……そうなんだ」

「金が必要なんだよ。あいつ、ウチに一銭も渡してこないから、自分で稼がないと飢え死にしちゃうよ。だからさ、しかたないだろ」

しかたがない。援助交際をしても、男をだまして、その結果死に追いやったとしても。

少女の言い分は自分勝手極まりないものだった。しかし、少女に対して感じていた嫌悪感が薄れていく。自分と似ている少女の境遇に同情したのだろうか？　そんなこと、言い訳にならないというのに。

「あなた、名前はなんて言うの？」

「え、名前？　明美《あけみ》だけど」

「そう、私は沙耶っていうの。ねえ明美、写真を撮った男って佐川でしょ？」

「なんで知ってるの？」明美と名乗った少女は目を大きく見開く。

「私も知り合いなの。あいつからペンダント預かったせいで、変なことに巻きこまれちゃって」

「ペンダントってもしかして、瑪瑙のやつ？」

「え、そうだけど、知っているの？」

「見たことあるから。この前もなんか佐川がウチに預かってほしいってメールしてきたんだけど、ウチ、もうあいつと関わらないって決めていたから、無視したんだ」

沙耶の顔が一瞬こわばる。目の前の少女のかわりに自分たちがペンダントを預かることになり、そして恵美は命を落とすことになったのだ。

「ごめん。……あんたがトラブルに巻きこまれたっていうのも、ウチのせい？」

「ううん、ちがうよ。全部佐川が悪いの。あなたが責任なんて感じる必要はないよ」

沙耶は瞳を潤ませている明美に慌てて言う。いつの間にか彼女からは、人を拒絶するような態度は消え去り、似合わない派手な化粧をした十五歳の少女になっていた。

「でも、あの男の人は……ウチが」

明美の瞳から涙がこぼれ落ちた。沙耶はポケットからハンカチを出して、明美の顔をふきはじめる。明美はその間、目を閉じ、幼児のようにおとなしくしていた。

「たしかに、その人が死んだ責任はあなたにもあるかもしれない。けれど、佐川はあなたが断っても、ちがう女の子を使って同じことをしたでしょ。だから一番悪いのは佐川。あなたが自分に全部の責任があると思う必要なんてないの」

それが詭弁《きべん》だと知りながらも、沙耶は明美を慰める。

「ホントに？　ホントにそう思う？」

明美は洟《はな》をすすり上げると、涙で化粧が崩れた顔に泣き笑いを浮かべた。

「あのさ、もしかしてそのペンダントって、中にSDカードとか入ってたりする？」

「知ってるの？」沙耶の目が大きく見開かれる。

「やっぱりね。あいつ、ウチといるときにそのSDカードの中身を編集してたもん。なんか、『これで大金が手に入る』みたいなこと言いながらさ」

「もしかして、そのパスワードとか知らない？　それが解けなくて困ってるの」

「パスワード？　ごめん、そこまでまじめに見ていたわけじゃないからさ」

「だよね……」

「佐川に聞いたら？　あいつ、気が小さいから、ちょっと脅せばたぶんぺらぺら話すよ」

「……なんか、佐川と連絡取れなくなってるの」

佐川が殺されたことは言わない方がいいだろう。これ以上この少女をおびえさせたくなかった。

「そっか、あいつもなんか怪しいやつだったたからね。どっかに逃げちゃったのかも。ねえ、そのペンダント、いま持ってる？」

「え、ううん、いまは持ってないけど……」

用心のため、ペンダントは雄貴の部屋に置いてあった。

「よかったら今度さ、そのＳＤカード見せてくれない？　もしかしたらだけど、ウチならそのパスワード解けるかもしれない」

「えっ、ホント？」

「うん、ウチそういうの得意だからさ。あとさ、あんた、あの写真撮られた人のこと知りたいんだよね？　名刺見せてあげよか？　あのおじさんからもらったの」

「まだその名刺持っているの？」

「うん、たぶん捨ててないからまだ家にあると思うよ。あたしの部屋散らかってるから、見つけるのけっこうめんどうなんだけどさ」

「お願い、見つけて」

「それじゃああんたの連絡先教えてよ。見つかったら連絡するからさ」

「うん、お願い」

「けれどさ、けっこうめんどうなことするんだから、ただってわけにはいかないよ。お礼を前払いしてもらうから」

「前払い？　……しょうがないけど、もうあんまりお金持ってないんだよね、私」

「金はもういらないよ。それよりさ……」

少女は首をすくめながら視線を送ってくる。

「一人でいるの寂しいから、ここでもうちょっと私とだべっててくれないかな?」

「ただいま。ごめん、遅くなっちゃった」

玄関で靴を脱ぎながら、沙耶は部屋の中をうかがう。時間は深夜零時近い。

仕方がなくつき合った明美との時間は思いのほか楽しかった。同年代の相手と話をするのは久しぶりだったし、陽性な性格の明美はどことなく恵美を彷彿《ほうふつ》させた。気づいたときには、時計の針は午後十一時をまわっていた。お喋《しゃべ》りに夢中になっているうちに、思っていた以上に時間が経っていたらしい。

慌ててスマートフォンを取り出すと、レストランに入る際にマナーモードにしていた電話には、雄貴から数回の着信があった。いままでどんなに遅くとも午後九時には部屋に戻っていた。それがこんなに遅くなれば、心配されるのは当たり前だ。沙耶は慌てて電話をして、不機嫌そうな声の雄貴にすぐに帰ることを伝えると、名残《なごり》惜しそうな明美に別れを告げ、家路を急いだのだった。

沙耶はしのび足でリビングへと向かう。雄貴はリビングのソファーに腰かけ、オートバイの雑誌をながめていた。

「あの……まだ起きてたんだ」

雄貴は「ああ……」と雑誌をわきに置き、首をすくめる沙耶を見る。

「……ご飯ちゃんと食べた？」

「ああ」仏頂面で雄貴は答える。

「ごめんね、ちょっと友達できて。その子と話しこんじゃって」

「ああ」

「あのさ、怒ってる……よね？　ご飯作らなかったのはごめんね」

「飯を作らなかったから不機嫌になってると思うのか？」

「……ちがうの？」

訊ねると、雄貴はジーンズのポケットから数枚の紙を取り出し、テーブルの上に広げた。沙耶は息を吞む。テーブルの上に広げられた紙。それはここ数日間で沙耶が回った出会い喫茶や、その過程で押しつけられた風俗関係のチラシだった。今日、家を出る際にバッグや財布の中に溜まっていた不必要なものをまとめてゴミ箱に押しこんだ。そのときにまぎれこんでいたのだろう。

「必要な金は出すって言っているだろ。なんでこんなことするんだ？」

ため息混じりに雄貴が言った瞬間、沙耶は一度引いた血が頭にのぼっていくのを感じた。怒りとも悲しみともつかない感情が胸の中で暴れ回り、制御できなくなる。

雄貴は私が風俗で金を稼ごうとしたと思っている。急速に視界がにじんでいく。誰にどう思われようと関係ないはずだった。特に男なんかには。

他人の眼なんか気にしない、それくらいの強さがないと、一人でこの東京で生きていくことなんてできない。恵美からそのことを教わった。実際、下着を売ったり、投稿雑誌のモデルなんていういかがわしい仕事にも、夢のために手を出した。その前は、本気で体を売ろうと考えたこともあった。私はそんなきれいな女じゃない。だから他人にどう思われても平気。そう、平気なはずだった。

「ちがう！」

涙声で叫ぶと、雄貴は目を見開いた。沙耶は涙を拭くことも忘れ、雄貴を睨む。

「私はそんなことしてない！　体売ったりなんかしてない！」

感情がコントロールできない。なんで自分が泣いているのかも分からない。

「私はそんなことしてないの、本当に……」

沙耶は顔を伏せる。涙が重力にしたがって落ち、フローリングの床に染みを作った。視界の中に、雄貴の足が入ってくる。

「勘違いするな、お前が体を売ったなんて思っていない」

沙耶は「え？」力なく顔を上げる。雄貴は困惑したような顔で沙耶を見ていた。

「どうせ写真の男のことを調べていたんだろ」

雄貴は出会い喫茶のチラシをゆびさす。沙耶はこくこくと何度も頷いた。まだ涙が鼻の奥からのどに流れこみ、うまくしゃべれそうにはなかった。

「おまえに体を売るなんてできないことぐらい、最初っから分かってる」

「……本当に？」

「おまえ、男を嫌っている、というか……怖がってるだろ」

「なんで、そのこと……」ずっと隠していたことを指摘され、沙耶は目を見開く。

「なに言ってるんだ。うちに来たときあれだけ警戒しといて」

「私、そんなつもりは……」

「べつに責めてるわけじゃない。苦手なのはしょうがないだろ」

頭頂部に雄貴の掌が置かれる。髪を通して伝わって来る温かさが、頭から全身へと広がっていく気がした。

あの日から男を嫌っていた。男なんて信用できなかった。でも、この人になら……。

沙耶は両手の拳を握りしめ、わき上がった衝動をとめることなく口から吐きだす。

「私……私、引き取られた家でいたずらされたの！」

「……な？　おい、べつに俺は……」雄貴は目を剝いて絶句する。

「いいの、聞いて欲しいの！　お願い！」

沙耶は叫ぶように言う。ずっと記憶の奥に沈めていたこの傷跡、いまを逃せば二度と誰にも言うことができず、さいなまれ続ける。そんな確信があった。

「私を引き取った叔母さんの夫、そいつ、最初のころは私のこと完全に無視していたのに、高校に入るぐらいから急に近づいてくるようになってきたの」

沙耶は言葉を詰まらす。あの男の顔が脳裏にちらつき、頭ががんがんと痛んだ。

「そのうちに胸とか腰とか露骨に触るようになってきて……。でも、私行くところがないから、我慢してた……」

口の中がカラカラに乾く。沙耶の声はひび割れていく。

「家出した日、叔母さんが友達と旅行に行ってたの。そうしたら夜にあいつが私の部屋にはいってきて、ベッドに潜りこんで私の体を触ってきて……、下着にまで手を入れてこようとしたの。だから、『叔母さんに言ってやるから!』って言ったら、あいつ、『育ててもらったくせに』って殴ってきたの。痛かった。怖かった。……殺されると思った。だから私、思いきりあいつの手に噛みついたの。思いきり。歯が骨にあたるくらい……」

あのときの生臭い鉄の味、そして犬歯に当たった硬い物質の感触を思い出し、強い吐き気がわき上がってくる。

「そうしたらあいつ、もう一回私を殴ってから部屋を出て行った。私、もう家にいられないと思って、いつか一人暮らしするためにためていたお金だけ持って……」

声がかすれる。口の中が、そして心が乾燥して、言葉をつむぐことができない。

なんで私、こんなこと喋っているんだろう? なんでわざわざ思い出して?

肩を震わす沙耶の体を温かいものが優しく包みこんだ。沙耶は顔を上げる。

「……つらかったな」

抱きしめてくれている雄貴と視線があった瞬間、体がふっと軽くなった。

「……うん。けど、大丈夫。だっていまは……つらくない」

沙耶は指先で涙を拭うと、笑顔をつくる。想像以上に簡単に笑うことができた。

抱えこんできたトラウマを告白することで、ようやくあの男の呪縛から解放された気がした。母親と死別して以来、味わった覚えのないほどの爽やかな心持ちを嚙みしめながら、沙耶は不思議に思う。

なぜ雄貴に話すだけで、これほどまで心が軽くなったのだろう？　なぜ私はこれまで恵美にすら話せなかったことを、雄貴には言う気になったんだろう？

沙耶は雄貴の顔を見つめる。胸の中心がほんのりと温かくなる。

ああ、きっと私、この人のこと好きなんだ。ごく自然に沙耶はそう気づけた。

「私さ、……たしかに男の人のこと苦手だけど、雄貴のことは嫌いじゃないよ」

その遠回しの、分かりにくい告白は、いまの沙耶にとって精一杯の愛情表現だった。

案の定、雄貴は沙耶の言葉を別の意味に取ったらしく、額にしわを寄せた。

「なんだよ、それは俺が男らしくないって意味か？」

沙耶は小さく笑い声を漏らす。これで良い。べつに私の気持ちを知ってもらわなくても、このままの生活が続いてくれれば……。

突発的に始まったこの同居生活が、いかに不安定でいびつなものか沙耶は理解していた。もし、自分を拉致しようとした男たちが逮捕されれば、そうでなくてもなにかちょっとしたきっかけがあれば、この生活にピリオドが打たれるだろう。

できることなら、早く男たちが逮捕されて欲しい。けれど、雄貴との生活はできるだけ長く続いて欲しい。相反する想いが沙耶の中で渦巻く。

「それじゃあさ、なんで雄貴、あんなに怒っていたの？」

「危ないから、事件のことにはかかわるなって言っただろ。それに、金も念のため引き出すなって言っておいたのに」

雄貴は沙耶の体に回していた両手を解くと、テーブルの上の一枚の紙を指さす。それはＡＴＭから預金を引き出したときの利用明細だった。

「……ごめん」

あっさりと雄貴が手を引いたことに軽い不満を覚えながらも、沙耶は素直に謝る。

「あいつらは二人も殺しているかもしれないんだ。どんなに気をつけても、気をつけ過ぎってことはないだろ」

沙耶は首をすくめる。雄貴に助けられてからかなりの時間が経ち、いつの間にか警戒心が薄れてきていた。事件の真相を、なぜ恵美が殺されなくてはならなかったかを知ろうとすることは、間違っているとは思っていない。しかし安易に預金を引き出したのは、雄貴の言うとおり軽率だったかもしれない。

「今度から外出するときはこれを持って行ってくれ」

雄貴はテーブルの上に置かれていた紙袋を差し出してくる。受け取って中を見ると、そこには大きなサングラスと、手に収まるほどの大きさの、半透明のハート形のキーホルダーが入っていた。

「これ、なに?」

沙耶はハート形のキーホルダーを取り出す。側面にひもが取り付けてあり、裏側はスピーカーのように格子状になっている。

「防犯ブザーだよ。その横についているひもを強く引っ張ると、大きな音が鳴るらしい。外へ出るならサングラスで変装して、その防犯ブザーを持ち歩いてくれ」

沙耶の口元が綻ぶ。雄貴が自分を心配してくれていることが嬉《うれ》しかった。

「そんなに私のこと心配だったんだ」

からかうと、雄貴は照れ隠しなのかぶっきらぼうに話題を変えた。

「そんなことより、なにか手がかりは見つかったのか?」

「……ううん、全然だめだった」

目を細めてたずねてくる雄貴に、沙耶はとっさにうそをついた。

「そうか、しかたないな。もう変な所に行くなよ。捜査は警察に任せておけ」

「うん、もうあんな所に行ったりしない。約束する」

沙耶は素直に頷く。そう、もうあんな所に行く必要はない。あそこで得られる情報はすでに得てしまったのだから。

恵美の、唯一無二の親友のかたきは絶対に自分で討つ。自分の手で犯人を見つけ出す。その決意はいまも揺らぐことはない。しかし、雄貴に心配はかけたくなかった。

雄貴を見つめながら、沙耶は内心の決意を笑顔の仮面で隠し続けた。

第三章　取引

1　岬雄貴

茨城の山間《やまあい》を走るローカル線は、平日の、しかも通勤通学時間をはずれている時間帯だけあって空《す》いていた。柔らかな秋の日差しが、窓から差しこんでいる。

雄貴はPTPシートから錠剤を取り出すと、口の中に放りこんだ。糖衣《とうい》が唾液で溶け、かすかな甘みが口に広がる。ペットボトルの緑茶で薬を流しこむと、大きく息をつく。

数日前から腹部に感じる鈍痛が悪化の一途をたどっていた。以前は一日一回程度の頓服ですんでいた鎮痛剤が、毎食後飲まなければ痛みを抑えられないようになっている。

来たか……。雄貴は心を落ち着かせるように、浅くゆっくりとした呼吸をくり返した。これまで発見されないように、体の奥で息をひそめていた癌《がん》細胞が、とうとう本格的に侵略に乗り出してきた。これからさらに血中から栄養を奪って増殖し、痛覚神経に浸潤して疼痛《とうつう》を引き起こしていくだろう。

もうすぐ一般的な鎮痛剤では不十分になり、麻薬による鎮痛が必要になる。

一瞬、あのどす黒い混沌《こんとん》が心をおかしそうになる。軽く頭を振って、雄貴は膝の上に置かれた資料を手に取り、意識を活字に集中させた。最後に『仕事』をした日から抗不安薬の内服をしていないため、たびたび黒い感情の萌芽は感じられたが、そのたびに意識を他に向けることで心が腐ることを防いできていた。

「坂本光男……か」

雄貴は小声でつぶやく。それが宇佐見から渡された資料に記された男の名だった。

坂本光男は、栃木に生まれた。中学卒業と同時に東京に出て、大工に弟子入りし、その後二十二歳で結婚、一子をもうけた。しかし三十歳のとき、平凡ながら順調だった坂本の人生が大きく狂う。現場で頭上から落ちてきた資材の直撃を受け、左足を粉砕骨折。手術とリハビリを行ったが、損傷が激しく、二度と現場に立てない体となった。それを境に、彼の人生は転落の一途をたどりはじめる。

仕事ができなくなったいらだちを家族にぶつけ、家庭内暴力を理由に三十二歳のときに離婚している。その後ギャンブルにのめりこみ、財産を使い果たし、生活保護を受けるようになった。そしていまから約三十年前、坂本はとうとう人としての一線を越える。

夏の夕暮れ時、自転車で畑と畑の間のあぜ道を坂本は走っていた。とくに目的があってそこを訪れたわけではなかったらしい。事実、坂本がそこに行ったのは初めてで、その場所は坂本が住んでいた場所からは十キロ以上離れていた。

「なんとなくそんな気分だった。どこか遠くに行きたかった。消えちまいたかった」

後に坂本は取材にそう答えている。その気まぐれが、悲惨な事件のきっかけとなった。あぜ道をふらふらと自転車で進んでいた坂本の視界に、一人の少女が飛びこんできた。少女の名前は瀬川遼子《せがわりょうこ》。高校の部活を終え、帰宅する途中だった。

自暴自棄になり、うっ積した怒りのはけ口を求めてさまよっていた坂本は自転車で背後から近づくと、飛びかかるようにして少女を畑の中に押し倒した。暴行が目的だった。高校生の少女など、押し倒してしまえばおとなしくなるとたかをくくっていた。しかし、突然背後から襲われた少女はパニックを起こし、激しく抵抗した。想像をこえる抵抗の激しさに焦った坂本は無我夢中で両手を少女の細い首にかけ、力いっぱい絞め上げた。そして彼が我に返ったとき、すでに少女の顔は土気色に変色していた。坂本は悲鳴をあげ、そこから離れると、自転車に乗って一目散に逃げ出した。

翌日、少女の遺体は畑の所有者により発見され、警察に通報された。前日にすでに家族から出されていた捜索願によって、少女の身元はすぐに確認できた。茨城県警は殺人事件として捜査本部を立ちあげたが、捜査はすぐに暗礁に乗り上げた。

捜査当局と少女の遺族にとって不運だったことに、そして坂本にとって幸運だったことに、犯行後に夜を通して降り続いた大雨によって、現場の犯行の痕跡は洗い流されていた。大量の捜査員を動員したにもかかわらず、ついに捜査の手が坂本に伸びることはなく、時間だけが過ぎていき、やがて事件は人々の記憶から風化して消えていった。

事件の真相は完全に闇の中に葬られた。誰もがそう思っていた。しかし去年、だれも予想だにしないことが起こる。きっかけは、民放のテレビ局が『未解決凶悪犯罪事件簿』と銘うって放送した特別番組だった。

二時間の間にさまざまな未解決事件の詳細を、再現ドラマの形で放映し、生放送で視聴者から事件解決の手がかりをつのろうというものだった。その中で『茨城県美少女高校生殺人事件』というちんぷなあおり文句で、瀬川遼子の事件も、「残念ながら二〇一〇年の時効廃止前に時効を迎え、犯人を見つけても起訴できなくなった事件」として、わずかな尺で放映された。

番組も終わりにさしかかったとき、テレビ局に一本の電話がかかって来た。電話の主は事件が時効になっていることをしつこく確認したあと、おもむろに言った。

「俺が犯人なんだけど……」と。

電話を受けた局員は、最初は単なるいたずらと思った。しかし、男が語る内容があまりにも細部にわたっていたため、念のため番組のプロデューサーへととりつがれた。

業界人としての嗅覚ですぐにその電話がいたずらなどではなく、スクープのネタであると感じ取ったプロデューサーは電話の主、坂本光男に対して、事件は時効になっており、法的に罰せられることはないと強調し、そのうえで取材を申し入れた。当然そのとき、それなりの謝礼金も提示していた。

坂本は申し出を簡単に受けた。坂本がテレビ局に連絡した大きな理由の一つが、番組が提示していた、情報に対する謝礼金だった。生活保護で受け取った金をギャンブルに使うことが習慣となっていた坂本は、自分の犯行を告白してどうにか金を稼ごうとするほど、経済的に困窮していた。

テレビ局は迅速に坂本と連絡をとり、取材を行った。取材スタッフたちはきわめて丁重に坂本に接した。社会の底辺で生活してきた坂本はそのあつかいに感動し、機嫌良く自分の犯行のすべてを話した。

取材をしたリポーターは坂本の生い立ちや、怪我《けが》、犯行後のみじめな生活について、深い同情をしめしながら話を聞き出していった。そのリポーターの態度が、坂本の口に潤滑液をさし、坂本は最後は涙を流しながら長期間、胸にためていた思いを吐きだしていったのだった。

取材から数週間後、坂本への取材をもとに、テレビ局は『茨城女子高生殺人事件の真実　時効のもたらした闇』と題して、大々的に特番を放映した。

番組を見た坂本は愕然《がくぜん》とした。取材時はあれほど自分に同情的だったにもかかわらず、番組の内容は、可憐《かれん》な女子高生を自分の身勝手な欲望によって殺した犯人を強く糾弾するものだった。モザイクごしに語られた坂本の思いは、残虐な殺人者の身勝手なざれ言としてコメンテーターたちに断罪された。番組のすべてが、犯人に対する激しい憤りを視聴者に感じさせるものとなっていた。そこにいたってはじめて、坂本光男は自分がマスコミにいいように操られていたことに気づいた。

殺人犯が見つかった。しかし時効によって罰することができない。このニュースをマスコミはこぞって取り上げた。いくつかの週刊誌が特集を組んで事件を取り上げ、その中の一誌が坂本の写真を修整することなく、実名つきで掲載するという行動に出た。またインターネット上では公然と、住所を含む坂本の個人情報が晒《さら》されていた。

坂本の住むアパートは連日、遺族に対する謝罪の言葉を求めるマスコミたちと、自分勝手な義憤にかられた野次馬たちに取り囲まれることになった。利己的な被害者意識をさらに強くした坂本は、自分のすみかを取り囲む者たちに対し、暴言をあびせかけ、ときにはバケツにくんだ水をかけるなどして、さらに世間から孤立していった。

そして今年の二月、世間も坂本のことを忘れかけたころ、一連の事件に終止符がうたれる。坂本が自宅近くの路上で殺害されているのが見つかったのだ。鋭い刃物で首を切られたことによる失血死だった。坂本の死は、『時効をむかえた殺人犯の死』としてではなく、『身寄りのない初老の男性の死』として報道され、マスコミも責任を感じたのか、大々的にテレビや週刊誌をにぎわすことはなかった。

そしていまだに、坂本光男を殺害した犯人は見つかっていない。

雄貴は資料から目を上げると、両手でまぶたを押した。よく調べられ、それでいて簡潔にまとめあげられている資料だ。これだけ見ても、宇佐見が優秀なジャーナリストであることが分かる。

宇佐見から受け取ったこの資料を詳しく読めば読むほど、頭の中で一つの仮説が確信へと変化していく。この坂本光男を殺したのはジャックだ。事件現場が神奈川県の川崎《かわさき》市で、トランプは残されていないが、犯行の手口はジャックの事件そのものだった。そして、この事件の二ヵ月後、正式にジャックの最初の犯行とされている殺人が発生した。

「これが……きっかけか」

ジャックが電話で言った『時効も、少年法も、心神喪失も、証拠不十分も、なにも関係ない』という言葉。それがずっと引っかかっていた。

ジャックの被害者たちの多くは、たしかにさまざまな理由で重い刑罰を科せられてはいなかった。しかし、十人を超える被害者の中には誰一人として、時効により刑罰を逃れた者はいないはずだった。しかし、ジャックはまっ先に『時効』と言った。

ジャックはもっと殺しているのでは？　トランプという小道具で自分の犯行をアピールしてきた殺人者。そのシリアルキラーがひた隠しにする犯行。もしそれが本当に存在するとしたら、それこそジャックの正体に近づく足掛かりになるかもしれない。そう考えた雄貴は、宇佐見にトランプの情報の見返りとして、一つの依頼をしていた。「最近、時効で逮捕されなかった犯人で、殺されたやつはいないか調べてくれ」と。その結果浮かび上がってきたのが坂本光男だった。

坂本光男こそジャックの正体に近づく鍵に間違いない。雄貴は拳に力を込める。

電車が徐々に減速をはじめた。やる気のない声で、車掌が次の駅名をアナウンスする。目的の駅だ。雄貴は資料をていねいに鞄《かばん》の中に入れると席を立った。

みぞおちに軽く、しかし鋭い痛みが一瞬走った。


想像していたよりも駅前は活気があった。駅と直結した駅ビルのデパートは、多くの買い物客で賑《にぎ》わっている。雄貴はタクシー乗り場へと足を進めていった。

「ここ、分かりますか？」

タクシーに乗りこむと、雄貴は目的地の住所が書かれたメモを運転手に渡す。

「分かるっちゃあ分かるけど、けっこう遠いですよ。それでもいい？」

人のよさそうな中年の運転手は、メモをながめながら雄貴をふり返った。

「かまいません。お願いします」

雄貴は座席に背中を押しつけ、目を閉じる。タクシーが発車する。

「お客さん、こんなになにもないところになんの用なんですか？　この辺の出身？」

十分ほど走ると、暇をもてあましたのか運転手が話しかけてきた。

「いや、そういうわけじゃないんですけどね」

腕を組んで目を閉じたまま雄貴は答える。べつに眠いわけではないが、いまはあまり他人と話したい気分ではなかった。

「そうだよね、お客さん全然こっちのなまりないものね。この辺の出身のやつらって、標準語しゃべっても、ちょっとだけ発音にくせがあるんですよ」

雄貴は「そうですか」と生返事をする。

「ああ、ごめんなさいね。無駄口おおくて」

「べつにかまいませんよ」

雄貴は首を鳴らすと、まぶたを上げる。目を閉じていると、どうにもみぞおちのあたりに重みを感じる。視覚を遮断しているため、ほかの感覚が鋭くなってしまう。

「そうですか。それじゃあ、なんでこんな辺鄙《へんぴ》なところに？　友達でもいるんですか？」

「いや、ちょっと調べものがあって」

「調べもの？　歴史のある建物とかそういうのですかね？」

「そういうのじゃないんですよ」

「あ、やっぱそうだよね。どう考えてもこのあたりじゃ、そんな由緒正しいものなんてないもんな。あ、分かった。お客さん探偵さんじゃない？　なにかそんな雰囲気あるもん。なんて言うのかね、ハードボイルドみたいな」

面倒になって、雄貴は「そんな感じですよ」と適当に答える。

「やっぱりね。この仕事長年やっていると分かるんですよ。なんて言うの、人が醸し出す雰囲気みたいなやつ。お客さんからはなんとなく……危険な匂いがただよってる」

「……そうですか」

まさかうしろに乗せているのが、四人もの人間を斬り殺した、畜生にもおとる殺人鬼だとは夢にも思わないだろうな。雄貴は自虐的に唇のはしをつり上げる。

「事件の調査ですか？　けど、こんないなかで事件なんてほとんどないけどなあ……」

「昔の事件ですよ。ずっと昔の」

「昔の事件っていうと、もしかしてあれかな。三十年近く前に女子高生が殺されたやつ。ね、お客さん、そうじゃありませんか？」

「なんで……そう思うんです？」

「いやね、私その辺の出身なんですけど、事件らしい事件なんて、あれくらいしかないんですよ。ひどい事件でしたよありゃ」

運転手はわざとらしくため息をつく。

「それに、いまから行く場所、たしか被害者の女の子の通っていた学校でしょ」

「詳しく知っているんですか？　その事件のこと」

運転手の言うとおり、目的地は被害者の瀬川遼子がいた高校だった。

「そりゃ、まあね。あのころ私はまだあの辺に住んでましたからね。もうあのときはずっとその話題で持ちきりでしたよ」

「被害者を知っていたりは？」

「いやそこまでは。けどね、妹がそのとき同じ高校にいたんですよ。殺された娘《こ》と同じ。だから噂《うわさ》ぐらいは聞いてますけどね」

「どんな？」雄貴は後部座席から身を乗り出した。

「大したことは聞いてないですよ。うちの妹だって直接の友達ってわけじゃあなかったですからね。その娘が可愛《かわい》かったとか、人気者だったとか、その程度のことですよ」

「そうですか……」

「そういえばあの事件、なんか犯人が名乗り出たんですよね、『自分がやりました』って。俺もテレビで見たけど、卑怯者《ひきょうもの》だよね。時効で捕まらないって分かってから出てくるなんてさ。あんなのが、いまものうのうと生活してるんだもんね。世の中不公平だよ」

　運転手が怒りの滲《にじ》む声で言う。

　ちゃんと罰は下ったよ。天罰じゃないけどな。雄貴は心の中でつぶやいた。

「いやーしかし、被害者の女の子の家は悲惨でしたよ。もう家族がめちゃくちゃ。最終的にこのあたりから引っ越していきましたけどね」

「引っ越していった？　被害者の家族が？」

「うーん、なまじ都会より、こういうところはシビアなんですよ。殺人事件なんて、いい噂のネタになって。伝言ゲームみたいにわけ分かんないことになっちゃう」

雄貴は首をひねる。運転手の言っていることがいまいち理解できなかった。

「いや、だから変な噂が流れはじめるんですよ。こういうところでは」

運転手はいいわけするような口調で言葉を足していった。

「被害者が男をとっかえひっかえ付き合って、そのトラブルで殺されたとかね」

「……それは本当なんですか」

「分かりません。ただ、そんな噂がどこからともなく流れはじめて、それなら自業自得、みたいな雰囲気になっていったのは確かです」

雄貴は両腕を組む。被害者に着せられた汚名。そこに、ジャックに繫《つな》がる手がかりがあるのだろうか。黙り込んだ雄貴に遠慮したのか、運転手も口を開かなくなった。

エンジン音を響かせながら、タクシーは畑が目立つようになった道を走っていった。


「そろそろ着きますよ、お客さん」

運転手の言葉が雄貴を現実に引き戻す。フロントガラスの向こう側、百メートルほど先に校舎らしき建物が見えた。

校門のそばでタクシーはとまった。雄貴はメーターに視線を送る。メーターは六千円に少しとどかない金額を示していた。一時間近く走っていたわりにはそれほど高くはない。雄貴は財布から一万円札を出すと「つりはいいですよ」と言って運転手に渡すと、学校に向かって歩き出した。

鉄扉が開いている校門を通る。授業中なのか、校庭には人影はない。

東京などでは最近は不審者を警戒して、登下校時以外は校門を閉めている学校が多いが、ここではそんなこともないらしい。それだけ平和なのだろう。こんなのんびりとした土地で起きた殺人事件。当時は、蜂の巣をつついたような大騒ぎになっただろう。

校庭を横切って校舎に入り、事務室の前で若い女性事務員に声をかける。

「もうしわけないですが、校長先生か教頭先生を呼んでいただけないでしょうか？」

「はい、あの、……お約束がおありですか？」事務員はとまどいの表情を見せる。

「いえ」

「では、どのようなご用件で？」

「東京の警視庁から参ったものです。少しお話をうかがいたいのですが」

雄貴はジャケットのポケットから警察手帳を取り出し、事務員の顔の前にさらした。数日前に、秋葉原《あきはばら》の路地奥にあるマニア向けの小さな店で買ったレプリカだった。

「えっ……あの、警察の方ですか。……少々お待ちください」

案の定、事務員は偽の手帳を確認することもなく、慌てて奥に引っこむと、電話でなにやら話しはじめる。

「お待たせいたしました。教頭がお話をうかがいます。応接室にご案内いたします」

すぐに戻ってきた事務員は、緊張したおももちで雄貴を先導していった。

事務員に通された豪奢《ごうしゃ》な造りの応接室でソファーに座って十分ほど待つと、扉が開きメガネをかけた初老の女性が部屋に姿をあらわした。

「お待たせいたしました。本校の教頭をつとめております佐藤《さとう》と申します」

「突然お邪魔してもうしわけありません。警視庁の松田と申します」

雄貴は慇懃《いんぎん》に、以前家を訪れた刑事の名を名乗った。これで万が一確認をされたとしても、身分詐称が露見しにくくなる。

「警視庁というと、東京の警察の方ですよね？　うちの生徒がなにかしましたか？」

雄貴の対面のソファーに腰かけながら、教頭は厳しい顔で言う。

「あ、いえいえ、そういう用件ではありません。現在捜査を行っている事件で、過去の事件の詳細を調べる必要性が出てきまして。それでこちらに参ったわけです」

「過去の事件と言いますと？」

「三十年ほど前、こちらの生徒さんが殺害された事件です」

「ああ……あの」

教頭の顔に複雑な表情が浮かぶ。現在の生徒に関することでなく安堵《あんど》した気持ちと、過去の忌まわしい事件を掘りかえされる嫌悪感。相反する二つの感情が、その表情から読みとることができた。

「失礼ですが、教頭先生はそのころこちらの学校には……」

「おりました。新米の国語教師をしていました」

「それでは、被害者の生徒も……」

「ええ知っています。素直で優しい、とてもいい生徒でした」教頭は遠い目をする。

「そうですか、いい生徒さんでしたか。ただ私が聞いた話とは少しちがうような……」

教頭が被害者を知っていた幸運に感謝しながら、雄貴は教頭に思わせぶりに言った。

「話？　どんな話を聞いたのですか？」

「あくまで噂ですが、被害者が多くの男性と交際していてトラブルになっていたとか」

雄貴はあえてその話題に触れ、教頭の冷静な仮面をはがそうとする。

「誰ですか、そんなでたらめを言ったのは！　そんなものは、なにも知らない人が流した根も葉もない噂です。実際の瀬川さんを知っている人がそんなこと言うわけがありません！　第一なぜ、いまさらその事件を調べるんですか？　その事件はもう時効になって、それに犯人だって分かっているじゃないですか。それなのに逮捕もできない」

雄貴の思惑通り、激高した教頭は雄貴につめよった。

「その犯人が殺害されました」

淡々と言うと、教頭は「え？」と目をしばたたかせる。

「私はその事件の犯人を捜しています。なにか心当たりはないですか」

混乱した心を立て直すすきを与えず、雄貴はたたみかける。教頭の表情に一瞬さざ波のように動揺が走った。

「思い当たる人がいるんですね？」

「いえ……」

「先生、どうか教えてください。犯人には十分に情状酌量の余地があります。犯人は遅かれ早かれ逮捕されます。不安な日々を送るより、早く罪をつぐなった方がいいはずです。もちろん先生からお話をうかがったことは誰にも漏らしません」

雄貴はぺらぺらと適当なことをまくし立て、追いこんでいく。教頭は誰かに助けを求めるように、空中に視線をさまよわせた。

「隠すとためになりませんよ、学校のためにも」

雄貴は声の圧力を上げた。教頭は数秒の躊躇《ちゅうちょ》のあと、あきらめたかのようにため息を吐《つ》くと、ぼそぼそと語りはじめた。

「……うちの卒業生でもある、遼子さんのお兄さんの順平《じゅんぺい》君。彼が事件のあと、人が変わったようになって。大学も辞めて、自分で犯人を見つけようとしたり、さっき刑事さんが言った噂を口にした人を殴りつけて警察ざたになったり……」

頭の中で閃光《せんこう》が走った。順平のイニシャル『J』、そして遼子の『R』。あのトランプのカードの意味。それが『Jack the Ripper』などではなく、自分と妹のイニシャルからとったものだとしたら……。

「ありがとうございます。とても参考になりました」

「いえ、あの、私はべつに順平君が怪しいって思っているわけじゃ……」

「分かっています。こちらも一応確認させて頂くだけです」

「それなら……いいんですが」

「あ、あと、勝手なお願いでもうしわけないのですが、もし、瀬川順平さんと遼子さんが写っている写真などがありましたら、お借りしたいのですが」

「……分かりました、たぶんあると思います。少々お待ちください」

まるで逃げ去るように、そそくさと教頭は応接室から出ていく。そして、十分ほどして戻ってきた教頭の両腕には、アルバムが二冊抱えられていた。

「……卒業アルバムですね」

テーブルの上に置かれたアルバムを見て雄貴が言う。

「ええ、順平君と遼子さん、二人が卒業したときのものです」

教頭は一冊をぱらぱらとめくると、そのうちの一ページを指さす。

「この子が瀬川遼子さんですよ」

教頭は赤ん坊を見つめる母親のような目でその写真を見た。その指先がさす写真には、長い黒髪を左右にきれいに分けて、セーラー服姿で快活に笑う一人の少女が写っていた。

「卒業生の中に、入っているんですね」

「ええ、クラスの皆で決めました。遼子さんも一緒に卒業にしようって。当時の校長に頼んで卒業証書も作ってもらいました。みんなあの子のことが大好きでしたから」

そのころのことを思い出したのか、教頭は柔らかい微笑みを浮かべた。

「あの、瀬川遼子さんと親しかった生徒さんに、心当たりはありますか？」

「たぶん吉田政子《よしだまさこ》さんが、一番仲が良かったと思いますね。いつも一緒にいた親友だったから。彼女が亡くなったとき、吉田さんはショックで一週間以上学校を休みました」

教頭はしゃべりながらアルバムをめくり、一枚の写真を指さした。

「ここに瀬川さんと写っているのが吉田さんです」

写真の中で笑う瀬川遼子ともう一人の女子高生。雄貴の興味をひいたのは、二人の服装だった。

「瀬川遼子さんは、剣道部に所属していたんですか?」

剣道場とおぼしき場所で、二人は白い袴《はかま》をはき、紺色の胴をつけていた。二人のかたわらには面が二つ、ていねいに揃《そろ》えて置かれている。

「ええ、そんなに強くはなかったみたいだけど」

「それでしたら、もしかして瀬川順平さんも……」

「ええ、剣道部でした。順平君は小さなときからやっていたらしくて、一年からレギュラーで、三年のときは県の代表になるぐらいでしたよ」

教頭は胸を反らし、誇らしげに言った。

2　楠木真一

右手がうずく。楠木真一《くすのきしんいち》は無意識に右腕を押さえた。数週間前、フルフェイスヘルメットの男に切られた場所だ。二十針もの縫合が必要なほどの傷だったが、すでに完治し、皮膚の上にミミズ腫れのような傷跡を残すだけになっている。しかしその傷が、ここに来るとなぜかうずいた。楠木は拳を握りしめる。

あのとき、邪魔さえ入らなければ……。あの日のことを思い出すたびに、はらわたが煮えくり返る。本来ならいまごろ計画はすべて終わっているはずだった。すべてがうまくいっているはずだった。しかし現実は、時間だけが無為に過ぎていき、タイムリミットが刻一刻と近づいている。

逃げた少女を見つけ出そうと全力を尽くしているが、まったく網にかからない。この東京という大都会の中で、たった一人の人間を見つけるのがいかに困難か、楠木はそれを痛いほど思い知らされていた。

「……ちくしょうが」口の中で悪態がはじける。

完璧な計画のはずだった。途中まではうまく計画は進んでいた。一体、どこで狂いはじめたのか？　頭に小太りの中年男の、あぶらぎった顔が浮かんだ。

佐川、あの男だ。あのちんけな小男がつまらない欲をかいたところから、計画はゆがみはじめた。四百万円の約束だったのを取引直前で一千万円もふっかけてきやがった。

「僕を殺せば情報は手に入りませんよ、情報はほかの人に預けてあります」

そう言った佐川の得意げな顔が逆鱗《げきりん》に触れた。

もしあのとき一千万払っていれば、こんなことにはならなかった。あの小男が調べ上げた情報は、たしかに一千万以上の価値があった。しかし、それはできない相談だった。ヤクザ者が素人《しろうと》になめられるわけにはいかないのだ。

楠木たちは佐川を椅子にしばりつけ、金のかわりに拳をくれてやった。佐川はものの数発で悲鳴をあげ、涙と鼻水で顔面を汚しながら、情報のはいったＳＤカードを預けた相手を、拍子ぬけするほど簡単に白状した。自分のモデルをやっている金髪の女だと。

その女の居場所をしゃべり終えたところで、佐川は代金として鉛玉を胸に受け取ることになった。佐川のような信用のできない男は、後々計画にとって危険になる。そう判断してのことだったが、その行動もいまとなっては悔いが残る。

あの男を始末しなければならなかったのは間違いないだろう。どれほどの犠牲を払っても、この計画はやりとげなくてはならない、そのためにはわずかな危険さえ残しておくわけにはいかなかった。しかし、情報が完全に手に入るまで待った方が良かったのではないか？　結果論に過ぎなかったが、後悔せずにはいられなかった。

その後、佐川の言った女のアパートに行ってみたが、女は友人の少女にペンダントを預けており、その少女を捕まえようとしたら、ヘルメットの男が邪魔に入った。

ほんの小さな判断ミスが、ドミノ倒しのように、次々と計画を狂わせていった。

「もう少し、もう少しだけ待っていてくれ」楠木はつぶやく。祈るかのように。

椅子から腰を上げ、出口へと向かう。タイムリミットはさし迫ってきている。ここに長くとどまる余裕さえなかった。扉の前で楠木はふり返る。

部屋の一番奥、そこに置かれたベッドの上では、一人の少女が目を閉じ、静かに寝息をたてていた。

3　岬雄貴

寒い。闇がただようキッチンに膝を抱えるようにして座りながら、雄貴は体を震わせた。腕時計を見ると、時刻は午後十時を回っていた。冬の足音が聞こえはじめている季節、暖房もつけていないこの空間の寒さは、骨の髄にまで達する。体の震えが止まらない。この震えの原因が寒さだけではないことを雄貴は自覚していた。

雄貴はいま、瀬川順平の、ジャックの正体と思われる男の家の中にしのびこんでいた。

瀬川の住所を調べるのは、それほど難しいことではなかった。瀬川兄妹の高校で借り受けた卒業アルバムにのっていた、瀬川順平の同級生に片っ端から電話をかけ、警察を名乗って、「瀬川順平さんの父が事故で病院に運ばれ意識がない。連絡先を知らないか？」とたずねていけばよかった。

三十人ほどに電話をかけたところで、剣道部の同期で、いまも年賀状のやり取りをしている男性にたどり着いた。彼は雄貴の言葉をまったく疑うことなく、こころよく瀬川の現在の住所を教えてくれた。瀬川順平は都内、練馬《ねりま》区に住んでいた。

瀬川の住所を知った翌日、雄貴は早朝、沙耶に「病院で非常勤の日直を頼まれた」と言い残して瀬川の住居へと向かった。そこは西武池袋線の江古田《えこだ》駅から徒歩で十五分ほどの住宅街の中にある、二階建ての古びた単身者用のアパートだった。

電柱の陰から観察していると、午前七時を少し過ぎたころにアパートの一階の玄関扉が開き、痩軀《そうく》の中年男が姿を現した。目は落ち窪《くぼ》み、頰は病的にやせこけていたが、その男には、アルバムで見た瀬川順平の面影がはっきりと残っていた。

寒そうに背中を丸めて歩きはじめた瀬川のうしろを、雄貴は持ってきた野球帽を目深にかぶって追跡した。幸い朝の住宅地には、出勤する会社員や通学中の学生の姿が多く、雄貴はその中にまぎれるようにして尾行した。

瀬川は江古田駅まで歩くと、西武池袋線で練馬駅まで移動し、駅のすぐそばにある巨大なオフィスビルの中に入り、入り口のすぐわきにある警備員室へと姿を消した。ビルの外にある自動販売機でホットの缶コーヒーを買い、ちびちびと舐《な》めるようにそれを飲みながら待っていると、警備員の制服に身を包んだ瀬川が扉から出てきた。その姿を見た雄貴は、残りのコーヒーをのどの奥に流しこむと、ビルに背を向けて歩きはじめた。

尻の下の床の冷たさが、全身から体温を奪っていく。雄貴は少し腰をあげ屈伸をするように膝を曲げた。気温のせいで関節が固くなってきている。この部屋に侵入してからすでに三時間近くが経過していた。ビルの警備を担《にな》っている会社にバイト希望者を装って電話をかけ、シフトを確認したので、瀬川の今日の勤務が午後九時までであることは分かっている。

午後七時過ぎ、あたりが暗くなるのを見計らって、雄貴は裏の窓ガラスを割り室内へと侵入した。懐中電灯片手に室内を捜索し、瀬川がジャックである証拠をなんとか見つけようとした。しかし、押入れの奥まであさったにもかかわらず、トランプも、凶器の刃物も見つけることができなかった。

午後九時になったところで、雄貴は部屋の探索を中止した。証拠が見つからないなら、あとは自白を引き出すしかない。

玄関のわきにある流しに、背をもたせかけるようにして座り続けている。ここなら玄関を開けて入って来た相手の死角になる。たとえ相手が、十人以上を鮮やかな手口で殺害した殺人鬼だとしても、不意をつけばなんとかなるはずだ。雄貴は刃渡り約三十センチのサバイバルナイフを鞘《さや》から抜き、右手で柄《つか》を強く握るとまぶたを落とす。

とうとうジャックと対峙《たいじ》する。あの狂った殺人鬼と。ともすれば怖気《おじけ》づきそうな心を必死に奮い立たせながら、雄貴はただひたすらにそのときを待った。

電灯の点《つ》いていない部屋に、薄手のカーテンを通して街灯と月のあかりが窓から差しこむ。腕時計の秒針が時を刻む音が、薄暗い部屋にやけに大きく響いた。雄貴は小さく息を吐くと、手で胸のあたりをさすった。耐えがたいほどの緊張感のせいか、さっきから嘔気《おうき》が胸郭の中にわだかまっていた。

みぞおちには重い鈍痛も感じるようになってきた。腹痛は最近、悪化の一途をたどってきていた。頻繁に強力な鎮痛剤を飲んでいるが、痛みはなかなか消えない。

ちくしょう、こんなときに。雄貴は小さく舌打ちをする。そのとき唐突に、さざ波のようだった嘔気が、津波となり雄貴に襲いかかってきた。胃が痙攣《けいれん》し、食道を熱いものがかけ上がってくる。

雄貴は呻《うめ》きながら立ち上がると、洗っていない食器の重なった、悪臭のただよう流しに顔を近づける。意思とは関係なく、口から吐瀉物《としゃぶつ》が噴き出した。強い酸臭が鼻腔《びくう》を突きぬける。むせながら胃から逆流したものをすべて吐き出すと、雄貴は涙でにじむ視界の中、水道の水を出し、吐物の撒《ま》き散らされた流しを洗った。瀬川が帰って来たとき、匂いに気づかれたりしたら笑い話にもならない。

口の中の粘つくような苦みに顔をしかめ、雄貴は勢いよく水の流れる蛇口に口元を近づける。何度か口をゆすいだが、こびりつくような苦味は完全には消えなかった。

雄貴は水を流したまま、ふたたび床に腰を下ろす。緊張のせいだ。そう思おうとした。しかしそれが事実ではないことを、医師として培ってきた経験が告げていた。

緊張だけで、ここまで大量に嘔吐するとは思えない。数時間前に食べたものまで吐き出している。消化管の機能があきらかに低下していた。

癌性腹膜炎による消化器症状。それが雄貴が自分に下した診断だった。胃壁を突き破って腹腔内に顔を出した癌細胞が、腹の中にまで撒《ま》き散らされている。腹腔内で無秩序に発育しているその癌細胞が、消化管の働きを阻害しはじめているのだ。

癌性腹膜炎を起こした患者の予後はせいぜい二、三ヵ月。ほとんど治療を受けていない自分はさらに短いかもしれない。時限爆弾の針は確実に進んでいる。

二ヵ月。六十日。一四四〇時間……。そんな近い未来に自分はこの世から消滅する。そして何事もなかったかのように世界は続いていく。自分のいない世界が続いていく。

そのとき、俺はどうなっているんだ？　なにも考えることができない。なにも感じることができない。はじまりも無ければ終わりも無い世界。無。永遠につづく虚無の世界。

背中をこれまでにない震えがかけ上がって来た。寒さのせいでも武者震いでもない。純粋な恐怖による震え。具体的なタイムリミットを知ってしまったことで、これまで感じていたものとは比較にならないほどの恐怖が全身を覆い尽くしていた。

自分の身に迫っている魔物を正面から直視してしまった。そこから意識をそらすことは、もはや不可能だった。ヘビににらまれ、ただそのあぎとに捕らえられるのを待つカエルのように、雄貴は無防備に震えることしかできなかった。

無理だ。今日は中止だ。雄貴は力の入らない足で立ち上がり、自分が侵入した窓へと向かおうとする。帰った瀬川は、割られた窓ガラスを見て警戒心を強めるだろう。今日を逃せば、瀬川とジャックを結びつける証拠をつかむことはできなくなるかもしれない。

しかしそれでも、いまの状態で計画を実行することができるとは思えなかった。

そのとき、部屋の外から、コンクリートの外廊下を歩く足音が響いてきた。あきらかにこの部屋へと向かって来ている。雄貴は慌てて流しの陰へと隠れる。

焦《じ》らすかのように、足音はゆっくりと近づいてくる。いつの間にか震えは止まっていた。極限まで高まった緊張感が、一時的に恐怖をまぎらわせてくれていた。上着の内側に手を伸ばすと、そこに縫いつけてある鞘から再びナイフを抜いた。巨大なサバイバルナイフは、まるで闇を切り抜いたかのように、薄暗い部屋で白く鋭く輝きを発している。

足音が玄関ドアのすぐ外で止まる。ガチャガチャと鍵を開ける音が響く。雄貴はポケットからサングラスを取り出し、顔にかける。万が一瀬川がジャックでなかった場合のことも考え、最低限の変装はほどこしておきたかった。

ドアノブを回す音に続いて、古いドアが抗議するような軋みとともに開いていく。雄貴は息を殺し、ナイフをつかむ手に力を入れると、いつでも飛び出せるように軽く腰を浮かせた。リュックサックが室内に投げ入れられ、ドアが閉じられる。

まだ気づかれてはいない。雄貴の前を人影が横切り、無防備な背中をさらす。薄暗い部屋の中、一瞬見えた横顔は間違いなく瀬川順平のものだった。

両足に力を入れ跳ね上がるように、雄貴は瀬川の背中に飛びついた。左手で口を塞ぎ、右手に持ったナイフを首筋に当てる。突然の襲撃に瀬川は声を上げる。しかし、掌でさえぎられたその声は、くぐもった小さなうめきにしかならなかった。

瀬川は長身を反らせるようにして暴れた。雄貴はナイフの刃をわずかに皮膚に食いこませる。極限まで研ぎあげたその刃は皮膚を薄く破り、血を滲ませた。自分の首筋に何が添えられているか理解したのか、瀬川は体を硬直させると、抵抗することをやめた。

「動くな。動くとこのままのど笛かっ切るぞ」

雄貴は低い声で瀬川に耳打ちする。

「声も出すな。両手をゆっくりと背中のうしろで組め。なにかおかしなことをすれば、そのまま刺す。べつに俺はそれでもかまわない」

できるだけ感情を消した声で命令すると、雄貴はゆっくりと一歩うしろに下がる。それと同時に、のど元に当てていたナイフを滑らせるように移動させ、刃先を延髄に、貫けば一瞬ですべての生命活動が停止する中枢の上に置いた。

瀬川は荒い息をつきながら、両手を背中に回した。雄貴はポケットから、レプリカの警察手帳を手に入れたのと同じ店で購入した手錠を取り出し、刃先がずれないように細心の注意を払いながら、瀬川の両手に手錠をはめた。瀬川の両手は拘束される。

「そこの椅子に座れ。こっちを向かないで、まっすぐ行って座るんだ」

雄貴が耳元で囁《ささや》くと、瀬川は部屋の中心に置かれた木製の椅子に向け、おそるおそる歩を進めていく。雄貴もナイフを突きつけたまま前進していった。瀬川はゆっくりとその椅子に腰を下ろした。雄貴は肺に溜《た》まった空気を吐き出すと、ナイフを再び瀬川ののど元に添わせる。これで反撃される可能性をかなり低くすることができた。

「おまえ、誰なんだよ？」瀬川はかすれ声で言う。「金なんてねえぞ。強盗に入るなら、もっといい家に入れよ」

雄貴は無言のまま、瀬川の目の前に一枚のカードを掲げた。クラブのジャック。そのトランプには禍々《まがまが》しい紅色《あか》で『R』の文字が書かれている。

「なんだ、こりゃ?」

瀬川は呆《ほう》けた声をあげ、無表情に横顔をさらしているジャックを覗《のぞ》きこんだ。その反応は雄貴の期待したものとは大きくかけ離れていた。

「とぼけるな、おまえのカードだろ」

「俺のカード?」

瀬川は一瞬、ふり返るようなそぶりを見せる。その瞬間、皮膚と刃との間にわずかに作っていた空間をなくすことで、雄貴はその動きを制した。

「しらばっくれるな」

「なに言ってるんだよ? 財布ならポケットにある。それ持って出て行ってくれ」

「……ジャック。おまえがジャックだ。分かっているんだ」

「ジャック? なんの話だ? なに言ってるんだよ?」

「ふざけるな。おまえが殺してたんだ。剣道のインターハイ選手だったんだろ。そうじゃなけりゃ、あんなに簡単に人が斬れるわけないんだ」

「剣道? そんなもん学生以来やってねえよ。なんだよ、ジャックって? 通り魔のジャックのこと言ってるのか? それが俺となんの関係があるっていうんだよ! わけ分かんねえこと……」

「うるさい！」

雄貴は瀬川ののど元からナイフを離すと、感情に操られるまま、その柄で瀬川の頰を殴った。部屋に鈍い音が響く。口から血を滴らせながら、瀬川はうつむいた。

「おまえがジャックだ。坂本光男！　坂本光男が最初の『仕事』だ。そうだろ！」

自分に言い聞かせるように言いながら、雄貴は最後の切り札を切った。自分の妹を殺した男の名。その名を出されれば、瀬川がジャックなら冷静でいられるはずがない。

「誰だよ、それ？」

瀬川は赤くはれた唇をふるわせ、力ない声を出す。その声に妹をうばった男への怒りは微塵《みじん》も感じられず、ただとまどいと恐怖だけが濃くかもし出されていた。

体から力が抜けていく。この男はジャックじゃない。なかば気づきながら、かたくなに目をそらしていた事実がつきつけられる。ようやくつかんだと思った手がかりが、するりと指の隙間からこぼれていった。

「なんだよ？　なんとか言えよ。誰なんだそいつは？」

沈黙に不安になったのか、瀬川が声を上げる。

「……あんたの妹を殺した男だ」

瀬川はまるで顔を殴られたかのような勢いでふり返り、雄貴を見た。ナイフの刃もその動きを止めることはできなかった。サングラスごしに二人の視線が衝突する。

「いま……、なんて言った」瀬川の唇が震える。

一瞬気圧《けお》された雄貴は「動くな！」と鋭い声をあげ、刃を首筋に当てる。

「いまなんて言ったんだ！」

ナイフの存在など忘れさったかのように、瀬川は椅子から体を持ち上げようとする。

「座ってろ！」

「いいから、いま言ったことを説明しやがれ！　妹を殺したやつがどうしたんだ！」

雄貴は空いた左手で瀬川の肩を押さえ、立ち上がるのを防ぐ。

いまにも飛びかかりそうな勢いで、瀬川は叫ぶ。つい数十秒前まで、体を縮めながらおびえていた男とは思えない豹変《ひょうへん》。この男は本当に坂本光男のことを知らなかった。

「……坂本光男、あんたの妹を殺した男だよ」

「あいつか？　テレビでべらべらしゃべっていた馬鹿野郎か？」

「そうだ、そいつだよ。あんた……名前も知らなかったんだな」

「警察に電話しても、マスコミに連絡とっても、あいつら『人権問題になるから』って教えてくれなかったんだ。あんな畜生に人権なんかあるのかよ！」

暗い部屋の中、瀬川の目が憎悪に爛々《らんらん》とかがやく。

「教えてくれ！　あんたあの男のこと知ってるんだろ？　あいつはどこに住んでるんだ、どうやったら会えるんだ！　頼む、お願いだ！」

「……それを知ってどうするんだ？」

瀬川の答えは分かりきっていた。それでも雄貴はたずねずにはいられなかった。

「俺が殺してやる。この手でぶっ殺してやる」

瀬川は三十年間、体の奥底にためていた殺気を放つ。それはいまにも瀬川の皮膚をつき破り、外へともれ出してきそうだった。

「……死んだよ」

「え?」瀬川の口から呆けた声が漏れた。

「あんたの妹のかたきはもう死んでる。今年の二月に」

「あ……うそだ、そんな。なんで……」

空気の抜けた風船のように、瀬川の体がしぼんだように見えた。重力に逆らうこともできなくなったのか、椅子の背もたれにだらりと体重をかける。雄貴はゆっくりとナイフを瀬川ののど元から外す。

「殺されたんだ。犯人はまだ捕まってない」

「……苦しんだか?」うなだれたままの瀬川は、嗚咽《おえつ》するように言った。

言葉の意味が分からず、雄貴は「なに?」と問い返す。

「そいつは苦しんで死んだのか? 俺たちの地獄の苦しみを、あいつは味わったのか?」

緩慢な動きで上げた瀬川の顔には、懇願するような気配が漂っていた。

「……ああ、苦しんだよ。もがき苦しんで、のたうち回って、悲惨な死に方をしたよ」

坂本光男は一瞬で頸動脈《けいどうみゃく》を切断されている。自分の身になにが起こったか把握する間もなく絶命しただろう。しかし雄貴はうそをついた。目の前で苦しむ男のために。

「そうか、苦しんだか。そうか……」瀬川の顔に笑みに似たものが走る。

部屋に沈黙が降りる。しかしそれは、いままでの触れれば切れるような張りつめたものではなく、どことなく弛緩《しかん》した、生温《なまぬる》いものだった。

「あんたがやったんじゃなかったんだな？」

「ああ、俺じゃない。俺がやりたかったけど、もうだめなんだ。俺には遼子のかたきをとることなんてできなくなってたんだよ」

瀬川は自虐的な、乾いた笑い声をあげる。

「もう俺には、なにも残っていないんだよ」

「あんた、妹が殺されてから、犯人見つけようと必死だったんだろ？　一体なにがあったんだ？」

「……犯人を見つけようなんて思っていたのは、せいぜい半年さ。そのために大学も辞めた。けどな、半年後にそれどころじゃなくなったんだよ」

瀬川の歯がぎりりとなる。

「……おふくろが首を吊《つ》ったんだ」

言葉を失う雄貴の前で、瀬川は陰鬱《いんうつ》な声で喋《しゃべ》り続ける。

「もともと神経の細い人だったからな。遼子が殺されてまいっていたのに、わけの分かんねえ噂がとどめを刺しやがった」

「男遊びが激しかったってやつか?」

一瞬、噛《か》みつきそうな表情を見せた瀬川だったが、すぐに厭世的《えんせいてき》な態度が戻った。

「よく調べてるな、あんた」

「偶然耳に挟んだだけだ」

「その噂だよ。いつの間にか遼子は、『可哀《かわい》そうな被害者』から『自業自得の淫乱女』に変わってたんだよ」

「なんでそんな噂が流れた?」

「……遼子は処女じゃなかった」

一瞬の躊躇のあと、瀬川はふてくされたように言った。

「解剖されて分かったんだ。あいつには経験があったんだ」

それがどうしたというのだ? 高校生だ。経験があったとしても不思議じゃない。

「時代がちがうんだよ、時代がな」

雄貴の顔に浮かんだ表情を読みとったのか、瀬川は嘲《あざけ》るように言った。

「高校生で男とやってたっていうだけで、あのころはあばずれ扱いだ。それに警察が痴情の縺《もつ》れの可能性もあるって、遼子とつきあってたやつを探した。そん中で、遼子に経験があったってことを、刑事たちが言葉のはしばしににじませたんだよ。それで、可笑《おか》しな噂に尾ひれがついて広がっていった。最終的に、遼子とつきあっていたやつは見つからなかったけどな」

「あんたは知らなかったのか？　妹が誰かとつきあっていなかったか」

「さあな、そのころ俺は東京の大学に行ってたから」

瀬川は力なく首を左右に振る。

「おふくろが死んでからは、もう何もする気力がなかった。俺はすぐ家を出たよ。あの家に親父《おやじ》と二人でいるなんて耐えられなかった。それで東京に出てきて、……いまはこの有様だ。俺は……逃げたんだよ」

逃げた。犯人を追うことから、妹の汚名をそそぐことから、そして現実と対峙することから。

坂本光男の名は、一部の週刊誌やネット上で公表されていた。瀬川が本気で調べようとすれば、その情報に行きつくことも十分にできたはずだ。しかし瀬川はそれをしなかった。もう復讐《ふくしゅう》に燃やす気力が残っていなかったのだろう。

「……逃げたんだ」瀬川はふたたびつぶやくと、小さく嗚咽の声をあげはじめた。

「……悪かったな、あんたを疑って」

「ジャックなのか？」嗚咽の中、瀬川は声を絞り出す。

「ん？」

「さっきあんたが言っただろ。妹のかたきを討ってくれたやつは、あのジャックなのか？」

「忘れろよ。頭のおかしい男のざれ言だと思えばいい」

「もし、……もしあんたが、遼子のかたきを討ってくれたやつを見つけたなら、伝えてくれ。俺が感謝していたって。恩人だって」

雄貴は無言で手錠の鍵を畳に放った。

「なあ、……教えてくれ」

鍵を拾いに行くこともせず、瀬川は言う。

「俺はこれから……どうやって生きていけばいいんだ？」

雄貴はまるで握手をするように、瀬川の拘束された手を握ると、耳元に囁いた。

「自分で考えな。あんたには考える時間があるだろ。……十分に」

俺と違ってな……。

雄貴は心の中で一言つけ加えると、玄関に向けて歩きはじめた。

握った瀬川の手は柔らかかった。何年も竹刀《しない》を握っていない手だった。


「お帰り。遅かったね」

瀬川のアパートの近くからバイクを飛ばし、ようやく家について玄関で靴を脱ぐ雄貴を、電子ピアノを膝にのせソファーにすわる沙耶の声が出むかえた。

「まだ起きてたのか？」

力ない声がこぼれる。全身の血液が水銀に置き換わったかのように体が重かった。瀬川がジャックとは別人だった失望、そして自分に残された時間への焦りと恐怖。それらが混じり合って、心と体をむしばんでいた。

雄貴はふらふらとリビングを横切り、部屋のドアノブに手をかけた。

「あっ、ご飯できてるよ。すぐ温められるから、ちょっと待ってて」

「いや、飯はいい。疲れたから、もう休む」

背中で沙耶の文句を聞き流しながら、雄貴は部屋の中へと滑りこんだ。机に歩み寄り、鍵つきの抽斗《ひきだし》を開けると、その中にナイフをしまいこむ。抽斗に鍵をかけると、雄貴は倒れこむようにベッドに横になった。着替えるのもめんどうだった。早く意識を失い、なにも考えないですむようになりたかった。死人のように……。

意識が闇に溶けこもうとしたとき、遠慮がちなノックが雄貴の眠りを妨げた。

「なんだよ?」軽い苛立《いらだ》ちを覚えながら、雄貴は声を上げた。

ドアがゆっくりと開き、その隙間から顔を出した沙耶は、なにかを探すかのように部屋を見渡す。雄貴は無意識に一瞬、机の抽斗に視線を走らせる。自分の犯罪、そしてジャックとの繋がりを示す証拠が収められている抽斗は、その口を閉じていた。

「なにか用か?」

「あの、ちょっと入ってもいい?」おずおずと沙耶は言う。

「……好きにしてくれ」雄貴はベッドに横になり、天井を見上げながら言った。

「それじゃあ、お邪魔します」

「で、なんの用だ？」

天井に視線を固定したまま、沙耶に一瞥《いちべつ》もくれることなく雄貴は言った。

「べつに用ってほどじゃないんだけど。なんか雄貴、つらそうだったから」

「つらそう？」雄貴は横目で沙耶を見る。

「うん、雄貴があんまり愛想良くないのはいつものことなんだけどね。なんか今日は、いつもとちがう感じがした。気のせいならごめんね」

「……気のせいだよ」

雄貴は目を閉じる。ベッドが柔らかくゆれた。薄眼を開けるといつの間にか沙耶がベッドに腰かけ、柔らかいまなざしを向けてきていた。沙耶の手が伸び、細くて長い指が雄貴の前髪をかき上げる。

「ねえ。元気が出るように私が歌、歌ってあげようか？」沙耶ははにかんだ。

「歌？」

「そう歌。私が作った曲だけど、少し気分が良くなるかも。アカペラだけどいいよね」

そう言うと沙耶は立ち上がり、雄貴の答えを聞く前に大きく息を吸いこんだ。

次の瞬間、薄い桜色の唇から旋律が流れ出す。限りなく透明な音色が部屋に満たされる。雄貴は一瞬体が浮き上がったような錯覚をおぼえた。

胸に手を当てて歌う沙耶の横顔を、雄貴は呆然《ぼうぜん》と眺める。彼女が歌手を志していることは知っていた。しかし、初めて聞くその歌声は想像をはるかに凌駕《りょうが》するものだった。

いままで聞いたことのあるどの歌手のよりも、その声は美しく輝いていた。

数分の間、雄貴は目を閉じ、メロディーの海に身を委ねた。

「どうだった?」歌い終わった沙耶は、少し照れたような笑みを浮かべた。

歌声に引きこまれていた雄貴は我に返り、「ああ」と生返事をする。

「『ああ』じゃなくて、感想きいてるんだけど」

「あっ、いい曲、いい歌だったよ」雄貴は慌てて、心からの賞賛を口にする。

「良かった」沙耶の顔に、花が咲くように笑みが広がっていった。

「少しは気分が良くなったよ。ありがとうな。もう遅いだろ。部屋戻って寝ろよ」

たしかに沙耶の歌で少しはましになったが、それでも絶望的な気分は続いている。自分はいまひどい顔をしているだろう。そんな姿を見られたくはなかった。

「やっぱり気分悪かったの? 顔色悪いよ。なんか青白い。熱でもあるんじゃない?」

沙耶は雄貴の額に手を当てる。小さな掌《てのひら》が温かかった。

「ちょっと。体冷えてるじゃない。こんな寒いのに、またバイク乗ってたの? 大丈夫?」

沙耶が顔を覗きこんでくる。薄暗い部屋の中、リビングから差しこむあかりが沙耶の横顔を照らしていた。普段は子供っぽく見えていた沙耶の顔が、薄い光で陰影が刻まれ、やけに大人びて見える。

二重の大きな目、細くとがった鼻、薄く形のいい唇、透き通るような白い肌。薄暗い部屋に浮かぶそれらのすべてが、なぜか雄貴にめまいがするほどの魅力を感じさせた。

「本当に大丈夫なわけ？　私があったためてあげようか？」

おどける沙耶を見て、胸の中にわだかまっていた冷たい絶望と恐怖が、凶暴な欲求へと変化していく。頭の中でなにかが弾《はじ》けるような気がした。気づくと雄貴は沙耶の両肩をつかみ、ベッドの上に押し倒していた。

目を見開く沙耶の唇に、雄貴は乱暴に自分の唇を重ねる。沙耶の口が開き、くぐもった声が漏れる。雄貴はその声を無視すると、舌を強引に沙耶の口腔内に侵入させた。沙耶の両手が雄貴の肩を押しかえそうとするが、その手を両手で捕らえ、口づけを続ける。

数十秒、沙耶の唇と舌を味わってから雄貴は口を離すと、彼女の白いうなじに舌を這《は》わせた。沙耶ののどからかすかな吐息がもれた。きめ細かい白い肌を味わいながら、雄貴は沙耶の両手首を捕えていた手を放し、その手をTシャツに包まれた小振りな乳房へと移動させた。まだ完全には熟し切っていない、やや硬い膨らみは、雄貴の欲情をさらに刺激した。雄貴はふたたび唇を吸おうと顔を上げる。

雄貴と沙耶の視線が絡み合った。沙耶の困惑と恐怖が混ざり合った目に映る自分の姿を、雄貴は見た気がした。

「ああっ！」

雄貴は弾かれたかのように沙耶の体の上から飛びずさった。

硬い表情のまま沙耶はシーツをたぐり、自分の身体《からだ》を隠すように抱きかかえる。

「悪い！　すまない！　とんでもないことをした」

雄貴は頭を抱える。俺はなんてことをしたんだ。まだ年端もいかない少女を力ずくで襲おうとするなんて。しかも、男に襲われトラウマを持っているというのに。守るべき少女を、自分の手で傷つけてしまった。羞恥心と罪悪感が容赦なく、正気に戻った雄貴の心を切り刻んでいく。もはや沙耶の顔を直視することはできなかった。

「大丈夫、ちょっとびっくりしただけだから。……そんなに謝らなくていいよ」

沙耶がまだ震える声で、それでも気丈に言った。

「本当に悪かった。……許してくれ、なんでもする、許してくれ」

こうべを垂れたままの雄貴の姿は、母親に許しを乞う幼児のようだった。

沙耶はゆっくりとベッドから降りると、なにも言わずに部屋から出ていく。暗い部屋に、扉の閉じる乾いた音が響きわたった。雄貴は頭を抱えたまま動くことができなかった。頭皮に爪を立てた指が、こめられた力のせいで白く変色する。

消えてしまいたかった。いますぐにでも自分の存在を消し去ってしまいたかった。そうすればすべてが終わる。この苦しみから解放される。

ついさっきまで、死に対して身を裂かれるような恐怖を味わっていたにもかかわらず。いまは一刻も早くそこに逃げこみたかった。

逃げたい。死の恐怖からも、ジャックを見失った失望感からも、そして沙耶を襲ったという事実からも。雄貴は立ち上がると、ふらふらと吸い寄せられるように机へと向かった。抽斗の中から自分を呼ぶ声が聞こえるような気がした。四人の命を奪った凶器がそこに眠っている。

いや、命を奪ったのはナイフではなく、この俺自身だ。俺が自分の意思でナイフを振るい、人を殺した。ジャックの命令など関係ない。最終的な決断を下したのは俺だ。

雄貴は机に両手をつく。自分の意思で人生の幕を引くべきなのかもしれない。癌細胞に嬲《なぶ》り殺されるのではなく。これまで自分が殺してきた相手と同じように、刃によって果てる。贖罪《しょくざい》にはならないが、そんなみじめな最期が自分らしいと思った。

殺人鬼にあやつられ、四人もの人を殺し、守るべき少女まで傷つけてしまった。俺はなんのために生きているのだろう？　俺の人生はなんだったのだろう？

もういい、疲れた。このくだらない茶番劇を終わりにしよう。雄貴は鍵穴に鍵を差しこみ、抽斗を開けると、中からナイフを取り出した。

刀身を鞘から抜く。四人もの血を吸った刃は、かすかに紅く色づいているように見えた。その色が妖しく魂をくすぐった。

雄貴はナイフを逆手に持つと、震える刃先を胸に当てた。刃を横向きにして、肋骨《ろっこつ》の隙間を抜けるようにする。首筋を切るより、心臓を刺した方が出血が少なく、あとの処理が楽だろう。

死後のことまで気遣っている自分に気がつき、雄貴は唇を不格好にゆがめ笑った。指の血の気が引くほど、柄を強くつかむ。

一瞬で終わる。ほんの一瞬で……。人生の意味すら分からないまぬけな人殺し、その最後の兇刃《きょうじん》は自分へと向けることにしよう。雄貴は大きく息を吸う。

……これで楽になる。

刃を突き刺そうとした瞬間、扉の向こう側からチーンというどこか間の抜けた音が響いた。決意が霧散し、腕から力が抜ける。雄貴はあえぐように呼吸をすると、ナイフから手を放す。重力に身を任せたナイフがフローリングの床にはねた。

雄貴は足元から崩れ落ちるように、両膝、続いて両手を床についた。体中の汗腺から冷たい汗が噴き出してくる。

「死ぬことも……できないのかよ」

力なくつぶやいたとき、扉がノックされる。慌ててナイフを抽斗にしまいながら、雄貴は「な、なんだ?」とノックに答える。

「ちょっと出てきて」ドアごしに沙耶が言った。普段より静かな声で。

雄貴は重い足を引きずりながらドアを開く。そこには無表情な沙耶が立っていた。雄貴は唇を噛んで目を閉じた。罵詈雑言《ばりぞうごん》を浴びせかけられる覚悟を決めて。

沙耶は「こっちに来て」と雄貴の手をつかむと、大股でリビングを横切る。

「はい、ここ座って」

雄貴をダイニングテーブルまで連れてくると、沙耶は強引に椅子に座らせた。

わけの分からず戸惑っている雄貴に「待ってて」と強い口調で言うと、沙耶はなんの説明もないままキッチンへと消えていった。

　どうしていいのか分からず、雄貴はキッチンをながめる。沙耶はすぐに戻ってきた。両腕には盆が抱えられ、そのうえにのせられた食器からは湯気が立ち上っている。

　沙耶は乱暴に盆をテーブルの上に置いた。勢いで味噌汁《みそしる》が少しこぼれる。

「これ、なんだよ？」

　雄貴は自分の目の前に置かれた盆を見る。白飯と味噌汁にサラダが添えられ、大きめの器には肉じゃがが盛られている。器から上がる湯気が頬をくすぐる。雄貴はついさっき響いた音が、電子レンジから発せられたものだったことに気づく。

「食べて」沙耶は食事を指さす。「さっきおわびになんでもするって言ったでしょ。だからこれ全部食べてよ」

　雄貴はまだ状況が飲みこめず、まばたきをくり返す。

「抱かれてもいいとは言ったけど、あんなに乱暴にされてもいいって言ったつもりはないんだけど」

「……悪かった」雄貴は座ったまま体を小さくする。

「私を抱いたら元気になるの？　それならいいよ。初めてってわけじゃないんだから、覚悟はできてる。でも、そのときは目を見て、ちゃんとして」

　沙耶はまっすぐに目を見つめてくる。雄貴は思わず目を伏せた。

「話変わるけど、この肉じゃが、一時間以上かかって作ったのに、さっき誰かさんに、いらないって言われて、けっこう傷ついたんだから」

「悪かった」雄貴はひたすらに謝罪を続ける。

「全部食べたら許してあげる。少しでも残したら許さないからね。ほら早く食べて」

沙耶は箸をつかみ強引に雄貴の手に押しつけた。

雄貴はとまどいながらも肉じゃがに箸を伸ばす。癌細胞におかされた消化器が食事を受けつけるか、胸に不安がよぎる。それでも食べないわけにはいかなかった。煮汁で柔らかく崩れたジャガイモをおそるおそる口に運ぶ。口の中でジャガイモは甘く、温かくとけた。その温かみは、口からはじまり、体中へと広がっていく。ついには負の感情で硬く冷たくなっていた心にまで淡い炎を灯《とも》したかのようだった。

「美味《おい》しい？」まだ無表情のまま沙耶がたずねる。

「ああ、美味《うま》いよ。すごく美味い」

雄貴は心の底から言った。それを聞いてようやく沙耶は普段の笑顔を見せる。

唐突に、まるで突風のように、狂おしいほどの空腹感が雄貴を襲った。胸のあたりにこびりつくように残っていた嘔気が溶けて消えていく。雄貴はかきこむように料理を口へと運んで行った。

「なによ、おなか空いてたんじゃない。おかわりあるからね」

雄貴の様子を見て、沙耶があきれたような声を出した。

何度かむせながら、雄貴はひたすらに料理を口に運ぶ。不意に視界がにじんでいく。

慌てて箸をつかんだ手を目元にやる。手の甲がしっとりとぬれた。急いでうつむき、目からあふれるものをなんとかごまかそうとする。

沙耶は立ち上がると、並ぶように雄貴の隣に立つ。細い腕が雄貴の頭に回された。

「大丈夫だから」

桜色の唇が雄貴の耳に近づき、吐息のような囁きが耳朶《じだ》をくすぐる。

「なにがあったか知らないけど、大丈夫だよ」

頭を抱く沙耶の腕に力がこめられる。額が胸元に押しつけられ、温かな感触が伝わる。

雄貴の肩が上下に小さく震えはじめた。嗚咽が漏れないように歯を食いしばる。

あれほど自分を苦しめていた恐怖がいつの間にか消え去り、春の日差しのような柔らかく、温かい気持ちが胸に満ちていることに、雄貴はただ驚いていた。部屋の中の時間がゆっくり流れていく。

いっそこのまま時間が止まればいいのに。雄貴はそう願いながら、静かに目を閉じた。

4　松田公三

「それで、その男が『ジャック』って言ったんですね？」

石川が男に質問しているのを聞きながら、松田は家具の少ない部屋を見渡した。

「はい、たしかにそう言いました」

畳の上に正座をしながら答える中年男の姿は、どこか悲壮感が漂っていた。男の名前は瀬川順平。傷害事件の被害者だった。

一昨日の夜遅く帰宅した瀬川は、家の中に潜んでいた犯人に拘束され、暴行を加えられた。犯人は最終的になにも盗《と》ることなく逃走、被害者である瀬川も口の中を軽く切っただけで、軽傷しか負わなかった。これだけならたいした事件ではない。

所轄署は瀬川に被害届を書かせ、捜査をはじめた。しかし、そこで瀬川がおかしな証言をはじめた。犯人は物盗り目的で侵入したのではなく、瀬川のことを連続殺人犯の『ジャック』だと思いこんでおり、それを白状させようとして暴行を加えたというのだ。この情報はさほど重要視されなかった。しかし念のためということで、情報はジャック事件の捜査本部にあげられた。

当然のように、捜査本部もその情報を大して気には留めなかった。毎日「自分がジャックだ」という電話が数件、警察にかかってきている。その大半はいたずらだが、中には本当に自分こそジャックであるという妄想にとりつかれている者もいる。それを考えれば、まったく関係ない他人を連続殺人犯だと思いこむ者がいてもおかしくない。

犯人は『R』と書かれたトランプを持っていたらしいが、先週『週刊今昔』という週刊誌にトランプの件をすっぱ抜かれたいま、ジャックのトランプのことは日本中に知られている。つまりこの情報はほとんど価値がない。それが捜査本部の統一見解だった。そのため捜査本部は、念のために余っている捜査員に話を聞きに行かせるにとどめた。

余っている捜査員。すなわち松田と石川に。

松田はここに聞き込みに行くように指示された瞬間のことを思い出し、舌を鳴らす。同じ班のやつら全員が、嘲笑と憐憫《れんびん》を含んだ目で自分を見ていた。特にあの男が……。

この数日間、松田はあきらかに捜査本部で冷遇されていた。陰湿ないじめとまで感じるほどに。原因は松田が主張した『ジャック複数犯説』だ。ジャックの事件は一人ではなく二人、もしくはそれ以上の犯人による犯行で、その一人が青陵医大付属病院の外科医の可能性があり、特に益田勉と真鍋文也の二人の若者が殺された事件については、その外科医がきわめて怪しいという主張だった。

松田が自信を持って発表した仮説だったが、捜査本部でその説は一笑に付された。ジャックのような異常な殺人犯が、自分と同じ思想を持ち、そのうえ、急所を確実に切り裂くというきわめて高度な技術をもつ共犯者など、見つけることができるわけがないということがその主な理由だった。しかし、それだけで松田の仮説がすぐに否定されるほど、捜査本部も頭が固かったわけではない。松田の説にとどめを刺したもの、それはトランプ以外ではじめてと言っていいジャックの遺留品だった。それもただの遺留品ではない。凶器、血に塗《まみ》れた刃渡り二十五センチの軍用ナイフだ。

捜査本部がもっとも欲した遺留品が前回の事件、売春組織の元締めが殺害された事件現場に残されていた。そしてそのナイフの柄に付着していた血液を科捜研が調べたところ、計八人分の血液が検出され、それらが他のジャックの被害者のＤＮＡと一致した。

そして、そのＤＮＡの一つが、自宅アパートで殺害されていた真鍋文也のものだった。松田が青陵医大の外科医によって殺害されたと主張した真鍋。ただ問題は、真鍋以外の七人の被害者だった。

青陵医大に聞き込みをした結果、松田がジャックの共犯と疑っている外科医、岬雄貴は今年の六月までの約一年間、九州の病院に出向しており、被害者のＤＮＡが確認された七件のうち五件で完璧なアリバイが成立していた。つまりそのナイフが岬のものであるはずがなく、松田が主張する真鍋殺害を含む八件の事件には岬が関与していないことが証明されたのだ。これで松田の説は嘲笑の対象となった。

会議後、奥歯を軋《きし》ませる松田に同じ班の刑事が近づいてきた。自分に近づいてきた男を見て、松田の口腔内で舌打ちが弾けた。

「なんの用だ？　田中《たなか》」

うなるような声を上げながら、松田は目の前の男をにらみつけた。自分とは対照的にしわ一つないスーツを着こなすこの二歳年下の刑事こそ、松田が同じ班で、いや、捜査一課の中でももっとも嫌っている男だった。

外見などを気にせず、ひたすら足で情報をかせぎ、自らの勘と経験を頼りに捜査し、怪しい者には恫喝《どうかつ》に近い尋問をくり返し、ときには上司との衝突も辞さないオールドタイプの刑事の典型ともいえる松田。それに対し目の前に立つ男は見栄えもよく、物腰もスマートで、上司からの受けも良好だ。

なにより鼻につくのは、田中の所轄の刑事に対する態度だ。警視庁捜査一課の多くの刑事は、ペアを組む所轄の刑事を部下のようにこき使い、自分の管理下に置くものだ。しかし、この男は文字通り相棒として対等に扱い、かなり自由な捜査を許していた。所轄の刑事なんてガキみたいなものなんだ。俺たち本店のデカがしっかり教育しないといけねえんだよ。常に松田はこのライバル刑事の行動に嫌悪を抱いていた。

しかし腹が立つことに、今回の大金星とも言える遺留品を見つけたのは、このライバル刑事とペアを組む所轄の刑事だった。事件現場となったゴルフ練習場の裏に広がる雑木林でナイフを見つけたのだ。そしてその証拠が、自分のジャック複数犯説をつぶした。長年の刑事生活の中で、いまだかつてこれほど屈辱を味わったことはなかった。

「どうも。田中さん」石川が頭を下げた。

なんだ、俺とペア組んでいるくせに、てめえも田中ファンクラブの会員か？

松田のいらつきはさらに強くなっていった。

「おい田中、なんの用だって聞いているんだよ？」松田は恫喝するような声を上げる。

「いえ、松さんが怪しいっておっしゃる外科医のことを少し聞きたくて」

田中と呼ばれた男は慇懃な口調で言った。あいかわらず気障《きざ》なしゃべり方しやがって。

松田はふたたびあからさまな舌打ちをした。

「あ？　なにが聞きたいってんだよ？」

「どうして松さんはその外科医を怪しいと思ったんですか？」

「勘だよ、勘。刑事の勘ってやつだよ。てめえみたいに、キャリアの腰巾着みてえな刑事には分かんねえ感覚が俺にはあんだよ」

「そうですか、……けれど今回ははずれたみたいですね」

「あん？　なんだ、てめえはわざわざ嫌みを言いに来たのか」

「いえ、口が滑りました。失礼しました」

いまにも殴りかからんばかりに椅子を蹴って立ち上がった松田の目の前で、男はつむじが見えるほどに深々と頭を下げる。沸騰した感情のはけ口を絶妙のタイミングで塞がれ、行き場を失った激情が松田の顔を真っ赤に染め上げた。そんな松田を尻目に、男は回れ右するように松田に背中を向け、かつかつと革靴の音をたてながら離れていく。

耐えがたい敗北感で松田の顔が引きつる。

田中の野郎。いつか目にもの見せてやる。

松田は颯爽《さっそう》と去っていくスーツに包まれた背中に、刃物の様な視線を投げつけることしかできなかった。


俺の勘は正しい。絶対に正しいはず。いかに否定されようとも、松田はいまだにあの岬という外科医への疑惑を捨てきれていなかった。

松田の調べたところ、岬は八月から病院を休職していた。岬の部屋を訪ねたとき、当直明けと言っていたのは真っ赤なうそだった。はっきりとした休職の理由は聞き込みをしても分からなかったが、ジャックの事件と関係があるかもしれない。しかも、岬は医学生時代、剣道部の主将をつとめ、医学系学生の大会で優勝までしていた。調べれば調べるほど、松田の中で岬への疑惑は成長していった。

犯人たちが同じ凶器を使いまわしていたのかもしれない。それがどれほど苦しい解釈かは、松田も自覚していた。しかし長年をかけて培い、練ってきた刑事としての嗅覚を否定することは、松田にとって自分のすべてを否定することに等しかった。

「なんで犯人があなたのことを『ジャック』だと思ったかについて、心当たりは？」

生真面目《きまじめ》に質問をする石川を横目に、松田はあくびをかみ殺す。

「実は、私の妹が殺されていまして……」

なんの前置きもなくわけの分からないことを言い出した瀬川に、松田は思わず「はぁ？」と、容疑者を脅すときのような声を出してしまう。瀬川がおびえているのを見て、松田は二、三回咳払《せきばら》いをしてごまかした。

「妹さん？　殺されたというのは？」

声のトーンをできるだけ落としながら松田はたずねる。

「もう時効になったんですが、三十年近く前、高校生だった私の妹が殺されたんです」

瀬川は唇をかむ。松田は「はぁ……」と気のない返事をした。

「去年その犯人が突然名乗り出て、テレビで取り上げられて、騒ぎになりました」

だ。

「ああ、あの……」

石川が声をはさむ。松田もその事件は記憶にあった。なにをとち狂ったか、テレビの前で女子高生を絞め殺した詳細を、べらべらと自慢げにしゃべった大馬鹿野郎がいた。たしか放送のあと、「あの男を死刑にしろ！」という抗議電話が警視庁に殺到したはずだ。

「その男が殺されたっていうんです」

瀬川のセリフを聞いた松田は表情を固めた。そうしないと驚きが顔に出てしまいそうだった。確かあの男は川崎に住んでいたはずだ。そうなると神奈川県警が捜査を指揮することになる。警視庁に所属する自分が、その事件について詳細を知るよしもなかった。

「あの……それは本当なんですか？」瀬川は松田の顔を覗きこんできた。

「申し訳ないですが、お答えするわけにはいきません」

松田は内心の動揺を悟られないよう、淡々とつげる。

「……そうですか」

「で、その殺人事件があったと仮定して、ジャックとなにが関係あるっていうんです？」

「あの男は、その事件の犯人がジャックだって言ったんですよ。ジャックの最初の事件だって。そして俺がジャックで、妹のかたきを討ったんだって。滅茶苦茶ですよ」

瀬川は弱々しく頭を振った。松田と石川は顔を見合わせる。ジャックの最初の事件？

ジャックの事件はすべて都内で行われているはずだ。もし他県でジャックのカードが残された殺人が行われたら、いかに縄張り意識の強い警察組織の中でも、情報が回ってこないなどということはあり得ない。

「よくある、妄想……ですかね」石川は独り言のようにつぶやく。

松田は「……ああ、たぶんな」と曖昧に答えると、瀬川の顔を見る。

「たぶん何度も同じことを所轄のやつらに質問されて、答えるのもめんどうだと思いますが、もう一度犯人の特徴を教えてもらうわけにはいきませんかね？」

「ええ、いいですよ。今日は非番だし、特にやることもないですから」

「年齢は若かったんですね？」

「ええ、三十前後だと思います」

「体格は？」

「身長はたぶん俺より少し小さかったから、一七五センチぐらい。ただ中肉に見えたけど、凄い力でした」

「一七五ぐらいで筋肉質ね」松田の脳裏に、一人の男の姿が浮かび上がる。

「そういえば、最後に手を握られたんです」思い出したように瀬川は言った。

「手を握られた？　握手をしたってことですか？」

「いえ、そういうのじゃなくて、なんていうかこう、なにかを確認するような感じで。けどそのときに気がついたんです」

瀬川は正面から松田を見た。

「そいつの手、剣ダコだらけでしたよ」

松田の顔にじわじわと猛禽《もうきん》の笑みが浮かんでいった。

5　岬雄貴

もう診察終了時間の午後五時近いというのに、青陵医大付属病院の外来待合は人であふれかえっていた。患者たちのいらだちが、この空間の空気を重苦しいものにしている。雄貴は待合の椅子から腰を上げる。これ以上ここの空気を吸っていると、それだけで体調が悪くなりそうだった。

瀬川の部屋で嘔吐してからの数日間、病状は比較的安定していた。時々腹痛を覚えるが、それも鎮痛剤で十分に治まる程度だった。食欲は落ちているが、嘔気はほとんど感じない。瀬川の部屋での嘔吐は、やはり緊張によるものだったのではないか？　癌性腹膜炎など勘違いだったのではないか？　淡い期待が胸を満たしていた。

階段を上った中二階にある喫茶店に入ると、待合が見渡せる席に腰を下ろす。外来の順番は最後だ。呼ばれるまでにまだ一時間以上はあるだろう。

注文をとりに来たウェイトレスにオレンジジュースを注文すると、雄貴はバッグの中から一冊のアルバムを取り出す。瀬川遼子の高校から借りてきた卒業アルバムだった。

それを開いて、大量にある写真を眺めはじめる。

今日は朝から検査漬けだった。採血にはじまり全身の造影CT、腹部超音波……。できるだけ病院にくる回数を減らしたいという雄貴の希望に、真琴がこたえてくれたためだったが、患者として一日中病院にいるというのは、なかなかに気がめいる。特に残された時間が短いことを自覚している者にとっては。

瀬川順平がジャックでなかったことで、調査は大きく後退した。しかし振り出しに戻ったわけではない。坂本光男を殺害した犯人がジャックである可能性はいまだに高いと雄貴は思っていた。きっとジャックは、瀬川遼子の関係者であるはずだ。そしていま、雄貴が手にしている瀬川遼子についての唯一の情報源、それがこのアルバムだった。

今日一日で五枚ほどの瀬川遼子の写真を見つけたが、その多くは女子と写っているものだった。男子との写真も数枚あったが、その相手は雄貴の見るかぎり全員ちがう人物で、瀬川遼子と複数回、一緒に写真に収まっている男子はいなかった。

瀬川遼子には男性経験があった。そして瀬川順平の主観によると、少なくとも瀬川遼子は噂のように男遊びの激しい少女ではなかった。警察の調べでは、瀬川遼子には恋人らしき人物はいなかった。ならば瀬川遼子には、周囲に隠しながら交際をしていた男がいたのではないか？　そして、その恋人こそがジャックなのではないか？

三十年前に殺された少女の隠された恋人を探す。手がかりは卒業アルバムのみ。まさに雲をつかむような話だ。しかし、それでもやるしかなかった。

残された時間の中でジャックを探しだす。それが自分の使命であり、それに没頭している間だけは、近づいてくる死の恐怖をなんとかごまかすことができるのだから。

「お待たせいたしました」

物思いにふけっていた雄貴の前に、オレンジジュースで満たされたグラスが置かれる。雄貴はストローで果汁をすすりながら、アルバムに視線を送り続けた。

一時間ほど大量の写真と格闘した雄貴は、まぶたの上から目を揉《も》んだ。新たに瀬川遼子が写っている写真を見つけたが、どちらも隣にいたのは女生徒だった。

写真だけで秘密の恋人をみつけるなど、どだい無理なのかも知れない。残されている方法は、アルバムにのっている同級生たちに片っ端から電話をかけて、瀬川遼子の情報を聞き出すことぐらいだが、三十年も経《た》ったいま、その方法も望み薄に思われた。

雄貴は高校に聞き込みに行った際、教頭が瀬川遼子の親友だったと教えてくれた女性、吉田政子にだけはすでに電話をしていた。結婚し苗字《みょうじ》は変わっていたが、吉田政子は運良く、現在もアルバムに書かれた住所に住んでいた。

雄貴は警視庁の刑事を名乗り「瀬川遼子と交際していた男子生徒はいなかったか?」とたずねたが、吉田政子の答えは「たぶんいなかったと思うし、そもそも三十年も前のことをよく覚えてはいない」という、ある意味予想通りのものだった。いまさらなぜ三十年前の事件を調べているのか吉田政子がいぶかしむのをてきとうにごまかし、通話を終えたが、時間がいかに事件を風化させているか、雄貴は強く実感していた。

ふと雄貴は、階下の待合に視線を落とした。もう診察を待っている患者は残り少ない。そろそろ呼ばれるころだろう。アルバムを閉じてバッグの中にしまい立ち上がると、雄貴は重い足取りで喫茶店の出口へ向かった。


「久しぶり、真琴」診察室に入った雄貴は軽く手を上げる。「外来お疲れさん。患者多くて大変だったな」

「久しぶりって言ったって、たった一週間じゃない」

答える真琴はさすがに疲れているのか、少し顔色が悪く見えた。

「ああ……そうだったな」

雄貴は無理やり笑顔を作った。真琴は無意識に言ったのだろう。しかしいまの雄貴には、一週間を「たった」と表現することはできなかった。その一週間は、残りの人生の数分の一に匹敵する時間なのだ。

「体調はどう？　変わりはない？」

「ああ、一度気分が悪くなって吐いたけれど、痛みは薬を使えばなんとかなってる」

雄貴は真琴の表情に軽い違和感を覚えた。疲労からくるものだけではない暗い影が真琴の顔に浮かんでいた。

「検査結果が、悪かったんだな……」

雄貴は言った。その言葉を真琴が否定してくれることを期待しながら。

「腹水《ふくすい》が出てる」真琴の表情がゆがんだ。

「腹水か……」

内心の失望は、なんとか顔に出さずに抑えこむことができた。

「あと肝臓の転移巣がかなり成長して、肝障害が出てきてる。胆道に近いから場合によっては……閉塞性黄疸《おうだん》になるかも。腹膜にも新しい転移巣が見つかってる」

「やっぱり、癌性腹膜炎か……」

淡い期待は音を立てて崩れ去った。胸のあたりが締めつけられるように苦しい。

「腹水は少量だし、細胞診《さいぼうしん》したわけじゃないから、癌性腹膜炎かどうかは……」

「腹膜にそれだけ播種《はしゅ》してるんだろ。当然、腹水の中にもうようよいるさ」

雄貴はおどけて動揺を隠す。

「痛みとかはどう?」

「ああ、もう一般的な鎮痛剤じゃコントロールが効かなくなってきている。悪いけど、そろそろ麻薬をメインにペインコントロールしてもらってもいいか?」

「……雄貴、もう限界よ。入院して」真琴の声は懇願に近いものだった。

「……悪い。まだなんだ。まだ。もう少し待ってくれ」雄貴は力なく顔を左右に振る。

「まだって、もう遅いくらいよ。一度入院して、必要な麻薬の量をしっかりコントロールしていかないと。それに肝臓の大きな腫瘍《しゅよう》だけでも対処した方が……」

「入院すればたしかに体は楽になるだろうし、予後も延びるだろうけど……もう二度と退院できないだろ」

「そうとも限らないし、少なくとも体調が良ければ外泊とかはできるわよ。お願いだから。もう外来で診るレベルじゃなくなっているの。分かっているでしょ」

「分かっているよ。ただ、もう少しだけ大丈夫だ。麻薬さえ処方してもらえれば、副作用と痛みなら自分でうまくコントロールできるさ。これでも結構、ターミナルケアの経験はあるんだぜ。まあ、自分のターミナルケアははじめてだけどな」

雄貴は軽い口調で言ったあと、小さく息を吐いた。

「もう少しで、俺は動くこともできなくなる。その前にやっておきたいことがあるんだ」

「そんなに、……本当にそんなに大切なことなの？」真琴が目を覗きこんでくる。

「ああ、大切なんだ。分かってくれ。このまま未練を残して……死にたくないんだ」

雄貴は真琴の切れ長の目をまっすぐに見つめ返した。

真琴は数十秒、雄貴の視線を受け止めつづける。無言で軽く唇を嚙んだまま。やがて根負けしたかのように、真琴は小さくため息を吐くと、ぎこちなく、しかしっかりと微笑んだ。雄貴の手に真琴の手が重なる。

「……なんだか知らないけれど、大切なことなのね。……分かった。できるだけ協力する。そのかわり、ちゃんとオピオイドの副作用を見ないといけないから、毎週顔見せるのよ。とりあえずオキシコドンを処方するけど、それでいい?」

所々つっかえながら、あきらかに無理をしているのが分かる口調で真琴は言った。

「悪いな。……ありがとう」

雄貴は深々とこうべを垂れた。

狭い診察室、手を重ね合ったまま時間が流れていく。二人の視線が柔らかく絡んだ。

脳裏になぜか沙耶の笑顔が浮かび、雄貴は我に返ったかのように姿勢を戻す。

「あ、あの……真琴、ちょっとききたいことがあるんだけどいいか?」

雄貴はごまかすように軽く咳払いをする。

「あっ、えっ、なに?」同じように姿勢をもどした真琴は、慌てて重ねた手を引いた。

「あのな、女性の意見をききたいんだ。もし周りの人間に隠れて誰かとつきあったとする。一番の親友にもばれないようにしたい。そのとき、どんなことに気を使う?」

「なに、その質問? 意味が分からないんだけど……」

真琴は首をかしげる。喫茶店で待っている間に真琴にたずねようと思いついた質問だったが、たしかに末期癌患者が主治医にするような質問ではない。

「あまり深く考えないでくれよ。大した意味はないんだ」

雄貴はいいわけするようにその場を取りつくろう。

「……その恋人とはよく顔を合わせるの?」

「そうだな、たとえば同級生だとしたら」

「それなら距離を置くと思う。できるかぎり離れて、しゃべったりとかも本当に必要な時以外はしないっていう感じで、逆に仲が悪く見えるくらいにするんじゃないかな」

「仲が悪く……」

「っていうか、私たちのとき思い出してみてよ。最初はそんな感じだったじゃない」

「俺たちのときか……」

雄貴は学生時代、真琴と交際をはじめたころのことを思い出す。つきあいはじめた当初、二人は交際を周りに隠していた。そして、二人の関係を過剰に隠そうとして、授業や部活の間は不自然なほど距離をとり、会話も事務的な必要最低限のことしか話さなかった。その結果、剣道部の中では、二人が大げんかをしてお互い口をきくのも嫌がっているという噂がまことしやかに流れたほどだった。その噂は交際が始まって約半年後、街中を手を繋いで歩く二人の姿が、偶然同級生によって目撃されるまで続いた。

雄貴は一瞬にして目の前が晴れたように感じた。もし本当に交際を隠そうとしたなら、極力接触しないようにする。たしかにその通りだ。

「ありがとう、参考になったよ」雄貴ははやる気持ちを抑えながら礼を言う。

「参考？　え、もう行くの？　あ、ちゃんと処方箋もらっていってよ」

背中で真琴の声を聞きながら、雄貴は足早に診察室の出口へ向かっていった。

病院から出て、バイクが置いてある裏の駐車場まで来た雄貴は、バッグを地面に置き、ポケットからスマートフォンを取り出した。すでに診療時間は終わっているので、駐車してある車は少ない。あたりに人影は見えなかった。いつの間にか日は沈み、夜の冷気があたりにただよっている。しかし、興奮しほてった体は寒さを感じることはなかった。

雄貴は数日前の履歴から、瀬川遼子の親友だった吉田政子の番号を探し、迷うことなく発信のアイコンに触れた。電子音が鼓膜を揺らす。三コールで回線は繋がった。雄貴は数日前と同じように警視庁の松田という刑事の名をかたる。

『またですか？　いまから夕飯の支度しないといけないんですけど』

電話に出た吉田政子は、あからさまに迷惑気な声を出した。

「すいません。すぐ済みますので。ほんの数分だけお付き合いください」

『はあ……』気のない返事が返ってくる。『けどこの前も言いましたけど、私、お役に立つようなこと、たいして知りませんよ。ずっと前のことだし』

「それでかまいません。覚えていらっしゃることだけで十分ですので」

『それで、なにが知りたいんですか？』

「変な質問なんですけど。瀬川遼子さんが避けていた男子生徒はいませんでしたか？」

『避けていた？』いぶかしげな声が電話から聞こえる。

「そうです。同じ剣道部の中で瀬川遼子さんが露骨に避けていたような人物はいませんでしたか？」

『遼子が……避けていた……』

考えこんでいるのか、電話から声が聞こえなくなる。数十秒の沈黙のあと、『あ、いた』と言う声が聞こえてきた。

「いましたか!」

『ええ、一人だけいました。剣道部の一つ上の先輩でしたね。なにかお互いが嫌い合ってるみたいで、ほとんど会話もしなくて。遼子にはめずらしく苦手な人だったみたい』

「その生徒は、ほかの部員とも距離を取っていましたか?」

『いや、そんなことなかったと思いますよ。少し暗かったけど、そんな変な人じゃなかったです。どっちかというと、身長も高くて女子にもなかなか人気あったし』

「それなのに遼子さんは苦手そうだった?」

『まあ、人の好みはそれぞれですからねぇ。けどなんでそんなことを?』

「いえ、大したことではないんです。それともう一つ。瀬川遼子さんとその男子生徒は最初から仲が悪かったですか?」

『えっと、どうだったかな……。いえっ、そんなことはなかったですね。一年生のときは仲良かったぐらいじゃないかな。よく話していた気がするし。たしか二年生になったあたりで急に険悪というか、よそよそしくなって。私と話していても川原《かわはら》先輩の話題になると、遼子、露骨に話をそらすようになりましたね』

「川原?」

『あ、その先輩のことです。川原丈太郎《じょうたろう》先輩』

「丈太郎……」雄貴は口の中でその名をくり返す。

丈太郎、J、ジャック……。

『どうかしましたか？』吉田政子が探るような声を出す。

「いえ、なんでもありません。その川原さんの連絡先とかご存じじゃないですよね？」

雄貴は念のため訊《たず》ねてみる。

『連絡先でいいんですか』

「知っているんですか？」

『え、ええ。……たぶん。二年前に剣道部のOB会があって、そのときに名簿を作りましたから。川原先輩は確か参加はしなかったけど、名簿に連絡先ぐらいはのせていたんじゃないかな。なんと言っても川原先輩のことだから』

「ことだから？」

『川原先輩はうちの部活一の有名人なんですよ』

「有名人？」

『ええ、うちの高校のOBで唯一、剣道の全日本選手権に出場したんです』

誇らしげに電話の声が言う。スマートフォンを耳に当てたまま、雄貴は絶句する。全日本剣道選手権大会。それは日本一の剣士を決める剣道界最高峰の大会だった。地方の激烈な予選を突破し、そこに出場するだけでももはや達人の域だ。

「いえ……すいませんがその名簿、見つかりますか？　連絡先が知りたいんです」

『あるとは思いますけど……』

「お願いします！」雄貴は腹の底から声を出す。

『……分かりましたよ。ちょっと待っていてください』

不満げな吉田政子の声に続いて安っぽいメロディーが聞こえてくる。電話を保留状態にしたのだろう。

もうすぐジャックの正体が分かるかもしれない。そう考えると足が震えてきた。緊張で息が荒くなる。不意に音楽がとぎれた。

『名簿、見つかりましたよ』

「それで……連絡先は？」

『携帯の番号でいいんですよね？　えっとですね。090の……』

慌ててジャケットのポケットからメモ用紙とペンを取り出した雄貴は、吉田政子が読み上げる電話番号を紙の上に書き記していった。番号を伝え終えると、彼女は『こんな感じで良いですか？』と訊ねてきた。

「ありがとうございます。あの、それでいまその川原さんはなにをしているかとかは……」

『あ、勤務先とかも書いてありますね。あら……？』

「どうしました?」

『いえ、これって……』

「なんて書いてあるんです?」

雄貴はじれるが、電話からは躊躇しているような気配が伝わってくるだけだった。

一体なにに驚いているんだ? 川原という男はどんな男なんだ?――

『ここには川原先輩は……』

吉田政子はためらいがちに、川原という男について書かれていることを説明していく。

『……って書かれているんですけど』

雄貴の全身が雷に貫かれたかのように硬直する。

『あの、聞こえてます? これってどういうことでしょう。だって、あなた……』

「あ……ありがとうございます」

雄貴はうわのそらでなんとか礼を言うと、震える指でアイコンに触れ、回線を切る。

スマートフォンを片手に雄貴は立ちつくす。ゆっくりと事実が脳に染みこんで行く。

川原丈太郎。その男こそジャックであることを、雄貴は確信していた。そう考えれば、すべての疑問が解決する。

雄貴はスマートフォンに視線を落とすと、最初に『184』を押して非通知設定にしたあと、メモの番号をダイヤルしはじめた。十四桁の番号が液晶画面に表示されると、雄貴は震える指先で『通話』のアイコンに触れる。

すぐに呼び出し音が途切れる。耳を澄ますと、電話の奥から息づかいがかすかに聞こえてくる。雄貴は聴神経にすべての意識を集中させた。

自分から話すことなく、雄貴は相手の言葉を待つ。ただ待ち続ける。しびれを切らしたように、男の声が電話から発せられた。

『川原です。どなたでしょうか？』

受話器から聞こえてきた声は間違いなく、雄貴をあやつり、何人もの人を殺《あや》めさせた殺人鬼のものだった。

6　川原丈太郎

ブラックコーヒーを口に含む。深みのある苦味と爽やかな酸味が口に広がった。

川原丈太郎は小さく満足げに息を吐き出しつつ、前回の『仕事』を思い起こした。ゴルフ練習場の駐車場で、ゴルフバッグを車のトランクに積みこもうとしていた男の背後から近づき、気配に気づいてふり返ろうとした男ののど笛を一刀のもとに切り裂いた。

完璧な『仕事』だった。川原はコーヒーカップをソーサーに置くと、右手を目の高さまで持ってきてながめる。男ののどを切り裂いたときの心地《ここち》よい手応えが蘇《よみがえ》ってきた。

川原はまぶたを落とし、甘美な感覚に身をゆだねる。視界を閉ざすと、闇の中に落下していくような気分になる。それがなんとも心地よかった。

はじめてこの感覚を味わったのは三十年前、父親の命を奪ったときだった。

住んでいたアパートのすぐそばにあった、人気《ひとけ》のない長い石段。その上でいつものように深夜泥酔して帰宅してきた父親を待ちかまえ、アルコールで濁った目で見上げてくる父の胸を両手で思いきり突いた。拍子抜けするほどあっさりと父親は二十段以上の石段をぶざまに転げ落ちていった。

転落した父のあとを追って石段を下りた川原は、あたりに人がいないのを確認すると、意識を失っている父の頭を摑《つか》み、無造作に石段の角に打ちつけた。父の頭から鈍い音がひびくたび、恋人の、瀬川遼子の死によって解き放たれた衝動が癒された。まるで恋人の死の責任が父にあるかのように、川原は力をこめ、頭蓋骨と石段を激突させていった。

父親の頭蓋骨が完全に砕けたことを、手に伝わった感触で確認すると、川原は立ち上がり、何事もなかったかのようにみずからの部屋へと戻っていった。

次の日の早朝、近所の住人に発見された父の遺体に母がすがりついて泣き、事件が泥酔で足を滑らしたことによる事故と判断されていくのを見ながら、川原は母を父の暴力から救えたことに満足を感じつつ、同時に父の頭を割ったときにおぼえた暗い快感を、胸の中で反芻《はんすう》し続けた。

川原は目を開け、コーヒーをさらに一口含んだ。駐車場で殺したあの男、さまざまな犯罪を背後で操っていた男を殺したことで、自分は大勢の人間を救うことができた。

もちろん救われた者たちは、そのことに気がつかないだろう。しかし、それでいい。自分はべつに賞賛を求めて、『仕事』をしているわけではない。自分の『正義』は誰にも理解されることはない。

父を殺したとき、そして数ヵ月前に坂本光男の、恋人だった少女を殺した男の首を裂いたとき、胸に芽生えた『正義』。その『正義』は自分だけが胸に抱えていく。

もしも、この『正義』を共有できる者がいるとしたら……。

紫煙を吸いこむ川原の頭に、一人の男の顔が浮かび上がる。

岬雄貴……。自らの手を汚している。その意味で唯一自分に共感を持つ資格のある男、それが岬雄貴だった。

岬は単なるスケープゴートに過ぎなかった。岬が犯行を行う間に、自分がアリバイを作り、もしものときの保険をかける。最終的には、岬の生活圏にジャックである証拠をばらまき、そのうえで殺すつもりだった。そうすれば、警察の捜査を攪乱《かくらん》することができる。もともと、トランプのジャックもそのようなときに、捜査を混乱させるための小道具に使えると考え、ばらまきはじめた物だ。

しかし、岬は想像以上の働きを見せた。その手口は、最初の仕事こそ拙《つたな》さが見えたものの、二回、三回と経験を重ねるうちに、川原と遜色ないまでに質を高めていった。

あの男は想像以上に使える。そう思ったからこそ前回の犯行時、岬にアリバイを作らせ、さらに犯行現場にわざとナイフを残していった。これにより当分の間、岬が嫌疑をかけられることはない。

いつかは岬を始末しなくてはならないだろう。しかし、それはまだ先でいい。

コーヒーを味わいながら考えこむ川原の胸元に振動が伝わってくる。胸ポケットからスマートフォンを取り出し、通話のアイコンを押す。回線が繋がるが、相手はなにも言ってこなかった。

「川原です。どなたでしょうか?」

川原がその言葉を発すると、おもむろに回線が切れた。

間違い電話? 川原は手の内のスマートフォンを見る。単なる間違い電話、普段ならそう解釈するだろう。しかしなぜか嫌な予感が全身を走っていた。

川原は無言のまま、カップに残っていたコーヒーを一気にあおった。

なぜか強い苦味だけが口の中に広がっていった。

第四章　抑うつ

1　南波沙耶

ネットカフェにある二人用の個室で、沙耶は隣で真剣な表情でノートパソコンをいじっている少女の横顔を眺める。先日、出会い喫茶で知り合った少女、明美だった。

はじめて会った日から一週間ほどして、明美から連絡があった。死んだ興梠という男の名刺を見つけたし、SDカードにかかっているパスワードも解けるかもしれないから一度会わないかと。ずっと明美からの連絡を待っていた沙耶は、すぐに池袋駅で待ち合わせして、明美と連れ立ってこのネットカフェへとやってきていた。

「なに？　私の顔に何かついてる？」沙耶の視線に気づいた明美が顔を向けてくる。

「ううん、真剣な顔しているなと思って。ごめんね邪魔しちゃって」

先日会ったときとは違い、化粧をしていない明美の顔は年相応に幼く見えた。

明美は沙耶が手にしているSDカードを指さすと、「準備できたからかして」と手を差しだす。沙耶からSDカードを受け取った明美は、それを自分のノートパソコンに差し込み、中に入っているデータを読みこんでいく。液晶画面に、明美が中年の男と連れだって歩く画像が映し出される。

「あらためて見ると、なんかやだね、これ」

明美はカーソルを、ロックがかかっているフォルダに当ててクリックをする。パスワードを要求するウィンドウが現れた。

「さて、それじゃあさっそくはじめますか」明美は指を鳴らした。

「ねえ、なんでわざわざ自分のノートパソコンを持ってきたの。これじゃだめなの」

沙耶はネットカフェに備え付けられているデスクトップパソコンを指さす。

「そんな安物のコンピューター、使えるわけないでしょ。いいでしょこれ、ウチの自作なんだよ。この中にクラッカーいくつか入れてきたからさ」

「クラッカー？　あのパーティーで鳴らすやつ？」

「なに言ってるの？　パスワード破るためのソフトだよ。あんたってホントに天然だね」

「天然って……。ねえ、本当にパスワード分かるの？」

「たぶんね。パスワードファイルがサーバとかにあると大変だけど、今回の場合、パスワードファイルもSDカードの中にあるから、クラックツールを使えばなんとかなると思うよ。それにこれ、暗号化アルゴリズムがDESっていう八文字までしか暗号にできないやつだし、あいつ馬鹿っぽいからどうせ複雑なパスワードなんて使ってないだろうから、ブルートフォースと辞書攻撃でそんなに時間かからないで……」

キーを叩《たた》きながら明美が羅列する未知の単語は、沙耶には外国語のように聞こえた。沙耶は理解することをあきらめる。

「よし、これでオッケー」

数十秒キーをたたくと、明美はぽんと『Enter』のキーを押して伸びをする。

「え、それだけでいいの？」

「あとはプログラムが勝手にパスワード見つけてくれるのを待ってるだけ」

「なんか、すごいね。明美、こういうの得意なんだ」

「ウチさ、昔からパソコン好きで、将来はコンピューター関係の仕事したいって思っているんだよね。だからさ、高校卒業したら実家出てプログラミングの専門学校に通うつもりなの。だからいま、そのために貯金しているんだ」

「そっか……、えらいね」

沙耶が微笑むと、明美は頬を染めて「べつに偉くなんかないよ」と手を振った。そのとき、パソコンがピーピーと電子音を立てはじめる。

「お、見つかったかな。けっこう早かったね」明美が画面を覗《のぞ》きこむ。

「え、見つかったってパスワードが？」

「そう。ほら、開いたよ」明美がマウスを操作すると、画面に画像が表示された。「なんかこっちも画像のファイルみたいだね」

最初に開いた数枚の画像には、同じ女性が写っていた。半そでのワンピースを着て強い日ざしに目を細めている三十代半ばぐらいの、全体的にふっくらとした印象の女性。沙耶が見たことのない女性だった。写真のいくつかには、隣に夫らしき男性も写っている。沙耶は目を皿のようにして画面を凝視する。

「誰、これ？　知ってる女？」明美が訊《たず》ねてくる。

「ううん、知らない人だけど……」

「なんか、隠し撮りみたいだね。佐川がこの女にほれて、ストーカーしてたとか？　でもなんでこんなもんにわざわざパスワードかけてたわけ？」

明美はマウスをクリックする。女性の画像の次にフォルダに収められていたのは、細かい文字が書かれた書類の画像だった。十数枚分がおさめられている。画像を拡大すると、なんとか文字を読むことができた。

「なにこの書類。細かくて目が痛くなる」

ぼやく明美を横目に、沙耶は細かい文字に必死で目を通していく。書類には沙耶の理解できないさまざまな単語や、知らない名、いくつかの住所などが記されていた。

『レシピエント』『ドナー』『最終確認』『青陵医科大学付属病院』『楠木優子《ゆうこ》』『上野由《うえのゆ》紀子《きこ》』『CML急性転化』『HLA』

情報が津波のように襲いかかってくる。明美の言うとおり、液晶画面を通して細かい文字を追うのは目にかなりの負担をしいた。何度もまばたきしながら、書類を流し読みしていた沙耶の視線が、ある文字の上でとまった。

『妊娠のため』

沙耶は目を見開くと、さっき見た女性の画像をふたたび開いた。

「……やっぱり」

意識して見ると写真の女性の腹部はわずかながら、しかしたしかに膨らんでいた。そこに新しい命を宿して。

沙耶は眉間にしわを寄せて目を閉じる。脳細胞がフル回転し、バラバラだった情報がパズルのピースがはまっていくように、一つのストーリーに組み立てられていく。

はっと顔を上げると、沙耶はふたたび細かい文字を目で追った。

液晶画面に映る書類を読み進めていくうちに、沙耶は自分が思いついた仮説が、真実に近いものであることを確信していく。

十数分後、すべての書類に目を通した沙耶は、唇を強く嚙《か》み、頭を抱える。のどの奥から無意識にうめき声が漏れた。

「……あのさ、大丈夫？」明美がおずおずとたずねてくる。

「明美！」

「な、なによ、大きな声出して」

「名刺。あの自殺したって男の人の名刺、それも持ってきてくれた？」

「え？　ああ、持ってきたよ。ちょっち待ってね。ええっとね……」

明美はバッグからピンク色の手帳を取り出した。

「もらった名刺は全部こんなかにしまってあるんだよね。えっと、コオロギコオロギっと、あったあった、これだよ」

取り出した名刺を見た沙耶は唇を嚙む。

『移植コーディネーター』

興梠圭介《けいすけ》という男の名刺の肩書には大きくそう記されていた。

2　岬雄貴

カーテンの隙間からうららかな日差しがさしこんでくる。壁の時計に視線を送ると午前八時をさしていた。

もうそんな時間か……。パソコンを眺めつつ、細胞の一つ一つにまで乳酸が染みこんでいるような倦怠感《けんたいかん》に耐えていた雄貴は、まぶたの上から眼球をもむ。

無尽蔵に増殖する悪性腫瘍《しゅよう》が全身の栄養を奪っていき、さらに腫瘍細胞が炎症物質を撒《ま》き散らすことによっておこる気だるさ。悪液質と呼ばれる状態の初期症状。または、疼痛《とうつう》管理のためにはじめた麻薬の副作用。医学的に考えればそう解釈できるだろう。しかし雄貴はこの倦怠感の本質が精神的なものであることを理解していた。

川原丈太郎という男がジャックであることを確信したのが三日前、それからというもの、この倦怠感が常に付き纏《まと》っている。食欲も落ち、食事を残して沙耶から小言を言われるようになっていた。睡眠は不安定になり、今日も朝五時には目が覚めてしまったため、しかたなく、こうしてパソコンに自分が調べ上げたことを漫然と打ちこんでいた。

ジャックの正体を知ることが目標だった。それが達成されたとき、自分はどうするのか？　そのことはこれまで考えていなかった。いや、意識的に考えることを避けてきた。ジャックを始末するべきなのか？　雄貴は殺人鬼と相対する自分を想像する。しかし、殺し合いで勝つことができるとは、とても思えなかった。全日本剣道選手権に出場するような達人であり、自分より数倍以上も人間を斬っている男。剣の実力では遥《はる》か上を行くだろう。そのうえ、自分は癌のせいでいちじるしく体力が落ちてきている。

正面から対決するのではなく、不意をつけばどうか？　ジャックの、川原丈太郎という男の素性は分かっている。背後から近づき、いきなり襲えば、いまの自分にも勝機があるかもしれない。しかし、その計画を実行にうつす気にはまったくなれなかった。

これ以上の殺人を止めるために殺す。それこそジャックの思想そのものではないか。

雄貴はノートパソコンをずらしてスペースを作ると、そこに突っ伏した。できることなら、このままジャックのことなど忘れてしまいたかった。次の瞬間、雄貴の頭の中で、父親の血にまみれた鎌田の娘の、悲痛な表情がフラッシュバックする。

四人もの人生を奪った男がなに身勝手なことを。こみ上げてくる嘔気《おうき》に耐えながら、雄貴は唇をゆがめた。

川原丈太郎がジャックだと通報することも考えた。しかし、川原がジャックだというあきらかな証拠はなにも持っていない。警察が動いてくれるとはとても思えない。それに、もっと根本的な問題があった。万が一、川原丈太郎が首尾良くジャックとして逮捕されたとしても、そのときは間違いなく自分も共犯者として、殺人者として逮捕される。自分は人を殺したのだ。その罰は甘んじて受けなければならない。そう分かってはいても、人生の最後の時間を拘束されて過ごす覚悟を、雄貴は決めきれずにいた。

雄貴は卓上カレンダーに視線を送る。ジャックが行った前回の『仕事』から、すでに二週間近く経《た》っていた。ジャックは間もなく、次の殺人の指令を送ってくるだろう。しかし、もはやそれを実行することはできない。

指令を実行しなかった時点で、共犯関係は破綻する。ジャックはアパートで殺した銀髪の男の血にまみれた自分の免許証を、警察に送りつけるはずだ。雄貴は頭を抱える。ようやくジャックの正体を知ったというのに、状況はまったく好転していない。

唯一持っている切り札は、もし自分が逮捕されれば、ジャックの正体を告発することができるということだった。うまく立ち回れば、相討ちにまでは持っていける。しかし、この切り札をどう使うべきなのか。考えれば考えるほど、結論は出なくなっていった。

雄貴はノートパソコンに向かい、ふたたび自分の知っている情報を漫然と打ちこみはじめる。もし自分の病状が急変し、ジャックを告発する前に命を落としたときのために。

ふと雄貴の頭に疑問が浮かぶ。いま、警察の捜査はどれほど進んでいるのだろう？

数週間前、突然に家を訪ねてきた刑事たちの話によると、ホンダCBR1000の持ち主に話を聞いて回っているとのことだった。あの日から雄貴は胸の奥底で、粘り着くような不安感を拭いきれずにいた。慇懃無礼《いんぎんぶれい》な年長の刑事。去り際、握手を交わした瞬間、あの男のはれぼったい目の奥で、危険な光が灯《とも》ったことに気づいていた。

あの日から、外出のたびに監視されていないか気をつけるようにしていたが、それはいまのところ杞憂《きゆう》に終わっている。尾行どころか、警察の影を感じることは一度もなかった。それにつれ、胸にわだかまっていた不安感も薄れていった。しかし、なぜか今日はやけに警察の捜査状況が気になる。おそらくは、ジャックの正体を知り、張り詰めていたものが緩み、他のことがらにも気が回ってきたからだろう。

あの人に連絡を取ってみるか。雄貴は机に置かれていたスマートフォンを手に取ると、非通知にしてから目的の人物に電話をする。相手はすぐに電話に出た。

『……はい、宇佐見です』

ジャックを追う雑誌記者の眠そうな声が聞こえてくる。

「お久しぶりです」

『……君か』

宇佐見の声に緊張感がみなぎる。声だけで誰だか分かったらしい。

「教えてほしいことがあるんです」雄貴は前置きなく用件を切り出した。

『おいおい、ごねるわけじゃないけど。それは順番がちがうだろ。ギブアンドテイク。今度は私がテイクする番だ。そうだろ？　ビジネスってやつだよ』

「ビジネス……ね」

雄貴は考えこむ。いまさら、細かい交渉をする気などなかった。どうせ、いつかは自分が知ったことすべてを宇佐見に伝え、それによりジャックを逮捕させる気でいるのだ。いつか……おそらくは自分が絶命したあとに。

いいだろう。わざわざもったいぶる必要もない。特ダネ教えてやるよ。

「ジャックは一人じゃない」

宇佐見は『は？』と呆《ほう》けた声を出す。

「聞こえませんでした？　ジャックは一人じゃない。協力者がいるんですよ」

『ちょ、ちょっと待ってくれ。ジャックが単独犯じゃないっていうのか？』

「ええ、そうです」

『そんな馬鹿な。そんな都合良く、殺人鬼が協力関係を築けるわけない。それともカルト宗教とか、そういう組織的犯罪だって言うのかい？』

「ちがう。犯人は……二人です」

二人の鬼畜。生粋のシリアルキラーと、まぬけな共犯者。

『し、しかし、捜査本部は単独犯で動いてるぞ。特に凶器が見つかってからは完全に単独犯路線だ』

「凶器!?」声が跳ね上がる。

『知らなかったのか？　凶器のナイフが見つかったんだ。そのナイフから、多くの被害者の血液が検出されたらしくてね。さすがに、複数犯でも凶器は共有しないだろ』

雄貴は黙りこむ。ジャックが凶器を残す、そんなミスを犯すだろうか？　それともこれはミスなどではなく、なにか目的があってのことなのか？

『もしもし、聞こえてるかい？』

宇佐見の声で我に返った雄貴は、「はい、聞いています」とあわてて答える。

『急に黙らないでくれないかな。たしかに凶器が出る前は、捜査本部の中にもジャック複数犯説もほんの少し上がっていたらしいな。なんか外科医が怪しいって主張しまくってた刑事までいたらしいけど、それもその凶器についた血のせいでおとなしくなったって。詳しく知らないけど、その医者にアリバイがあったみたいだね』

雄貴はスマートフォンを落としそうになる。外科医。それは自分のことにちがいない。自分を疑っている刑事が少なくとも一人いた。雄貴の脳裏に無精髭《ぶしょうひげ》を生やし、心の底まで覗きこむような目で睨《ね》め上げてきた男の顔が浮かんだ。何度も名前をかたったので覚えている。松田公三。あの男にちがいない。

雄貴は混乱する頭に手を当てる。ジャックが、あの冷静な男が現場に凶器を残した。そのおかげで自分へ捜査の手は伸びていない。果たしてこれは偶然なのだろうか？

『だから、黙らないでくれって。で、結局君はなにが訊《き》きたいんだい』

「いや、もういいです……」

雄貴はつぶやくと、『え？　何を……？』と言う宇佐見を無視し、回線を切る。偶然にも聞きたかったことは宇佐見が自分からしゃべってくれた。宇佐見の話を聞いたかぎり、少なくともまだ、自分に強い疑いの目が向けられていることはなさそうだ。それ自体は悪い情報ではなかった。しかし、不安は電話前に比べあきらかに膨らんでいた。

ジャック……。その名前が頭の中でぐるぐると回っていく。自分がその掌《てのひら》で右往左往しているような気がする。いや、自分だけじゃない、警察もマスコミもそして世間もいまやジャックに踊らされている。

そのとき、臍《へそ》の横あたりにナイフで刺されたかのような痛みが走った。雄貴はうめき声をあげて腹を押さえる。額に脂汗が滲《にじ》んでいく

歯を食いしばり、痛みに耐えながら、抽斗《ひきだし》から小さなプラスチックの包装を取り出す。即効性の麻薬性鎮痛剤だった。包装を荒々しく破り、中に入っていた顆粒薬《かりゅうやく》を口の中に流しこむと、机の上に置かれていたペットボトルのミネラルウォーターで飲みこんだ。

真琴の処方により、三日前から開始した麻薬による疼痛コントロール。長時間作用型の麻薬を使用することで、痛みを感じる頻度はかなり減ってきている。しかし、それでも腹膜の神経細胞にまで浸潤した癌細胞は思い出したように突出痛《とっしゅつつう》を生じさせる。そのようなときには、レスキューとして即効性の麻薬を内服して対処するしかない。

顆粒薬を飲み干した雄貴は、ダンゴ虫のように体を丸めたまま、強酸で内臓を焼かれ

るような痛みにたえる。レスキューの麻薬が効果を現すまで十分から十五分程度、それまでは痛みに耐えるしかない。

雄貴はふと、机の上に置かれた小さな鏡に視線を向ける。その中には頬がこけ、目の下に濃いくまを作った貧相な男がいた。癌の進行が外見にまで影響を与えはじめている。最近は沙耶にもたびたび「なんか疲れてない？」とたずねられるようになっていた。

そろそろ限界か……。雄貴は視線を、鏡から机の一番下の抽斗へと移動させる。

ジャックの調査に意識を集中して忘れていた、いや、意識的に考えないようにしていたことがあった。しかし先延ばしにするのももう無理だ。

やるべきことをやろう。これ以上、病状が悪化しないうちに。

雄貴は抽斗をながめたまま決意を固める。

麻薬が効いてきたのか疼痛は消え去っていく。雄貴は丸めていた背筋を伸ばすと、ふたたびパソコンに向かった。唐突に、ドアがノックされる。雄貴は体を震わせた。

「ちょっと待ってくれ」

慌ててパソコンを閉じると、机の上に置かれている麻薬の包装を抽斗にしまおうとする。しかし、焦っていたためか肘に当たった数個が床にばらまかれる。雄貴は急いで跪《ひざまず》き、床に落ちている包装を拾って抽斗に押し込むと、「いいぞ」と声を上げる。

「ごめんね、ちょっといいかな？」

ドアが開き、なにか思いつめたような表情で沙耶が立っていた。

普段とはあきらかに違う沙耶の態度に、雄貴は不安を覚える。そういえば昨日、沙耶は友人と会っていたらしく帰りが遅くなっていた。昨夜、なにかあったのだろうか？

「どうかしたか？」

「あの、……私と一緒に病院に行って欲しいの」

「病院？　どこか具合が悪いのか？」

「ううん、そうじゃなくて。雄貴がいたのって、たしか青陵医大っていう大学病院だったよね。その病院に一緒に行って欲しいの。どうしても知りたいことがあるんだけれど、私一人じゃたぶん無理だから」

「ちょっと待てって。落ち着いて最初から話してくれ。一体なにが知りたいんだ？」

沙耶は心を落ち着かせるように息を吐くと、桜色の唇を開いた。

「なんで私が狙われたのか、……たぶん、分かったと思う」


白衣を羽織った雄貴は、青陵医科大学付属病院の長い廊下を歩いていく。

数時間前に沙耶が語った話は、簡単に信じられるようなものではなかった。しかし、たしかに筋は通っていた。もし今日、これから向かう場所で想像どおりのものが見つかれば、沙耶を拉致しようとした男たちの正体もあきらかになるかもしれない。

雄貴は軽く後ろをふり返る。そこには大きなサングラスとマスクで変装した沙耶がついてきていた。院内でサングラスをかけている姿は目立つが仕方がなかった。ここに事件の鍵があるとしたら、沙耶を拉致しようとした男たちがいる可能性も否定できない。

平日の午後四時。病院は外来の順番を待つ患者たちでごった返していた。雄貴は俯きがちに廊下を歩いていく。まだ辞めてはいないとはいえ、休職中の身だ。白衣を着て病院内をうろついていれば、不審に思うスタッフもいるかもしれない。

昼過ぎに同僚の内科医に連絡を取り、情報は得ているので、行くべき場所は分かっていた。外来フロアを通り過ぎ、目的の場所へと向かう。診察待ちの患者用の椅子がとぎれた。鉄製の巨大な自動ドアまで、無機質な真っ白いリノリウムが敷き詰められた廊下が続いていた。雄貴は廊下の突き当りを眺める。そここそが目的地だった。

ＩＣＵ。集中治療室。最重症患者の全身管理を行う特殊病棟が、あのドアの向こう側に広がっている。

「ここで待っていてくれ」

雄貴は立ち止まると、小声で沙耶に言い、かたわらにあるソファーをあごで指した。一瞬、沙耶の眉間にしわが寄るが、彼女は文句を言うことなくソファーに腰を下ろす。

沙耶はＩＣＵには入らず外で待つ。それが病院に来る前に二人の間で決められた約束だった。最初、雄貴は一人で病院に行くつもりだった。しかし沙耶は顔を赤くして、「絶対嫌だ！」と雄貴の提案に反発した。

友人のかたきを討つために必死になって調べてたどり着いた手掛かりを自ら確かめた

いという気持ちは理解できた。ただ、そもそもICUにはスタッフ以外は、入院している患者の家族が面会に短時間入るぐらいしかできない。話し合った末の折衷案が、沙耶は変装をしたうえで、外で待つというものだった。

「それじゃあ、行ってくる」

声をかけると、沙耶は「……うん。気をつけてね」と頷《うなず》いた。

自動扉の前で、雄貴は財布から取り出したIDカードをカードリーダーに通す。ピピピという確認音に続いて、扉はゆっくりと開いていった。

休職にしておいてよかった。もし退職していたらICUに入りこむことはできなかった。そんなことを考えつつ、雄貴は扉をくぐっていく。清潔を保つために靴をスリッパに履き替え、頭にキャップをかぶって手を洗ったあと、雄貴はICUに入室した。

かなりのスペースを開けて並べられたベッド。絶えず鳴り続ける心電図モニターの電子音。患者たちの体から伸びるいくつもの点滴チューブ。数ヵ月ぶりに入るICUの雰囲気は懐かしくすらあった。

ここの部屋には顔見知りの看護師も多い。できるだけ目立たないようにしなくては。俯いたまま歩きながら、雄貴は横目でホワイトボードに視線を送る。ボードには、この部屋に入院している全患者の氏名と年齢、担当科、病名、ベッド番号が記されていた。

あった！　雄貴はボード上に目的の名を見つけた。

『楠木優子　19歳　血液・腫瘍内科　CML急性転化　bed1』

雄貴は奥に位置するベッドへと向かう。ベッドを取り巻く透明の無菌テント、その中で少女は眠っていた。しかしその眠りが安らかなものではないことは、苦悶《くもん》とも取れる少女の表情からあきらかだった。雄貴は視線を走らせ、少女の状態を把握していく。激しい化学療法で頭髪が抜けているのだろう。少女の頭部は毛糸の帽子で覆われていた。皮膚は乾燥し、貧血のため青白い。体はやせ細っていて、布団から覗く首筋や腕には筋がくっきりと浮き出ていた。

少女の首筋には、上大静脈へと直接点滴を送りこむための太い管が差しこまれている。点滴のラインに流れこんでいる薬剤を見て顔をゆがめた。

高カロリー輸液、広域スペクトラムの抗生剤、昇圧剤、そして麻薬性鎮痛剤。それらは少女の苦痛がすでに麻薬を使用しなければ抑えられないほど強いものであり、さらに全身の循環動態も、昇圧剤を使用しなければ保てなくなっていることを意味していた。

たとえ医師でなくても、ベッドの上の少女の姿を見れば、その病状がとてつもなく重篤《じゅうとく》なものであると気づくだろう。雄貴は無意識に少女から視線をはずしていた。多くの『死』を見てきたとはいえ、外科医が若年者を看取《みと》る機会は少ない。自分よりも若い者が死んでいく、それは医師である雄貴にとっても簡単にはわりきれないものだった。

雄貴は無菌テントの外側にあるテーブルに置かれた電子カルテをチェックしていく。

入院したのは去年の十二月、すでに一年近く入院生活を過ごしていることになる。十代の少女にとって、一年の入院期間はとてつもなく長いものだっただろう。雄貴はさらに情報を見ていく。家族歴が記されたページでその手は止まった。そこには大きく『暴力団関係者』の赤い文字が踊り、父親のわきには小さく『組長』とも書かれている。疾患に直接関係ないが、これも医療現場では重要な情報にちがいなかった。治療には本人だけでなく、家族の協力が不可欠だ。特に未成年者の治療には。そして雄貴にとってそれは、もっとも知りたい情報の一つだった。

なぜこの少女が青陵医大付属病院に入院しているのか分かった気がした。少女が入院しているのが、自分が勤務する病院だと知ったときは、できすぎた偶然と思ったが、よくよく考えればそんなこともない。クリーンルームをはじめとした、重症の白血病患者を十分に治療できる設備をそなえている病院は都内でもそれほど多くはない。それに防弾ガラスすら使用している、異常なほどセキュリティーの高い特別室をもつ青陵医大付属病院は、しばしばヤクザの幹部が入院に利用している。おそらくはこの少女の父親も、青陵をかかりつけにしていたのだろう。

雄貴は同じページにしるされている、少女の入院までの病歴を読みはじめる。

『4年前の6月20日　全身倦怠感により近医受診、白血球11５００と異常高値を認め、慢性骨髄性白血病の疑いで24日当院紹介受診し入院となる。精査の結果Ｐｈｅ染色体陽性、CML慢性期と診断される。
7月18日よりimatinibの投与を開始。著効《ちょこう》を認め10月26日完全寛解《かんかい》を得る。
11月14日退院、外来フォローアップとした。寛解期に同種造血幹細胞移植を検討するが、HLA一致血縁者はおらず、また移植のリスクを考え、ファミリーと相談のうえ、積極的に移植を行うことはせず経過観察することとした』

雄貴は数時間前に沙耶の話を聞いてから、慌てて内科学の医学書を読み直して再確認した、慢性骨髄性白血病についての知識を頭の中で反芻《はんすう》する。

慢性骨髄性白血病は、化学療法によりかなりの高率で、体内から腫瘍細胞が検出できなくなる『完全寛解』まで治療することができる。そしてその時期に血縁者をドナーとして骨髄移植を行えば、八十パーセント以上の確率で完治させることができる。しかし、ドナーが非血縁者であった場合、治癒に当たる長期無病生存率は六十パーセントまで低下する。そして、移植を行う前に患者は大量の抗癌剤《こうがんざい》の投与と放射線照射に耐えなければならない。

少女の血縁者にドナーがいなかった以上、そのときの『移植を行うことはせず経過観察』という判断は妥当だっただろう。投薬さえ続けていれば、九十パーセント近い患者が五年後も特に病状が悪くなることもなく、普通の生活をおくれる疾患なのだ。

次の文を見て、雄貴は気が重くなる。少女は残りの十パーセントに入ってしまっていた。


『去年12月の定期検査にて末血中に芽球《がきゅう》が出現。骨髄穿刺《せんし》施行。骨髄中の芽球11%、移行期に病状が進行したと判断。

12月29日、移植を含めた治療を行うため当院当科に入院となる』

慢性骨髄性白血病は、病状が進行すると『急性転化』を起こす。

それまで、さまざまな血球に分化するという、造血幹細胞としての基本的な能力は残していた腫瘍細胞が、その能力を失う。その状態になった腫瘍細胞は、芽球という幼弱な血球を大量に、無秩序に、際限なく生み出し、急性白血病にきわめて似た病態をつくる。そこにいたった場合、治療に強い抵抗性を示し、その予後はきわめて悪い。

カルテに記載されている『移行期』とは、まさに言葉のとおり、急性転化に移行する状態、つまり最悪の状態へのカウントダウンが始まったことを意味していた。

移行期に入ってからの骨髄移植の成績は決していいとは言えない。長期生存率は二十パーセントに満たない。慢性期での移植に比べるといちじるしく劣っている。それでも、骨髄移植が少女の最後の希望にはちがいなかった。事実、入院後すぐに主治医は骨髄移植のドナーを探す手続きをはじめた。

雄貴はすばやくカルテをスクロールしていく。すべてをくわしく読む時間的余裕はない。いまにも主治医がやって来るかもしれないし、担当の看護師が不審に思うかもしれない。雄貴は目的のページを膨大な情報の中から必死に探していった。

少女の入院生活は時間との戦いだった。ドナーが見つかるのが早いか、それとも病状が悪化して、移植を受けることすらできない状態になるのが早いか。今年三月のカルテ記録を見て、雄貴は唇を嚙む。

『3／8　骨髄中リンパ芽球32％。リンパ性急性転化と考える。化学治療を予定』

移植より急性転化が先だった。そこからのカルテの記載は、白血病と抗癌剤の副作用との、少女の戦いの歴史だった。急性転化後、少女の病状が一気に悪化していったことが、カルテに詳しく書かれている。

雄貴は細かい文字に目の痛みを覚えながら、文字の海を高速で泳いでいった。

あった！　雄貴は思わず声を上げそうになる。それは今年の五月の記載だった。

『5／12　ドナー決定。最終同意後、移植を予定』

雄貴はさらにカルテをスクロールしていく。沙耶の話が正しければ、このすぐあとに事件の中核が存在しているはずだ。

すぐにそれは見つかった。ドナーの決定からわずか一週間後の日付だった。

『5／19ドナーとの最終同意成立せず。移植中止。移植前処置も中止とする』

それは地獄に伸びた蜘蛛《くも》の糸が切れた瞬間だったのだろう。生存をかけた一縷《いちる》の望みが断たれたのだ。六種類あるHLAがすべてそろうのは数万から数十万分の一程度の確率、すぐに次のドナーが見つかるという幸運は多くはない。

雄貴はカルテを閉じ、目をつむる。これで必要な情報はすべて得た。離れようとした雄貴は、一つだけ確認し忘れたことがあることに気づいて動きを止める。ふたたびカルテを見た雄貴は、最近のカルテ記録と検査データにすばやく目を通す。気持ちが重く沈んでいく。

「……手遅れだ」弱々しい声がマスクの下から漏れた。

カルテに書かれた現在の少女の状態は、雄貴の想像を超えるものだった。血流に乗り、全身に回った腫瘍細胞は、肝臓、右肺に転移しコロニーをつくっている。抗癌剤の副作用もあいまって、肝機能は低下し、肺への転移は大量の胸水貯留を引き起こしていた。

すでに積極的な治療を行う段階は過ぎている。この全身状態で移植前処置のような強力な治療を行えば、間違いなくその副作用に耐えきれず命を落としてしまう。

ここまで病状が進んだ状態で医師ができること、するべきことは、できるだけ少女が苦痛を感じることなく、最期の時間を家族と過ごせるようにすることしかない。

雄貴は少女を見つめ続ける。少女の目がわずかに開いて、自分を見た気がした。雄貴は少女に向けて柔らかく微笑んだ。雄貴にとって少女の姿は、数ヵ月、数週間後の自分の姿にほかならなかった。次の瞬間、少女を複雑な思いで見つめていた雄貴は、背中に視線を感じふり返る。ＩＣＵの入り口から、一人の男が鋭い目付きでこちらを見ていた。のどの奥から呻《うめ》き声が漏れる。男の顔には見覚えがあった。初めて沙耶と会ったあの日、彼女を拉致しようとしていた三人組のリーダー格。

今日もあの日と同じように、ブラックスーツで細身の体を包みこんでいる。

二人の視線が交錯する。雄貴は反射的に重心を落とし身構える。しかし、男は軽く頭を下げると、背中を向けて去っていった。

一瞬、あっけにとられたが、すぐに状況を理解した。あの日、自分はフルフェイスヘルメットをかぶっていて、顔を見られてはいない。男は少女に面会に訪れ、少女のかたわらに立つ白衣を着た男を見て、診察に来た医師だと思い、出直そうとしているんだ。

そこまで考えたとき、心臓が大きく跳ねた。

沙耶！　外には沙耶がいる。変装しているとはいえ、見つかる可能性もある。

雄貴はＩＣＵの床を蹴って走り出した。大きな足音に数人の看護師が視線を向けてきたが、それを気にする余裕などなかった。

3　南波沙耶

サングラスを通して蒼《あお》く彩られた世界の中、沙耶は座ったまま、じっと鉄製の扉を見つめていた。雄貴が扉の中に消えてから十五分ほどの時間が過ぎている。あの重そうな扉の奥にどんな光景が広がっているのだろう？

廊下の椅子に座ったまま、沙耶は何気なくスカートのポケットに手を入れた。人差し指の先になにか鋭い物が浅く刺さった。沙耶は顔をしかめると、指に当たった物体をポケットから取り出す。それは小さなプラスチック製の包装だった。

今朝、部屋の扉をノックした時、雄貴がなにやら慌てている様子を扉ごしに感じた。そしてそのとき、扉の下の隙間から飛び出してきたのがこの包装だった。状況から見て、雄貴がこれを慌てて隠そうとしているのかもとは思ったが、それどころではなかった沙耶は無意識にそれをポケットに突っこみ、いままで忘れていた。

これって薬よね？　沙耶は包装をつまむと、顔の前で振り子のように振った。

薬を飲んでいるということは、雄貴はどこか悪いのだろうか？　たしかにこの一、二週間、顔色はさえなかったし、食欲も落ちてきている気がする。けれど、なぜわざわざこの薬を雄貴が隠そうとしたのか分からない。妙な胸騒ぎをおぼえる。

ふと顔を上げると、数メートル先にある皮膚科外来の受付が見えた。

そうだ。いいアイデアを思いついた沙耶は立ち上がって外来に近づいていくと、「あの、すいません」と、受付にいた四十がらみの看護師に声をかける。

「はい？」巨大なサングラスをかけている沙耶を、看護師はいぶかしげに見る。

「これ、廊下に落ちていたんですけど。誰かが落としたんじゃないですか」

沙耶は薬の包装を看護師にさし出す。細められていた看護師の目が丸々と開かれた。

「あら、こんな物が落ちていたんですか？　大変。ありがとうございます」

看護師は慌てて沙耶の手から薬を取り上げる。看護師の過剰な反応は、その薬が一般的に処方されるような物ではないことを物語っていた。不安が大きくなっていく。

「あの、それってなんの薬なんですか？　大変って？」

「ああこれね、麻薬なんですよ」看護師は声をひそめる。

「麻薬!?」予想外の単語に、沙耶の声が跳ね上がる。

「ええ、普通の痛み止めだと効果がないときに使うの。ほとんどは癌の患者さんなんですけどね。本当に誰が落としたのかしらね、こんな大切な薬」

ハンマーで殴られたかのような衝撃が後頭部にはしる。

癌？　誰が？　立ちつくす沙耶の脳裏に、卵巣癌を患っていた母親の顔が浮かぶ。その顔に、最近やつれてきた雄貴の顔が重なった。のどの奥から「ひっ」としゃっくりのような音が漏れる。

「どうかしました？」

看護師が心配そうに声をかけてくるが、答える余裕などなかった。沙耶はふらふらとその場から離れていく。廊下を歩く数人と肩がぶつかりそうになった。

雄貴。ちょっとシャイであまのじゃく。人嫌いをよそおっているが実はさびしがりやで、本当はすごく優しい私の同居人。保護者。命の恩人。恵美がいなくなったいま、この都会で、この世界で唯一信頼できる人。私の大切な人。

雄貴、雄貴、雄貴……。おぼつかない足取りで、沙耶は歩きつづける。廊下がまるで内臓のように、うねうねと蠕動《ぜんどう》しているように見えた。

沙耶は立ち止まるとICUへと続く扉を見つめた。あのドアが開いて雄貴が出てきたとき、どんな顔をすればいいのだろう？　まるで雲の上に立っているかのように、足元が定まらない。そのとき、扉がゆっくりと開きはじめた。

雄貴……。沙耶は扉に向かって一歩力の入らない足を踏み出す。しかし次の瞬間、沙耶はサングラスの奥の目を見開き、硬直した。

扉の奥には、細身の男が立っていた。糊《のり》のきいたブラックスーツに全身を包みこみ、薄く開いた両の目からは氷のような視線が正面に向けられている。数週間前に恵美を殺し、自分を拉致しようとした男。沙耶はせり上がってきた悲鳴を必死に呑《の》みこんだ。

逃げなきゃ、早く逃げなきゃ。そう思うのだが体が動かない。

大丈夫。私だって分からない。変装しているんだから。必死に自分に言い聞かせた沙耶はぎこちない動きながらも、なんとか男に背を向けると、廊下を引き返しはじめた。

恐怖で足が縺《もつ》れる。沙耶の耳は、背後から迫ってくる足音をとらえた。

追ってきてる？　走ろうとするのに、足はさびついたかのようにうまく動かない。背後から沙耶の肩に手が置かれた。のどから小さく悲鳴が上がる。

「俺だ」

背後からかけられた声に、全身の力が抜けそうになる。恐怖ではなく安堵《あんど》のために。

「……雄貴？」振り返ろうとすると、頭を摑《つか》まれ正面を向いたまま固定される。

「うしろを見るな。まだ気づかれてない。このまま前を向いて病院を出るんだ」

雄貴の言葉に沙耶は無言で頷いた。雄貴の背中に雄貴を感じながら、下りのエスカレーターに乗りそのまま病院の外へ出る。雄貴の「もう大丈夫だ」という声が聞こえた瞬間、沙耶は体ごとふり返った。白衣の雄貴が疲れた顔で立っていた。ブラックスーツの男の姿はどこにも見えない。いつの間にか体の震えは止まっていた。

「帰ろう」

雄貴は沙耶に手を伸ばし、頭をなでる。沙耶の中でなにかが弾《はじ》けた。抑えようもないほど強い感情の波が、体の奥底からわき出してくる。

沙耶は雄貴の胸に飛びこむと、大声をあげて泣きはじめた。

4　岬雄貴

自室で雄貴は開いた抽斗を見つめていた。扉の奥からは、シャワーの音がかすかに聞こえてくる。

病院から戻ってすぐに、沙耶はほとんど言葉を発することなく、自分の部屋へと消えた。雄貴はリビングに一人残り、今日病院で見た少女のこと、ブラックスーツの男のこと、ジャックのこと、沙耶のこと、さまざまなことがらに思いをはせ、自分がすべきことについて考えをまとめようとした。
二、三時間後、部屋のドアが開いてリビングに姿をあらわした沙耶は、ソファで腕を組む雄貴に「シャワー浴びて頭整理する」と言い残し、バスルームへと消えて行った。
沙耶が風呂に入っている間はリビングにいないようにする。それは沙耶との同居をはじめてから、雄貴がなんとなしに決めていたルールだった。とくに一度沙耶を押し倒してからは、雄貴はそのルールを厳格に守るようにしていた。

雄貴は抽斗の中に手を入れる。ナイフがしまってある抽斗ではなく、その下にあるやや大きめの抽斗。そこには、この数日間で雄貴が用意しておいたものがボストンバッグの中に入れて収められてあった。手にとったバッグはずしりと重かった。

病院で少女を見たとき、雄貴は同情とともに安堵をおぼえていた。これから迎える自らの『死』を前にして、義務を一つ、成し遂げることができると分かったから。

雄貴は両手の中のバッグを見る。これが自分の手元から消えたとき、この数週間、背中にのせ続けた責任の一つを下ろすことができる。しかしそれは同時に、身を裂かれるほどの苦痛を味わうことを意味していた。

俺にできるだろうか？　雄貴は自問する。答えはなかなか出なかった。

いや、できるできないの問題じゃない。雄貴は目を固く閉じ、頭を振る。

癌を告知されてからというもの、現実から逃げ続けてきた。雄貴は右の肋骨《ろっこつ》の下に触れる。野球ボールほどにまで成長した癌腫にはっきりと触れることができた。あまりにもあからさまな現実がそこにあった。雄貴の顔に苦笑が浮かぶ。

俺はこの現実から目をそらし、ありとあらゆる間違いを犯した。四人もの人間を惨殺し、その恋人を、友人を、家族をこれ以上ないほどに傷つけた。

雄貴は目を閉じる。まぶたの裏に沙耶の屈託のない笑顔が浮かんだ。

沙耶。この数週間、壊れそうになった心を支えてくれた少女。

これだけ間違いをおかし続けてきたんだ。最後に一つぐらい正しいことをしなくては。現実と向き合い、正しい判断を下さなくては。それがいかにつらいことだったとしても。

いつの間にかシャワーの音は消えていた。沙耶の部屋の扉が閉まる音が聞こえてくる。

雄貴は自らの両頬を張ると、ボストンバッグを持って立ち上がった。

さて、するべきことをしよう。

部屋を出た雄貴はリビングを横切り、沙耶の部屋の前に立った。

「沙耶、ちょっと話がある。落ち着いたら出てきてくれ」

数秒後、緩慢な動きで扉が開き、パジャマ姿の沙耶が顔を見せた。

まだ乾ききっていない前髪から覗くその顔は、雄貴がこれまで見たことがないほど、生気がなかった。その虚《うつ》ろな表情を見て、固めた決意が薄れていく。少なくとも、いまは大切なことを話せるような状態とは思えなかった。

「いや……また今度でいい。今日は疲れただろ。ゆっくり休めよ」

部屋に戻ろうとする雄貴のシャツのすそを、沙耶がつかんだ。

「私も……話したいことがあるの」

雄貴を見つめながら、沙耶は硝子細工のように冷たく、そして儚《はかな》い声で言った。


カーペットの上に体育座りをした沙耶が、ソファーに座る雄貴を見つめてくる。雄貴は妙ないごこちの悪さを感じていた。沙耶の話を先に聞こうとしたのだが、「雄貴の話のあとでいい」とにべもなく断られてしまっていた。

沙耶の顔からは普段の喜怒哀楽のはっきりした表情は消えうせ、まるで仮面をかぶっているかのように見えた。怒りともちがう、悲しみともちがう、しいていうなら『混《こん》沌《とん》』というのが一番近い。雄貴には沙耶の体から発せられる雰囲気がそう感じられた。

「……ICUにいたよ。SDカードの書類に書いてあった女の子が」

雄貴は話しはじめる。沙耶は緩慢な動きで、焦点の定まっていない目を雄貴に向けた。

「楠木優子って子だ。たぶん、あのスーツの男はその子の身内だと思う」

「そう……なんだ」聞き取ることが困難なほどの小声で沙耶は答える。

「かなり進行した白血病にかかっている。治すなら骨髄移植しかない。ただ移植が成功しても治る可能性は低いけどな」

沙耶は言葉を発しない。雄貴はかまわず話を続けた。

「去年の十二月に入院して、今年の五月にはHLAが完全に一致したドナーも見つかっていた」

「HLA？」

「簡単に言えば白血球の型だな。たくさんあるんだけど、A、B、DRの三種類が重要で、これが合ってないと、移植しても拒絶反応を起こす。兄弟間なら二五％の確率で同じになる。ただ他人だと数万分の一ぐらいまで確率が下がる」

「A、B、DR……それって」

「そうだ。あの暗号だよ。あの子のHLAの型なんだろうな」

「……そっか」沙耶は弱々しく頷いた。

「ただ問題はそのあとだ。骨髄移植の最終同意を、ドナーができなかった。それで移植は中止になった」

「そのドナーって……」

「たぶん、それがSDカードに入ってた画像の女性だろうな。あの書類によると上野由紀子って名前か。カルテによると、ドナーは骨髄の提供に積極的だったらしい。主治医も、患者本人も、それに患者の家族も移植ができると思っていたはずだ。それが最終段階になって、一気に地の底にたたき落とされた」

雄貴は唇を舐《な》めて湿らせた。

「あの写真の上野由紀子は、腹が目立ちはじめてきたぐらいだから、妊娠四、五ヵ月ってとこだ。写真に撮られたのが夏ごろだとすると、妊娠に気づくのはちょうど最終同意面談のあたりになる。たぶん、上野由紀子は移植に協力するつもりだった。けれど最終同意面談前に妊娠が判明して、骨髄採取ができなくなった」

「赤ちゃんいたら、やっぱりできないの？」

「骨髄採取は全身麻酔でやるような処置だ。妊婦に対する全身麻酔は母子ともにそれなりのリスクがある。ドナーにそんなリスクを背負わせるわけにはいかない」

「……そうなんだ」

「ああ。普通は提供者が辞退すれば次の候補を探すことになる。けれど楠木優子の型は珍しいんだろうな。ほかの候補者は見つからなかった」

「ほかに、治療法はないわけ？」

「ないってことはない。実際に楠木優子も化学療法をやっていたし。ただ彼女の段階まで病状が進んでの化学療法の治療成績は悪い。根治を目指すなら移植しかない」

雄貴は首を振る。

「そういうわけで、最後の頼みの綱の移植ができない状態で時間だけが経ち、病状はどんどん悪化していく。それを見ていることに耐えられなくなった奴《やつ》がいる」

沙耶は小さく体を震わせた。

「そう、あのスーツの男だ。今日も面会に来ていたところからみて、家族に間違いない。年齢からすると、たぶん楠木優子の腹ちがいの兄貴だろう。患者の家族が怒りをぶつける相手は決まってる。ドナーだよ。自分たちに希望を持たせておいて、最後の最後で裏切った相手だ」

「でも、赤ちゃんがいたんなら、しょうがないじゃない」

「そんな事情はなにも知らないのさ。ドナーの情報は一切教えられない。ドナーが男か女かさえ知らないんだ。妊娠のことなんて知っているはずがない」

「そっか……」

「スーツの男はどうにかして、ドナーが誰なのか知ろうとした。もしみつかれば、妹が助かるかもしれないと思ったんだろうな。みつけたドナーに、移植をするように、お得意の脅しをかければいい。けれど、そう簡単に見つかるはずがないんだよ。骨髄移植はそういうトラブルを避けるために、過剰なほど情報セキュリティに力を入れている」

「それで佐川が出てくるんだ……」沙耶は蚊の鳴くような声で言う。

「ああ、その佐川って男が今回の事件の鍵だろうな。移植のコーディネーターだった興梠は佐川の高校の同級生だったんだろ？　佐川が噂を聞きつけて、ドナーを探しているスーツの男に近づいたのか、それとも逆に男たちが興梠を調べるうちに、佐川との関係に気づいたのか。なんにしろ、佐川は依頼を受けて興梠に接触した」

「で、結局お酒を飲ませて、出会い喫茶に連れこむのね」

「そういうことだろうな。そこには元々打ち合わせしておいた女子高生がいて、興梠を誘惑してホテルへ連れこんだ。その姿を佐川は写真に撮った」

「情報を脅し取るために……」

「ああ、既婚の男が女子高生とホテルへ入る写真だ。そんなものが公表されれば、社会的に抹殺される」

「それで……情報を佐川に渡したんだ」

「結果的にはな。ただ、かなり苦しんだだろうな。個人情報の保護は基本中の基本だ。善意で成り立っているシステムなんだよ。もしドナー情報を漏らしたなんてことがばれたらシステム自体が崩壊しかねない」

「だから、興梠さんは……」

沙耶はそこまで言うと唇を固く結んだ。そのあとを雄貴が続ける。

「首を吊った。自分がやったことの罪悪感に耐えられなくなって。興梠も気がついていたんじゃないか、なんで上野由紀子の情報を佐川が欲しがっていたのか。もし上野由紀子のことをスーツの男たちが知ったら、やつらが彼女になにをするのか」

沙耶が小さく身震いするのを見ながら、雄貴は顔を横に振った。妊娠しているから移植ができない。そのとき、人を殺すことさえいとわない男たちがどんな手段に出るのか。それは想像するだけでもおぞましいものだった。

「本来なら、ここで上野由紀子の情報はスーツの男に渡ったはずだ。けれどなにかトラブルがあって、佐川は情報をSDカードに入れ、沙耶の友達に預けた」

「トラブルって？」

「さあな、どうせ金関係の話じゃないか？　で、結局佐川は殺されることになる。けれど死ぬ前に情報をどこに隠したか白状させられた。男たちは沙耶の友達の所に向かう、そのあとのことは……もう知ってるな」

雄貴は自分の肩をもんだ。長くしゃべっていたせいで少し疲れていた。沙耶を見ると、うつむきがちに、硬い表情で視線を落としている。その姿を見て、固めた決心が緩みそうになった。これから話すことは、さらに沙耶に衝撃を与えるものだろうから。

いや、これ以上先送りにはできない。雄貴は奥歯を食いしばり、心を決める。

「少し話変わるけど、いいか？」

雄貴は乾燥する口の中を唾液で必死に湿らせる。沙耶は焦点の合わない目を上げた。

「これを受け取ってくれ」雄貴はボストンバッグを、沙耶に差し出す。

両手でバッグを受け取ると、沙耶は「なにこれ？」と、中を覗きこんだ。一瞬、沙耶の目が丸くなり、そしてすぐに雄貴をにらみつける。

「なにこれ？」

同じ質問をくり返す。しかし、その口調にはあきらかな怒気が含まれていた。

「二千万ある。それくらいあれば当分は生活に困らないだろ」

バッグの中には札束が入っていた。数日前に、雄貴が定期預金の口座を解約して受け取った金の大部分だった。

「それって……私に出て行けって言ってるの？」沙耶の目がつりあがっていく。

雄貴は言葉に詰まる。言うべき決定的な一言。しかしそれを発することを、心が拒絶しようとしている。

「……そうだ」

雄貴は言葉を必死に絞り出した。その言葉が口から出た瞬間、一つの責任を果たしたというかすかな安堵と、沙耶が、この数週間同居し、いつの間にか自分の支えになっていた少女が消えてしまうという、耐えがたい哀《かな》しみが同時にわき上がった。

「それを持って、どこか地方の都市に行くんだ。大阪でも名古屋でも、それこそ沖縄だっていい。少なくとも一年、いや、半年東京から離れてくれ」

「……半年で、なにがあるの？」

「事件は解決する。根本からな」

「それって、もしかして……」沙耶の顔が複雑にゆがむ。

「そうだ。あの白血病の子は、もってもあと一、二ヵ月だ。あの子が亡くなれば、もう沙耶が追われる心配はない」

沙耶の唇に力が入る。少女の命が消えることで安全が確保される。たしかにそれは、単純に喜べるようなことではないのだろう。

「もし移植をすれば、助かる可能性はあるの？」

「いや、もう無理だ」雄貴ははっきりと言い放つ。「もう移植ができるような全身状態じゃない。骨髄移植の前には大量の抗癌剤の投与と放射線照射で白血病細胞を根こそぎ叩《たた》く必要がある。あの子の体はもうそれに耐えられない。移植をしようとすれば、その前に確実に副作用で死亡する」

「それじゃあ、あの男たちがいまさら私のこと探したって、無駄ってこと？」

「ああ、そうだ。たぶん主治医もそう伝えているはずだ。けれどスーツの男は認められないんだよ。いや認めたくないって言うべきだな」

数ヵ月前の俺みたいにな。雄貴は心の中でつけ足した。

「周りの人間が嫌でも理解するのは、あの子が死んだときだ。それがあと一、二ヵ月後。そうすればもうドナーもくそもなくなる。それに俺がどうにかして、あいつらを告発する。半年もすれば、あの男たちは逮捕されて、東京も安全になるさ」

「雄貴は、……もう私を守ってくれないの？」

すがるような沙耶の眼差《まなざ》しに、胸がナイフで抉《えぐ》られたような痛みが走る。

「俺はもう、……おまえを守れない。早いうちに、この家から出て行ってくれ」

のどに引っかかる摩擦係数の高い言葉を、雄貴はなんとか吐き出す。

「私が……邪魔なわけ？」沙耶はうつむくと、消え入りそうな声でつぶやく。

雄貴は歯を食いしばる。沙耶を突き放すたびに、胸に針を刺しこまれているかのようだ。しかしいま突き放さねば、沙耶を新しい人生に旅立たせることができない。

「……ああ、そうだ。……最初から邪魔だったんだよ。だから金をやるから出て行ってくれ。家族ごっこにはもう疲れたんだ。これ以上お荷物を背負うのはごめんなんだよ」

一息で言い放つと、雄貴は顔を伏せた。沙耶の顔を直視することができなかった。

「……分かった」沙耶は静かに言う。「ここから出ていってもいい」

「……そうか」

望んだはずの答えだった。しかし、胸の中心に大きな穴があいてしまったかのような、耐えがたい虚無感が襲いかかってくる。

「顔上げて！」

鋭い声に、雄貴は反射的に顔を上げる。そこには表情の消えた沙耶の顔があった。

「出ていってもいいよ。けど、その前に私の質問に正直に答えて」

「質問？」

「最初に約束して。うそをつかないって」

「あ、ああ」

沙耶の迫力に、雄貴はあいまいな返事をする。この場面でなにをきかれるのか、まったく想像がつかなかった。

沙耶の形のいい唇から、今度は一転して弱々しい言葉がこぼれだす。

「雄貴、……病気にかかっているの？」

「な、なんで……」横面《よこつら》を張られたような衝撃に言葉が出ない。

「もう、治らないの？　治す方法ないの？　雄貴、お医者さんなんでしょ」

沙耶は勢いこんでたずねてくる。しかしその問いに、雄貴は口を半開きにしたまま返事をすることはできなかった。リビングが静寂に包まれる。

なんと答えるべきなのか？　ごまかすのか？　それとも真実を伝えるのか？

しばらくして、雄貴は小さく息を吐くと、口を開いた。

「……ああ、もう無理なんだ。誰から聞いたんだ？」

沙耶の顔から無表情の仮面がとけていく。

「雄貴が落とした薬を見つけたの。調べたら、……癌の人にしか使わないって」

「そうか。俺もけっこうまぬけだな」雄貴は軽く苦笑する。

「入院、しなくていいの？　手術とかは？」

「もう手遅れなんだ。根治を目指した治療はできない。あとは苦しくならないようにするだけだ。まだ入院するほどの苦痛は感じてないよ」

「あと……」沙耶は口元に手を当て、言葉に詰まった。

「長くて三ヵ月ぐらいだ。……もっと短いかもしれない」

なにをたずねられているのかを悟り、雄貴は答える。沙耶は大きく息を呑んだ。

「だから……だから、私を追い出そうとしたわけ」

「ああ、悪かった。なんの説明もしないで」

「でも、私が出て行かなくてもいいじゃない。まだ元気そうだし。これまで通り……」

「俺は末期癌患者だ。いつなにが起きてもおかしくないんだ。いまこの瞬間、急に心臓が止まったってべつに不思議でもなんでもない」

雄貴は淡々と言った。それはまぎれもない真実だった。沙耶はふたたび息を呑む。

「いつ倒れるか分からない。いつ病院に担ぎこまれるか分からない。そのうち身の回りのこともできなくなっていく。こんな俺が、これ以上おまえを守ってやることなんかできないんだよ。それどころか、逆に負担をかけることになる。だからいまのうちに出て行って、新しい生活をはじめろ。あの男たちのことは俺がどうにかしておくから」

雄貴はゆっくりとソファーから立ち上がり、自室へと向かう。

「ここを出るのは、ゆっくりでいいよ。もう全部知られちまったからな。……そんな顔するなよ。もう何ヵ月も前から覚悟はできてるんだ。いまさら怖くもないさ」

雄貴は微笑んだ。想像以上にうまく笑顔をつくることができた。

これで良かった。これで沙耶も納得して安全な場所での生活をはじめるだろう。

「いままでありがとうな。楽しかった。飯、うまかったよ」

雄貴は部屋の中に消える寸前、沙耶に心からの感謝の言葉を投げかけた。

蛍光灯の消えた部屋でベッドの上に横になり、雄貴は天井をながめる。暗い天井に吸いこまれていくような錯覚を覚えた。浮遊感に近いその感覚は、どこか『死』という言葉を連想させた。

雄貴はまぶたを落とし、視覚を遮断して、ふわふわとしたとらえどころのない感覚に身を任せた。『死』を意識しているにもかかわらず、なぜか恐怖は感じなかった。恐怖を克服しつつあるのか、それとも単に感覚が麻痺《まひ》してきただけなのか。どちらにしても、あの心が腐食していくような思いを味わわずにすむことはいい傾向だった。

これで沙耶は安全な場所で人生をやり直すことができる。あとは沙耶の友人を殺した男たちを警察に告発すればいい。ＳＤカードのデータがあれば、難しいことではないだろう。ああそうだ、宇佐見に特ダネとして伝えてもいい。あの男ならうまく記事にしてくれるだろう。

残るはジャックのことだけだった。ジャック、川原丈太郎をどうやって止めるか？それもどうにかなるだろう。雄貴は自分でも驚くほど楽観的に考えていた。自分が本当に心配していたことが、ジャックのことなどではなく、沙耶を守ることであったことに、はじめて気がついていた。

『死』とは何なのだろう？　数ヵ月避け続けてきた問いを正面から見据える。

人はいつか死ぬ。雄貴は研修医時代に会った先輩医師を思い出していた。五十代前半のその医師は、膵臓《すいぞう》癌を患っていた。化学治療を受けていたが、余命はわずかだと自覚していた。その医師が入院したとき、雄貴は研修医として指導医とともに担当になった。ある日、その医師は雄貴に言った。「なあ、人生の意味ってなんだと思う？」と。雄貴は言葉に詰まった。末期癌患者に人生観を語れるほど、まだ医師としての経験を積んでいなかった。強張《こわば》った顔を見せる雄貴に、その医師は笑いかけ「そんな深刻な顔すんなよ」と背中をたたきながら言った。

「俺はな、人生の意味はあの世に行く瞬間に決まると思うんだよ」

雄貴は言っている意味が分からず首をひねった。

「死ぬとき人間はな、いろんな顔をするんだよ。滅茶苦茶に苦しそうな顔するやつもいれば、泣いたような顔になるやつもいる、あと驚いたような顔もな。けどな、時々、笑顔で逝くやつがいるんだ。死ぬ瞬間で意識も失って、体は悲鳴上げてるのにだぜ。そういうやつらはな、みんながみんな、人生に満足してるんだよ。やるべきことはやった。思い残すことはないってな。そうやって周りの人に看取られていくんだ」

雄貴はその言葉をにわかには信じることができなかった。医学という『死』を避けるための学問を学んできた雄貴にとっては、『死』は敗北であり、それを笑顔で受け入れる者がいるとはとうてい思えなかった。

「なんだよ、その疑わしげな目は」

医師はかさついた唇を尖《とが》らせると、すぐに笑顔になって雄貴の顔を覗きこんだ。

「よし、俺の死亡宣告はおまえがやれ。見てろ。俺は笑いながら死んでやるから」

その数週間後、その医師は痛み止めの麻薬の副作用と全身状態の悪化で意識を失いつつも、微笑んだような表情のまま心停止し、雄貴の死亡宣告を受けた。

雄貴はその体験をとおして教わった。『死』は敗北などではないと。そしてもっとも重要なことは『死』から逃れることではなく、『死』を受け入れるまでに、いかに意味ある『生』を送れたかなのだと。

大学を卒業し臨床に出て、『医学者』ではなく『医師』となったとき、最初に学んだもっとも重要なこと。それをいつの間にか忘れ、この数ヵ月『死』にとらわれていた。

俺はまだ生きている。あと数週間の命だとしても、それまで、俺はなんでもできる。

俺は笑いながら死ねるのだろうか？　雄貴は自問する。答えは出なかった。できる気もするし、やはり無理な気もする。ただ、数ヵ月前なら、笑顔で死をむかえるなど思いもつかなかっただろう。意識がまどろみの中に落下していく。

どんっ、どんっという扉をたたく鈍い音が、眠りに落ちかけた意識をすくい上げる。雄貴が返事をする前に、乱暴に扉は開かれた。驚いた雄貴が上半身を起こすと、部屋の入り口にバッグを胸に抱いた沙耶が立っていた。

「どうしたんだ？」雄貴はまばたきをくり返す。

沙耶は大股でベッドに近づくと、両手で持ったバッグを勢いよく雄貴に放った。雄貴は胸でそれを受け止める。勢いでベッドに倒れこみそうになった。

「だから、どうしたんだよ？」

感動的な別れを済ましたつもりだったので、沙耶と顔を合わせるのがなんとなしに気まずく、ついそっけない声を出してしまう。沙耶は小声でぼそぼそとなにかつぶやく。

「聞こえない。もっと大きい声で言ってくれ」

「ふざけんな！」

壁が震えるほどの大声が部屋の空気を揺らす。

「な、なにが……」

「なにが、じゃない。もうすぐ死ぬから、金持ってどっか行け？　いままでありがとう？　俺のことは忘れろ？　自分に酔って勝手なこと言わないでよ！」

激高してまくし立てる沙耶の剣幕に圧倒され、雄貴は固まる。

「私の立場はどうなるわけ？　助けてもらって、お金渡されて、それでバイバイ？　そんなことできるわけないでしょ。私をなんだと思ってるのよ、あなたは！」

沙耶は荒い息をつく。興奮で頬に朱がさしているのが、薄暗い部屋でも見て取れた。

「私が……邪魔なわけ？」

息が整うと、沙耶は一転して消えそうなほどか細い声で、さっきと同じ質問を口にした。沙耶は雄貴の目をまっすぐに見る。心の底まで覗きこむような澄んだ目で。

雄貴は肯定しようとした。ここで肯定すれば、沙耶は出て行くだろう。たとえ傷ついたとしても、沙耶の未来にとってその方が望ましいはずだ。

言え、早く言うんだ。雄貴は口を開く。

「いや、……邪魔なんかじゃない」

理性に反して雄貴の口はそう言葉を紡いでいた。沙耶の視線に射すくめられ、これ以上、自分の想いをいつわり続けることができなかった。

「本当は、私にここにいて欲しいんでしょ。違うの？」

「……いや、違わない。違わないよ。けれど、俺はこれから……」

沙耶は滑るようにベッドに近づくと、雄貴の唇に細い指で触れ言葉をさえぎる。

「そんなこときいてない。私は雄貴の気持ちが知りたいの」

二人の距離はゆっくりと近づく。二人の額がぶつかりコツリと音をたてた。世界が二人に向かって収束していく。至近距離で絡み合った視線が温かく融け合った。

「俺は……沙耶に……いて欲しい」

雄貴はためらいながら、一言一言区切って、その言葉を伝えた。

「ならいてあげる。私がずっと雄貴のそばにいてあげるよ」

沙耶はふっと、やけに大人びた、柔らかい笑みを浮かべると、雄貴の首に両手を回した。どちらからともなく、ごく自然に二人の唇が重なった。

口づけを交わし、抱き合ったまま、ゆっくりと二人の体はベッドへと倒れこむ。雄貴の手が服の上から、沙耶の胸の膨らみにかすかに触れた。瞬間、沙耶の全身が硬く緊張し、両手が雄貴の身体《からだ》を押し返すように前に出された。

「わ、悪い。調子に乗った」雄貴がはじかれたように手を引く。

「あ、ちがうの、いいの。そういう意味じゃないの。お願い、続けて」

沙耶はしがみつくように雄貴の首筋に抱きつく。

「続けてって言われても……」

首に腕を回されたまま、雄貴はとまどう。言葉に反して、沙耶の体は雄貴を拒絶している。もし沙耶が同情で自分を受け入れようとしているのなら、そんなことを望んではいなかった。

「無理しなくていいんだぞ」

雄貴は沙耶の背中に手を回し、柔らかく撫《な》でた。

「無理とかじゃなくて、ちょっとパニックになっただけで……。いたずらされて以来、こういうことしてこなかったから……。だから、緊張しちゃって」

表情を強張らせる沙耶に、雄貴は優しく口づけをする。沙耶の目が大きく見開かれた。

「大丈夫、優しくするよ」

長い口づけを終えると、雄貴は微笑みながら沙耶に言った。沙耶は顔を紅《あか》く染めたまま、かすかに「……うん」と頷く。

その華奢《きゃしゃ》な体から力が抜けていった。

重いまぶたを持ち上げると、カーテンの隙間から光が差し込んでいた。いつの間にか日が昇っているようだ。まださめきっていない頭を振りながら、雄貴は上半身を起こす。

朝日のまぶしさに白く染まる視界の中に、自分のかたわらで体を丸めるような姿勢で寝ている沙耶の姿が飛びこんできた。白く華奢な肩のラインと、鎖骨のくぼみがあらわになっていて、その奥にはひかえめな胸の膨らみがふとんの陰に見えている。

脳裏を昨日の出来事がかけめぐった。雄貴は沙耶の頰を柔らかくなでる。沙耶は夢でも見ているのか、少しはにかんで体をもぞもぞと動かすが、目を覚ます様子はない。疲れているのだろう。昨日はいろいろなことがあり過ぎた。

雄貴は軽く頭を振ると、沙耶を起こさないように、ゆっくりとベッドから出て服を着る。沙耶に肩まで布団をかけ、部屋から出た。リビングに出た雄貴の腹が大きな音をたてる。意識を腹に向けると、とたんに強い空腹感を感じた。雄貴の顔に自然と笑みが浮かぶ。軽い癌性腹膜炎を起こしてからというもの、消化管の動きが悪くなったせいで、ほとんど食欲を感じなくなっていた。それなのに、今朝は腹が減ってしょうがない。

雄貴は『病は気から』という言葉が本質をついていることを実感する。癌を告知されてからこのかた、感じたことがないほど気分が晴れやかだった。それに比例するように、体調もかなり良くなっているように感じる。本当に病状が改善したわけではないだろう。

いまも癌細胞は分裂をくり返し、腹に溜《た》まっている腹水は少しずつ増え続けているにちがいない。カウントダウンは続いている。それでも、解放感をおぼえていた。

さて、沙耶が起きる前に軽い朝食でも作っておこう。

郵便物を確認しようとドアに備えつけられたポストを開けた瞬間、雄貴は動きを止める。晴れやかだった心に、突然濃霧が立ちこめた。

ポストの中には茶封筒が入っていた。『岬雄貴様』という宛名と住所だけが、定規で引いたような角ばった文字で記された封筒。ジャックからの『指令』に間違いなかった。

封筒を取り出しリビングに戻った雄貴は、ハサミで封筒の上部を切り、中を覗きこんだ。書類や地図らしき数枚の紙と、中年の男の写真が見えた。

雄貴は中身を取り出すことなく、封筒を顔の高さまで持ち上げひらひらと振った。最初にジャックからの封筒を受け取ったときは、やけに重く感じた。しかしいま手に持っているものは、単なる軽い紙切れに過ぎなかった。雄貴はキッチンへと向かい、コンロの火をつけると、勢いよく燃え上がる炎になんの躊躇《ちゅうちょ》もなく封筒をかざした。

軟体動物のように炎が這《は》いあがってくる。雄貴は封筒を流しに放る。封筒全体に広がった炎の中で、こぼれだした写真が身悶《みもだ》えするように曲がっていった。

やがて炎は消え、あとには黒い燃えかすだけが残った。勢いよく水道のハンドルをひねる。蛇口から噴き出した水に、燃えかすは排水口にまで押し流され、呑み込まれていった。自然と笑みが浮かぶ。痛快な気分だった。

排水口をながめていた雄貴は、フローリングを歩く足音に気がつきふり返る。寝癖のついた髪を手で梳《す》きながら、はにかんだ笑顔を見せるパジャマ姿の沙耶がキッチンの入り口に立っていた。

「あの、……おはよう。えっと、なにしてるの？」

視線を合わせるのを照れているような仕草を見せながら沙耶は近づいてくる。

「ああ、いや、朝食でも作ろうと思って」

「えっ、いいよ、ご飯なら私が作るよ」

沙耶は慌ててキッチンに入り、冷蔵庫を開けようとする。

「今日ぐらいは俺がやるって。大丈夫、ちゃんとおまえの分は多めに作っておくよ。いいからシャワーでも浴びて、寝癖なおしてこいよ」

雄貴は冷蔵庫に伸びていた沙耶の手を引いて抱き寄せると、額に軽く口づけをした。

「ちょ、ちょっと……」

沙耶は頰を桜色に染めると、逃げるようにバスルームへと入って行った。

沙耶の後ろ姿を見送った雄貴は、冷蔵庫の中から卵を取り出し、トースターにパンをセットすると、油を引いたフライパンを火にかける。いつの間にか、この数ヵ月自分の胸に巣くっていたかすみが完全に晴れていた。

自分が生きる理由、生きてきた理由、ようやくそれを見つけた気がした。

俺は笑って死ねるかもしれない。雄貴ははじめてそう思うことができた。

残りの時間すべてを使って沙耶を守り幸せにする。それが『岬雄貴』という一人の人間の、最後の存在理由となった。

5 川原丈太郎

なにが起きている？　川原丈太郎は吐き捨てた煙草《たばこ》を靴底で踏み消した。岬雄貴に『指令』を出してからすでに二週間が過ぎている。その間に『ジャックによる殺人事件』は起きていなかった。当然、川原が指定した時間はとうに過ぎていた。郵便事故で届かなかった？　岬が返り討ちにあった？　怖気《おじけ》づいた？　どれもあり得なくはない。今回のターゲットは暴力団の幹部だ。これまでと比較すれば、危険性は高いだろう。ただ、岬が自分の命令に逆らうとは思えなかった。そんなことをすれば、連続殺人鬼として極刑をまぬがれないことは分かっているはずだ。

岬が返り討ちにあうなどして命を落としたならば、それはそれでかまわなかった。あとは岬が『ジャック』だったという証拠をうまくばらまけばいい。いままでの犯行の一部は岬には不可能であっただろうから、それで捜査が終わるとは思えないが、少なくとも警察の捜査を混乱させることはできる。そのすきに自分は犯行を重ねればいい。

しかし、岬が無事だとしたら、なぜ『仕事』をこなしていないのか知る必要がある。川原は目についた電話ボックスに入ると、周りに人がいないのを確認してプッシュボタンを押しはじめた。呼び出し音が鳴る受話器に耳を当てる。数秒の間があって、回線が繋《つな》がる。岬は生きていた。

「なぜ仕事をしないんですか?」

岬が言葉を発する前に、川原は機先を制した。

『……ジャックか?』電話の向こうから岬が言う。

「そうです。なぜまだ『仕事』をしていないんですか? 封筒は受け取ったんでしょう?」

『ああ、受け取ったよ』不自然なほど穏やかな口調で岬は答えた。

「ではなぜ、あの男はまだ生きているんですか?」

「どの男だよ? 封筒ごと燃やしちまったから、誰のこと言ってるのか分からねえ」

そのせりふが終わった瞬間、唐突に電話は切れた。想像すらしなかった岬の反応に、川原は受話器を凝視する。

ストレスに耐えきれずおかしくなったか? 川原は受話器を戻しながら、次に取るべき行動を考える。岬がおかしくなっていようと、するべきことは同じだった。『岬雄貴』という駒はもはや動かすことはできない。動かない駒に利用価値などない。あとはしっかりと始末をつけるだけだ。

岬を警察に告発するつもりなどなかった。岬は知りすぎている。情報が警察に漏れないように、しっかりと口を封じておく必要があった。

おそらく正面からナイフで斬り合っても、自分が負けることはないだろう。しかし、川原は岬と正面から勝負をする気などなかった。

自分の正体は相手に知られていない。ならばすきを見て岬に近づき、のどを切り裂けばいい。岬の家からは、いままでに岬が『仕事』に使ったナイフと、ジャックのカードが見つかることになる。警察の捜査は混乱をきわめるにちがいない。万が一、自分が送った殺人の指令書を岬が始末していなかったとしても、あのなかに自分にたどり着くような痕跡はなにも残していないはずだ。

四人の人間を素晴らしい手口で殺した元共犯者。その男ののどを切り裂くとき、どんな感覚がこの手に残るのだろう？　甘美《かんび》な期待が全身に震えを走らせる。

川原は電話ボックスから出ようと扉に手をかける。そのとき、ポケットでバイブ設定にしていたスマートフォンが身震いをした。内ポケットに手を入れスマートフォンを取り出した瞬間、川原は細い目を見開いた。

液晶画面に表示されている電話番号、それは数十秒前に自分が公衆電話からダイヤルした番号だった。激しいめまいが襲ってくる。それは、数十年ぶりに味わう感覚だった。遼子が死んだあの夏以来の感覚。川原は震える指で通話のアイコンに触れる。

「……川原です」その声は、自分の口から出たものとは信じられないほど弱々しかった。

『ああ、あんたは川原、川原丈太郎だ』

電話から聞き慣れた男の声が流れ出す。その声は一瞬の間を空けて言葉を続けた。

『そして、あんたがジャックだ。あんたの職場まで知ってるぞ』

「……どうやって知りました？」

否定しなかった。電話番号まで知られている以上、そんなことをしても無駄だ。

『どうでもいいだろ。ああ、念のため言っておくと、坂本光男のことも知っている』

奥歯がぎりりと軋《きし》む。ジャックの事件と認識さえされていない坂本光男の殺害。岬はその真相にまでたどり着いている。完璧に正体は隠したはずだった。自分へ繋がるような証拠はなに一つ残していないはずだ。それなのに一体どうやって？

『……瀬川遼子』

電話の奥で岬がつぶやいた。その瞬間、全身の毛が逆立ったような感覚を覚える。胸骨の奥がひどくうずいた。

『瀬川遼子はあんたの恋人だったんだろ？』

「その名前を口にするな！」

激情に任せて川原は言葉をたたきつけた。三十年前に空っぽになったと思っていた自らの胸に、まだこれほどの感情を爆発させる火種が残っていたことに驚く。

『ああ、悪かった。もう言わないよ』余裕を感じさせる口調で岬は言った。『とりあえずこれで俺とあんたは対等だ。俺が逮捕されればあんたも逮捕される。逆にあんたが逮捕されれば俺も逮捕される。はっ、嫌な運命共同体だな』

「なにが言いたいんです？」

低い声でたずねながら、川原は必死に冷静さを取り戻そうとする。

『俺はこれ以上あんたにかかわらない。俺はもう人を殺さない。あんたのいいなりにはならない。俺はただ、残された人生を静かに生きていきたいだけだ』

「あの少女とですか？」

岬のことは、この数週間、勤務の合間にできるかぎりのことを調べていた。どこかあか抜けない少女と同居していることも。

『……よく調べているな。そうだよ、俺はあいつと生きていく』

「……何人も殺しておいて、あと何十年も平穏な人生を送れると思っているんですか？」

そのせりふは、岬に向けた言葉であると同時に、自分に向けての言葉でもあった。

『何十年……ね』

押し殺した笑い声が神経を逆なでする。

「なにがおかしいんです？」

『あんた、リサーチ不足だよ。俺は末期癌患者だ。あと数ヵ月の命しかない』

「なっ？」

予想外の言葉にかすかに息を呑むと、川原はすぐにその言葉の真偽をはかりはじめる。

岬は数ヵ月前に突然病院を休職している。それは本人の言うとおり、癌を患ったからなのだろうか？　細く息を吐きつつ、川原は思考を走らせていく。

なるほど、末期癌か……。川原は確信する。岬の言葉が真実であることを。

なぜ岬があれほど、共犯者として素晴らしい働きができたのか理解した。なぜ一時的とはいえ、自分が岬にシンパシーを感じたのか、それが分かった。

最愛の恋人を無残に殺された自分の胸に生じた闇、その闇に似たものを、若くして人生の終わりを悟ることで岬は得たのだろう。絶望に長く晒《さら》された者のみが持ちうる闇。

『あんたはおとなしく、俺が死ぬのを待ちな。おとなしくしていたら、あんたのことは黙ったまま死んでやるよ。ああ、念のため言っておくけれど、俺を殺そうなんてことは考えるなよ。俺が病死以外で死んだら、あんたのことを告発する書類が報道機関に届くように手筈《てはず》は整えてある。それくらいの頭は回る』

完全なる敗北を川原は悟る。岬を始末するという最終手段さえ封じられてしまった。

チェックメイト、いや千日手《せんにちて》にはまりこんでしまった。

『ああ、あと、もう人を殺すな』軽く唇を嚙む川原に、岬が追い打ちをかけてくる。

「私も？」

『そうだ。あんたもだ。あんたが調子に乗って殺しまくって、逮捕されたりしたら、俺までめんどうに巻きこまれる』

「もし……私が殺したらどうするつもりです？」

『あんたがジャックだっていう証拠をマスコミに送る』

「……なにを言っているんですか？　私が逮捕されればあなたも逮捕される」

『俺はもうすぐ病状が悪くなる。ベッドの上で動けなくなるのさ。人道的に勾留なんてできない。どっちにしろ俺は勾留されずに病院で死ぬんだよ』

川原は軽い頭痛をおぼえる。たしかにその通りだった。死を前にしている以上、岬に怖い物などない。川原は最後の抵抗を試みようと、口を開く。

「……私がジャックだという証拠でもあるんですか？」

『さあな、どうだろうな。もしかしたら持ってないかもな。そう思うなら俺を殺《や》ってみればいいだろ。答えが出る。ただ、俺がどうやってあんたにたどり着いたかも分からないんだろ？ あんた、自分で思っているほど完璧じゃないんだよ』

岬が証拠を持っているかどうかは分からない。しかし、もしそれがなかったとしても、告発されることは致命的だった。警察という組織が疑いを持ち、本気で捜査をはじめれば、すぐに証拠を見つけ出してしまうだろう。疑惑の目を向けられた時点で、絞首台までの道ができ上がってしまう。

「……分かりました。あなたには二度と関わらない。そして人を殺さない。それで満足ですか？」

『ああ、……それでいい』

岬の声には安堵の色が滲んでいた。彼が虚勢を張っていたことに川原はようやく気がつく。しかしもう遅かった。勝負はすでについたのだ。今日のところは……。

ぶつりという音とともに回線が切断された。

川原はスマートフォンを眺め続ける。有用な駒と思っていた男は、いまやもっとも危険な爆発物と化してしまった。この処理をあやまれば、その炎は容赦なく自分の身を焼き尽くすだろう。どうやってこの危険物を処理するべきか？

川原は電話ボックスから出ると、雑踏の中に消えていった。

6　松田公三

どうしたって言うんだよ？　石川が運転する車の助手席に座った松田は、いらだたしげに革靴の底をグローブボックスにたたきつけた。

ジャックの最後の犯行から一ヵ月半近くが経っていた。これまでジャックの犯行の間隔は長くとも一ヵ月程度、それが今回は一ヵ月半もジャックは人を殺していない。

凶器を残してしまったことで慎重になっている。事故にあった。別件で逮捕された。捜査本部ではさまざまな憶測が飛んでいるが、どれも想像の域を出ていない。

そういやあ、田中の野郎は「ジャックは別件で逮捕された」とかほざいていたっけ。

松田はライバル刑事が『ジャック逮捕説』を滔々《とうとう》と述べている姿を思い出し、大きく舌打ちをする。腹が立つのは、捜査本部までその可能性が一番高いと考え、この一ヵ月半での逮捕者の中に、ジャックの犯人像に当てはまる者がいないか、必死に捜査をはじめていることだった。

馬鹿どもが。松田は大きく舌打ちをする。逮捕された犯罪者たちの中に、ジャックの犯人像に当てはまる者などいるわけがないのだ。半年以上の間、全力で捜査する警視庁に影さえ踏ませず殺人をくり返す。そんな離れわざをやってのけている怪人が、ほかのくだらない犯罪で簡単に逮捕されるわけなどないのだから。

ジャックは殺人以外の犯罪に手を染めない。普段は善良な一般市民の仮面をかぶって、冷静沈着に獲物を定め、狩りをする瞬間のみ殺人鬼の素顔をさらしているのだ。

松田はみずからの中に作り上げたジャック像に、絶対の自信を持っていた。しかしいま、そのジャック像が崩れかけている。松田の想像するジャックは、どんな障害があろうと決して殺人を止《や》めることはないはずだった。そう、ジャックはたしかに冷静沈着で、高い知能を持っているのだろう。しかしその一方で、紛れもない快楽殺人者なのだ。ヘビースモーカーである自分が禁煙できないように、ジャックも決して殺人を止められない。松田はそう確信していた。

このまま本当にジャックが殺人を止めたとしたら……。松田の胸を焼く焦燥の炎は、さらに強いものになる。

このままジャックが殺人を犯さなくなる。もっとも望ましいはずのその筋書きを、捜査に関わる誰もが内心で恐れていた。いまジャックに繋がる手掛かりは皆無に等しい。先日発見された凶器からも、ジャックに繋がる決定的な証拠は見つかっていなかった。このままジャックが犯行を終えれば、捜査が行きづまる可能性が高い。

ジャックの犯行を止めようとしながら、同時にジャックがふたたび人を殺し、証拠を残すことを期待する。捜査員たちはジレンマに悩まされていた。

事件というのは生鮮食品と一緒だ。時間がたてばたつほど傷んでくる。手がかりは少なくなり、関係者の記憶は劣化していく。このままなんの手がかりも得られなければ、この世紀の連続殺人事件がお宮入りになってしまう。

ふと、松田は車の窓から外を見た。道路のわきの歩道でサンタクロースが子供たちに風船を配っていた。今日はクリスマスイブだ。しかし離婚してから娘たちとほとんど会わなくなっている松田にとって、クリスマスなど縁遠いイベントだった。

最近の松田と石川の仕事は、遺留品として見つかったものと同じ型のナイフを販売している店を、ひたすら聞き込んで回ることだった。今日もこれから、所沢《ところざわ》にあるミリタリーショップへ向かう予定だ。

手掛かりがない？　本当にそうか？　松田の頭の中に一人の男の顔が浮かんでいた。岬雄貴。あの外科医こそジャックに繋がる唯一の手掛かりにちがいない。

もう時間がない。事件が迷宮入りの危機にあるいまこそ、あの男を追うべきなんだ。

「……大塚だ」松田は心を決め、腫れぼったいまぶたを持ち上げる。

「はい？　なにか言いましたか」ハンドルを握った石川は、横目で視線を向けてくる。

「所沢はいいって言ってるんだ。大塚に向かえ」

「大塚？　そんなところにナイフを売っている店が……」

「馬鹿野郎。ナイフなんかどうでもいいんだよ。どうせジャックが、そんな簡単に足がつくようなことするわけねえんだ。岬だ、岬雄貴。あいつのところに行くんだよ」

「け、けどあの男は本部が……」

「本部本部ってガキかよ、てめえは。脳みそあるんだから、自分で考えて行動しやがれ。いいか、あいつは絶対になにか知っている」

「はぁ。けどどうやってあの男から情報引き出すんですか？　見たところかなり手ごわそうな男でしたよ」

「ああいう強情で頭が切れそうなやつは搦《から》め手でいくんだよ。いいから見てな」

松田はあごを引くと、舌なめずりをした。

7　南波沙耶

もう日が傾きかけている。沙耶は足早にマンションに向かう。どこからともなくクリスマスキャロルが流れてくる。クリスマスイブ、街は華やいでいた。

クリスマス料理の材料を選ぶのに、時間をかけすぎてしまった。早く帰って料理を作らなければ。沙耶は息を弾ませる。雄貴と過ごす初めてのクリスマス、そしてそれはおそらく二人の最後のクリスマスになる。

沙耶は頭を強く振って、沈みそうになった気持ちを振り払う。せっかくのパーティーだ、思い切り楽しまなくては。暗い顔をしていたら雄貴も楽しめないだろう。

ここ数日、雄貴の体調はあきらかに悪化していた。顔色は青白いし、だるそうだ。心なしかやせた気もする。沙耶は気を使って、消化の良いものを中心に食事を作っているが、食欲がないのか、その食事も少量口にするのがやっとといった感じだった。

いつまで雄貴との生活を続けられるのだろうか？　この幸せな生活を。沙耶は少し速度をゆるめながらマンションへと歩く。ふと、マンションの前に二人の男が立っていることに気づき、沙耶は足を止める。彼らは沙耶にまっすぐ視線を向けてくる。

体に緊張が走った。拉致されかけてからというもの、複数の男たちの視線を浴びると恐怖を覚えるようになっていた。沙耶は一瞬逃げ出そうか迷った。男たち、特に年長の男は、一般人とは一線を画する危険な雰囲気をまとっている。しかし男たちにはどこか見覚えがあった。拉致されかけたときではなく、もっと別のときに……。

ようやく二人の正体に思い当たる。以前部屋に来て、雄貴に質問していった刑事たちだ。相手が警察と分かって、沙耶は安心すると同時に顔をしかめた。警察とはできるだけ話したくなかった。しかし、刑事たちはつくり笑いを浮かべて近づいてきた。

「こんにちは。お買物の帰りですか？　ああ、私のこと覚えていませんか？　一度岬さんに話をうかがいに来たとき、あなたを見たんですよ。松田と言います」

松田と名乗った刑事は、気持ち悪いほど柔らかい猫なで声で話しかけてきた。

「なにか、ご用ですか？」

沙耶は警戒心を露《あら》わにする。この二人はあきらかに自分を待っていた。家出はしたが、警察に追われるようなことをした覚えはなかった。男たちの目的が分からない。

「いえ、近くを通りがかったもんでね。ところであなたは確か、予備校に通っている岬さんの母方のいとこでしたっけ」

「……ええそうです」

雄貴は私のことをそう説明していた。沙耶は言葉を選びながら慎重に答える。

「なるほど、いとこですか。ただちょっと調べさせてもらったんですが、岬雄貴さんにはいとこはいないはずなんですよ」

松田は心の奥まで覗きこむような目で沙耶を見てくる。

「恋人です」沙耶は目を逸《そ》らすことなく言った。

「はい？」

「だから本当は、私は雄貴の恋人です。同棲《どうせい》してるの。それがなにか問題でもあるんですか？　私はもう十九歳。恋人と住んだって文句言われる歳《とし》じゃないでしょ」

「なるほど。たしかにそのとおりですね。それじゃあさっきはなんでうそを？」

「警察が嫌いだから」

「それは手厳しい。まあいいでしょう。今日はちょっと岬雄貴さんの話をしたくてきたんですよ」

「雄貴の……？」

「ええそうです。実は私たち、岬雄貴が連続殺人犯ではないかと疑っています」

まったくなんの前置きもなく、唐突に松田は言った。沙耶の口が半開きになる。松田がなにを言っているのか理解できなかった。

「そう。世間では『ジャック』と呼ばれている殺人鬼ですよ」

「ジャック……」その名はニュースで何度も聞いたことがあった。

「ジャックは剣の達人で、知的で、冷静。大きなナイフで人を殺している。そういえば岬雄貴さんは、かなりの剣道の腕前なんですよね？」

「ナイフ……」

沙耶の脳裏には、初めて会ったときの雄貴の姿が映し出されていた。無骨なナイフを手にたたずむ雄貴の姿が。ナイフについて、雄貴は「バイクの修理に使う」と言っていた。そんなものなのかと納得していたが、よくよく考えれば、本当にあんなに禍々《まがまが》しいナイフが必要なのか疑問がわいてくる。胸が締めつけられるかのように苦しかった。

「ああ、あとですね。ジャックは殺人現場に必ずトランプのカードを置いていくんです。『R』って書かれたジャックのカードをね。家で見たことあったりしませんよね？」

たたみかけるように松田は言う。沙耶の足が震えだす。気を抜けばその場で倒れてしまいそうだった。もうこれ以上この刑事の話を聞きたくない。早く逃げ出したい。

「失礼します」

かすれた声で言うと、沙耶は逃げるようにマンションのエントランスへと飛びこむ。

刑事たちがあとを追ってくることはなかった。頭が痛い。沙耶は息を切らしてエレベーターに乗りこみ、部屋へと向かった。

玄関扉を開きなかに入った沙耶は、買い物袋を放り投げ、雄貴の部屋へと向かう。

もし、もしも本当になにか重要な物を雄貴が隠しているとしたら、その場所は分かっていた。鍵のかかった机の抽斗の中。

雄貴の部屋に出入りするようになってから気づいていた。自分が机に近づくと、雄貴は微妙に緊張することに。あそこにちがいない。

沙耶は部屋に入ると、本棚の一番上の段、右端にある本を取り出して開く。中から小さな鍵が落ちて、床の上で跳ねた。先週、沙耶がまだ寝ていると思った雄貴が、その本の中になにか小さな物を隠しているところを目撃していた。

雄貴が殺人犯などのわけがない。そう自分に言い聞かせながら、沙耶はおそるおそる抽斗を開いていく。

抽斗が開ききった瞬間、沙耶は頭の中でガラスが砕けるような音を聞いた。

それは小さな幸せが壊れる音だった。

抽斗の中には、柄《つか》に血の染みがついた無骨なナイフが置かれ、その隣に大きく赤い『R』が書かれたトランプのジャックが、あざ笑うかのような表情で沙耶を見ていた。

8　岬雄貴

肩にかけたバッグの重さに辟易《へきえき》する。中にはクリスマスを祝うための小さなプラスチック製のツリーや、その飾り、シャンパンなどのクリスマスグッズが入っていた。

小さな公園のベンチに腰を下ろすと、雄貴は大きく息をついた。気温は低いというのに、額には玉のような汗が浮かんでいる。大塚駅からこの公園までわずか一キロ程度。これほど消耗する距離ではない。あきらかに体力が衰えてきていた。

体中いたるところで増殖している癌細胞が炎症を引き起こし、そのうえ体内の栄養を片っ端から奪っている。唯一の救いは、一週間ほど前まで悩んでいた疼痛を、いまはほとんど感じることがなくなっていることだった。

雄貴は服の上から、太腿《ふともも》に貼ってある合成麻薬の貼付薬に触れた。麻薬の経口投与による疼痛コントロールがいまいちということで真琴に処方してもらった、このシール状の貼付薬の効果は劇的だった。ほとんど痛みを感じなくなったうえ、麻薬につきものの副作用である、頑固な便秘や強い眠気もなくなっている。どうやら、この合成麻薬は自分の体質に合っていたらしい。

雄貴は軽く伸びをする。腹の中からポチャンという水がはじける音が聞こえてきた。腹腔《ふくくう》内に溜まっている腹水の量も確実に増えてきていた。あと少しすれば、定期的に注射針で腹水を抜き取らなければならなくなるだろう。

もうギリギリのところまで来ている。危ういバランスのもとに、なんとかいまの生活を保つことができているにすぎない。ある段階を越えたら、転がり落ちるように病状は悪化するだろう。それは沙耶との生活の終わりを意味していた。

一分一秒でも長くいまの生活を続けたい。それが雄貴の唯一の願いだった。

当然、自分が倒れたときのことも考えてはいた。沙耶に渡すために引き出しておいた金は、いまも部屋にしまってある。真琴には、万が一病状が急変して自分が死亡したら、部屋の机の抽斗にある封筒を投函《とうかん》してくれと頼んである。『週刊今昔』編集部の宇佐見に宛てたその封筒の中には、ジャックの身元、沙耶を拉致しようとした男たちの情報、そして自分がジャックの共犯としてなにをしたか、事細かに記してある資料が入っていた。

もうすぐ自分は沙耶の前から消えてしまうだろう。ただそのときまで沙耶と二人で過ごしたかった。そして出来ることなら、自分がこの世から消えたあとも彼女の記憶の隅に残っていたかった。

それがエゴだとは分かっていた。消えた者のことなど忘れて、新しい人生を送った方が沙耶にとって幸せだとは分かっていた。それでも、そう願わずにはいられなかった。

雄貴はベンチから腰を上げる。休んだおかげで少しは体力も回復した。家に戻ろう。沙耶がパーティーの準備をして待っているはずだ。

雄貴は額の汗をぬぐうと、重い足を踏み出した。

玄関扉の前に到着した雄貴は、鍵を取り出し鍵穴に差しこむ。手首を返そうとするが、鍵は回らない。すでに錠が開いている。

沙耶がかけ忘れたのだろうか？　雄貴は首を捻《ひね》りながらドアを開けた。

そこに広がる光景を見て、さらに混乱する。玄関には買い物袋が無造作に置かれ、中身がこぼれている。もう外は暗いのに、明かりも灯っていなかった。

激しい不安が襲い掛かってくる。まさかあの男たちが沙耶を見つけ、拉致しにきたのではないか？　雄貴は息をひそめて玄関からリビングへと廊下を進む。ナイフと警棒は抽斗の中にしまってある。武器はない。それでも雄貴は躊躇《ためら》うことなく進んでいった。

緊張してリビングへと入った雄貴は、全身から力が抜けるのを感じた。沙耶がいた。暗くてよくは見えないが、開いた扉の奥、雄貴の部屋の中に一人で立つ沙耶の姿が見えた。

「なにやってるんだよ？　明かりもつけないで」

胸を撫でおろしながら声をかけると、沙耶はぎこちない動きで首を回し、雄貴を見た。恐怖をはらんだ目で。

立ちつくしている沙耶の手元を見た瞬間、雄貴は体を震わせた。鍵を閉めていたはずの抽斗が開き、血のついたナイフと、『R』と記されたトランプが露わになっていた。

「……なに？　これ、なんなの？」沙耶は震える声を絞り出す。

「待ってくれ。説明させてくれ」

「来ないで！」沙耶は雄貴を睨《にら》む。「刑事が言ってた。雄貴が……人殺しかもって」

「ちがう……、ちがうんだ……」

雄貴が一歩踏み出した瞬間、「来ないで！」と沙耶は両手を掲げる。その手には、雄貴が渡したハート形の防犯ブザーが握られていた。雄貴はその場に固まる。

「ちがうってなにがちがうのよ？　私と初めて会ったときだって、このナイフ持ってたじゃない。あのときも、誰か、誰かを、……殺してきたの？」

雄貴は声を出せなくなった。その通りだった。あの日、自分は殺人を犯した。

うそでいい、うそでかまわないから早く否定しなくては。しかし雄貴は金縛りにあったかのように動けなかった。沙耶の二重の大きな目がみるみるうちにうるんでくる。沙耶は防犯ブザーを放り捨てて走り出した。ドアの前にいた雄貴の胸を押して玄関へ向かう。足の力が抜けていた雄貴は、それだけで力なく尻もちをついた。

玄関のドアが閉じる音で、呆けていた雄貴は我に返った。追いかけなければ。いま追いかけなければ二度と沙耶と会うことができなくなる。這うようにして玄関へと向かう。

玄関を出て廊下を見回すが沙耶の姿はなかった。非常階段に向かった雄貴は二段飛ばしで階段をかけ下りていく。弱った体が悲鳴を上げる。三階まで下りたとき、雄貴の目はマンションのエントランスから走って出ていく沙耶の姿をとらえた。

「沙耶っ！」雄貴は力の限り叫ぶ。「待ってくれ！　ちがうんだ！」

沙耶がふり返る。一瞬二人の視線が絡んだ。しかしすぐに沙耶は強く唇を噛んでふたたび走り出す。

雄貴は階段を全力で下っていく。呼吸が苦しい、目の前が白くなっていく。あと少しで一階に着くというところで、足が縺れた。景色が大きく回転する。二十段ほどの階段を一気に転がり落ちていった雄貴は、コンクリートの地面にたたきつけられた。

倒れたまま、雄貴は必死に顔を上げる。頭を強く打ったためにぼやける視界に、遠くで足を止め、心配そうにこちらを見つめている沙耶の姿をとらえた。しかし沙耶はすぐになにかを振り切るように勢いよく身をひるがえすと、背中を見せて走り出した。

もはや顔を上げていることすらできなかった。雄貴は力なく倒れ伏す。

「おい、どうしたんだよ。おい。大丈夫か」

頭上からどこか聞き覚えのある中年の男の声が降ってくる。しかし顔を上げることができなかった。心臓が破裂しそうだった。のど元を熱いものが駆け上がっていく。雄貴の口から血の混じった胃液が吐き出された。

「石川。救急車だ。さっさと救急車を呼べ。こいつを死なすんじゃねえ」

雄貴は吐瀉物《としゃぶつ》にまみれて体を丸めながら、小さく沙耶の名を呼び続けた。

第五章　受容

1　南波沙耶

なんでここに来てしまったのだろう？　サングラスを外しながら、沙耶は自分に問いかける。しかし、その答えは出なかった。

街路樹の陰に隠れるようにしながら、沙耶は数十メートル先のマンションを見る。一ヵ月前まで岬雄貴と同居していたマンションを。

雄貴のもとを飛び出してから、沙耶は東京に出てきたばかりのころ、恵美と出会う前のようなネットカフェを転々とする生活を送っていた。

あの抽斗《ひきだし》を開けたときの混乱はまだ続いている。マンションを飛び出した自分を追って、非常階段から転げ落ちた雄貴。その光景が毎日のようにまぶたの裏に蘇《よみがえ》ってきた。

私はあのとき、逃げ出してしまった。雄貴を助けることもせず、混乱して走り去ってしまった。雄貴は大丈夫だったのだろうか？　そのことを知りたいと願いつつも、沙耶は雄貴の部屋に近づくことができずにいた。抽斗の中にしまわれていた、柄《つか》に血のこびりついた大ぶりなナイフと禍々《まがまが》しいトランプの絵札。それを見つけたときの衝撃が、雄貴の部屋に戻ることを邪魔していた。

雄貴の正体が連続殺人鬼。そんなことは信じられない。しかしナイフと絵札は、残酷にもそれが事実だと告げていた。

考えないようにしよう。そう思ってはいるのだが、気づくとまた雄貴のことを考えている。このままだと頭がおかしくなりそうだった。だから今日、誘蛾灯《ゆうがとう》に近づいていく虫のようにふらふらとマンションの近くまでやってきてしまった。

あの抽斗の中身を覗《のぞ》いた瞬間から、現実感が希薄になっている。あの刑事の言葉にそそのかされて抽斗を開けてしまったことを、沙耶は何度も後悔した。あのとき思いとどまっていれば、いまも雄貴の側《そば》にいられたはずなのに。しかし、自分はパンドラの匣《はこ》を開いてしまった。どんなに後悔しても、もう遅いのだ。

沙耶は目を細め、雄貴の部屋の窓を見る。しかしカーテンがかかっていて、中に人がいるか分からなかった。昼なので電灯がついているかもはっきりしない。

一瞬、部屋に行きたいという衝動が体を走るが、それをはるかに上回る恐怖心が沙耶の体を縛りつける。

沙耶は恐れていた。雄貴が殺人犯であるという確証を得てしまうことを。そしてそれ以上に、病気で苦しむ雄貴の姿を見ることを。

自己嫌悪が表情を歪《ゆが》める。不治の病に冒されていることを知ったうえで、雄貴とともに生きることを決めたとき、どれだけ彼が苦しんだとしても、そばで見守ろうと決心したはずだった。それなのに、いまはそのことに怯《おび》えている。

数分間、窓をながめ続けたあと、沙耶は力なく頭を振って身をひるがえした。ここに来るべきではなかった。部屋を訪ねられるわけなどなく、ただつらさが増すだけなのは分かりきっていたのだから。

冷たい風を頬に感じながらとぼとぼと歩く沙耶の腹が、ぐううっと大きく鳴った。沙耶は腹を押さえて渋い顔をする。今朝、ファストフード店で食事をとって以来、何も口にしていない。一度意識した空腹は容赦なく沙耶をさいなんでいく。沙耶は財布をバッグから取り出すと、開いて中身を確認する。千円札が数枚と小銭だけしか、財布には入っていなかった。このままでは、今晩の食事と宿にも困窮することになる。

本当ならバイトでもしたいのだが、どうしてもまだ自分の名前を登録することに恐怖感があり、この一ヵ月できずにいた。

「……あれしかないのか」沙耶は深いため息を吐《つ》く。

金を稼ぐ手段に心当たりはあったが、それには正直抵抗があった。

背に腹はかえられない。沙耶は心を決めると顔を上げて歩き出そうとする。その瞬間、いつの間にかすぐ目の前にいた男と肩がぶつかった。小柄な沙耶は体勢を崩す。

「申し訳ありません、よそ見をしていたもので」

高い位置から慇懃《いんぎん》な言葉が降りかかってくる。

「あ、はい大丈夫です。こっちこそすいません」

沙耶は謝罪しながら男に視線を向ける。長身の男だった。年齢は四十代といったところだろうか、糊《のり》のきいたグレーのスーツを一分のすきもなく着こなし、そのうえに黒いコートを羽織っている。唇は刃物のように薄く、一重の目が沙耶を見下ろしている。どちらかと言えば整っているのだろうが、特徴が薄く、印象に残りにくそうな顔だった。

「お怪我《けが》はありませんか？」男が微笑みかけてくる。

なんか気障《きざ》な人。そう思いながら男と視線を合わせた瞬間、沙耶の背骨に震えが走る。親切そうな笑みを浮かべている男の顔の中で、その鋭い目が、ガラス玉のように無機質な光をたたえていた。まったく感情のこもらない冷たい光を。巨大なハ虫類ににらまれているような心地《ここち》になる。本能が頭の中で最大級の警告音を発する。

「あ、あの……失礼します」

沙耶はあとずさると小走りで男から離れていく。男がそれ以上声をかけてくることはなかった。沙耶はふり返ることなく、縺《もつ》れそうになる足をすばやく動かしていく。なぜかどれだけ離れても、刻みこまれたかのように、背中に男の視線を感じた。

目的の場所が見えてきた。古い造りの雑居ビル、暗い地下へと続く階段がビルのわきに見える。そこは恵美と初めて会った日に連れてこられた場所、少女の下着やアダルトビデオを売る店だった。

大塚駅から山手線で新宿駅まで移動した沙耶は、あいまいな記憶を頼りに歌舞伎町の奥にあるこの場所までやって来ていた。階段を下りた沙耶は、重い扉を押した。

扉をくぐった沙耶は表情をゆがませる。いかがわしいものであふれた店内はやはり気味悪かった。狭い店内には以前と同じように、ほとんど客はいない。

「いらっしゃい。……あれ、お嬢ちゃん？」

奥から顔を覗かせた小太りの店主は、沙耶の顔を見て目を丸くする。

「どうも。あの、……また下着持ってきたんですけど、買い取ってもらえますか？」

沙耶は小さな紙袋の中に収まっている十数枚の下着をさし出す。それらは、安物の下着を一度も身につけることなく数回洗濯し、使用感を出したものだった。

「あ、ああ、下着ね。もちろん買い取るよ。君、前に恵美ちゃんと来た子だよね」

「そうですけど、なにか問題でもあるんですか？」

恵美の名前を聞き、胸に痛みが走る。

「いや、そういうわけじゃないよ。買い取りだったね。えっと、ちょっと値段の計算するから待っててもらえるかな」

どこか挙動不審な様子で言うと、店主は沙耶の手から紙袋を受け取り、店の奥へと消えていった。一人とり残された沙耶は居心地の悪い思いをしながら店内を見回す。

沙耶はレジの横にある椅子に腰を下ろした。所狭しと並べられたセーラー服やブレザーの制服、少女の下着などを見ていると、胸の不快感が強くなっていく。沙耶は気を紛らわせようとスマートフォンを取り出した。電車に乗ったときにマナーモードにしていたため気づかなかったが、いつの間にかメールを受信していた。

口元に力がこもる。それは雄貴からのメールだった。部屋を出てから、毎日のように雄貴から電話やメールが入る。沙耶は電話を取ることも、メールを返すこともしなかった。もし一度でも雄貴の声を聞けば、メールのやり取りをすれば、自分は雄貴に逢《あ》わずにはいられなくなる。そのことが分かっていたから。

斜め読みでメールを読む。その内容は、この一ヵ月の間に送られてきたほかのメールと同じだった。ショックを与えたことへの謝罪と、どうにかもう一度だけ話したいという懇願。沙耶がもっとも知りたい、雄貴自身のいまの状態にはまったく触れられていなかった。それだけ雄貴の状態は悪いのかもしれない。胸の中で不安が広がっていく。

沙耶はメールを削除する。これ以上見ていると、迷いがさらに強くなってしまう。

沙耶は目を閉じ、雄貴と過ごした日々のことを回想する。次々と頭の中に浮かんでくるのは楽しい思い出ばかりだった。

壁に掛けられている時計がぽーんと音を鳴らした。沙耶ははっと顔を上げる。時計は午後六時をさしていた。物思いにふけるうちに、かなり時間が経《た》っていた。いくら値段を計算すると言っても、少々時間がかかりすぎではないか？

扉の外から、せわしなく階段を下りる足音が聞こえ、続いて扉が開く。その向こうに広がった光景を見て、体の芯が凍りついた。ブラックスーツの男。何度も悪夢の中で会った男が、数人の男を引き連れてそこに立っていた。

「よう、お嬢ちゃん久しぶりだな。ようやく網にかかりやがった」

スーツの男のうしろで、金髪の男がいやらしい笑みを浮かべる。

「あんたの友達の部屋にな、この店の領収書があったんだよ。だから、念のために網を張っていたんだ。残念だったな」

金髪の男が得意げに話している間に、沙耶は椅子から立ち上がると、狭い店の奥に向かって逃げ出そうとする。しかしスーツの男のそばにいたスキンヘッドの男が、その巨体からは想像できないほどすばやく沙耶に近づき、立ちすくむ沙耶のあごを引っかけるように、右の拳を軽くふるった。

沙耶のあご先と男の拳がぶつかり、こつんと軽い音がする。足から力が抜ける。沙耶はその場に膝をつく。

「ごめんな、お嬢ちゃん。こういうところで商売していると、どうしてもこういうつきあいが必要になるんだよ。許してくれ」

事態を店の奥から見守っていた店主が出てくると、目を閉じたまま男の手に支えられている沙耶に、両手を合わせせおがむように謝った。

ブラックスーツの男の「行くぞ」という言葉を合図に男たちは動き出す。

「あの、この娘《こ》なにかやったんですか?」

店主は店に残ったブラックスーツの男に、媚《こ》びるような声でたずねた。

「おまえが知る必要はない」

男はスーツの懐に右手を入れると、拳銃を取り出し店主へ向けた。店主は一瞬放心したあと、泡を食って膝をつき、懺悔《ざんげ》をするように手を合わせる。

「な、なんで。私は警察にチクったりしません。だから……」

「……時間がない。もう絶対に失敗できないんだ」

男はまるで自分に言い聞かせるようにつぶやいた。

響き渡る銃声を聞きながら、沙耶の意識は闇の中へと落ちていった。

2　川原丈太郎

何が起きた?　走り去っていくバンを見送りながら、川原丈太郎は状況を整理する。

岬に正体をつきとめられてからというもの、川原は『仕事』のために使っていた時間を、すべて岬の監視にあてていた。

岬が末期癌《がん》だということは信じたが、おとなしくしていればジャックの正体を抱えたまま死んでいくなどという口約束を、川原は欠片《かけら》ほども信じていなかった。死が近づいてきたら岬は誰かに情報を渡そうとする。そう確信していた。自分の情報をどのように扱うのか、そして誰に渡すつもりなのか、川原はそれを知るために、岬を監視し続けた。

一ヵ月前、川原が遠方から監視していると、岬が走り去る少女を追ってマンションの階段を転げ落ち、救急車で搬送された。そしていまも岬は病院にいる。怪我にしては入院が長い。おそらくは癌が悪化しているのだろう。

岬が入院しても、川原は可能なかぎり岬のマンションを監視し続けた。

川原はかすかにあせっていた。入院中の岬に手を出すことはできない。このまま岬が癌死した場合、情報が外部に漏れる可能性が高い。そして他にも問題があった。刑事の中に一人、岬に強い疑いの目を向ける者がいるのだ。その刑事を放置すれば、岬を通して主犯である川原にまで迫ってくる可能性もあり、そちらも対処が必要だった。

岬の部屋に侵入し資料を探すことも考えた。しかし、万が一それを岬に気づかれる可能性を考えると、軽々とは動けなかった。資料がすべて部屋にあるかは分からないのだ。

忍耐強く待ち続けた苦労がようやく結実した。今日、マンションを監視していると、街路樹の陰に身を隠している少女を見つけた。一ヵ月前まで岬と同居していた少女だ。階段を転げ落ちる前、少女を必死に追っていた岬の態度を考えるに、岬にとって少女はこのうえなく大事な存在のはず。あの少女を人質に使い、上手《うま》く交渉に持ちこめば……。

少女を尾行してその住所を調べるつもりだった。しかし、歌舞伎町のはずれにあるビルに入った少女が出てくるのを待っていると、路地をすさまじいスピードで飛ばしてきた白いバンがビルの前で急停車し、中から人相の悪い男たちが飛び出してきた。ビルの地下へと消えていった男たちは、わずか二、三分後には、気絶した少女を荷物のように運び出し、バンに押しこんで消えていった。

男たちの中に一人、知った顔があった。楠木真一。裏の世界に関わっている者なら、一度はその名を聞いたことのある有名人。あの男がなぜ？

楠木組は仁義を重んじ、かたぎへ手を出すことを嫌うオールドタイプの組のはず。末端の構成員ならまだしも、若頭である楠木が少女の拉致に直接手を下すことなど、普通ならあり得ない。

岬が楠木組となにかトラブルを起こしたのだろうか？　しかし、自分が指示した『仕事』の中に、楠木組関係のターゲットはいなかったはず……。

混乱しつつ川原は懐に手を入れ、小さな機器を取り出す。電源ボタンと、液晶画面だけでできた単純な機器。川原が電源を入れると、液晶画面に五桁と四桁の数字が現れた。

機器が正常に作動していることを確認して、川原は微笑む。

少女とぶつかった瞬間、監視用に用意していた発信器を、少女の上着のポケットに滑りこませていた。発信器の位置情報が、この受信機の画面に表示される。

「さて、どうする……」

受信機の電源を切って懐にしまうと、川原は額にしわを寄せて考えこむ。

理由は分からないが、岬との交渉材料にするつもりの少女は、ヤクザたちに拉致されてしまった。このハプニングを逆に上手く利用しなくてはならない。

数分後、険しい表情で考えこんでいた川原の唇の両端が、徐々につり上がっていった。

川原はしのび笑いをもらすと、ポケットからスマートフォンを取りだした。

3 岬雄貴

個室のベッドに横たわった雄貴は、天井をうつろな目で見つめる。マンションの前で倒れ、この青陵医大付属病院に入院してから約一ヵ月。日に日に体力が失われていく。一週間前からは癌性腹膜炎による腸閉塞を起こし、食事どころか水を飲むことすらできなくなっている。鼻腔から小腸まで伸びた管が、悪臭を放つ濃緑色の腸内容物を体の外に排出することによって、口から嘔吐《おうと》をくり返すことをなんとか防いでいた。

いまや雄貴の生命活動を維持するための栄養は、首筋から上大静脈まで刺しこまれた点滴ラインから流しこまれる、中心静脈栄養によってのみ補われている。しかしその栄養も大部分は、体中で増殖を続ける癌細胞に喰《く》い尽くされ、体はやせ細りはじめていた。

モルヒネの投与によって痛みはおさえられていたが、その副作用による倦怠感《けんたいかん》と眠気が昼でも全身をおかしている。

とうとう『死』がすぐ背後まで迫ってきた。雄貴はそのことを実感していた。恐怖はなかった。それは、一ヵ月前から空っぽの心が、もはや恐怖をおぼえる能力すら失っていたからにすぎなかった。

沙耶に何度も連絡を取ろうと試みた。数え切れないほど電話をし、それと同じくらいメールも送った。しかしこの一ヵ月、一度たりとも沙耶からの返事はなかった。

このまま終わってしまうのだろうか？　こんな最悪の状態のまま。

ジャックに脅されて人を殺《あや》めたこと、沙耶との幸せな時間、そして自分のいままでの人生すべてが、はかない幻であったかのように雄貴には感じられた。

このまま自分の命が尽きれば、ジャックの正体があばかれることもないだろう。本当なら、宇佐見に連絡を取り、ジャックの素性だけでも教えておくべきなのかもしれない。しかし、その気力すら残っていなかった。

もうなにもかもがどうでもいい。朦朧《もうろう》としている雄貴の枕元でスマートフォンが鳴る。雄貴は力の入らない手を伸ばし、電話をとる。電話の相手が沙耶だというかすかな可能性、それを捨て切ることができなかった。

『お久しぶりです』

スマートフォンから低い声が聞こえてくる。顔がひきつった。

「ジャック……川原か？」

『はい、そうです』

「……なんの用だ？　俺が、死ぬまで、待てなくなったのか？」

『あなたの恋人が拉致されましたよ』

ごく自然に、まるで時候の挨拶でもするかのように、川原は言った。一瞬、呆《ほう》けたあと、その言葉の意味を理解し全身に鳥肌が立つ。もっとも恐れていたことが現実になってしまった。流れが滞っていた血液が、全身を駆け巡りはじめる。

「おまえがやったのか？」

『心外ですね。偶然見かけたので、親切心であなたにお伝えしてるんです』

雄貴の奥歯がぎりりと軋《きし》む。なにが偶然だ。沙耶を監視していたに決まっている。

沙耶は本当に誘拐されたのか？　もし誘拐されたとしたら、その犯人は川原か、それとも楠木優子の異母兄のヤクザか？　頭の中で渦巻く疑問が雄貴を責め立てる。

『犯人は楠木組の若頭、楠木真一ですよ』

雄貴の表情の硬度がさらに上がる。楠木優子の件を知らないはずの川原が、その名を出した。一気に川原の話の信憑性《しんぴょうせい》が高まった。

「あの男を知ってるのか？」

『有名人ですから。あの男と、私の知らないところでなにかもめたりしたんですか？』

「……別件だ。あいつらの狙いは、沙耶が持っている骨髄ドナーの情報だ」

『骨髄ドナー？』

「あの男は白血病の妹へのドナーを見つけるために、少なくとも二人殺してる。何ヵ月か前に足立区で起こった女性の銃殺事件と、埼玉県で中年のカメラマンの遺体が見つかった事件もあいつの仕業だ」

『……いまいち話が見えませんね。まあ理由なんてどうでも良いでしょう。少なくともあなたの恋人は拉致されました。信じる信じないはあなたの自由です』

「なんで……俺にそんなことを教える？」

かすれ声で雄貴は言う。たしかに、川原は真実を言っているのだろう。しかし、なぜそれをわざわざ伝えてくるのか分からなかった。

『言ったでしょう。親切心ですよ。袂《たもと》をわかったとはいえ、元は同志でしたからね』

「ふざけるな、そんなわけあるか！」

『信じる信じないは自由ですよ。もちろん、ここで恩を売っておけば、あなたが墓場まで私の正体を持っていってくれるかも、という下心もありますがね』

雄貴はこれ以上の追及をあきらめる。どれだけ質問を重ねたところで暖簾《のれん》に腕押しだ。

「沙耶が、彼女がどこに連れて行かれたのか分かるか？」

『さあ、そこまでは分かりません。自分で探してください。では』

その言葉を残して電話回線が切れる。雄貴は舌打ちすると、スマートフォンを握りしめた。

「……絶対に助ける。絶対に」

自分を救ってくれた少女を、この命をかけて。雄貴は決意を固める。

意識にかかっていた白く濁ったかすみは、いつの間に消え去っていた。

4　楠木真一

ゆれるバンの車内で楠木真一は首を回し、後部座席で横たわる少女を見た。見たところ少女の首に目的のペンダントはない。すぐにでもペンダントのありかを問い詰めたいところだったが、脳震盪《のうしんとう》をおこし、念のためにと麻酔薬まで嗅がされた少女が口をきけるとは思えない。いまはできるだけ早く拉致現場を離れ、目的地に着くことが重要だった。

楠木ははやる気持ちを抑えながら、バンの中にいる男たちを見回した。

自分を含めて六人の男たち。これが今回の件に関わっているほぼ全員だった。

すでに堅気の人間を三人も殺した。もしこれが明るみに出たら大変なことになる。父親である組長にはなにも伝えてはいなかった。家族とはいえ、一人の女のために組全体を危険にさらす、そんな計画を父が許すはずがなかった。もし逮捕されたら自分たちだけで責任を取る。組全体の意志ではなく、下っ端の暴走ということで片がつくようにする。そのためにも少人数ですべてのことを行わなくてはならなかった。

楠木は運転席に座るスキンヘッドの男、川崎《かわさき》を見る。本当の意味で楠木が信用しているのは、この男だけだった。ボクサー崩れの街のけんか屋でしかなかった川崎を、楠木は組に入れ自分の腹心に据えた。もう五年のつきあい。その間、川崎はまさに滅私奉公という言葉にふさわしい働きを見せていた。

ほかの男たちは、金髪の男、宮内《みやうち》をはじめとして街中のチンピラと大差ない。この件に協力しているのも、金と、将来組長になるであろう楠木に恩を売りたいという、完全な打算によるものだろう。しかしそれで良かった。打算で動くということは、裏を返せば、エサを与えているかぎり仕事をするということだ。

楠木は視線を外に向ける。拉致から約一時間、いまのところ検問もなければ、追われている気配もない。それでも安心はできなかった。手際よくやったといっても、繁華街で少女を拉致したのだ。目撃されている可能性は十分にある。

険しい表情で外を見ていた楠木は、うしろの座席からあがった下卑た笑い声に視線を車内に戻す。後部座席で劣情をむき出しにした醜悪な顔で、宮内が少女にのしかかろうとしていた。宮内の手が少女の服をまさぐる。それを残りの三人の男も宮内と似たり寄ったりの顔をさらしてながめている。楠木は男たちのやろうとしていることを見て顔をしかめる。しかしこれも、男たちを使い続けるためのエサの一つにはちがいない。楠木はのどまで出かかった罵声を飲みこんだ。

「あん、なんだこれ。ああ、スマホかよ」

少女の服をまさぐっていた宮内がつぶやいて、スカートのポケットから取り出したものを手の中で転がす。それを見て楠木は思わず舌打ちをした。

しまった。スマートフォンを捨てることを忘れていた。

「それを渡せ」

座席から身を乗り出し、宮内の手にある携帯を奪い取ると、それを開く。マナーモードに設定してあった電話の液晶画面には、二十三件の着信が表示されていた。

楠木は奥歯を嚙《か》みしめる。これだけ着信があるということは、少女が拉致されたことに気がついた者がいる。楠木は内容の確認をしようと、メールを開いた。液晶画面に文章が表示される。楠木は息を吞む。それは『岬雄貴』という発信者からのメールだった。

『SDカードはあずかっている。彼女に手を出すな。すぐに連絡しろ。彼女に少しでも危害を加えた場合、SDカードは廃棄する。そしておまえの妹は死ぬ』

文章のあとには090から始まる電話番号が表示されている。

「やめろ！」

楠木は宮内に鋭い声を飛ばす。宮内の身体《からだ》がびくりと震えた。

「なんでですか？　兄貴」宮内は媚びと畏《おそ》れを含んだ視線を向けてくる。

「いいからやめろ。そいつには手を出すな」

「そんなぁ。この前の女のときも、結局なにもしないうちに兄貴がぶっ殺しちまったじゃないですか。今度こそ少しはいい思いさせてくださいよ」

宮内はふたたび少女の服に手をかけようとする。

楠木は懐からリボルバーの拳銃を取り出すと、身を乗り出してそのグリップを醜悪な笑みを浮かべる宮内の顔面にたたきこんだ。口から血を吐き出しながら、宮内は座席に倒れこむ。楠木は片手で宮内のあごをつかむと、口腔内に銃口をこじ入れた。

「俺の言うことが聞こえなかったのか？」

楠木が撃鉄を起こす。ガチリという重い音が車内に響く。真っ青になる宮内を睨《にら》みつつ、楠木は横目で少女の顔に視線を送る。少女の顔に一瞬、妹の顔が重なった。

優子。十五歳も離れた腹ちがいの妹。楠木にとって優子は、この世界で唯一『家族』と呼べる存在だった。

幼少のころから自分が『特別』だと意識していた。誰もが自分のことを『ヤクザの息子』『組の跡取り』として意識し、ある者は侮蔑を、ある者は畏怖をもって接してきた。その中の誰一人として、楠木を『楠木真一』という個人としてあつかう者はいなかった。自分の人生は常に『組』とともにある。楠木は若いうちにそのことを理解し、そしてそれを異常なことだとは思わなくなっていった。そんな楠木にはじめて自分が『楠木真一』という一人の人間だということを気づかせてくれたのが優子だった。

楠木が中学生のころに生まれた優子は、まるで刷りこみをした子鴨《こがも》のように楠木のあとをついてきた。いつも「兄さん、兄さん」と言いながらつきまとってくる優子に、ときには辟易《へきえき》しながらも、若いうちから極道という殺伐とした世界で生きてきた楠木は、優子と接しているときだけは、自分が柔らかい気持ちでいられることに気づいていた。

優子がそばにいるときだけは、自分が自分でいられる気がしていた。

いつしか楠木は、優子のためならば組を抜けてもいいとさえ思いはじめていた。優子に、歳《とし》の離れた妹に堅気の世界で幸せに生きてもらう。優子の成長を見守ってきた楠木にとって、それがなによりの願いだった。

だからこそ、優子が白血病におかされ、自らの白血球の型が優子のそれに適合しなかったとき、身を裂かれるようだった。そして楠木は誓った。どんなことをしても、優子を救うと。たとえ畜生道に堕《お》ちたとしても。

「いいか。俺がいいと言うまで、その女に触れるんじゃねえ。分かったか」

宮内は目に涙を浮かべながら激しく頷く。楠木は宮内の口から拳銃を引き抜き、スーツの懐におさめた。バンの中の空気が張り詰める。楠木はメールに書かれていた電話番号をメモすると、窓を開け、少女のスマートフォンを外へと放り捨てた。


暖炉で薪がはぜる。この建物に着いて十五分ほど。ソファーに腰かけながら、楠木は椅子に後ろ手に縛られている少女を見る。少女はすでに意識を取り戻していたが、その目には生気というものが感じられない。すでに生きることをあきらめたかのように。

楠木は妹と同年代の彼女に同情する。この少女は始末することになるだろう。せめて死ぬ前に辱めを受けるようなことはないようにしてやろう。

部下たちは川崎も含めて全員、二階のこの部屋から追い出し、一階と表裏の出入り口で警戒に当たらせている。

楠木はテーブルに置かれていた固定電話の受話器を取ると、メモしておいた番号をゆっくりとダイヤルした。

電話は一コールを待つ間もなく、すぐに繋《つな》がった。

『彼女は無事だろうな？』

こちらが誰なのか確かめることもせず、若い男の声が早口で言った。

「おまえは誰だ？　どうして妹のことを知っている？」

楠木は質問を返す。男が誰なのか、なぜ優子のことを知っているのか分からない。

『あんたの妹のことは、ペンダントの中に入っていたSDカードからつきとめたよ。ちなみに、あんたと会ったこともある』

その言葉で、すぐに楠木は男の正体に気づいた。右手の傷がうずく。

「……バイクの男か」

『そうだ。彼女は無事か？』

「ああ、無事だ。おまえがおとなしくSDカードを渡せば、女は無事に解放する。ただ少しでも俺の命令に逆らえば、そのたびに女は悲惨な目にあう。交渉はしない」

『交渉の余地なし、か』男は忍び笑いを漏らす。

「……なにがおかしい？」

『俺がどこにいると思う』

「なんの話だ？」

『青陵医大だよ。あんたの妹のすぐ近くにいる』

「うそだ！　そんなはずない！」反射的に楠木は叫ぶ。

『うそなんかじゃないさ。あんたの妹はいまＩＣＵの一番奥のベッドにいる。昇圧剤でなんとか血圧を保っている状態だ。胸水も溜《た》まっている。かなり厳しいな。髪はほとんど抜け、顔はむくんでいるうえ、青白くて痛々しい』

「黙れ。黙れ黙れ、黙らねえか！」楠木は受話器に怒声を叩《たた》きつけた。

『これでうそじゃないって分かっただろ。俺は青陵の関係者だ。おまえの妹のすぐそばまで行くことができる。それに対しておまえは、ずっとＩＣＵにいることなんてできない。それに、おまえは俺の顔も知らないんだ。守ろうにも誰から守ったらいいのか分からないだろ。いいか、彼女に危害を加えれば、俺はおまえの妹にそれ以上のことをする。これは脅しじゃない。確実にやるぞ。できればそんなことさせるなよ』

「……貴様ぁ」握った受話器がみしみしと悲鳴を上げる。

落ち着け。楠木は自分に言い聞かせる。どうにかしてこの男を誘い出さなくてはならない。東京にはまだ数人、使える駒がいる。やつらを使ってこの知りすぎた男を始末し、ＳＤカードを手に入れる。

『人質を大事に扱え。そうすれば俺はＳＤカードを渡す。それでお互い幸せになれるだろ。いいか、下手《へた》な脅迫はするな。これは……ビジネスだ』
電話から聞こえる男の声には固い決意がみなぎっていた。

5　南波沙耶

ここはどこなのだろう？　感情をあらわにしながら電話で話す男を、沙耶はうつろな目でながめていた。壁にかかった時計の針は十時過ぎをさしている。

気がついたときはバンの中で縛られていた。途中ほとんど停車しなかったところをみると高速に乗っていたのだろう。そして高速を降りてから数十分で、この建物に着いた。周りは林に囲まれ、薄く雪が積もっていた。東京からかなり離れているのだろう。バンから降ろされたとき、遠くに照明に照らされたゲレンデでスキーやスノーボードを楽しむ人々が小さく見えた。そこまで考えたところで、沙耶はそれ以上頭を使うことをやめる。

どこでもいい。誰も助けてくれない。私はここで殺されるんだ。恵美と同じように。雄貴の部屋を飛び出してから、心の中心に風穴が開いたようだった。だからなのか、それほど恐怖を感じなかった。

ＳＤカードは渡さない。それだけは心に決めていた。もし男たちにＳＤカードを渡せば、上野由紀子と、その胎内で育っている赤ん坊は悲惨な目にあうだろう。画像に写っていた、幸せにあふれた上野由紀子の笑顔。あの笑顔が、幸せが壊されてしまうなんて、そんなことあっていいわけがない。

それにいま、SDカードの入ったペンダントは雄貴のマンションにある。雄貴を巻きこみたくはなかった。おそらくは病魔に苦しめられている雄貴を。

沙耶は自分がまだ雄貴を想っていることを強く自覚する。

こんなことならもう一度だけ、電話でもいいから雄貴の声を聞いておきたかった。雄貴が殺人鬼だったとしてもかまわないから、言葉を交わしたかった。

男が立ち上がり、固定電話を片手に厳しい顔で近づいてくる。恐怖で息が荒くなる。

「電話だ」予想外の言葉が男の口から発せられた。

「電話？」わけが分からず沙耶はおうむ返しにつぶやく。

「場所は言うな」

男は受話器を、まばたきをくり返す沙耶の耳に当てる。

『沙耶、沙耶か？』

受話器から聞こえてきた声を聞いた瞬間、沙耶は目を大きく開く。ゆがんで見えていた世界が直線を取り戻した。

「雄貴？」沙耶は叫ぶ。声が甲高く裏返った。

『そうだ、大丈夫か？　なにもされてないか？』

「うん、うん……」

胸で渦巻く感情をコントロールできず、沙耶はただ頷くことしかできなかった。

雄貴、雄貴……。大丈夫だ。まだ元気そうな声をしている。まだ私のことを心配してくれている。

『絶対助ける。おまえにはなにもさせない。だから待っていてくれ』

「……うん」嗚咽《おえつ》をこらえ、沙耶は声を絞り出す。

『いいか。よく聞いてくれ。いまから大切なことをきくからな』

「えっ、うん、分かった」沙耶は全神経を聴覚に集中させる。

『そこはどこか分かるか？ 肯定は「うん」、否定なら「はい」で答えてくれ』

「あっ、はい」雄貴の言葉の意味をすばやく理解し、沙耶は答える。

『分からないんだな。そこは街中か？』「はい」

『海の近くか』「はい」

『じゃあ山の方か？』「うん」

『山だな。車で連れて行かれたんだよな。高速道路は通ったか？』

「うん」

『東京からそこまでどれくらいかかった。かなり遠かったか』

「うん、はい」

『近くもなく遠くもなくってとこか、二時間くらいか？』

「はい」

『三時間?』「はい」

『四時間?』「うん」

『四時間、四時間くらいで着いたんだな』

「うん」

そこで雄貴の声が途絶える、次に質問するべきことを考えているのだろう。しかしイエスかノーかで答えられる質問で、これ以上の情報を伝えることは難しかった。

「覚えてる? スキーに行ったときのこと。周りにほとんど建物もない森の奥の別荘に二人で泊まって。すごく楽しかった」

沙耶は言う。これで通じるはず。雄貴なら分かってくれるはずだ。

「いつまで話しているんだ。もう終わりだ」スーツの男がじれたように口を挟んでくる。

『絶対会いに行く。会えたら今度は全部話す。俺のことを全部話すから』

男の声が聞こえたのか、雄貴が早口で叫ぶ。

「うん、うん。雄貴、愛してる」

沙耶も無意識のうちに叫びかえしていた。

『俺も、愛してるよ』雄貴もはっきりと沙耶の言葉にこたえた。

不器用な雄貴からの初めての愛の言葉を、沙耶は涙があふれる目を閉じながら聞いた。

「もう十分だ」

スーツの男は沙耶の耳から受話器を離すと、自分の耳に当てる。

「明日いっぱいが期限だ。零時を過ぎれば女を殺す。サツにたれこんだりするな。万が一サツが動いてここを見つけたりすれば、その時も女を殺す。受け渡し場所は……」

男はSDカードの受け渡し場所を雄貴に伝えはじめる。

「運が良かったな」

電話を終えたスーツの男が沙耶に視線を向けた。沙耶はその視線を正面から受け止めると、まっすぐに見つめ返した。雄貴が助け出してくれる。絶望的な状況にもかかわらず、沙耶はそう確信していた。

彼に会いたい。会ってまた話がしたい。

もう怖がらない。この男たちも、雄貴に会うことも。

沙耶は覚悟を決めて男を見つめ続けた。

6　宇佐見正人

夜のオフィスに一人残る宇佐見正人は、原稿に赤ペンで修正を入れながら、辞表の文面を頭の中で練りつづけていた。

編集長の命令で、一ヵ月ほど前から芸能人の不倫の記事を書くようになっていた。事件記者としてここに就職したのだと、編集長に必死に抗議もしたが、黙殺された。

この二ヵ月以上、ジャックによる新しい殺人は起きていない。それは同時に、もともと薄くなっていた世間のジャックへの興味が、ほとんど消え去ったことを示していた。またジャックの記事を書きたかった。しかし、世間がジャックを求めてはいない。

宇佐見は顔をしかめ頭を抱える。苦悩が頭蓋骨を締めつけ、重い頭痛を生んでいた。

机に置いたスマートフォンが震える。知らない番号からの着信だった。一瞬無視を決めこもうかと思ったが、低俗な記事を書き続けることにうんざりしていた宇佐見は、気分転換になるかもしれないと思い電話を手に取る。

『お久しぶりです』

電話から聞こえてきた声は、少々くぐもってはいるものの、聞き覚えがあった。詐欺師の声だ。一瞬で頭に血が上る。

「なにが『久しぶり』だ。もう君の話を聞くつもりはない。こっちから知りたいことだけ聞き出しといて、記事にできるような情報をよこさない。これ以上つき合えない」

宇佐見は怒りにまかせて言葉をぶつけ、電話を切ろうとする。

『俺は四人殺しました』男は唐突にそう言った。

「なに？」

通話を終えようとしていた宇佐見が固まる。言葉の意味が分からなかった。

『俺は四人殺したって言っているんです。ジャックの事件って言われている益田勉、皆本信彦、山田浩一《やまだこういち》、鎌田貞夫。この四人に関しては俺が犯人です』

「おい、待ってくれ。それじゃあやっぱり君が、ジャックだったたって言うのか」

『いや、俺は共犯者です。その四人以外を殺した主犯は、川原っていう名前の男です。川原丈太郎』

「川原……？　君は私をからかっているのか？」

冗談にしか聞こえない。しかし記者の勘が、スクープの匂いをかぎ取っていた。

『俺の名前は岬雄貴。半年前まで青陵医大付属病院で外科医をやっていました。疑うなら病院のホームページを見てください、第一外科医局のページにまだ俺のプロフィールが顔写真つきで残っているはずです。あなたと会ったときはサングラスをかけていたけど、たぶん雰囲気ぐらい分かるはずです』

「おいおい、君は身元を明かしたうえ、殺人犯だって言ってるんだぞ。分かってるのか？　本当に四人も殺してたら死刑だぞ、死刑」

『俺は末期癌患者です』

予想外の一言に、宇佐美は息を呑む。

「末期癌って、……よくないのか？」

『胃癌が体中に転移している。あと一ヵ月はもたないでしょうね』

まるで他人事のように男は、岬は言った。

「つまり……これは最期の罪の告白ってわけか？」

『ちがう。そんなことじゃありません。あなたがずっと言ってたじゃないですか、ビジネスだって。今回だって同じですよ。俺は自分の知っていることすべてをあなたに教える。俺がなんでジャックの共犯になったか。ジャックの素性と、どうしてあの男が人を殺すようになったのか。それにまだジャックの事件だと思われてさえいない、ジャックの最初の殺しのことも。いいネタだと思いませんか』

「最初の殺し？　おいおい、そんなものまであるのか。ああ、とんでもない特ダネだ。それが本当の話だとしたらね」

『死ぬ前にうそはつきませんよ。信じてもらうために、自分の名前まで教えたんだ』

「ちょっと待ってくれ。混乱しているんだ。少し考える時間をくれ。君が悪いんだぞ。あれだけ協力したのにいままでなんの見返りもくれないで」

『すいません。ジャックが捕まれば共犯者の俺も捕まるので、ジャックの正体を教えるわけにはいかなかったんですよ』

「それじゃあ、いまになってなんで？」

『言ったでしょう、末期癌だって。ここまで状態が悪くなれば、警察だって逮捕しませんよ。ほっとけばすぐ死ぬんだ。もう尋問を受ける体力も残っていない』

宇佐見は唸《うな》り声を上げる。どこまでこの男を信用していいのだろう？　ジャックの共犯者だという話はかなりの眉つばものだ。しかしその一方で、岬がジャックとなんらかの関係を持っているのは確かだった。ジャックの犯行時間を言い当て、トランプの件も知っていた。もし岬が本当に共犯で、岬の持っている情報をすべて得ることができれば、それは自分の人生を一変させる極上のスクープを手にすることになる。

宇佐見はデスクの上の原稿をながめる。低俗という概念を具現化したような記事。自分がこんなものを書いたことを思うと、蕁麻疹《じんましん》がでそうだ。

宇佐見は腹を決めた。毒を食らわば皿まで。この悲惨な現状から抜け出すためなら、どんなわずかな可能性にでも賭けてやる。

「言ってくれ。なにが知りたいんだ？」

『暴力団で楠木ってやつが組長をしているところはありますか？』

「楠木？　東京の暴力団だな？　ああ、知ってるぞ。楠木組。事件記者をなめないでくれ。広域指定暴力団の北川《きたがわ》会系の組だ。それがどうかしたか？」

『組長の息子もそこの構成員ですか？』

「組長の息子？　ちょっと待ってくれ、いま調べるよ」

宇佐見はデスクの抽斗をあけ、乱雑に押しこんである資料の中から、一冊のバインダーを取り出した。暴力団関係の資料が収めてあるそのバインダーをぱらぱらと開くと、『楠木組』のページで指を止め、自分で書いたくせの強い字を目で追った。

「いる。長男、楠木真一だ。いまは若頭をやっているな。そのうち跡目を継いで組長になるはずだ。そいつがどうかしたのか？」

『去年の秋にあった、足立区でフリーターの女性が射殺された事件を知っていますか？』

「ああ、確か……椅子に縛られたまま撃ち殺されたやつだろ」

『その犯人が楠木組の若頭です』

「は？　待ってくれ。なんの話だ？　ジャックと楠木組がなにか関係があるのか」

『いや、ジャックとは関係ない。これは俺が個人的に調べたことです。楠木真一だったかな？　そいつは白血病の妹を助けるために、少なくとも二人殺しています。まあこの情報は、利子みたいなもんだと思ってください。あなたが情報をくれたら、こっちの殺人事件の詳しい話も教えます。こっちも、ジャックほどじゃないけど、かなりのスクープですよ。それで、調べて欲しいことは、その楠木組の若頭が拉致した人間を監禁するとしたら、どこにするかってことです。その場所が知りたい』

「監禁場所？　あいつらなら、そんな場所は腐るほど持ってる」

『新宿から四時間程度。途中で高速を使い、山の森の中にあって、周りから孤立した建物。近くにスキー場がある。これでどうですか？』

「それなら……なんとかなるかもしれない。保証はできないが二、三日あれば……」

宇佐見は暴力団関係に詳しい記者仲間の顔を思い浮かべる。

『五時間です』

「なに？」

『五時間以内に調べてください。そうしないとこの話はなかったことにします』

「ふざけるな。五時間だって？　無理に決まっている」

『やるんですよ。人生を変えるスクープのためです。死ぬ気でやってください。一流の事件記者なんでしょ？　分かったらこの番号にかけてください。くり返しますが、五時間で調べられなかったら、この話はなかったことにします』

その言葉を残して電話は切れた。宇佐見は呆然《ぼうぜん》とスマートフォンを見る。

五時間なんて不可能に決まっている。そう思いながらも、どこか高揚している自分がいた。デスクに置かれたゴシップ記事の原稿が宇佐見の視界に入る。

『一流の事件記者』、岬の放ったその言葉がプライドを激しくくすぐった。

そうだ、私は事件記者だ。ゴシップ記者じゃない。いいだろう、やってやろうじゃないか。宇佐見は書きかけの原稿を両手で乱暴に丸めると、勢いよくゴミ箱に投げ入れた。

7　岬雄貴

宇佐見への電話を終えると、雄貴はベッドから体を起こした。腹水で膨れた腹の中から、液体の移動する音が聞こえる。癌性腹膜炎の炎症、悪液質による血清アルブミンの低下、癌の侵潤による門脈圧の上昇、それらが合わさって雄貴の腹腔内に腹水がたまるスピードは、日増しに早くなっていた。

水分が腹腔内に移動しているため、血管内脱水が起こり、倦怠感の増悪《ぞうあく》や血圧の低下を起こしている。体中の癌細胞が起こす炎症による消耗も、体力をさらに奪っていた。

沙耶の声を聞いたことで気力は満ちているが、こんな体では立ち上がることすら苦労する。タイムリミットは明日の深夜。それまでに体を回復させなければならない。

雄貴はベッドから降りると、鼻から体内へと延びるチューブを強引に両手で引き出していく。胃液や胆汁の付着したチューブがのどの奥を移動し、口の中に悪臭と強い刺激が広がる。咽頭《いんとう》反射で少量嘔吐しながら、雄貴は一メートル以上ある管を引き抜いた。

続いて、雄貴は自分の首から伸びる中心静脈栄養のラインに手を伸ばした。点滴を止め、自分の体に一番近い接続部でラインを取り外す。これでふたたび接続すれば、点滴を再開することができる。

身軽になった雄貴は一息をつくと、病室の扉を開いた。左右を見渡し、人がいないことを確認してから廊下に出る。廊下にかけられている時計は午後十時半を指していた。

この時間、病棟にいるスタッフは、夜勤の看護師三人だけのはずだ。雄貴は病棟の廊下を、見つからないように体を小さくしながら、ナースステーションからもっとも遠い病室まで移動した。六人部屋の病室に、足音をしのばせながら侵入する。消灯時間は過ぎている。閉じられたカーテンの隙間から寝息が洩《も》れていた。雄貴はカーテンの隙間から中を覗きこんで、条件に合う患者がいないか探していく。

いた。奥のベッドでいびきをかく老人。その老人のはだけた入院着から覗く胸には、心電図の電極が貼られていた。この電極によって記録されている心電図は、無線でナースステーションにある心電図モニターに映しだされているはずだ。雄貴は老人を起こさないようにベッドに近づき、ナースコールのボタンを押した。

『どうしました？』すぐにスピーカーから看護師の声が応答する。

「苦しい……助けてくれ」

雄貴は可能なかぎり老人の声に聞こえるように演技をしながら、苦悶《くもん》の声を上げる。

『苦しいんですか？　どこか痛いんですか？』

看護師の声に焦りがにじむ。雄貴はその問いに答えるかわりに、おもむろに老人の胸に張りついている電極のリード線を強く引いた。粘着力の強い電極パッドが、老人の皮膚からぺりぺりと音をたててはがれていく。眠っている老人は一瞬不快そうに顔をしかめたが、目を覚ますことなくすぐにふたたびいびきをかきはじめた。

これでナースステーションの看護師から見れば、助けを求めるナースコールのあと、患者が心停止を起こしたように見えるだろう。すぐに駆けつけるにちがいない。

雄貴は急いで病室から出ると、隣の病室の入り口の陰に身を隠した。間もなくして救急カートを押した三人の看護師が顔色を変えて駆けてきて、老人のいる病室へと入っていく。これでナースステーションにはだれもいない。雄貴は重くさびついたような体にムチを入れ廊下を走りだした。

無人のナースステーションに侵入した雄貴は、器材庫の扉を開ける。18Ｇのジェルコ針、点滴チューブ、生理食塩水、ステロイドのシリンジ、必要なものをかき集めていく。

腕いっぱいに医療器具を集めたところで、雄貴はステーションのすみへ移動した。業務用の小型エレベーターの隣の棚を開く。そこには三個の大型プラスチックケースの中に、大量の点滴製剤が置かれていた。明日使用する予定の薬品だ。

雄貴はせわしなくケースの中身を探っていく。一つ目のケースには目的のものは入っていない。雄貴は舌打ちしながら二つ目のケースを探っていく。ない。雄貴は焦りながら最後のケースを棚から取り出した。

重症患者が多いこの病棟なら、おそらく毎日のように使用されているはずだ。もしあれが見つからなければ、この半生半死の体を回復することはできない。雄貴は必死でケースを探る。雄貴の視界のはしで、蛍光灯の光が反射した。

あった！　雄貴は歓喜の声を上げそうになる。

小さなガラス瓶が六本、箱の中に収められていた。献血の血液から抽出されたアルブミンの水溶液。低アルブミン血症による血管内脱水などの症状を改善するための生物製剤。それは、いまもっとも雄貴が必要としているものだった。

雄貴は六本のガラス瓶をほかの医療器具とまとめて腕にかかえ、足音を殺して自分の病室へと戻っていった。自分の病室へ転がるように入ると、荒い息をつきながら倒れこむ。腕からこぼれおちたガラス瓶が床を転がる。それほど激しい運動をしたわけでもないのに、腫瘍《しゅよう》細胞によって食い荒らされた体は悲鳴を上げていた。

時間がない。酸素をむさぼりながら、雄貴は這《は》うようにベッドに近づいていった。

かたわらのテーブルの上に医療器具や薬品を置くと、上着を脱いでベッドの上に横になる。あらわになった上半身は、腕や胸にはまだ筋肉が盛り上がっていたが、腹水で満たされた腹は、臨月の妊婦のようにふくれていた。

持ってきた器材の中から、点滴用のジェルコ針を取り出す。アルコール綿で左の下腹部をふくと、雄貴はその部分に針の先をあてがった。針を皮膚に対して垂直に刺しこんでいく。麻酔をしていない腹膜を針先が貫く瞬間、激痛に苦悶の声がもれる。

軽い手ごたえのあと、針の中を腹水が逆流してきた。雄貴は留置用のプラスチックの外筒だけを押しこみ、先のとがった金属の内筒を抜いて床に捨てる。外筒のうしろ側から噴き出すように腹水があふれだした。

想像以上の勢いに、雄貴は慌てて外筒を点滴チューブと接続して、つまみを操作し排出量を調節する。急速に腹水を抜けば血管内脱水を悪化させ、急激な血圧低下を起こしかねない。ハサミで切った点滴チューブの先をベッドのそばに置いてあった掃除用のバケツに垂らし、腹水がその中に落ちるようにする。

次にガラス瓶を点滴棒に垂らして、アルブミンの点滴ラインを用意したあと、本体となる生理食塩水の点滴ラインを作った。まず生理食塩水のラインを自分の首から伸びる管に接続し、続いて側管にアルブミンのラインをつなげていく。点滴速度調節用のつまみを解放すると、生理食塩水に混じってアルブミン溶液がゆっくりとラインを通り、雄貴の上大静脈へと注がれていく。

六本のアルブミン製剤。それは保険上、一人の患者が一ヵ月のうちに使用できる上限の量だった。一ヵ月分のアルブミンを一晩で使用する。そこまですれば、すべての腹水を抜き去ったとしても問題ないだろう。腹水を取り除いたうえで、脱水も改善することができる。さらに雄貴はステロイド薬を生理食塩水に溶解し、それを点滴ラインの側管からシリンジで注入した。血流に乗って全身に回る大量のステロイドは、癌によって引き起こされている炎症を完全に抑えこみ、全身の倦怠感を取り除いてくれるはずだ。最後に『生理食塩水　500ml』と印刷された点滴本体のプラスチックの袋に、腸管運動促進剤やビタミン剤を、注射器で注入する。

処置を終えた雄貴はベッドに横たわる。できることはすべてやった。どれほど体が回復するのかは、雄貴自身にも分からなかった。あとは薬が効いてくるのを待つしかない。雄貴は巡回してくる看護師に不審に思われないよう、部屋の電灯を消すと、目を閉じて、自分の体に魔法がかかるのを待った。

点滴をはじめてから数時間後、最後のアルブミン溶液が点滴ラインから雄貴の体に吸いこまれていく。雄貴は点滴を止めると、上半身を軽く起こし、両腕に力をこめた。肩から上腕、そして前腕、指先に至るまでのすべての筋肉が力強く収縮する。

雄貴はベッドから立ち上がる。体を動かしても、腹の中で液体が移動する感覚がない。ほとんどの腹水が排出されたか、注入されたアルブミンの浸透圧に引き寄せられ、血管内に戻っていったようだ。倦怠感もまったく感じなくなっている。

雄貴は部屋の明かりをつけると、腹に刺さっていた点滴針の外筒を抜き去った。膨れていた腹は平らになり、腹筋が浮かび上がっている。老人のように乾燥していた肌は瑞々《みずみず》しく張りつめ、脱水から回復したことによりボリュームが増した筋肉の上に張りついていた。雄貴は鏡の前に立つ。そこには死に瀕《ひん》した末期癌患者ではなく、入院前よりは細くはなっているものの、鍛え上げられたアスリートの体があった。

自然に顔に笑みが浮かぶ。鏡をながめていた雄貴は、体をぶるりと震わせた。耐えがたいほどの尿意を下腹に感じる。慌てて便所へ向かい、便器の前に立ってズボンを下ろす。ペニスの先から勢いよく尿が噴き出した。それだけで雄貴の表情はさらに緩んだ。

脱水のせいで、最近尿量が極端に減っていた。これだけの尿が出るのは久しぶりだった。一時的に体の機能が戻ってきている。

三日も経てば、このかりそめの回復も幻のごとく消え去り、反動で病状はさらに悪化してしまうだろう。しかしそれで良かった。あと一日、一日だけ体が動けばそれでいい。

雄貴は鏡の前でハサミを持つと、首筋に点滴チューブを繋いでいた絹糸《けんし》を切り、大静脈からチューブを抜いていく。血液の滴を床に落としながら、首からチューブは抜け去った。これで体についている管はすべてなくなった。

もうここには用はない。雄貴はクローゼットの中から服を取り出して着替えると、最低限の必要なものだけをバッグの中につめこんでいく。雄貴の背後でベッドの上に置いたスマートフォンが震えだした。壁の時計を見ると、宇佐見に電話をしてからほぼ五時間経っていた。荷物をつめる手を止めて電話に出る。

「岬です。宇佐見さんですか？」

『そうだ。いや、君の言ってることは本当だった。たしかに君の顔写真が病院のホームページにのってたよ。会ったときサングラスしてても分かるもんだな』

「そんなことより、場所は分かったんですか？」雄貴がせかす。

『あいかわらずせっかちな男だなあ』

「俺には時間がないんですよ。あなたの百倍、俺にとって時間は貴重なんです」

『ああ、そりゃ悪かった。見つかったよ。楠木は軽井沢《かるいざわ》の近くの別荘地に一軒、別荘をもっている。条件にもぴったり合う。たぶんそこだろう』

「確かな情報ですか？」

『おいおい誰に口をきいてるんだよ。いままで私の情報が間違っていたことがあったかい？　楠木がこの別荘を持っているのは、近くに民家がないからだ。なにをしても見られたり聞かれたりする心配がない。分かるだろ。避暑用のものじゃないんだよ』

「そこの住所は？」

『教える前に一つだけ言っておく。この情報を仕入れるのは大変だった。その筋のことが詳しいやつらにけっこうな金を積んだんだ。ここまでしてやったんだ、いいね？』

「分かっていますよ。それに見合うだけの情報をよこせってことでしょ。見合うどころか、何百倍も価値がある情報を渡しますよ。ジャックの正体と、その共犯者の告白です」

『信じてるよ。もし連絡なく消えたら、君のことを警察に連絡させてもらうからな』

そう言うと、宇佐見は別荘の住所を伝えてくる。雄貴は住所をメモに書き留めた。

「助かりました。あなたには感謝しています。礼は今日の昼までに郵送します。明日にはあなたは特大のスクープを手に入れることになる。それをどう発表しようがあなたの自由です。賭けの払い戻しだから、有意義に利用してください」

『そうさせてもらうよ。じゃあこれでおわかれだ。君がなにするか知らないけど、まあ、なんだ、とりあえず頑張りなよ』

「ええ、ありがとうございます」

雄貴は礼を言って電話を切る。スマートフォンをジャケットのポケットに突っこみ、雄貴は残りの荷物をバッグに詰めていく。もともとほとんど私物は持ちこんでいない。階段から転げ落ちて、そのまま救急搬送され入院になったのだ。

雄貴はこれからすべきことを頭の中でまとめていく。相手は拳銃を持ったヤクザたちだ。しかも何人いるか分からない。もちろん警察に通報する気はなかった。警察に隠れ家を包囲され、妹をもはや救えないとなったとき、すでに二人もの人間を殺している男が沙耶に対してどのような行動に出るのか、それを想像するだけでも恐ろしかった。

そしてもう一つ問題がある。ジャック、川原丈太郎だ。あの男がなぜわざわざ沙耶が拉致されたことを教えてきたのか分からない。川原自身が言ったように親切心からだったとは、とても思えなかった。ヤクザだけでなく、川原にも注意する必要がある。

雄貴は思考を巡らせながら、財布から、入院中に院内のＡＴＭから下ろした一万円札の束を取り出す。身内のいない自分が預金を残していてもしかたがない。残ったすべての預金を、雄貴は現金に換えていた。ここにある金と、部屋にあるバッグに入っている二千万、それが雄貴の全財産だった。

雄貴は取り出した紙幣の一部をベッドの上に置く。これだけあれば入院費には足りるだろう。これでこの病院でやるべきことは終えた。慣れ親しんだこの病院にも、もう戻ることはないだろう。

唯一の心残りは、この十年間、もっとも近くにいてくれた女性に別れの挨拶をすることができないことだった。彼女は勝手に出ていったことを許してはくれないだろう。真琴に手紙だけでも書き遺《のこ》しておこう。雄貴はベッドのそばのメモ用紙に手を伸ばす。

そのとき、唐突に病室の扉が開いた。

「なにをしているの？」

看護師に見つかった？　体を硬直させて、雄貴は扉の方向を見る。

そこには白衣を着た真琴が、雄貴をにらみつけ立ちふさがっていた。

8　柴田真琴

病棟当直にあたっていた真琴は、熱発患者への処方と血液培養用の採血を終え、当直室へと階段を下りていた。

救急当直に比べれば病棟当直はまだ楽だ。運が良ければ数時間睡眠がとれることもある。階段の途中で真琴は足を止めた。十三階、雄貴が入院している階だった。真琴は少し迷うと、病棟への扉を開ける。雄貴の治療で少しだけ調整したいところがあった。

疼痛《とうつう》管理についてはほぼ完璧だったが、問題は腹水だった。腹部の膨満感はつらいうえ、麻薬があまり効果を示さない。根本的な治療法は腹腔穿刺《せんし》による排液しかないのだが、血管内脱水が進んでいる雄貴の腹水を抜くことは、脱水を助長する危険性をはらんでいた。下手をすれば循環不全を起こしかねない。

ある程度の量を抜くならアルブミンの補給が必要になるが、使用できるアルブミンにはかぎりがある。このあたりのさじ加減はなかなかに難しかった。

独りよがりの治療にならないように、ほかのドクターの意見も聞きながら決めていかないと。真琴は目をこすりながらナースステーションの中に入る。

ステーションの中では、顔なじみの看護師が顔を赤くしながら、薬品のつまったプラスチックケースをあさっていた。

「どうかしたの？」

「あ、柴田先生。ちょっと薬の数が合わなくて」心底困ったという顔で看護師は答える。

「ああ、よくあるよくある」

「たしかによくあるんですけど、夕方確認したときはちゃんとあったんですよ。それが見当たらなくて。調剤の方にも確認したんだけど、間違いなく送ったたって言っているし」

「ふーん。それで、なにがなくなったの」

「今日使う予定だったアルブミンなんですよぉ」看護師は頭を抱える。

「アルブミンか、高価だから見つけないとね。給料減らされちゃうかも」

「そうなんですよぉ。ああ、どうしよう。六本もなくなるなんて」

「えっ、六本？」真琴は思わずきき返す。頭を抱えるわけだ。

「そう、六本も。超困るんですけど」

看護師はグチを言いながら、ふたたびプラスチックケースをあさりはじめた。その様子を見ながら、真琴はなぜか嫌な予感に襲われた。

アルブミン。いまもっとも雄貴に必要な薬。それが六本も。胸騒ぎがしてくる。まさかね。そう心中で否定しつつも、不安は膨らんでいった。確かめずにはいられなかった。ナースステーションを出て、早足で暗い廊下を雄貴の病室へと向かう。

曇りガラスの病室の扉から、光が漏れている。個室の患者はそれほど就寝時間にこだわらなくてもいい。しかし、それでも午前四時近くまで起きているのは異常だった。

ドアに取りつけられた小さな曇りガラスの窓越しに、真琴は室内をうかがった。部屋の中に人影が見える。どうやら着替えているようだ。上着を脱いだらしいその上半身のシルエットを見て、真琴は予感が現実となるのを感じた。

逆三角形のそのシルエットは、多量の腹水に苦しんでいる男のものとは思えなかった。

真琴は立ちつくし、室内のシルエットがスマートフォンで誰かと話している様子を、曇りガラス越しに眺めつづける。

室内からかすかに聞こえていた話し声が途切れる。通話が終わったようだ。

真琴は唇を噛むと、ふるえる手をゆっくりとのばし、静かに扉を開けた。


真琴の顔を見た雄貴は、まるで彫像と化したかのように立ちつくしていた。バケツの中にたまった赤と黄色が混じりにごった大量の液体。床の上に転がるステロイドのアンプルとアルブミン製剤のガラス瓶。使用された点滴セット。そして見違えるほどに回復した雄貴の肉体。それらを見れば、この部屋でなにが行われたのか明らかだった。

「なにをしているの？」

真琴は必死に感情を抑えこむ。気を抜けば叫んでしまいそうだった。

「……悪い」雄貴は硬い表情のまま言う。

「私はなにをしているのかきいてるの。こんな無茶して回復しても、すぐに反動で元より悪い状態になるの、分かっているでしょ。それなのになんで……」

問いつめる声がつまる。真琴は両手で口を押さえた。

「最後にやることができたんだ」

「やることやることって。あなたの体は、もうそんな状態じゃないって分からないの？」

「分かってる。分かっているから、こんなことをしたんだ」

「そんなことしても、どうせ二、三日で元に戻るのよ」

「あと一日もてば十分だ……」雄貴は厚手のジャケットを羽織った。

「どこ行く気？」雄貴に近づきながら、真琴は鋭い声でたずねる。

「……知らない方がいい」

雄貴は真琴と視線を合わせずに言った。真琴の右手がしなり、平手が激しく雄貴の頬を張る。パァンという小気味良い音が病室に響いた。

「ふざけないで！」必死に抑えていた感情が噴き出す。「私はあなたの何なの？　主治医で、友達で、それに……恋人だったじゃない。その私に、知らない方がいい？」

「……すまない」

雄貴はバッグを肩にかけ、顔を伏せたまま真琴のそばをすり抜けようとする。

「どこに行くつもりなの？」

「本当に知らない方がいいんだ。頼む。行かせてくれ」

「私はあなたの主治医よ。主治医として、あなたに外出の許可は出せない」

真琴は両手で雄貴の体を自分の方に向かせ、睨みつけた。

「分かってる。だから自己退院する。これで俺になにがあっても真琴の責任じゃない。入院費はそこに置いてあるから、朝になったら事務に渡しておいてくれ」

真琴はふたたび雄貴の頰を張った。鋭い音が響く。

「私が責任取るのが怖くて、こんなこと言っていると思っているの？　あなたのことが心配だからに決まっているでしょ！」

真琴は内線電話の受話器を取る。

「なにをするつもりなのか教えて。そうしないと警備員を呼ぶ」

「警備員に患者を拘束する権利なんかないだろ」

「それなら精神科の当直を呼んで、あなたを強制入院させる。病気のせいで錯乱して、自分を傷つける可能性があるって、精神科のドクターが認定すれば拘束できるわよ」

「おい、冗談だろ。やめてくれよ」雄貴はかぶりを振る。

「私はこれ以上ないくらい本気よ。閉鎖病棟にぶちこまれるのがいやなら教えて。あなたがなんでこんな馬鹿なことをするのか」

凍りついたような静寂が病室に舞い降りた。

雄貴は一度唇を固く結んだあと、弱々しい、風が吹けば消えてしまうような声でその静寂を破った。

「笑いたいんだ。俺が……逝くとき、笑って死にたいんだよ」

「笑って、死ぬ……」真琴はつぶやく。

「そう。やるべきことをすべてやって。なんの心残りもない状態で最期をむかえたいんだ。そうすれば俺は、笑顔で逝けるかもしれない」

「……いまやろうとしていることをやり遂げれば、それができるって言うの？　そんなに重要なことなの？」

「助けに行かなきゃいけない人がいる。俺を待っているんだ」

「……女の人？」

真琴は静かにたずねる。雄貴は頷いた。

「大切な人……なのね」

「ああ、大切な人だ」ふたたび雄貴は頷く。

真琴の乳房の奥で、針を刺されたような鋭い痛みが走った。真琴は歯を食いしばり、暴れ出しそうな感情を抑えこむ。

「馬鹿なことを言っているのは分かっている。けれど、このまま死ぬわけにはいかないんだよ。まだ俺は人生でなにもやり切っていない。なにも遺していないんだ。これで死んだら、俺がこの世に生きた意味がないんだ。だから頼む、行かせてくれ」

雄貴はつむじが見えるほどに頭を下げる。

病室がふたたび沈黙に満たされた。時間が静かに流れていく。

しばらくして、真琴は体をひるがえし、道をあけた。

「……行って」

「真琴……」

雄貴は目を大きく見開いて、驚きの表情で真琴を見た。

強張《こわば》っていた真琴の表情がふっとゆるみ、柔らかいまなざしで雄貴を見返す。

「なによその顔は。こんな、主治医の言うことを聞かない患者なんてこっちが願い下げ。さっさと退院して、どっか行っちゃって」

「すまない。ありがとう。最後まで迷惑かけた」

「本当よ。なんで私こんなダメ男と関わっちゃったんだろ」

真琴は軽口をたたきながら微笑む。

「真琴は最高の……友人だったよ。真琴に会えて本当に良かった」

「私もあなたに会えて良かった」

真琴は雄貴の胸に額を付ける。雄貴は背中に両手を回すと、優しく抱きしめてくれた。

長い抱擁のあと、二人はゆっくりと体を離した。

「行ってくる」

雄貴は真琴に右手をさし出した。

「ええ、あとのことはまかせて。なんとかごまかすから。……頑張って」

真琴はその手を力をこめて握った。指の付け根に剣ダコのある厚いてのひら。その感触を心の奥に刻みつけるように真琴は力を入れる。二つの手が名残《なごり》を惜しむかのようにゆっくりと離れる。

病室の外に出た雄貴は最後にふり返り、真琴と一瞬視線を絡める。ゆっくり閉じていく扉が二人の視線を切り裂いた。

真琴は目を閉じる。体に残る雄貴の体温が消え去っていくのを感じながら。頬に涙がひとすじ伝っていった。

9　岬雄貴

約一ヵ月ぶりに戻った我が家は、なぜか寒々しく見えた。窓から差しこむ麗《うら》らかな朝日も、そのさびしい雰囲気を消せずにいる。玄関には一ヵ月前に沙耶が買ってきて放置された食材が腐っていたが、この季節で部屋の温度が低かったためか、悪臭はしなかった。雄貴はゆっくりとリビングへと入っていく。

「沙耶……」

リビングを見回した雄貴の唇から、この部屋で同じ時間を過ごした少女の名がこぼれ出す。雄貴は目を閉じ、軽く頭を振る。いまは感傷にふけっている余裕などない。あの日、沙耶が手に取ったハート形の防犯ブザーがぽつりと転がっている。ブザーを拾いつつ自分の部屋へ入ると、雄貴は机へと近づいて行く。

開け放たれている抽斗からは、無骨なナイフと、毒々しい赤色で『R』と記されたトランプが覗いていた。もはや『仕事』をすることなどないのだから、トランプなど捨ててしまえば良かった。

事実、二枚を除いて、ほかのトランプは台所で丹念に燃やしつくした。ジャックを告発するときの証拠として残していた二枚、それを沙耶に見つかってしまったのだ。

雄貴はナイフを鞘《さや》から抜く。一ヵ月放置してあったにもかかわらず、鋼鉄の妖しい輝きに一点の曇りも見られなかった。

「最後までつきあってもらうぞ」

つぶやいて、鞘に戻したナイフをジーンズの背中側にはさむと、一番下の抽斗を開けた。そこには、以前沙耶からつき返された二千万円の入ったボストンバッグと、一通の封筒が押しこまれていた。雄貴は封筒を取りだし、机の上に置く。

『週刊今昔編集部　宇佐見正人様』

そう宛名が書かれたA4サイズの封筒に、雄貴は残しておいた二枚のジャックのカードと宇佐見に宛てた手紙を放りこむと、厳重に封をする。

この封筒には、これまで雄貴が川原丈太郎について、そして楠木真一について調べ上げたことのすべてを記した資料がつまっている。明日、この封筒が宇佐見に届けば、ジャックの正体を日本中が知ることになる。そして同封されたカードは、この資料の信憑性を飛躍的に高めるだろう。

リビングに戻った雄貴は、本棚の中から以前ツーリングに行くときに使っていた地図を数冊取りだし、テーブルの上に広げた。ポケットから取り出した宇佐見から聞いた住所を記したメモを片手に、雄貴は地図をめくっていく。スマートフォンで目的地の位置を確認することもできるが、電波状況などによってはそれが使えなくなる可能性もある。いざというときはアナログの方が信頼できる。

目的の場所を地図上に見つけて、雄貴は「ここか……」とつぶやく。軽井沢駅から十キロほどの場所だが、スキー場から遠く、周りも林で囲まれているため、細い道が一本通っているだけだ。多くの別荘が集まる場所からもかなりの距離がある。宇佐見の言うとおり、非合法のことをするにはうってつけの場所だった。

印をつけたページを破ってポケットにねじこむと、雄貴は住所の書かれたメモを丸め、ゴミ箱に放る。

「……よしっ」

バッグと封筒を手に取った雄貴の視界に、部屋のすみに置かれた白い電子ピアノが飛びこんできた。去年の十一月八日、沙耶の誕生日にプレゼントしたもの。あの電子ピアノにうれしそうに頰ずりしていた沙耶の表情が脳裏をよぎる。

雄貴は部屋のすみまで行き、電子ピアノを手に取ると、それを札束の入ったバッグへどうにか押しこんだ。沙耶は金よりも、この白いピアノの方を喜ぶような気がした。

再度部屋を見回すと、雄貴は玄関に向かう。

部屋を出る寸前、雄貴は数年間を一人で過ごし、そして数ヵ月を沙耶と過ごした部屋をふり返ると口を開いた。もう二度とこの部屋に帰ることはないだろう。

「お世話になりました」

しんと静まりかえった部屋の壁に声が反響した。

池袋駅にあるコインロッカーを閉じ、鍵を抜き取ると、雄貴は大きく息を吐いた。

これで準備はすんだ。このロッカーの中に、残っているすべての金、沙耶にプレゼントした電子ピアノ、そして沙耶への手紙が入っている。すでに宇佐見への封筒も投函を終えていた。あとは沙耶を助けだし、この鍵を渡すだけだ。

背後に人の気配を感じ、雄貴はジャケットの懐に手を入れ、勢いよくふり返る。背後にいた中年女性が小さな悲鳴を上げ、体をのけ反らせた。

「あ、すいません」

慌てて謝罪すると女性は怯えた表情で、そそくさと離れていった。

なんで川原は襲ってこない？　女性を見送る雄貴の胸には、疑問が渦巻いていた。早朝、病院を抜け出してからというもの、常に川原による襲撃を警戒していた。

沙耶が拉致されたことを教えて雄貴を病院からおびき出し、襲う。そして、あわよくばジャックの正体が記されている資料の場所を聞き出し、処分する。それが川原の計画だと思っていた。しかし、いまだに川原が襲ってくる気配はない。

雄貴は腕時計に視線を落とす。身の回りの整理をしているうちに午後三時過ぎになっていた。いまからバイクで向かえば、遅くとも午後七時ごろには目的地につくだろう。川原がなにを目論《もくろ》んでいるのかは分からない。だからといって、そのことをのんびりと考えている時間などなかった。

楠木真一が指定してきたSDカードの受け渡しは、午前零時ちょうど、歌舞伎町の裏通りにある公園だった。当然、その場所へ行くつもりなどない。楠木はSDカードを渡せば沙耶を解放すると言った。しかし、それがあり得ないことは分かっている。

正体を知られている以上、楠木にとって沙耶と雄貴を殺害することは絶対に必要だ。もし雄貴がSDカードを持って公園に姿をあらわせば、間違いなくその場で殺され、沙耶も命を落とすことになるだろう。

受け渡し時刻が来る前に別荘に奇襲をかける。それが作戦だった。

雄貴は駅の自販機で買ったペットボトルのスポーツドリンクを一口含むと、口の中でしばらく転がしたあと、のどの奥に流しこんだ。冷たい液体が体に浸みこんでいく。一週間使用していなかった消化管は、さすがに固形物は受けつけなかったが、水分なら少量ずつ摂取することができた。

「……よし、行くか」

雄貴はバイクを停《と》めてある駅の外に向けて歩き出した。

10　松田公三

「岬が退院しただあ!?」

スマートフォンに向かって松田は大声をあげる。運転席に座っていた石川が、驚いたのか横目で視線を送ってくる。

電話を乱暴に切ると、石川が「どうしたんです？」と訊《たず》ねてきた。

「岬雄貴が病院から逃げ出しやがった」松田は唸るように言った。

約一ヵ月前、マンションの非常階段を転げ落ち救急搬送された岬は、そのまま入院となっていた。松田たちは当初、階段から落ちた際に骨折でもしたのかと思っていたが、あとあと病院の職員に聞き込みをかけたところ、なにか深刻な病気にかかっている様子だった。しかし医師たち、特に岬の主治医の若い女医は口が堅く、個人情報の保護を盾にして、なんの情報もよこさなかった。そのうえ、岬へのわずかな時間の面会さえ完全に拒否をしたため、岬の疾患がどんなものであるか、正確には分からなかった。

岬が退院した時は連絡をくれるように、噂《うわさ》が好きそうな病棟の中年看護師をつかまえて頭を下げて頼んでおいたおかげで、なんとかその情報だけは得ることができた。しかし、その看護師が今日夜勤で、出勤が夕方からであったため、連絡は岬が退院してかなりの時間が経ってから松田に伝わってきた。

「岬のマンションに行くぞ、急げ」松田は石川に言う。

「けれど、もうすぐ捜査会議が……」

「そんなのどうでもいいんだよ。さっさとしやがれ」

松田は怒鳴る。岬が消えたのは今日の早朝。すでに半日以上時間が経っている。もし岬が深刻な病に冒されているのだとしたら、自暴自棄になってなにか恐ろしいことをしでかすかもしれない。そんな予感が松田を焦らせていた。

「わ、分かりました」

松田の声におびえた石川は、慌ててハンドルを切った。


「おい、なにやってんだよ。急げよ」

岬のマンションの前で車を停め、エントランスに入った松田は、スマートフォンでなにやら話している石川をどなりつける。

「あ、すいません。いや、……分かったら連絡するよ。ああ、じゃあ……」

松田に向かって謝ると、石川は電話の相手になにやらぼそぼそとつぶやき電話を切る。

「あんだよ。女か?」松田は乱暴にエレベーターのボタンを押す。

「いえ、今野《こんの》が……田中さんとペア組んでるうちの署の刑事ですけど……」

「ああ？　田中のペアがどうしたって？」

開いたドアを通って松田はエレベーターに乗りこむ。

「なんか、田中さんと連絡が取れなくなったらしくて」

「ああ、田中が？　ペアなんだろ？　一緒じゃねえのかよ」

「いえ、あいつ、田中さんと別々に捜査して、捜査会議の前に落ち合っていたりするんですよ。田中さんは所轄の刑事にけっこう自由に捜査させてくれるから……」

「なんだそりゃ。俺への当てつけか？」松田はぎろりと石川をにらむ。

「いえ、そういうわけじゃありません」

「は、どうだかな」

松田は鼻を鳴らしながら乱暴に五階のボタンを押す。

田中の野郎、なにを所轄のやつらにまで媚び売ってやがるんだ。

岬の件も相まって、松田のいらだちはさらに強くなる。

エレベーターを降りて廊下を進んだ松田は、岬の部屋の前まできて乱暴にインターホンを鳴らした。しかし、反応はない。ノブを摑《つか》んで回して引くと、扉が開いた。

鍵がかかっていない？　松田は「岬さん、入りますよ」と室内へと上がり込む。

「あの……、まずくないですか？」あとを追ってきた石川が言う。

「うるせえな、そんなこと気にしている場合じゃねえんだよ。鍵がかかっていなかったってことは、岬はもうこの部屋に戻ってくるつもりがないってことだ。あいつ、なにかでかいことをしようとしているんだよ」

「部屋に戻っていないだけだってことはないですか？」

「いや、その可能性は低いな」

リビングに入った松田は、開いた扉から見える寝室を指さす。

「見ろ、机の抽斗があきっぱなしだ。慌てて必要な物、掻《か》き集めて出ていったんだ」

松田はリビングのテーブルの上で視線を止める。整然としている部屋の中で、そこだけは数冊の本が乱雑に広げられていた。松田はその一冊一冊を手に取っていく。すべてが地図だった。車で旅行するときなどに使うロードマップ。ここで岬は、これから向かう場所を調べていたにちがいない。それはどこだ？

松田は部屋の隅々に、獲物を探す肉食獣のような視線を這わせる。その視線がリビングのすみにある小さなゴミ箱をとらえた。

襲いかかるようにそのゴミ箱に近づくと、松田はその中身をあさりはじめた。

「なにを探してるんですか？」

あきれを含んだ口調で石川が言う。

松田は一心不乱に、その小さなプラスチックの円筒に両手を突っこみ続ける。

「これだ！」

叫ぶように言うと、松田は得意げにゴミ箱からしわくちゃになったメモを取り出した。

それには殴り書きで、長野県にある避暑地の住所が記されていた。

11　岬雄貴

バイクのエンジンを切った雄貴はぶるりと体を震わせると、真円を描く月をあおぎ見る。あたりに街灯は少なかったが、満月の月光が周囲を淡く照らしていた。

防寒を徹底したとはいえ、真冬のツーリングは楽なものではなかった。雄貴は途中、高速のサービスエリアで買った使い捨てカイロで手を温める。最近雪が降ったらしく、側道はうっすらと白く染まっている。

カイロをつかんだまま、緊張をほぐすように雄貴は軽く肩を回した。

未明に病院を出てからというもの、末期癌におかされた体で不眠不休で動き回っていたが、体調は良好だった。モルヒネの副作用として生じる眠気の対応策として処方されていた精神賦活薬《ふかつやく》を通常量より多めに内服しているからだろう。眠気や倦怠感を感じるどころか、入院前よりもはるかに体調が良い気さえする。疼痛も、麻薬の貼付薬を胸に貼ることにより、まったく感じることはない。

いまの状態が強力な薬剤により作り出されたかりそめの回復であることは分かっていた。しかし、たとえかりそめであったとしても、あの死を待つだけの状態からここまで回復できたことに感動していた。

この魔法の効力はおそらくあと数時間、それまでに全部終わらす。

雄貴はバイクから降りると顔を上げた。目の前にはうっそうとした林が広がっている。地図によると、この林を百メートルほど抜けたところに目的の場所、楠木の別荘がある。

「沙耶……」

この一ヵ月想い続けて来た少女が、もう手の届くところにいる。体温が上がっていく。雄貴は林の中へと進んでいく。相手も警戒はしているはずだ。正面から乗り込むわけにはいかない。月光が木々にさえぎられた薄暗い林の中、雄貴は白い息を吐きながら、雪の積もる地面を一歩一歩ゆっくりと踏み進んでいった。

12 川原丈太郎

来たな。軽井沢にあるショッピングセンターの混み合った駐車場、暖房の効いた暖かい車内。両手に持つ二つの小さな機器の画面を見て、川原はほくそ笑んだ。

画面には緯度経度を表す数字が浮かび上がっている。

一つの画面に浮かび上がる数字は動くことなく、もう一つの画面の数字は緯度経度ともじわじわと変化していた。そしていま、二つの画面に映し出されている数字は、刻々と近づいていっている。

位置情報を発している発信器、その一つは岬のマンションの前で少女のポケットにしのばせた物、そしてもう一つは昨夜、岬に電話をした直後に、マンションの駐輪場に停めてあった岬のバイクに取りつけた物だった。

岬はいま、少女が監禁されている場所へと向かっている。

昨夜、少女が拉致されたことを岬に告げたとき、川原は少女が連れ去られた場所は分からないと言った。少女のポケットにしのばせた発信器で、どこに連れ去られたかを知ることができたにもかかわらず。

もし岬がその後、自分に少女の居場所を調べてくれと言ってきたら、岬を人目のない場所へ誘い出し、そこで殺すつもりだった。しかし、川原はその事態を望んでいなかった。そして川原の望んだとおり、岬は連絡してくることなく監禁場所へと向かっている。

岬には有能な情報提供者がいる。以前からうっすらと疑っていたことを、川原は確信する。そしてなにより重要なことは、その情報提供者こそ岬がジャックの正体を、自分のことを告発しようとしている相手である可能性が高いということだった。すでに、川原にはその情報提供者の目星はついていた。ただ、それを確認する必要があった。場合によっては、その人物ののどを裂く必要が出てくるのだから。

岬が昨夜から今日にかけて連絡を取った相手を調べ上げれば、情報提供者を特定することができるだろう。あとは岬を追うだけだ。岬が首尾よく少女を助け出せても、楠木に返り討ちにされたとしても、川原はかまわなかった。

どちらにしても……全員殺すだけだ。

「……そろそろ行くか」

川原は刃のように細い唇の両端を妖しくつり上げると、ギアをドライブに入れ、アクセルを踏みこんだ。

13　岬雄貴

太い木の幹の陰に隠れながら、雄貴は目を細める。三十メートルほど先には二階建ての丸太作りの建物が建っていた。入り口には体格のよい男がストーブに手をかざしている。この見張り以外にも、中に拳銃を持ったヤクザたちがいるのだろう。

すでに十五分ほど、ここから別荘の様子をうかがっている。

興奮のためか体が火照っていて、寒さは感じないが、いつまでもこうしていることはできない。楠木との約束である深夜零時になる前に行動を起こさなくてはならないし、薬による魔法もいつまで続くか分からないのだ。

だめだ、いまはまだだめだ。雄貴は唇を嚙んで、はやる気持ちを抑えこむ。

相手は複数、しかもおそらくは拳銃で武装している。それに対し自分は単身で、武器はナイフしかない。正面から乗りこんで、沙耶を助けられる可能性は皆無だった。なにか相手を陽動する手段が必要だ。考え込んでいた雄貴は、はっと顔を上げて耳を澄ます。

かすかに、車のエンジン音が鼓膜を揺らした。

誰かが近づいてきている。しかし、一体誰が？　極限の緊張と、凍りつくような寒さで研ぎ澄まされた頭が、何が起こっているのかを理解していく。

「……なるほどな」

雄貴はつぶやくと、ジャケットのポケットに手を伸ばし、その中にある物にふれた。

14　川原丈太郎

暗い林の中、乗り捨てられたバイクから続く雪の上に残る足跡を追いながら、川原はこれから切り裂くであろう獲物たちのことを考える。普段は冬場の変温動物のように冷え切っている血液の温度が上がっていく。

別荘にいる男たち。少女を拉致し、岬の言葉を信じるなら、少なくとも二人の人間を殺害している。獲物にふさわしい外道たちだ。そして、岬雄貴、かつて自分の共犯者だった男……。

川原は一瞬立ち止まると、背広の懐に手を入れ、ナイフの柄をつかんで目を閉じた。こうすると、まぶたの裏に坂本光男を殺したときの光景が蘇ってくる。

あの男の首を切り裂いたときの気持ち、それは不思議なものだった。一瞬、射精をしたときのような強い悦楽が全身を貫き、そしてすぐあとに、津波のような虚無感が川原を襲った。初めて人を、父を殺したときとは比較にならぬほど強い虚無感。体の細胞すべてから力が抜けていくような感覚。それがなんとも心地よかった。

三十年の熟成を経て復讐《ふくしゅう》が達成された瞬間、川原は同時に人生の意味を失った。『川原丈太郎』という入れ物から底が抜けたように復讐心が抜けていき、あとには空の容器だけが遺されていた。その容器をかりそめにでも満たす方法、それがジャックとしての『仕事』だった。『仕事』をしている間だけ川原は満たされ、そして仕事を終えた瞬間、またあの心地よい虚無感に抱かれることができた。

川原は目を開けると、ふたたび足跡を追って進みはじめる。遠くに茂った常葉樹の葉の隙間から、かすかにあかりが見えてきた。監禁場所に近づいてきたらしい。

目を細め、足音が響かないよう細心の注意をはらいながら、川原は薄くつもった雪の絨毯《じゅうたん》のうえを進んでいく。まだ、岬の姿は見えない。

それほど近づく必要はない。川原は進む速度をゆるめていく。まずは岬とヤクザたちを戦わせ、生き残った者ののどを、すきをついて切り裂いていけばいい。

林の中を進んでいた川原は、膝下あたりに抵抗を感じ、一瞬体勢を崩した。

なんだ？　なにに引っかかった？　たたらを踏んだ川原がふり返った瞬間、鼓膜を破らんばかりの爆音がかたわらから上がった。同時にショッキングピンクの目映《まばゆ》い光が、暗闇に潜んでいた川原の全身を照らし出す。

闇に慣れた網膜を桃色に染めあげられた川原は、一瞬の硬直のあと、すばやく音と光のみなもとへ駆け寄る。それはてのひらに収まるほどの小さな機器だった。

川原は顔をそむけながら、手に取った機器の側面に感触で見つけたボタンを連打する。

ようやく音と光が消えた。川原は耳鳴りがする頭を軽く振りながら、手の中に収まっている物を見る。ハート形のプラスチック製の物体がそこにはあった。

「防犯ブザー……か」

川原は薄い唇の端を上げる。自分の行動を岬は読んでいた。そしてブービートラップをしかけ、ヤクザたちの注意をそらすためのおとりに使った。岬の行動をコントロールしているつもりが、最後の最後に手痛い反撃を喰らってしまった。

「誰だ、そこにいんのは？　出てきやがれ！」

林の奥にある建物の方向から怒声が上がる。川原は笑みを浮かべたまま、着ていたコートを脱いでかたわらの枝にかけると、革靴をはいた足を別荘に向かって踏み出した。岬とヤクザたちに先に殺し合ってもらうつもりが、計画が狂った。

しかたがない、……愉《たの》しませてもらうとしよう。

「おい、誰だ？　なんだ、いまの音は？」

建物の正面扉のそばにいた男は、雑木林の中から現れた川原の姿を見て、すばやく立ち上がる。髪を短く刈りこみ、それほど身長はないが体は筋肉で固太りしている。右の頬には大きな刀傷のあとすらあった。男の手が上着の懐に入っていく。

「どうもすいません。すぐそこで車が故障してしまって、ここでは携帯の電波も入りませんし。もうしわけありませんが、電話をお貸しいただけませんでしょうか？」

川原は建物に近づいていく。

「さっさと消えろ。痛い目にあいてえのかよ」男は上着の中に手を入れたまま怒鳴る。

「一分ですみます。会社にだけ連絡を取りたいんです。お願いします」

川原はさらに男に近づいていく。

「うるせえ、てめえ、いい加減に……」

男まで数メートルの距離までつめたところで、川原は突然背広の懐に手を入れると、上体を倒して地面を蹴り、男へと飛びかかっていった。虚をつかれた男は慌てて上着から手を抜こうとする。無骨なリボルバーの姿を川原の目がとらえた。しかし、川原は男が撃鉄を起こし川原に照準を合わせる前に懐からナイフを取り出し、男の手首に銀色の軌跡を走らせる。

苦痛の声とともに、手首の腱《けん》を切断された男の手から拳銃が落ちる。木製の床の上でバウンドした拳銃が暴発し、耳をつんざく銃声をとどろかせるなか、川原は返す刀で必殺の一撃を男の首にたたきこんだ。首から血を迸《ほとばし》らせながら、男は崩れ落ちる。

川原が床に転がるリボルバーを手に取ると、銃声を聞きつけたのか、別荘の中から床を踏みならす音が聞こえてくる。すぐに拳銃を抜いた男たちがドアから飛び出して来るだろう。川原は弾倉を開いて弾丸を抜き取ると、拳銃を放り捨てた。

拳銃を使うつもりはなかった。拳銃などでは、あの感覚が得られない。自分の存在を唯一確認することができる、虚無の海にたゆたうあの感覚を。

川原は林に向かって走った。降り積もった雪に足を取られないよう小走りで林の奥に向かう。背後で爆発音があがった。別荘から出てきた男たちが発砲したのだろう。しかし、ここまで距離をとれば、訓練された者ならともかく、素人《しろうと》の拳銃など当たらない。減速することなく鬱蒼《うっそう》とした林の中へと飛びこんだ川原は、数十メートル進んだところで足を止めると、自分の着けた足跡の上だけを注意深く踏みながら、数メートル戻り、太い針葉樹の幹の陰に身を隠した。

川原はまぶたを落とし、耳を澄ます。男たちの怒声と足音が近づいてくる。

一人、二人、三人……。頭の中で人数を数えていく。相手は三人、全員がおそらく拳銃を携帯している。同時にここまでの人数と殺し合いをした経験は、川原にもなかった。体内で炎が燃えているかのような高揚感が、全身を満たす。

さらに男たちの足音が近づいてくる。雪上に残された川原の足跡を追って来ているにちがいない。そのまま追ってくれれば、そのうちに隠れている樹の前を通過することになる。川原はナイフを逆手に持つと、柄を包むように握った。

樹の陰から、下を向き足跡をたどっている小太りの男の姿が現れる。川原は幹の陰から躍り出ると、逆手に持ったナイフを男の胸に突き刺した。ナイフは肋骨《ろっこつ》の間を滑り、男の肺、そして心臓を切り裂いていく。

断末魔の叫びを上げることもできず、男は手から拳銃を落とし、絶命した。

小太りの男のすぐうしろをついて来ていたパンチパーマと金髪の二人の男は目を見開くと、怒声を上げながら拳銃を川原に向ける。川原は自分の体の前に、ナイフに貫かれた男の体を持ってきた。銃声が樹々《きぎ》にこだました。銃弾の衝撃で盾にした男の体が震える。一発の銃弾が男の体を貫通して、川原の肩をかすめた。

川原は盾にしている男からナイフを抜くと、その体をパンチパーマの男に向かって押しやる。パンチパーマはとっさに倒れてくる死体を抱きとめる。その瞬間、川原は死体の陰から腕を大きく回して、ナイフをパンチパーマの首にたたきこんだ。頸動脈《けいどうみゃく》を切断した感触が、手に伝わってきた。

ナイフを抜くのと同時に、心臓の鼓動に合わせて鮮血が噴水のようにほとばしる。

「う、うわっ、あああ」顔面に血液を浴びた金髪の男は悲鳴をあげ、手にした拳銃を放り投げると、川原に背を向けて走りはじめる。

「それが正解だな」

川原はハンカチを取り出し、刃についた血液と脂肪を拭きとる。人間のあぶらは想像以上に刃の切れ味を鈍らせる。ていねいに拭きとらなければ、一撃で首を切り裂くことはできない。

あぶらを拭き終えると、川原は金髪の男を見る。恐怖で混乱した男は、数十メートル先で雪に足を取られ転倒していた。川原は上半身を傾けると、ふたたび小走りで走り出し男のあとを追う。雪上とは思えないスピードで追ってきた川原を見て、金髪の男はふたたび足を雪に取られ転倒した。

川原はナメクジのように這う金髪の男に追いつく。男はか細い悲鳴を上げて川原を見上げた。

「や、止《や》めてくれ。頼むよ、助けてくれ。もうあんたを追ったりしないからさ。あんた、あの女を助けに来たんだろ。あの建物の二階に、楠木の兄貴と一緒にいるよ。だからさ、俺を殺す必要なんてないだろ。な、な」

金髪の男は祈りを捧《ささ》げるかのように、ひざまずき両手を合わせると、媚びを含んだ笑顔を浮かべる。

「殺す必要がない……ですか」

川原は唇のはしで小さく笑みをつくり、ナイフを頭上に振りかぶった。金髪の男の瞳にナイフの刃が映る。

「それ以上に貴様が生きている必要がない」

川原はごく自然にナイフをふり下ろした。男の断末魔の声が耳ざわりだった。

一個の物体と化した金髪の男の体のそばで、川原はふたたび刃のあぶらを拭きとりはじめる。手入れを終えたナイフを懐に戻そうとしたとき、背後で雪を踏みしめる音が聞こえた。川原はしまいかけたナイフを取り出す。

「なにやってるんだ、てめえは！」

背後からかけられた声に、川原はゆっくりと首を回す。

そこには見慣れた二人の男の姿があった。

15　岬雄貴

林の中を大きく迂回《うかい》し、建物の裏側へと回っていた雄貴は、遠くで響いた警報音を聞いて、拳を握りこむ。川原がトラップにかかった。

つい十数分前、こんな辺鄙《へんぴ》な場所にかすかなエンジン音が響き、そして止まった瞬間、雄貴はそれが川原の車だと確信し、そしてあの男の作戦を理解した。

川原はこの場所を知っていた。そして人目の多い東京ではなく、この山奥で俺を殺そうとしている。おそらくはヤクザたちもろとも。俺とヤクザたちが戦い、勝負がついたあとに川原は『仕事』にとりかかるつもりにちがいない。

そこまで考えた雄貴は、沙耶が部屋に置き忘れていった防犯ブザーと、沙耶に押しつけられてからずっと持ち歩いていたソーイングセットの糸でブービートラップを作った。裁縫は苦手でも、糸の扱いは慣れている。外科結びでしっかりと固定したトラップはうまく作動し、ヤクザたちの意識を川原に向けてくれた。

拳銃の音が響く。川原とヤクザたちが戦闘をはじめたらしい。理想的な展開だ。

建物の裏の林にたどり着いた雄貴は、息を弾ませながら樹の陰に隠れ、勝手口を見る。そこには見覚えのある男が立っていた。初めて沙耶と会ったとき、沙耶を拉致しようとしていた三人のうちの一人。ボクシングを使うスキンヘッドの大男。

雄貴は舌を鳴らす。できることならスキンヘッドの男が表側に回っていて欲しかった。数ヵ月前あのスキンヘッドとやり合ったとき、結果だけ見れば雄貴の圧勝だったが、実際は紙一重の勝負だった。スキンヘッドがくり出す拳は重量級とは思えないほどすばやく、そのパンチを運良くかわせたにすぎない。もう一度やって勝てる保証などどこにもない。いまは癌によって、体力はあのときと比べようがないほどに落ちているのだ。

連続して響いた銃声を聞いたスキンヘッドは、一瞬だけ室内を覗きこむが、すぐに視線を正面に戻した。まるで雄貴の存在に気がついているかのように。

雄貴はあきらめる。この男は自分の持ち場を離れたりはしない。

時間がない。行こう。雄貴は懐からナイフを抜いて林を出た。

林から現れた雄貴の姿を見ても、スキンヘッドの表情はほとんど変わらなかった。ゆっくりとした足取りで、短い階段をくだり雪の残る裏庭へとおりると、スキンヘッドは両手を上げて構えた。

「中に入れてくれないか？　ペンダントを持ってきた」

「誰も入れるなと、命令されている」男は間合いをつめてくる。「俺は命令に従うだけだ」

「そうか……」

雄貴は悟る。この男に交渉の余地などないと。その拳で楠木の命令を忠実に実行する。それがこの男の生き方なのだろう。雄貴は説得をあきらめナイフを構えた。

二人の距離はじりじりと縮まっていく。ナイフを持っているとはいえ、二人のリーチはそれほどかわらない。それほど体格ではスキンヘッドの男が圧倒していた。お互いの制空圏が交錯した。

ほとんどノーモーションで、男は左ジャブを繰り出してきた。雄貴は体をそらしながら、そのジャブを小手打ちで搦《から》めとろうとする。しかしナイフが拳に近づいた瞬間、すばやく拳が引かれた。入れ替わるように巻きこむような右のフックが雄貴の頭部を襲う。

雄貴は身をかがめ、ぎりぎりで拳の直撃を避けた。チッという、頭を拳がかすった音が聞こえ、視界が大きくかたむく。わずかにかすっただけにもかかわらず、軽い脳震盪をひきおこしていた。男の拳の威力に、雄貴は戦慄を覚える。

バランスを崩した雄貴を見て、男は一気に間合いをつめてきた。雄貴は反射的に両手で頭部をかばう。それを先読みしたかのように、男の左ボディブローが雄貴の肝臓をえぐった。体がバラバラになったような衝撃が、右のわき腹から全身に伝わる。体内から響いてくる肋骨が砕ける音を聞きながら、雄貴の体は大きく吹き飛ばされ、雪の上を転がった。口から唾液と胃液を垂らしながら雪の上をのたうち回る。

男が両腕を上げたまま近づいてくる。ここまで有利な状況にもかかわらず、まったく油断が見えない男を眺めながら、雄貴は息を整える。肋骨がたたき折られた。このまま戦ってもじり貧なのは目に見えている。雄貴は片膝をついたまま、男を睨む。いちかばちかの勝負に出るしかなかった。

雄貴は身をかがめて男に向かって走った。それを見て、男は両足を開き体重を落とす。男の間合いに入る寸前、雄貴はスライディングでもするかのように、足から男の足元に滑りこんだ。ボクサーの攻撃が届かない足元の位置、そこへ強引に入りこんでいく。驚きで目を見開きつつも素早く反応した男は、滑りこんでくる雄貴に向って地を這うようなアッパーカットを繰り出した。ハンマーのような拳が雄貴にせまる。しかし、その拳は雄貴の鼻先をかすめると、天に向かって昇っていった。

雪の上を滑りこんだ雄貴は男の股下をくぐりながら、頭ごしにナイフを振るった。極限まで研ぎすまされたナイフの刃が、男の両足首を薙《な》ぐ。鋼鉄の刃は男のアキレス腱をいともたやすく切り裂いた。

獣じみた声を発しながら、男は前のめりに倒れていった。雄貴は雪の上で荒い息をついて上体を持ち上げる。肋骨をたたき折られたわき腹が、焼けるように痛かった。足で体重を支えることができなくなった男は、這いながら雄貴をにらんだ。

「……殺せ」雄貴を見上げて男は言う。

「死にたきゃ勝手に死んでくれよ。俺はやらない」

雄貴は軽くナイフを振るって血を落とすと、男に背を向け建物へと向かった。背後から、自らの使命を果たすことのできなかった男の、苦悩に満ちたうめき声が聞こえた。

「SDカードは持ってきたのか?」

川原のおかげで無人の一階を抜け、階段を上った雄貴をむかえたのは、銃撃でも怒声でもなく、沙耶の頭に銃を突きつけた男による、静かな質問だった。

「沙耶!」

沙耶の姿を見た雄貴は思わず叫んでいた。一ヵ月胸にためこんでいた想いがわき上がり、次の言葉が浮かばない。うしろ手に縛られてはいるが、それ以上の拘束はされておらず、疲労の色は見えるものの顔色も悪くはなかった。

いますぐ駆け寄って抱きしめたい。体中を強い衝動が走る。

「……雄貴」沙耶がうるんだ目で雄貴を見つめてくる。

「持ってきた。約束通り沙耶を放してくれ」

雄貴はポケットからペンダントを取り出してかかげた。

「直接持ってくる約束じゃなかったはずだ。どうやってここを……。まあいい。まずそのペンダントを渡せ。そうすればこの女は連れて行っていい」

楠木は拳銃の撃鉄を起こす。

「ふざけるな。解放が先だ。でないと渡した瞬間に、俺たち二人とも撃ち殺される」

「さっさと渡さないと、この女の足を撃ち抜くぞ」

楠木は銃を下げ、沙耶の太腿《ふともも》に狙いをつけた。沙耶の表情がこわばる。

「先に言っておくけどな、おまえが沙耶を撃ったら、俺はその瞬間このペンダントを踏み割って、あんたを殺す。返り討ちにあうかもしれないが、どっちにしろ、このペンダントの中にあるものは粉々になる」

「……貴様ぁ」楠木は銃口を雄貴に向けた。

「俺を撃つなら一発で決めろよ。もし外したら、ペンダントは壊させてもらうぞ」

楠木は舌打ちとともに拳銃をふたたび沙耶に向けた。

膠着《こうちゃく》状態で時間が過ぎていく。触れれば切れるような張りつめた空気が部屋に満たされる。どちらも次の行動が取れないまま、神経だけがすり切れていく。

「なあ……もうやめにしないか、こんな馬鹿らしいこと」

突然、雄貴はため息をつき体の力を抜いた。

「馬鹿らしいだと？」楠木の顔が怒りでゆがむ。

「そうだよ。こんな意味ないこと終わりにしようって言ってるんだ」

雄貴はナイフを革ジャケットの懐にしまうと、両手を上げた。

「意味がない？　貴様がなにを知っている」

「全部知っているよ。少なくともあんたよりもな」

雄貴はわざとらしく肩をすくめた。

「ふざけるな！」

叫ぶと、楠木は銃口をふたたび雄貴に向け、引き金に指をかける。

「あんたの妹はもう助からない。認めろ！」

雄貴は言葉を刃にして楠木に投げつけた。楠木の体が震える。

「あんただってもう気がついているんだろ？　主治医からも説明があったはずだ。妹を治す方法はないんだ。もう移植なんてできる状態じゃない」

「うるさい。そんなもの、やってみなければ分からない！」

「あんたがいま、本当にやらなきゃいけないことは、こんなことじゃないだろ。いますぐに病院に行って、妹のそばについていてやれよ」

「そんな必要はない。あいつは治る。俺が治すんだ」

楠木の目は血走り、拳銃を持つ手は力が入って照準が定まらなくなっていた。

「あんた、どこまで妹を追いつめれば気がすむんだ」

雄貴は憐《あわ》れみをこめたまなざしを楠木に向ける。

「妹さんはこれまで頑張ってきただろ。もうこれ以上つらい思いをさせるな。あんたが受け入れないと、妹さんは安心して逝けないんだ」

「うるさい！　いますぐその口を閉じろ」

裏返った声で楠木はヒステリックな怒声を上げた。

「あんたは妹のためにこんなことをしてるんじゃない。単なる自己満足に妹を巻きこんでいるんだよ」

とどめを刺すような雄貴の言葉に、楠木は全身を震わせた。あえぐように息をはずませ、震える唇を開く。

「黙れ！　いいからさっさとペンダントを渡せ。いますぐこの女の頭をぶち抜くぞ！」

その声は幼児の泣き声のように聞こえた。楠木は銃口を沙耶のこめかみに押しつける。

そろそろ潮時だな。そう判断した雄貴は動いた。

「そんなに欲しけりゃ、やるよ」

雄貴はペンダントをかかげると、それを放り投げた。炎の燃えさかる暖炉の方へと。

声にならない悲鳴を上げながら、楠木はそのペンダントをつかもうと走り出す。沙耶に銃口を向けることも忘れて。

ペンダントが炎の中に消える寸前、伸ばした楠木の手がチェーンにかかる。その瞬間、雄貴が楠木に全力の体当たりを食らわせた。肋骨の折れたわき腹に激痛が走る。

ペンダントにすべての神経を向けていた楠木は、バランスを崩し頭から壁にぶつかっていった。衝撃で楠木の手から拳銃がこぼれおちる。雄貴はすばやく床に落ちた拳銃を蹴り飛ばした。無骨な鉄の塊はフローリングの上を滑り、部屋の隅まで転がっていく。

雄貴は再びナイフを抜くと、楠木の背中に突きつけた。しかし楠木はそれに気がつかないかのように、せわしなくペンダントの瑪瑙《めのう》を外していく。

瑪瑙がはずれる。楠木の動きが止まった。

「悪いな。中身は入ってないよ」楠木の姿に憐憫《れんびん》をおぼえながら、雄貴は言った。

ＳＤカードは捨ててきていた。最悪の結果になったとき、ＳＤカードがなければ、まだ交渉の余地を作ることができると考えた。そしてなにより、出産をひかえ、幸せに満たされた女性を危険にさらすわけにはいかなかった。

「うそだ、うそ……」

楠木は体を丸め、魂が抜けたかのようにつぶやく。雄貴はナイフを引く。拳銃の有無にかかわらず、もう楠木は攻撃できるような状態でないのは明らかだった。

沙耶に駆け寄った雄貴は沙耶の手を縛っているロープをナイフで切った。

「雄貴！」

自由になった両手を沙耶は雄貴の首に回して、力いっぱいしがみつく。雄貴はその細い体を抱き締めかえした。

一ヵ月の時間を埋めるように、二人は互いの体温を確かめ合う。

言葉は必要なかった。相手を抱く腕の力が、お互いの体温が気持ちを伝え合っていく。世界に二人だけしか存在していないかのような幸福感が、二人を包んでいた。

二人の時間をさえぎるかのように、部屋の中に電子音が響いた。雄貴と沙耶は抱き合ったまま、顔を音の方向に向ける。

暖炉のそばのテーブルにのっている固定電話が、呼び出し音を響かせていた。口を半開きにし、恐怖をたたえた表情で、楠木がはうようにして電話に近づいていく。楠木は震えながら受話器を耳に当てた。数瞬後、その表情が凍りつく。受話器が床に落ち、乾いた音をたてた。

雄貴と沙耶は息を止めてその光景を見つめ続けた。電話がどこからのものなのか、なにを伝えるものなのか、二人には想像もつかなかった。

楠木の半開きになった口から声がもれる。

「……優子が、死んだ」

楠木の表情が、炎にあぶられた臘《ろう》のごとくゆがんでいく。

雄貴は目をとじる。神のいたずらのようなタイミングだった。二ヵ月前、楠木優子をICUで見たときから、いつこのときがきてもおかしくなかった。あの病状なら、むしろよくここまでもったと言うべきだろう。

「なんで……なんで、俺は、優子のそばにいなかったんだ。俺は、なにをしていたんだ……？」

うわ言のようにつぶやくと、楠木は自分の足首に手を持っていく。ズボンのすそがたくし上がり、足首に巻きついているホルスターがあらわになった。楠木はホルスターから、手の中におさまるほどの小さな拳銃を取り出す。

雄貴は目を剝《む》きながら、楠木の体を調べなかったことを後悔する。拳銃を持つ楠木の手が上がっていく。

「伏せろ！」

叫ぶと雄貴は沙耶を床に押し倒した。盾になるように沙耶の上に覆いかぶさる。しかし、伏した姿勢でふり返った雄貴が見た光景は予想外のものだった。楠木は取り出した拳銃の銃口を二人に向けることなく、ゆっくりと自分の口に差しこんだ。

「止めろ！」雄貴が叫ぶ。

「……迷惑、かけたな」

銃を咥《くわ》えたままのくぐもった声で言う楠木の顔に浮かんだ笑みは、消える寸前の線香花火のようだった。そして、耳をつんざく銃声が部屋の中に響いた。

銃声のこだまが消えるまで、雄貴と沙耶は動くことをせず、床の上に伏せていた。

「……沙耶、行こう」

爆発音の残響が耳から消えるのを待って、雄貴は体の下の沙耶に言う。

「あの人は……」

「死んだよ。あっち側は見るな」

沙耶に手を貸しながら雄貴は言う。立ち上がった沙耶は蒼《あお》い顔で頷いた。

「急いで裏口から逃げるぞ」

雄貴は沙耶の手を引きながら足早に階段を下りはじめる。

「まだあの人の仲間がいるの？」沙耶は不安げな表情を浮かべる。

「いや、あいつの仲間じゃない。もっと危険なやつだ。……比較にならないぐらい」

一階に下りた雄貴は、あたりを警戒しながら勝手口のドアをゆっくりと開けた。外の光景を見た沙耶が悲鳴を上げる。ドアの外には、首から血を流し絶命しているスキンヘッドの男の遺体があった。

16　松田公三

岬の家から四時間近く車を飛ばして、メモに書かれていた住所にたどり着いた松田と石川をむかえたのは、数発の銃声だった。車内で道を確認していた二人は、一瞬顔を見合わせると、慌てて車を降り、銃声の聞こえた林の中へ走った。

足場の悪い林の中を奥へ進んでいくと、木々の奥に人影が見えてきた。

うっすらと月明かりが差し込む林の中で見た光景に、二人の刑事は目を疑った。暗い林の中で、長身の男が拳銃を持った男たちを斬殺していた。

二人の男を切り殺したその人物は、ナイフについた血を拭うと、逃げた金髪の男を追って林の奥へと進んでいく。あまりにも現実離れした光景に松田は立ち尽くした。それは、目の前で人間が斬り殺されるという異常な光景がくり広げられているからだけではなかった。松田は長身の男を知っていた。ごく自然に、男たちの急所にナイフをたたきこんでいるのは、松田がよく知る男だった。

なぜあの男がここにいる？　しかも二人の男を殺したあの手際……。

あの男が剣道の達人ということはうわさで知っていた。確か全日本剣道選手権、剣道の日本一を決める大会にも出場したことがあるらしい。しかし、いくら達人といえども、あれほど迷いなく人を斬ることなどできるわけがない。あれはあきらかに、何度も人を殺したことのある人間の手口だ。

岬は間違いなくジャックと関係があった。しかしジャック本人ではないとふんでいた。そうすると……。松田の頭に一つの結論が浮かぶ。

「あの野郎が……。石川、行くぞ」

石川に声をかけ、男のあとを追おうとしたとき、林の奥から悲痛な断末魔の叫びが響きわたった。パンチパーマの死体のそばに落ちていた拳銃をつかむと、松田は林の中を進んでいく。石川も、呆然とした表情を浮かべながらあとをついてきた。

数十秒すすむと、首から大量の血を流して力なく倒れている金髪の男のそばに、長身の男が立っていた。松田はその背中に銃口を向ける。

「なにやってるんだ、てめえは！」

松田の怒声が林に響く。男はゆっくりと向き直った。

「ナイフを捨てろ。殺人の現行犯でおまえを逮捕する」

「……松さんか。よくここが分かりましたね」

男は武骨なナイフを持ったまま微笑んだ。薄く差し込む月光に照らされたその人工的な笑顔を見て、松田の体に震えが走る。

「石川、手錠を用意しておけ、絶対にあいつから目を離すんじゃねえぞ。あいつがジャックだ。相手は殺人狂で、そのうえ剣道の達人だ」

松田は小声で、隣に立つ石川に言う。

「ジャック？　え？　あの人が？　なにを……」

状況を飲みこめていない石川はうろたえながら手錠を取り出し、松田と男の間を何度も視線を往復させる。

「松さんも見たでしょう、あいつらが持っていた武器を。そう、いまあなたが持っているものです。その拳銃で武装してたんですよ。これは正当防衛です」

男は二人に向けて悠然と歩きはじめる。

「動くな。ナイフを捨てろ。そんな馬鹿でかいナイフ振り回して、なにが正当防衛だ。寝言こくんじゃねえ。最後の男は逃げてたのを追いつめて殺しただろうが」

口角から唾液を飛ばしながら松田は叫び続けた。何度も修羅場をくぐってきた松田の勘が、最大級の危険信号を発していた。いますぐにここから逃げ出せと。

「それについては説明させてください。理由があるんです」

「理由なら取調室でいくらでも聞いてやるよ。いいから動くんじゃねえ。動いたら今度こそ撃つ。分かっているんだよ。俺には分かっているんだ」

松田はつばを飲むと男をにらみつけた。

「てめえがジャックなんだろ！　なあ、田中よぉ！」

男から笑顔が消える。表情が消え去ったその顔が松田にはデスマスクのように見えた。

17　川原丈太郎

「川原です」

川原は、警視庁刑事部捜査一課第三強行犯捜査第六係所属、川原丈太郎巡査部長は十数メートル先で拳銃をかまえる同僚、松田にむかって言った。普段と変わることのない慇懃無礼な口調で。

「ああ？　なに言ってるんだ？」

だみ声で叫ぶ松田の額には、この凍《い》てつく寒さにもかかわらず汗がにじんでいた。

「私の名前ですよ。田中ではなく、川原です。川原丈太郎」

「ああ、『川原』？　てめえは田中だろうが。なに言ってんだてめえは」

それが私の本当の名なんだよ。川原はかすかに目を細めた。殺気が少々もれ出してしまったのか、松田がびくりと体をふるわせた。

川原は二人の刑事と対峙《たいじ》したまま、過去に思いをはせる。自分が父を殺した二年ほどあと、母は再婚した。小さな郵便局の局長であった田中という名の再婚相手は、さえないが誠実な男だった。父とはまったくちがう、どこまでも善良な一般人だった。だからこそ、自分は母の再婚を心から喜ぶことができた。そして、母の強い希望もあって、自分は再婚相手の男と養子縁組を行い、『田中丈太郎』になった。

不思議なことに、父の姓である『川原』を捨てたとき、思春期から常に体に満ち、父を殺したあとも衰えるどころか膨らみ続けていた破壊衝動は、幻のように消え去った。母が再婚したときすでに、剣道部の顧問に勧められるまま警視庁へと就職していた自分は、母の新しい生活の邪魔をせぬよう、できるだけ田中家に近づかないようにしていた。そして、母の幸せを願っていた。

剣道の腕をかわれて機動隊に配属されたにもかかわらず、入庁後ずっと刑事になることを希望していたのは、恋人の命を奪った犯人の手がかりがつかめるのではないかという、淡い期待を抱いていたからだったのかもしれない。しかし警官となって数年後にようやく希望が通り、所轄の刑事となってすぐに、それがいかに非現実的なことであるか分かった。県警の大規模な捜査でも見つけられなかった犯人を、日々の勤務に追われる一警察官が見つけ出すなど、どだい不可能だったのだ。

心の奥底では、恋人を殺めた犯人に対する憎悪の炎がくすぶっているのを感じながらも、『川原』の名を捨てた自分は、復讐の衝動に身をまかすこともできず、ただ淡々とあたえられた仕事をこなしていた。

愛した女性を失い、そして胸に巣くっていた闇を失い、空っぽになっていた自分に残された生きる理由、それは無償の愛を注いでくれた母の幸せだけになっていた。

だからこそ一昨年、自分の前から瀬川遼子を奪い去った男、坂本光男がテレビで自慢げに事件のことを語ったとき、その男が法で裁けない理不尽に震えたとき、胸の中で憎悪が燃え上がるのを感じつつも、坂本ののどを切り裂こうとは思わなかった。

刑事としての長年の経験で、犯罪者の家族がどれほど苛烈《かれつ》な扱いを受けるのか、痛いほど分かっていた。坂本光男を殺害し自分が逮捕されたら、ようやく小さな幸せを摑むことができた母は再び奈落の底に突き落とされてしまう。

耐えた。胸の奥底で暴れ出しそうな暗い欲求を必死で抑え込みながら、唯一の家族である母のために耐えた。しかし、その母は消えてしまった。去年の正月、夫とともに初詣に出かけた帰り、母は突然頭痛を訴えると、意識を失い倒れた。

くも膜下出血だった。病院に救急搬送されたが、意識が戻ることなく、数時間後にはあまりにもあっけなく母は逝ってしまった。

自分はすべてを失った。胸に飼い続けていた怪物を縛る枷《かせ》さえも……。

母の死後、すぐに義父であった男と話し合い、養子縁組を解消した。また実父の姓に、『川原』に戻る必要があった。あの男の姓を名乗り、三十年間必死に抑え込んできた、胸の奥底でうごめく悪魔を完全に解き放つために。

そして『川原丈太郎』に戻ったとき、本当の自分に戻れたことを実感した。

姓を『川原』に戻したことは、手続き上どうしても必要だった者以外には伝えなかった。だからいまでも、捜査一課では誰もが自分のことを『田中』と呼ぶ。しかし、もはやその名で呼びかけられるたびに、眉をひそめてしまうほどの違和感をおぼえるようになっていた。それは自分の本当の名ではないのだから……。

「名前なんてどうでも良いんだよ。てめえがジャックだ。やっと見つけた。いいからナイフを捨てやがれ」

沈黙の重圧に耐えかねたのか、松田が自らを鼓舞するかのように怒声を張り上げた。

川原は視線を松田が構える銃にそそぐ。引き金に指はかかっている。撃つというのはたんなる脅しではないだろう。

川原は頰の筋肉をかすかに動かす。知り合ってからというもの、自分を敵視し続けて来たこの刑事。しかし川原は内心、松田を刑事としてこれ以上ないほど評価していた。松田が行動の基盤にすえる刑事としての勘、それはたしかに素晴らしいものだった。その証拠に、迷走する捜査本部のなかで松田だけが岬雄貴に疑いの目を向け、ゆっくりとだが確実に事件の真相に迫っていた。

松田が異常なほど自分を嫌っていた理由に川原は気づいていた。

この男の刑事としての勘は、私の胸にうごめく闇を感じ取ったのだろう。実に素晴らしい嗅覚だ。この男は捜査本部の中で、唯一警戒しなくてはならない存在だった。だからこそ私はわざと現場に凶器をのこし、松田の評価を下げ、捜査の中心からはずれるようにした。それにもかかわらず、どうやったのか、この男はこの戦場にやって来て、とうとうジャックの、私の正体をつきとめた。

この男は骨の髄までも『刑事』なのだろう。だとしたら……。

「おまえは優秀だ……」

川原は再び笑顔を浮かべた、数十秒前に見せていた作り物の笑顔ではなく、殺人鬼としての、『川原』としての本当の笑顔を。

殺気に射貫《いぬ》かれた松田の全身が硬直するのを目でとらえた瞬間、川原は身をかがめ、滑るような動きで一気に間合いをつめる。

「ちくしょうが！」

叫びながら松田は拳銃を撃った。生い茂る葉が満月を隠す夜空に向けて。

「そう、一発目は威嚇《いかく》射撃。刑事としてのマニュアル通りだな」

松田の懐に入りこんだ川原は、ナイフを下段の斜に構えながら言う。

顔を引きつらせた松田は、空にかかげた拳銃のグリップを、川原の側頭部に向けてふり下ろした。しかしグリップがこめかみに直撃する寸前、川原はすっと左手をかかげ、松田の肘を内側から軽く押した。ベクトルを崩された打撃は、川原の頭のそばを、空を切ってふり下ろされる。

「おまえは本当に優秀な刑事だったよ」

微笑みながら川原は言う。松田の目が、かすかに届く月光を蒼く反射する刃に吸いつけられる。次の瞬間、月光が煌《きら》めいた。

「石川逃げろー！」

首筋にナイフが吸いこまれていく寸前、松田はあらんかぎりの声で絶叫した。その声を、松田の左の首筋に撃ちこまれた一撃がかき消す。

松田の首筋から血液が噴き出す。降りかかってくる血液を、川原はよけることをしなかった。甘美な痺《しび》れが残る右腕を、松田の血液が温かく濡《ぬ》らしていく。

「ああ……」

天をあおいだ川原の薄い唇のすき間から、恍惚《こうこつ》のため息がもれ出した。

快感の波に身をゆだねていた川原の鼓膜を、雪を踏みしめる音がふるわせた。

至福の時間をさえぎられた川原は、眉間にしわをよせて音のした方向を見る。松田とパートナーを組んでいた若い所轄の刑事、石川が必死の形相で逃げていた。

しかたがない。川原は軽く舌を鳴らすと、足元に落ちている拳銃を拾った。

さすがに刑事だけあり、石川は雪に足をとられることなく建物の方向へと進んでいく。川原は身をかがめ走り出した。林を抜け、石川を追って別荘の裏側へと出る。

別荘の裏手に広がる光景を見て、川原は小さな失望をおぼえた。勝手口近くに、スキンヘッドの大男が倒れていた。最初は岬が男を殺害したのだと思った。しかしその男は、雪の上をイモ虫のように這って、建物に近づこうとしている。

なぜとどめを刺さなかった？　四人もの人間を殺した男がいまさら敵に情けをかけるだと？　なんという甘さだ。ここはもはや戦場だというのに。

石川は建物の向こう側の林に逃げこもうとしていた。林に入られたらやっかいだ。川原は拳銃を両手で構え三回引き金を引いた。銃声がこだまする。

三発の弾丸のうち一発が、石川の太腿を貫く。小動物のような悲鳴が上がった。

上出来だ。川原は満足する。射撃はそれほど得意ではない。一発でも当たって動きを止めることができれば十分だ。

石川は太腿を押さえながら、雪の上を転がっている。出血はそれほどではない。運良く動脈ははずれたようだ。

「いや、……運が悪いのか」

川原はつぶやく。動脈を貫かれて失血死すれば、これから味わう恐怖を感じずにすんだろうに。川原は石川より先に、建物の近くで倒れているスキンヘッドの男へ近づいた。

男は拳銃を持って近づいてきた川原を見ても、表情を変えることはなかった。

男の足首に視線を送る。両足のアキレス腱のあたりに大きな切創《せっそう》が口を開けている。

川原は手にしていた拳銃を放り捨てると、ナイフを取り出した。紅《あか》い血がうっすらと残る刃を見ても、スキンヘッドの男はまだ表情を変えない。

「お見事。苦しまずに逝かせてやろう」

川原がナイフを逆手に持ち、振りあげると同時に、スキンヘッドの男は両手で上半身を跳ね上げてハンマーのような拳を振ってきた。しかし、下半身による加速ができていないそのパンチは、四十年近く人間の反応限界を超える速度で襲いかかってくる竹刀《しない》の切っ先を見切ってきた川原には、スローモーションに見えた。

川原はヘッドスリップでその拳をよけながら、ナイフを逆手に持ったまま、抱擁するように男の首に手を回した。ナイフの切っ先が、男の延髄《えんずい》へと吸い込まれていく。生命活動の中枢を破壊された男の体は、一度大きく痙攣《けいれん》すると、川原にもたれかかっていく。川原は男の体を軽快によけると、これまでの立ち回りで曲がったネクタイを直した。男の巨体が地面に衝突し、重い音をたてる。

まっすぐになったネクタイに満足すると、川原は石川に視線を向けた。妖しい期待を含んだ視線。数十メートル先で倒れる石川が、恐怖に満ちた悲鳴を上げる。その声は、川原の耳には美しいクラシック音楽の旋律のように心地よく響いた。

もはや斬る相手が犯罪者であろうがなかろうがかまわなかった。

社会のために犯罪者を斬るという建前は、松田を斬った瞬間に崩壊している。しかし、特に動揺を感じなかった。心の底では、『社会のため』などという大義名分は、溢《あふ》れんばかりに漲《みなぎ》る殺人衝動をごまかすための張りぼてだと分かっていた。犯罪者を獲物にしていたのは、その方が強い快感が得られるからに過ぎなかった。しかし松田を、その動物的な嗅覚に一目置いていた同僚刑事の首を薙いだ瞬間、犯罪者たちを斬ったときをはるかに超える快感を得ることができた。

体内で蠢《うごめ》く殺人衝動をおさえこむことを、すでに川原はあきらめていた。胸に巣くうこの悪魔は、いつか自分の首を絞めるだろう。しかし、それでかまわなかった。命が尽きるまで、この衝動に身をゆだねよう。いびつな笑みを浮かべる川原の脳裏には一人の男が浮かんでいた。

岬雄貴。自分と同じ殺人者。自分と同じ虚無を胸に飼う男。あの男の首を切り裂くとき、きっと父のときを、坂本のときを、そして松田のときを超える快感を得ることができる。甘美な期待で川原の全身に震えが走った。

さて、まずは邪魔者を始末しよう。川原は石川に向かって歩を進めはじめた。歩きながら、川原はナイフの刃を見る。今日だけですでに五人もの血を吸った刃には、さすがに刃こぼれが見える。いかに強度の高い軍用ナイフといえど、切れ味は落ちている。まあいい。斬らなければならない者はもう多くはない。

石川のそばにたどり着いた川原は、嬲《なぶ》るようにゆっくりとナイフをふり上げた。石川が固く目を閉じる。

なに、痛みなど感じる間もないさ。ナイフをふり下ろそうと腕の力をこめた川原の耳に、扉がきしみながら開く音が聞こえてきた。

ナイフを掲げたまま建物の方向を見る。勝手口のドアが開いていた。そしてドアの前では少女をかばうようにしながら、岬雄貴が鋭い目で川原をにらみつけていた。

18　岬雄貴

「こ、この人、雄貴が、やったの？」

スキンヘッドの男の死体を見ながら、震える声で沙耶がたずねる。

「ちがう、俺じゃない。俺は足首を切っただけだ。殺してない」

答えた雄貴の視線はすでにスキンヘッドの男から移動していた。十五メートルほど先に立つ、場違いなほどに糊のきいたスーツに身を包み、右腕を血で赤黒く染めた長身の男へと。その足元には、若い男が倒れている。

長身の男が顔を上げ、こちらを見た。雄貴と男の視線がぶつかる。その瞬間、雄貴は確信した。あの男がジャック、川原丈太郎であることを。

底が見えないほど深く暗いその双眸《そうぼう》。雄貴はその目に見覚えがあった。川原に操られるままに殺人を犯していたころ、鏡の中の自分が晒《さら》していたのと同じ、闇をたたえた目。

長身の男、川原は十年来の知己と顔を合わせたかのような微笑みを浮かべた。その目に暗い欲望が灯《とも》るのを見て、背筋が冷えていく。

「じゃあ誰がこんなこと……」

つぶやいて死体から目をそらした沙耶が、雄貴の視線の先を見て川原に気づく。

「あっ」沙耶は小さく声を上げた
「どうした？」

「あの人……会ったことがある。昨日、マンションの前ですれ違った……」

「……そうか」

川原はやはり沙耶と接触していた。あの男からすれば、沙耶を見つけ出すことぐらい簡単なのかもしれない。

なんといってもあの男は警官、警視庁刑事部捜査一課の刑事なのだから。

二ヵ月ほど前、吉田政子から川原の職業を聞いた瞬間、雄貴は納得した。なぜジャックがあれほど犯罪者に詳しいのか、なぜあれだけの犯罪に手に染めながらも尻尾《しっぽ》をつかませないのか。川原が刑事で、ジャック捜査の状況を知っていれば不思議ではない。

ふと雄貴は倒れている男を見る。生きてはいるが、ほとんど体を動かさず、どうやら怪我をしているようだ。最初はヤクザの一人かと思っていたが、スーツを着た男の姿はとてもヤクザには見えなかった。

雄貴は目を細める。どこか男の顔に見覚えがあった。

「……ああ」

雄貴は男が誰か思い出した。以前家をおとずれたあの二人組の刑事の片割れ。どうやってここを知ったのか分からないが、自分を追ってきたのだろう。

川原はもはや相手が警官であっても躊躇《ちゅうちょ》なく殺そうとしている。悪人しか、犯罪者しか殺さないなどという建前を、すでにあの男は捨て去ってしまっている。

雄貴はとなりに立つ沙耶に視線を向ける。

「沙耶……逃げろ」

「え、なに？　どういうこと？」

「説明しているひまはないんだ。あいつは危険なんだ。あいつがジャック、連続殺人犯だ。頼む、逃げてくれ。後ろの林をぬけた先にある道路を二キロぐらい下れば民家がある。そこで警察を呼ぶんだ」

雄貴はポケットからコインロッカーの鍵を取り出し、沙耶の手に握らせる。

「池袋駅にあるコインロッカーだ。その中に必要なものが全部入っている。ここから逃げて、警察を呼んだらすぐそこに行ってくれ」

「待ってよ。ジャックってどういうこと？　雄貴はどうするの？」

雄貴の上着のすそをつかみながら、沙耶は必死にたずねる。

「すぐあとで追いつく。ロッカーの中に落ち合う場所と時間を書いた紙が入っている。だからいまは逃げてくれ」

うそだった。ロッカーの中に置いた手紙に書かれているのは、沙耶への想いと感謝、そしてこれまでに自分が犯してきた罪の告白だけだった。

まだ沙耶といたかった。沙耶に別れの言葉をかけたかった。しかし、いまはなによりも、沙耶をこの戦場から遠ざけることが必要だった。

雄貴は沙耶の体を押す。川原がこちらに向かって近づきはじめていた。

「待って、雄貴。嫌だよ、一人で逃げるのは」沙耶が縋《すが》りついてくる。

「逃げろ、頼むから逃げてくれ。そうじゃないと二人とも殺される。行くんだ！」

雄貴は沙耶を引き剝がすと、声を張り上げた。その剣幕に押されるように沙耶があとずさる。走り出すべきかどうか、迷っている。

「行くんだ。俺のために行ってくれ」

雄貴は沙耶の目をみて静かに言った。二人の視線が柔らかく絡んだ。

沙耶は唇を噛むと体をひるがえし、川原がいるのと反対側の林に向かって走り出す。

何度もふり返りながら樹々の中へと消えていく沙耶のうしろ姿を見送ると、雄貴は懐からナイフを抜いた。

「はじめまして、と言うべきですかね？」

重心を落とす雄貴に、じわりと間合いを詰めてきた川原が声をかける。

「近づくな」雄貴はナイフを持つ手に力をこめた。

「なにをそんなにおびえているんですか？　私たちはもともと相棒じゃないですか。それにあの少女がさらわれたのを教えたのは私ですよ」

「ああ、あんたには感謝しているよ。もうあんたのことは告発しない。あんたが犯人だって証拠もすべて渡す。だからさっさとどっかに消えろ」

雄貴はナイフを正中《せいちゅう》にかまえながら言う。しかし川原の歩みは止まらなかった。

「うそですね」

唇を曲げ、川原は無機質な笑みを作る。二人の間の距離は数メートルまで近づいた。

「あなたはうそをついている」

「俺を殺せば、あんたが犯人だっていう証拠が人の手に渡るぞ」

雄貴は小さく息を吐き、鼓動をしずめていく。どうにかこの男との戦闘は避けたかった。

「あなたを殺そうが殺すまいが、どちらにしろそれは誰かに渡るようになっているんでしょう？　いや、もう渡っているかもしれない」

まだ構えることなく、川原はさらに一歩近づいてきた。あと一歩でお互いの間合いがぶつかる。川原の目に浮かぶ狂気を見て、雄貴は覚悟を決める。目の前の男と、血で血を洗う醜い命の奪い合いをすることを。

殺人鬼同士の殺し合い。自分たちのような外道には、それがふさわしい。

「ああ、あんたの言う通りだよ。事件の真相を記録した資料をある男に送った。どっちにしろあんたは絞首台送りだ」

雄貴は挑発するように言う。少しでも川原の集中力を削《そ》ぎたかった。

「そうでもないですよ」川原の口調に動揺の色は見られなかった。

「なに言ってるんだ？　終わりだよ。あんたは逮捕されるんだ」

「宇佐見正人……」

ぼそりと独り言のようにつぶやいた言葉に貫かれ、雄貴は硬直する。

「なんで……？」

「だめですよ、そんな分かりやすい反応をしちゃあ。やはりあの男でしたか。あなたを殺したあと、携帯の通話記録を調べるつもりでしたが、手間が省けました」

かまをかけられていたことに気がついて、雄貴は表情をゆがめる。

「あなたが情報を与えすぎたんですよ。あの男、捜査本部で厳しい箝口令《かんこうれい》が敷かれていたトランプの件をすっぱ抜いたり、最近はジャックは複数犯の可能性はないのかと捜査員たちに聞き回っている。あきらかに知りすぎていました。まずはあなたを殺して、そのあと、さっき逃げた少女と宇佐見を殺しに行くとしましょう」

「……本気で言ってるのか？」雄貴は川原を睨む。

「とうぜん本気です。私がそれをしないとでも思いますか？」

「……いや、思っていないよ」雄貴は軽く頭を振る。「あんたは自警団でもなんでもない。単なる快楽殺人者だ。人を殺したくてしょうがないんだろ？　正義のため悪人を殺す？　単に自分が狂人だってことをごまかしてるだけだ」

「ゴミは誰かが片付ける必要があります」

川原の顔から作り物の表情が消えていく。その双眸が洞《うろ》のように深く暗くなる。

「誰を殺して、誰を生かすかなんて、どうしてあんたが決められるんだ」

「やつらが死んだ方がいいことは、誰でも分かるでしょう」

「宇佐見と、さっき逃げた彼女。その二人も死ぬべき人間だっていうのか」

「あなたがまねいたことです。しかたがない」川原はナイフを中段に構えた。

「俺も死ぬべきやつを知ってるよ。人殺しさ。あんたと……俺だ」

雄貴は斜に構え、ナイフの切っ先を川原に向ける。

「あなたとは分かりあえたと思っていました。残念です」

「あんたと分かりあえるやつなんていねえよ。もう自分じゃ止められないんだろ。俺が止めてやるよ」

「……ええ、そうです。私は……俺はもう止まらない。止めたいなら、刃で止めろ！」

二人はナイフを構えたまま雪の上をすり足で近づいていく。センチメートル単位でその距離は縮まり、そしてお互いの制空圏が交差する。二人は同時に跳んだ。

19　南波沙耶

柔らかい雪の積もる林は、想像以上に歩きにくかった。満月の月明かりも生い茂る葉にさえぎられ、林の中は闇に満たされている。沙耶は何度も足をすべらせた。

あの男は誰だったのだろう？　大ぶりなナイフを片手に、右手を血で濡らし、表情のない顔でこちらを見ていた中年の男。雄貴はあの男が『ジャック』だと言った。本当にそんなことがあるのだろうか？　雄貴はあの男とどんな関係なのだろうか？

あの男のことを思い出すと、寒さとは別の理由で体が震えだした。小動物が肉食獣を見たときに感じるような根源的な恐怖。あの男は危険だ。沙耶の本能がそう語っていた。

「雄貴……」沙耶は足を止め、うしろをふり返る。

雄貴が強いことは知っている。しかしそれでも、あの男と戦って無事ですむとは思えなかった。彼は病をわずらっているのだ。死に至る病を。

「すぐあとで追いつく」雄貴がそう言ったとき、その言葉が偽りであることに沙耶は気がついていた。彼とともに過ごした数ヵ月の時間で、うそをついているかどうかぐらい分かるようになっていた。

雄貴は命を捨ててでも私を助けようとしている。それが最期の願いであることに、雄貴の目を見たとき気がついた。だからこそ、雄貴に言われるままに逃げ出したのだ。

しかし、それでいいのだろうか？

ずっと逃げてきた。叔母《おば》の家族から逃げ、故郷から逃げ、恵美を助けることから逃げ、そして雄貴の本当の姿を知ることからも逃げた。

なに一つ立ち向かおうとせず、逃げ続けてきた。もしここで逃げれば、生き残れても一生後悔を背負うことになる。沙耶は太い樹木の幹に手をついた。吐く息が白く凍る。

「だめ！　そんなの絶対だめ！」

沙耶は叫んだ。自らの迷いを吹っ切るように。

もう逃げない。たとえ命を危険にさらしたとしても。沙耶は体をひるがえし、暗闇の漂う林の中、自分の足跡を頼りに来た道を戻りはじめた。

もう一度、愛する人に会うために。

20　岬雄貴

切り裂かれた革ジャケットの左腕の部分から、血が流れ出す。運良く動脈は切れていないようだが、それでも出血は少なくない。雄貴は息を弾ませながら川原を見る。川原は息を乱すことなく、無表情にナイフの切っ先を雄貴に向けて構えていた。

実力が違い過ぎる。雄貴は川原との力の差を認めずにはいられなかった。癌のせいで体力が極端に落ちていることをわり引いても、その差は歴然としたものだった。

雄貴が打ちこむのを見透かしているかのように、その『後《ご》の先《せん》』を取って斬撃を加えてくる。いや実際に見透かしているのだろう。雄貴の体がかすかに見せる予備動作、視線の動き、それらが川原に次の攻撃を知らせている。

雄貴が体中に傷を負いながらもまだ立っていられるのは、何人も人を斬った川原のナイフの切れ味が極端に悪くなっているため、そして、川原が決して無理に踏みこまず、確実に勝とうとしているために過ぎなかった。

雄貴はすでに勝ちを放棄していた。何人もの人間を斬り殺し、経験を積んできた男。この男を倒すことなど不可能だ。

ただ、勝つことは不可能でも、……相討ちならなんとかなるかもしれない。

癌により落ちこんだ体力、自分よりもはるかに腕の立つ敵。この絶望的な状況で、唯一自分に有利な点。それは生き残ろうとしていないことだ。俺が弱っているのを見て、川原は必ず最後にとどめの一撃を撃ちこもうとするはず。その瞬間だ。

雄貴は自分の命を奪う一撃を避けるつもりなどなかった。その一撃で急所を貫かれたとしても、それと同時に川原の首を切り裂くつもりだった。雄貴はふらふらとした足取りで川原に近づいていく。もはや反撃の力が残っていないかのように装いながら。

「そろそろだな……」

川原はナイフを水平に構えると、大きく飛びこむように雄貴に向かってくる。斬れ味の悪くなったナイフでとどめを刺すとしたら突きしかない。雄貴の予想通りだった。向かってくる突きをそのまま胸で受け止め、それと同時にナイフをふり下ろせばいい。

雄貴は右手を大きくかかげた。

突きが胸に吸いこまれていく。雄貴は力をふりしぼりナイフをふり下ろした。しかし、渾身《こんしん》の力をこめた斬撃はむなしく空を切った。ナイフの切っ先が雄貴に当たる寸前、川原は突きを引いていた。

「若い」

フェイントにひっかかり、空振りで体勢を崩している雄貴のわき腹に、川原は回し蹴りを打ちこんだ。革靴の先が腹筋にめりこみ、内臓をえぐる。ちょうどスキンヘッドの男に肋骨を折られた部分だった。

息がつまる。雄貴は胃液を吐きながら、雪の上を転がった。手をついて必死に上体を起こしながら、雄貴は絶望に震える。川原の方が一枚も二枚も上手だった。相討ちを狙っていることなど読まれていた。もうこれで、勝機などない。

腹に蹴りによる痛みとは違う疼痛がわき上がってくる。空気が抜けるように全身から力が抜けていく。アルブミンとステロイドの投与からすでに二十時間以上。魔法の時間の終わりが近づいていた。

雄貴はふたたび胃液を吐いた。これが蹴りのダメージによるものか、それとも腸閉塞が再発したのか、自分でも分からなかった。

川原が近づいてくる。雄貴はもはや抵抗する気力を失っていた。川原と癌、二つの強敵の前に雄貴は敗北を認める。

願わくば、このかせいだ時間で、沙耶が安全なところまで逃げのびていてほしかった。雄貴は斬首を待つ罪人のようにこうべを垂れ、最期のときを待った。

向かって来た川原が雄貴の前で足を止める。雄貴は俯いていた顔を上げた。川原は雄貴から視線を外し、建物の方を見ていた。その視線を追った雄貴は、そこにあった光景を見て、目を疑った。

自分の網膜に映し出された光景が幻であれと、雄貴は願わずにはいられなかった。

「動かないで！」

十数メートル離れた場所で、沙耶が震える手で銃を構えて立っていた。

「それで撃つつもりですか？」沙耶に向き直りながら川原が言う。

「動かないでって言ってるでしょ。本当に撃つよ」

精一杯の虚勢をはりながら、沙耶は警告する。

「その距離で銃を撃っても、素人では当たらないですよ。それにその銃はそこに落ちていたものでしょう。弾は残っていますかね？」

川原の口調は、いたずらした生徒をしかる教師のようだった。

「やめろ！　沙耶」

膝をついたまま雄貴は叫んだ。助けになんて来て欲しくなかった。ただ沙耶が逃げられればそれで良かった。どうせ残り少ない命なのだ、沙耶さえ助かれば殺されてもなんの後悔もなかった。それなのになぜ？

川原はもはや雄貴を見ていない。死にぞこないの雄貴よりも、拳銃を持った沙耶の方が危険だと考えているのだろう。

川原の言葉につられるように、沙耶はリボルバーの弾倉を覗きこむ。銃口が川原からそれた。その瞬間、川原は身をかがめ、沙耶に向かって走った。ネコ科の猛獣のようなしなやかな動き。虚をつかれた沙耶は、銃を構えることもできず呆然と立ちつくす。雄貴は考える前に地面を蹴って走り出していた。

殺人鬼はわずかな躊躇も見せず、沙耶に向かってナイフをふり下ろす。刃が沙耶の白い肌に届こうとしたとき、雄貴は横から飛びこんで、沙耶の体に覆いかぶさった。

背中に焼けるような痛みが走る。手からこぼれたナイフが雪の上に落下する。

「……沙耶、大丈夫か？」

川原の斬撃を背中で受けた雄貴は、沙耶に覆いかぶさりながら優しく言った。革ジャケットの厚い生地のおかげで、なんとか致命傷はまぬがれていた。

「……あ、あ。雄貴。……ごめん。ごめんなさい」沙耶は雄貴の顔に手を伸ばす。

「音楽やるんだろ。こんなもの撃ったら、大切な指を痛めるぞ」

雄貴は沙耶の手を包みこむようにしながら、拳銃を引きはがしていく。拳銃を手にした雄貴の後頭部、延髄の真上の皮膚に、冷たい金属が押しつけられた。

「その銃をどうするつもりだ？　そんな無粋《ぶすい》なものを使う気じゃないだろうな？」

川原の声がすぐうしろから降ってくる。

「使おうとしても、狙いをつける前に殺されるだろ」雄貴はふり返ることなく言う。

「ああ、その通りだ」

「俺の負けだよ。好きにしてくれ。けれど、この子だけは殺さないでくれ。この子はなにも悪いことをしていないんだ。……俺やあんたと違って」

「だめだ」氷のように温度のない言葉が返ってきた。「その娘は私の顔を見ている。だから始末する必要がある」

川原がそう答えることは分かっていた。ただ、少しでも時間を稼ぐ必要があった。腕の中にいる愛《いと》しい少女だけでも助かる方法を考えるための時間が。

この銃を川原に向けるところを見られれば、すぐにでも延髄を貫かれるだろう。だからこそ、川原はたいして拳銃に注意を払っていない。

ただ、もし見られることなく狙いをつければ……。雄貴は自分の体で川原から隠しながら、拳銃を逆手に持ち、銃口をゆっくりと向けていく。

自分の腹へと。後方にいる川原に狙いを定めて。

雄貴の行動の意味を理解して、沙耶の目が大きく見開かれた。

「大丈夫だ。心配すんなよ」

銃口が腹の奥の固いものに触れた。癌腫。体内に巣くう殺し屋。

銃口を少し上向きにし、そこに狙いをつけ、引き金に親指をかけた。

雄貴は心の中で、自分の命を奪おうとしている塊に向かって話しかける。

残念だったな。おまえが俺を殺す前に、俺がおまえを殺してやるよ。

「だめ！」

雄貴の行動を止めようと沙耶の手が銃にのびる。しかしその手が届く前に、雄貴は歯を食いしばり引き金を絞った。

轟音《ごうおん》がとどろく。火薬の爆発で音速に匹敵する速度まで加速された弾丸が、皮膚、筋肉を貫き、その奥にある腫瘍の塊を粉砕した。

衝撃が腹から全身に広がる。頭が大きく跳ね上がる。雄貴の腹から、血液とともに少量の腹水が噴き出した。沙耶の悲鳴と同時に、背後で川原の呻《うめ》き声が上がった。

雄貴は飛びつくように雪の上のナイフを拾い上げる。腹が熱い。しかし不思議と痛みは感じなかった。ナイフを片手に雄貴はふり返る。そこには左肩から血を流し、苦悶の表情を浮かべた川原が、右手で大きくナイフを振りかぶっていた。

間に合わない。そう思った。自分の攻撃よりも先に川原が動き出している。それでも雄貴は川原にナイフを向け跳ね上がった。もう自分には時間がない。動けるのもあと数秒。もう振り抜くしかない。

川原に向かって突きを放ちながら、雄貴は不思議な感覚を味わっていた。まるで時間が止まったようだった。地面を蹴る足の指先から、ナイフの切っ先までが一本の線でつながっているように連動する。剣が体の一部になったような、体が剣の一部になったような感覚。世界が自分に向かって収斂《しゅうれん》していく。足から生じた力が加速しながら、体幹を通過してナイフの刃先へと伝わっていった。剣術家として理想的な一撃。

川原のナイフが雄貴の首筋の皮膚に触れるのとほぼ同時に、雄貴の突きが川原の胸の中心に突き刺さった。

無骨なサバイバルナイフの強靱《きょうじん》な刃は、硬い胸骨を貫き通し、その奥で拍動する心臓を破壊する。そして、役目を終えたかのようにナイフの刃は根元から折れた。

川原は大きく目を見開くと、次の瞬間、憑《つ》き物が落ちたかのように穏やかな表情を作り、そして雪の上に倒れていった。

雪の上に紅い色が広がっていく。まるで蕾《つぼみ》が花開くように。

川原が倒れたのを見とどけてから、雄貴も前のめりに倒れていく。

「雄貴！」雪を舞い上げながら倒れた雄貴に、沙耶がかけ寄る。「まってて、いま救急車呼んでくるから」

沙耶は電話のある建物へと戻ろうとする。その上着のすそを、雄貴は弱々しく握った。

「いいんだ、ここにいてくれ」

もはや救急車など呼んでも間に合わない。ただ沙耶に近くにいて欲しかった。

そのときが来るまで……。

「でも、そんなに血が出てる」

「大丈夫だよ。……まだ大丈夫だ。それより俺が死んだら、すぐに山をおりろ。さっき教えたコインロッカーの中に、これから生活していくのに必要なものが全部入ってる。どこかに部屋を借りて、音楽の学校へ行くんだ」

雄貴は咳《せ》きこんだ。咳とともに血が雪の上に吹きつけられる。

「……自分の夢をかなえてくれ」

「そんなのどうでもいい。そんなものいらない。だから一緒に家に帰ろうよ」

沙耶の目からとめどなく涙があふれる。透明で温かい雫《しずく》が雄貴の頬に落ちる。

「悪い。……もう無理なんだ。もともと、あと少ししか生きられなかった」

「そんなのうそ……」沙耶はだだをこねる子供のように首を振る。

「いいんだよ。沙耶さえ無事ならいいんだ。これで満足なんだ」

「なんで、私なんかのために……」沙耶の言葉がひび割れる。

「ごめんな、もっと一緒にいたかったけど。許してくれ」

「なんで謝るの。私の方が雄貴にひどいことしたのに。私、雄貴に助けられてばっかりで……、最後まで……」

「泣かないでくれよ。俺も沙耶に助けられていたんだ。沙耶のおかげで生きる意味が分かったんだ。……感謝してる」

「そんな、私も雄貴のおかげで幸せだったよ。すごく幸せだった」

そう、俺の人生は無駄なんかじゃなかった。短かったかもしれないが、俺の人生は無意味じゃなかった。愛する女性を助けることができたのだから。俺が死んでも彼女は生き続けてくれるのだから。

俺は精一杯、命を紡ぐことができた。そして大切なものを遺すことができた。

雄貴には、すぐそこにある沙耶の顔がかすんで見えた。それが涙によるものなのか、それともタイムリミットが近づいてきているためなのか分からなかった。

「なあ、あの歌を歌ってくれないか。前に聞かせてくれた歌を」

弱々しく雄貴は言う。口がうまく動かなかった。体が冷たい。それでも胸の中は温かく満たされていた。

「……うん」

沙耶は雄貴の頬に自分の頬をよせ、歌いはじめる。温かい歌声が雄貴を包みこむ。

雄貴は力を抜き、メロディーに体をゆだねる。もはや痛みも寒さも感じなかった。

沙耶が歌うのをやめ、なにかを言った。もう雄貴の耳にその言葉は聞こえなかった。

ただ、それでも気持ちは伝わってきた。

「ありがとう……。幸せに……」

沙耶への最後の言葉を囁《ささや》きかけ、笑みを浮かべると、雄貴は残された力で沙耶の頬に手を伸ばした。

沙耶の温かさと、旋律の余韻につつまれながら、雄貴の意識はふわりと月の輝く夜空へと浮かびあがった。

エピローグ

1 宇佐見正人

「もう一年か……」

パソコンの画面に映し出されている原稿を見ながら、宇佐見正人は肩を揉《も》む。

世間を震撼《しんかん》させたジャック事件が幕を下ろしてから、一年の時間が経っていた。犯人が川原丈太郎という現役の警視庁捜査一課の刑事だったことは、事件で唯一生き残った石川という刑事の証言からあきらかになった。

この一年間でさまざまな変化があった。宇佐見は事件記者としての名を上げ、出版社を退職した。ジャック事件と、楠木組若頭が妹のためにおかした連続殺人事件。その両方のスクープをすっぱ抜いた宇佐見に、連日原稿の依頼が殺到した。収入も跳ね上がり、安アパートからこのなかなかに眺めのいいマンションに引っ越すこともできた。あれほど悩まされていた頭痛も、最近はまったくおきなくなっている。それもこれもすべて、一人の男のおかげだった。

岬雄貴。川原丈太郎と相討ちのすえ、命を落とした青年。彼が死の直前に送って来た資料は、宇佐見にとって当選した宝くじに匹敵するものだった。ジャックの正体とその生涯、楠木真一のおこした事件の真相、そして岬自身が書き遺した遺書ともいえる手記。

宇佐見は喫茶店で会った岬を思い出す。岬の手記は、「自分がジャックの共犯であることを公表してもかまわない」とむすばれていた。末期癌だった彼はどんな結果になろうとも、そのとき自分がこの世にいないことを知っていたのだろう。しかし宇佐見は岬の犯行を公表しなかった。そのため岬はいまでも、事件現場で死亡した『謎の人物』としてあつかわれている。

被疑者が死亡していること、またそれが身内であったことなどから、警察の捜査はほとんど進んでいない。岬の犯行があきらかになることは、おそらくもうないのだろう。

岬に同情したわけではない。ただこう思ったのだ。ジャーナリストの特権として、世界で自分だけしか知らない真実があってもいいのではないかと。

警視庁刑事による前代未聞の連続殺人。その事件の真相を本当の意味で知っているのは、いまこの世に生ある者では自分だけ。これでいいのだ。これが命をかけて事件を解き明かした男への敬意というものだ。

そう、同情でなく敬意。

宇佐見はふたたびキーボードをたたきはじめる。再来月出版予定になっている、ジャック事件の書き下ろしノンフィクションの締め切りが迫っていた。文字を打ちこみながら、宇佐見は事件で唯一自分が知らないことがらについて思いをはせる。

岬の手記にしるされていた、楠木に拉致された少女。事件後、現場に少女の姿はなかった。岬が残り少ない命を燃やしつくして助けようとした少女はどうなったのだろう？　無事に助かったのだろうか？　それだけが宇佐見の心に引っかかっていた。

できることなら助かっていてほしい。岬のためにも。

宇佐見は会ったこともなければ、名も顔も知らない少女の幸せを祈りながら、文字を打ち続けた。

2　柴田真琴

一月の福島の寒さは、真琴の想像よりはるかに厳しいものだった。肌を刺すような風の冷気を頬で感じ、真琴はコートの前を合わせる。福島市の市街地からタクシーで十五分ほどのところにある小さな墓地。ここに雄貴は両親とともに眠っている。

ちょうど一年前の今日、雄貴は長野県の山林にある別荘地で命を落とした。そして雄貴が命を落とした現場では、雄貴のほかに何人もの男たちが死んでいた。しかもそのうちの一人は、『ジャック』と呼ばれていた連続殺人犯だった。

雄貴が死を覚悟しながらもなし遂げたかったこと、それがなんだったのか、真琴には一年経ったいまも分からない。おそらくそれを知るすべはもうないのだろう。

親しい親戚のいなかった雄貴の葬儀は、雄貴が所属していた第一外科医局が中心となって行われた。真琴は志願して、雄貴の遺骨をこの福島の墓地まで運び、葬った。

雄貴にはたしかに血のつながった家族がいなかった。しかし雄貴には、自分や医局の医師たちという、仲間はいたのだ。彼は孤独ではなかった。そう思いたかった。

墓地の奥にある雄貴の墓に向かって歩いていた真琴は足を止める。『岬家之墓』と記された墓石の前に、少しサイズが大きすぎるコートを着こんだ、小柄な女性がたたずんでいた。真琴の耳に心地よい歌声が聞こえてくる。それが雄貴の墓の前に立つ女性の口から流れ出していることに、真琴はしばらく気がつかなかった。

かぎりなく繊細で、透きとおった歌声。真琴は思わずまぶたを落とし旋律に酔う。

数分して女性は歌い終えた。それをみて、真琴は女性に近づいていく。女性も真琴に気がついたらしく顔を向けてきた。薄く化粧をしたその顔は、女の真琴が見てもはっとするほどの魅力があったが、まだ幼さが残っている。二十歳前後というところだろうか。

「岬さんのお墓参りですか?」真琴は女性に話しかける。

「あ、はい。あなたも?」彼女も人なつっこい笑顔を見せた。

「ええ、ちょっとした知り合いなの」

この女性は岬家の親戚だろうか? 真琴は彼女の顔を見るが、そこに雄貴の面影はみつからなかった。親戚だとしても、血縁関係は薄いのかもしれない。

「歌、凄《すご》い上手だった。それにいい歌。けれどいままで聞いたことないのよね。あれ、誰の歌なの？」

「えっと、……私の歌っていうか、まだ発表とかはされてなくて」

彼女は恥ずかしそうに顔を赤らめた。

「えっ、自分の歌なの？　凄い。歌手なんだ」

「一応、駆け出しのシンガーソングライターって形で。もうすぐデビューする予定なんですけど」

「そうなんだ。じゃあ、いまとか凄く忙しいんじゃない？」

真琴がなんとなしに訊ねると、彼女は愛おしそうに墓石を眺め、光沢あるその表面にそっと指を這わせる。

「はい、けれど、誰よりも先に彼に報告して、歌を聞いて欲しかったから」

彼女の顔に浮かぶどこまでも哀《かな》しげで、それでいてどこまで優しい表情を見て真琴ははっと気づく。

彼女こそが雄貴が言っていた「守りたい人」であることを。

「そろそろ行くね。また来るから……雄貴」

彼女は墓石を撫《な》でると、名残惜しそうにそのほっそりとした手を引いていく。

「それじゃあ私は失礼します。お話しできてよかったです」

彼女は真琴に向かって微笑む。真琴も笑みを返した。

「ええ、私も。頑張ってね」

彼女は「はい！」と快活に答えると、墓地の出口に向かってゆっくりと去っていった。

少女の背中を見送った真琴は、墓石に向き直る。

「やるね雄貴。あんな可愛《かわい》い子つかまえてたなんて」

真琴は軽口をたたきながら、墓の前に花束を置いた。雲一つないこの空のように、心は晴れやかだった。

ああ、きっと雄貴は最期にやり遂げたのだ、彼が命を賭してしようとしたことを。そして雄貴は孤独などではなかった。

真琴の黒髪を風が薙いでいく。ひときわ強いその風は、花束の中の花弁を一枚、空へと舞い上がらせた。

紅く色づいた花弁は、蒼く透きとおる空にどこまでも高く昇っていった。

『誰がための刃　レゾンデートル』（講談社、二〇一二年刊行）を
改題・改稿しました。

実業之日本社文庫 ち14

レゾンデートル

2019年 4 月15日　初版第 1 刷発行
2023年10月25日　初版第 5 刷発行

著　者　知念実希人《ちねんみきと》

発行者　岩野裕一
発行所　株式会社実業之日本社
〒107-0062　東京都港区南青山 6-6-22 emergence 2
電話［編集］03(6809)0473 ［販売］03(6809)0495
ホームページ　https://www.j-n.co.jp/
ＤＴＰ　ラッシュ
印刷所　大日本印刷株式会社
製本所　大日本印刷株式会社

フォーマットデザイン　鈴木正道（Suzuki Design）

ISBN978-4-408-55474-7（第二文芸）